當代名家

離開同方

蘇偉貞　著

再版序——分解記憶

如同行走一程路途後，心底難免斷斷續續沉澱了一些發生，消磨或者遺憾的……。當回憶浮游，對一段路途本身而言，這便意味著已經到達盡頭。沒有放肆，只有默默接受。

面對記憶，我開始回過神來坐在桌前每天多字或少字刻寫《離開同方》。從七十六年初一路寫到七十八年底，調理呼吸一般，我寫得緩慢而持續，像過日子，而另一條人生的路同時進行。我開始懷疑寫作是否如同潛藏記憶，冥冥之中，在生命裡鋪一層葡萄一層糖，或者一層夾肉一層硝鹽，因著記憶分解時空而有了新的秩序與體質。我不能不承認，在這個世界上也有上帝管不到的地方。

當回憶交織，我進一步開始相信，生命是沒有時間與空間的，人類追求永恆，但是沒有眞正的永恆，打破時、空限制的那一剎間便是永恆；人生也沒有什麼過去與未來，那只是一種相對性的分際。如此說來，生命也沒有什麼失去與得到了?沒有絕對的黑與白……。對我而言，還有抽象與具象是必須區分的，人生的發生於我，總是一片一片的畫面與氣味，具象的數字、物質……我從來難以準確掌握。當我明白，我唯一能做的，是用符號記錄下來，用符號爲畫面描繪，是的，游離的畫面精神永遠不屬於誰，只屬於記憶，屬於小說，這是它必須被區分的理由。就這樣，《離開同方》蘊藏了我個人生命中所能及的最高記憶——一段無法嚴格劃分的時空、一群沒有眞正善惡的人們、一份不確定的情感需要……，打破了眞實與虛幻的界限，打散了我自己的記憶。

《離開同方》寫了三年，這三年別人也必定有他的發生吧？我則是逐漸發現了我自己，這段日子裡，如果不是我有心將現實生活與記憶間距強力拉遠，那麼，我以前相信的與現在發生的撞擊力量足以重重分裂我，分裂，卻不產生任何力量。

我終於在我自己創造的時空中學習到了有關「秩序」種種，也終於相信有些秩序是不破壞的，那才是一種完全的毀滅。可慶幸的是生命有時空處便有記憶存在。而小說世界裡，記憶因爲秩序而有了新的生命。

分解記憶但願對我對小說本身都不算完全的毀滅，生命間可容身處還允許生的另一種可能。那麼，我將因著記憶而感激生命，感激小說的無有界限，一種重現。

悲憫撼人，為一個時代作結

陳義芝

八十年代起即爲台灣小說界主力的蘇偉貞，題材選擇初與同輩女作家無異，以處理男女情愛見長。然其文筆特爲細緻，往往深潛至人情世故莫可名狀之境，則人所難及。「陪他一段」、「紅顏已老」，都可見她早年頗具創意的觀照。稍後，蘇偉貞嘗試寫遲暮將軍、兩岸阻絕、台灣眷村、大陸勞改、一胎化政策，更探究青春牢獄和死亡，色塊沉深令人有窒息之感。留心她作品的人不難察覺，在她發表作品後不到三年已爲走這條路展開了極佳陣勢，用心艱苦、企圖最大，迥異於其他女作家。

有關蘇偉貞八十年代十餘本作品的歷歷腳程，本文不擬細述。這裡要談的是九十年代頭年她所提出的第一張成績單——《離開同方》。

《離開同方》爲台灣眷村生活立碑，總結了蘇偉貞對亂離世代、四十年來社會生活之觀察與關注，比諸作者民國七十三年出版的《有緣千里》，雖題材近似，同爲長篇，但結構、戲劇性張力、現實輻射面，皆超越至多；在格局上已從組曲臻至史詩巨構。

《離開同方》實際出版時間爲民國七十九年十二月，在筆者寫這篇短稿之前，已刊出的評文有張大春《曖昧、轇轕的眷村傳奇》及李有成《眷村的童騃時代》兩篇，前者讚揚此書繁複的寫作技術及所展現的小說的自由性；後者則直指此書「爲蘇偉貞截至目前爲止最重要的一部傑作」。故事梗概爲第一人稱敘事的我（奉磊）抱著母親的骨灰罈送回當年落戶的同方新村（回到「同方」這個眷村，是他母親生前的願望，因爲這個地方有飄海渡台、驟毀、再生的情感記憶）；從車子駛過嘉南平原到滑進棋盤一般的新村巷道，蘇偉貞藉幾戶代表性家庭、幾樁愛慾糾結、一個戲班子之來去興衰，描繪出隨軍遷台這羣人的流離感受，掙扎營生。而這樣一個奇特的社羣終究是要消失的，如同一個時代的消逝。前塵終局，袁媽媽與袁伯伯慘死，余蓮和方景心遠走台北，全如意（李媽媽）去到一個不知名的鄉下，奉家搬出，就連當年活蹦亂跳於村中的小孩也都一個個離開了：阿跳去了南非，狗蛋進了修院，阿彭留洋修電腦博士，趙慶在美國拿研究獎……終於爲急絃繁管戛然畫上句號，一連串慘然的事件結束了這批孩子的童年；同方新村的確確是離開了（四○四頁）。當高速公路伸入那塊高地，再回去，已成埋藏著許多故事的「故鄉」！

　　高速公路，一個新時代的符徵。敘事者重回同方新村，並不是要承續上一代人的故事，而是藉著倒敘手法，揭露人物傳奇，鬆解眷村情結——離開同方的悲悼寓意因而至爲明顯。

　　文中，蘇偉貞打破了眞實與虛構的界分，創造出一種原始神祕的眞實。那種眞實非一般俗表之眞實，既帶著荒謬、誇張的詭祕性，又深挖到靈魂血處，令人不敢逼視。其敘述方法如海浪一波波捲來，退下，再來；時間的喇叭在這座村子裡來回伸縮、自由拉鋸，小大戲輪番上演，把家常生活點染得熱鬧無比，而不斷牽引出來的場景，更展現了蘇偉貞多層次筆法的魔力，人物不停地穿梭在現在的過去與過去的未來之中，如果那些人的眼前是戲台，背後即是人生；反之，若面對人生，背後拖曳著的一大段戲。雨水和花香意象，一經一緯，巧妙地縮合了事件的發生，以之推進，並擴大讀者閱讀聯想的空間，例如：「我」捧著骨灰罈回去時，大雨傾盆；笑雨出生時，雨未停；袁忍中結婚，突然下起雨；阿瘦找失去記憶的媽媽，屋外再度灑起大雨；奉家離開同方新村，不用說更有沛然而落的午後雷陣雨……

雨在這部小說中無所不在，全事件化，如同花香自始貫終，當香氣濃到可疑的地步，人事之變化亦隨之浮現。似此蘊藉的象徵筆法，小說家中少有人及。《離開同方》中所有夾纏的情感、混亂的關係，作者都不直接指明，卻因暗示而更凸顯其曖昧，鼓充其張力。精妙的譬喻亦為蘇偉貞所專擅（令人聯想到福樓拜的《包法利夫人》），且看她刻繪方姊姊這個人：

她偷出去幽會，套一件不合身的衣服，「渾身空出的布料和她的身體在夜巷中產生摩擦發出沙沙聲，彷彿一條響尾蛇，正向黑暗撲去。」（一四八頁）月光下當她重新披回自家的床單時，「及肩的頭髮覆在細細的背部，肌裡柔淨的背部隱隱包住脊椎一路往上爬，在頸子口開出一朵黑色灼靜的花。」（一五二頁）小余叔叔調往外島前，她愈來愈安靜，「靜到像一隻隱身暗處伺機攻擊的豹子，她的眼睛亦在黑暗中發著異樣的光。」（一六三頁）小余叔叔自外島回來，到方家門口站崗，方媽媽破口大罵，「方姊姊就在屋裡晃得更兇，如同一隻戰敗的鬥雞，且一天比一天暴躁。」（一七二頁）

像要犁出血似，這樣的語言工夫其實在蘇偉貞已往的作品裡（如《黑暗的顏色》）早已透現。深沉，正是她小說不俗、駭俗的特點，是寧取艱難而不欲簡單化。人物多。事情繁、負載時空長遠，無怪乎這部作品要花掉她三年的寫作時間。

在作者筆下，同方新村是一封閉而生命力旺盛之地，食衣住行、動靜觀瞻俱無隱私可言，多生口角是非，價值判斷自我體系，生活於其中者是「走在半途聚在一起」的人，來去同一方、充滿回憶而壓抑回憶，激狂愛恨暗藏著也許連他們自己也不自知的孤獨宿命。更有甚者，時代的殘缺使一些人瘋了、健忘了、無品了，或無奈地不完整地煎熬著。太太跑了、孩子不是自己所生的李伯伯是位典型的犧牲者，酗酒浪蕩的袁忍中也是；相近的忍抑還落到第二代眷村子弟頭上，如書中的趙慶於母親改嫁時所表現，印證了流離者的歸宿像風箏。蘇偉貞講的是悲愴人生，不是善惡果報，她無意譴責誰、鄙視誰；筆調有時出奇冷靜，剖示卑微到一種殘忍的起步（如李巧父親抬送女兒的喜餅那段，充滿悲哀）；有時一支筆又出奇地靈動，帶著生命歡愉之光（如袁忍中和仇新眉的婚宴上，阿跳亢奮地對著冗長致詞者說「祝你昏倒！」）

至於球場上領避孕藥的笑鬧鏡頭，狗蛋用飯粒排成一行引螞蟻搬家，阿跳把學校的鐘撥快一小時，以及流血放熱、地氣降溫的偏方，時常委之於命的觀念……這些趣筆對蘇偉貞塑寫的眷村文化都有強力的幫襯作用。

《離開同方》最令人驚心動魄的當然還是撐持迴盪在裡面的情愛，大膽、隱忍、熾烈，十分人性化。方、余一對，席、佟一對，阿瘦和太保老師是另一對；還有李媽媽、仇阿姨、李巧、阿秀這一團團繞著袁忍中的情慾暴風圈。總是女性的面目比男性凸出；敢愛敢恨的方景心和在醫院守候一天一夜的席宜芳，更把愛情發揮得淋漓盡致。蘇偉貞藉曲折苦累的遭遇註釋了「一個人活著就該完全爲自己的愛」的信念。這樣的愛放在一個大時代，相當惻怛感人！這樣的愛是月明天青，是生死衝突，是超時空嚮往，不是污濁只有動作而無心理的。

小說中蘇偉貞大量採用伏筆，安排伏線，形成一自由而嚴謹的機制。當她執意爲一個時代作結時，一路下來，我們明確地看到同方新村景物之變，風氣、人情之變，從而認知到眷村眞的是變了，那個時代不可能再回來了！眷村的血液在現實中很快會被淡忘，可是蘇偉貞所寫的么么拐高地這部光影如生、悲憫撼人的文學圖卷卻將長存。

曖昧、轇轕的眷村傳奇

張大春

《離開同方》這個書名如果改爲「回到同方」或「進入同方」也許較爲符合蘇偉貞在小說中的敘述狀況，但是卻可能失去了作者的反諷旨趣——「高速公路直線延伸——使得眼前的高地一分爲二，盡處是同方新村。失去腹地的同方新村不再是以往生命力旺盛而備受詛咒的同方新村。」

在這個眷村裡，複雜的、曖昧的性關係並沒有讓整部小說陷入言情傳奇的陣痛泥淖，洋溢著角色性情的對白也使瀰漫於整個倒敘中的懷舊情調顯現了親切的活力。一向擅長在愛情遊戲場邊插嘴總述其人生感慨的蘇偉貞這一次內斂了許多，也跨出張愛玲巨大的言說陰影，比之於《長干行》時期的朱天心，《離開同方》更宏觀地將視線投射到眷村兩代人物的轇轕底層，於是，幾樁跨階級、跨世代的戀情便聚合成抗拒族群文化的象徵。

蘇偉貞顯然也和熟讀馬奎斯作品的朱天心一樣——而前者所受的影響完全在《離開同方》中浮現出來。同方新村一如《百年的孤寂》裡的馬康多村，是某個處於亂世的國族的縮影。不過，蘇偉貞的企圖心不算旺盛，馬奎斯所能提供的示範僅止於敘述技巧的自由——當那對在蔗田裡被烈火燒死的戀人重新出現在方家門口的時候，當「全如意」被村人認出她是李媽媽而忽然罹患健忘症的時候，當小白妹露出那奇特詭異的笑容的時候，當袁忍中被瘋狂的兒子袁寶持火箝刺死的時候……讀者看到了拉丁美洲魔幻寫實主義為台灣眷村故事所織染的驚奇氣氛：在這種氣氛之下，第一人稱的敘事觀點反而擁有了相當程度的自由特權，於是讀者可能不會追問；名喚「奉磊」的這個敘事者為什麼能夠任意出入於衆多角色的內心世界，而仍然具有說服能力？

重疊和反覆的「馬派」敘述也為《離開同方》帶來零亂的閱讀障礙，使之成為蘇偉貞最難讀的一部小說。然而，設若蘇偉貞沒有經營這樣繁複的寫作技術並以之展現小說的自由性，慣於將她和廖輝英、蕭麗紅、袁瓊瓊、鍾曉陽歸入閨閣一派的批評家恐怕就看不到一位作家的成長。

眷村的童騃時代

李有成

蘇偉貞這本新著雖然書名《離開同方》，寫的卻是回到同方的故事。而且敘事者所回去的不僅是空間的同方，亦且還是時間的同方。同方也不一定非在嘉南平原某個叫么么拐高地的地方不可，它可以在台灣任何地方，因爲同方是眷村，是個敘事者認爲「對外地的事知道得太少」（頁三八〇）的地方。《離開同方》所悼念的顯然不只是一個已經沒落的封閉世界而已（同方的第二代泰半已經走出這個世界），同時還是眷村那個早已消逝的童騃時代——那個電視開播前後、三輪車仍是身分表徵的時代。

蘇偉貞筆下的同方村民其實是另一批白先勇所謂的台北人——雖然同方只是個小聚落，比不上冠蓋雲集、車水馬龍的台北。相對於《台北人》中的高官巨賈、名花貴婦，我們在《離開同方》裡所看到的卻是一群生活貧苦、休戚與共的眷村村民；他們既無輝煌的過去，對未來也相當茫然，鄰里是非遂成爲他們生活的重心。《台北人》中的人物多半由於背負著光輝沉重的過去，言談間不免有意無意地流露出強烈的歷史主體意識，這卻是蘇偉貞筆下卑微的同方村民所沒有的。就像小說中的李伯廣和田寶珣的過去一樣，「沒有人知道他們的歷史」（頁一八二）；或者像患有潔癖的段錦成，「好像一向對他自己身在何處感到疑惑。怎麼會到台灣？怎麼會到么么拐高地?怎麼不是種田的?」(頁三八四)「歷史是個沒有目的沒有主體的過程」,誠哉阿圖塞(Louis Althusser)斯言。從這個角度來看,蘇偉貞的《離開同方》倒意外地(?)成爲《台北人》的替代性論述,爲《台北人》的歷史神話提供了另外一個截然不同的版本。

《離開同方》和《台北人》倒也有相似之處:這兩部小說中的人物多屬亡命來台、驚魂甫定的一代,所不同的是,《台北人》的角色多半已衰老遲暮,生命中的回憶多於期盼,過去多於未來,《離開同方》的人物則不一樣,他們多半正值青、壯年,所謂眷村的第二代尚未成長,整個眷村嚴格說還在天眞爛漫的童稚時期;不過,眷村那種特有的「共有分擔的種種情感、情緒、情結」(見張大春,〈眷村子弟江湖老〉,《中時晚報》〈時代副刊〉,民國七十九年十二月二十九日),在同方村民的身上已經隱然可見。同方村民似乎沒有個人的事,所有個人的事都是全體村民的事。這種集體意識及社區意識使得發生在同方村民身上的愛情故事——余蓬與方景心的情奔·段錦成、佟傑與席宜芳之間的愛恨情怨,乃至於袁忍中與李巧、仇新眉、田寶珣、全如意等女人之間的愛慾糾葛——最後竟演變成么么拐高地市井傳奇,成爲同方村民集體記憶的一部分。如果有人質疑,何以仍在懵懂牽牛的第一人稱敘事者能夠那麼清晰地記錄成人世界的是非恩怨,甚至能夠知道他不可能在場的若干事情原委,這也許是唯一可以接受的理由。

寫《離開同方》的蘇偉貞大概有點像卞雅明(Walter Benjamin)所謂的述史者(chronicler)或說故事者(story teller):蘇偉貞筆下的同方是個階級不分的聚落,發生在同方新村的一切,不論鉅細,也無謂輕重,似乎都可以納入敘事的一部分,這容或正是《離開同方》最爲烏托邦的地方。《離開同方》誠然是蘇偉貞脫胎換骨之作,但在情節佈局方面仍有可議之處。譬如將袁忍中、李巧、仇新眉與全如意等之關係串連起來的那家野台戲班，所演究竟屬何種地方戲，實在頗難了解。依班主、李巧等人的身分推測，應該是歌仔戲。但全如意以一來到不算太久的外鄉人，如何能成爲該戲班的當家花旦（除非她來自廈門或閩南一帶）？眷村裡的一班老太太又如何能無語言隔閡，而對戲班如此如癡如醉？類似的缺失其實並不妨礙《離開同方》成爲蘇偉貞截至目前爲止最重要的一部傑作，這麼說來，早《離開同方》一兩個月出版的《我們之間》反倒顯得有點時代錯誤了。換言之，《我們之間》的蘇偉貞還是舊日的蘇偉貞，與寫《離開同方》的蘇偉貞是不能同日而語的。

離開同方

在我媽勁道十足活著的最後那幾年，她沒事就將屋裡的收音機、電視機、電唱機一切會響的設備全打開來弄出聲音，好像她仍活在熱鬧的同方新村。

她對著那些話匣子反角色地發表屬於她的台詞：「當太陽落在么么拐高地腳背，你們告訴我，你還能混個什麼名堂？這節骨眼兒打同方新村出來的人都知道，回家最好趕在天黑以前。」

●

那年夏天，一個燠悶的九月天氣，一輛二又二分之一軍用重卡橫霸我們那條巷口，四面進出我家的人從屋內不停手搬東西出去，後車廂上高高站了幾個充員兵吆喝著先上什麼、後上什麼，鄰居們七手八腳先還興頭得很，喧騰的聲浪如巷戰般以兩排院子為據點；等我們家搬得剩下一個空殼時，顯得好大一個屋子。

卡車上前前後後落滿了家具，以及鍋、碗、盆、桶，彷彿一場亂置夢中一個一個擴大了的句點。

該搬的都搬完了，突然四下兩排屋子中間陷入一陣絕對的窒靜，空氣中光是轟然的引擎迴盪著。碰撞到左邊一排房子，又跌撞到右邊一排房子，中間巷子是凹陷的隘地，這聲音永遠闖出不去。

每一個剛剛還痳利的雙手現在尷尬地垂在身體兩側，沒了力氣，彷彿先頭運動量未達效率指標，所以不夠強硬又軟弱了下去，等會見也許還有其他運動補助，雙手在那兒休息等著。

七號仲媽媽胖大黝黑的臉龐隱藏在人群最後頭，她煮好送來的綠豆湯表面浮飄著未化盡的透明冰片，我媽接過不知誰盛好遞上的綠豆湯，一手端一碗，不知道要先給哪一個，祇聽她一聲疊一聲急急地說道：「大家吃啊！大家吃啊！」

窮鄉富路，要吃了才好上路。鄰居們一人捧著一碗，身體硬梆梆端著大大小小各家湊來的碗缽默聲送我們一家六口登上卡車，依稀目送戰犯離開侵略地，以致於臉面表情久久變不過來凝成一具雕像也似，和空氣扭在一塊兒。那一具一具雕像，表情太專注了，彷彿在暗地賭我們離開後，此去是吉是凶。

我們四個小孩——阿跳、狗蛋、笑雨和我自願押車坐後車廂。

阿跳他們三個是在同方新村出生的。

車子啓動往前滑去那一刻，午後雷陣雨沛然而落，灑花似地先一步沖洗了我們要走過的巷道，老鄰居們沒一個走開去，雨水準確地打在他們端著的綠豆湯碗內。

七號阿彭、八十九號阿瘦、中中賣力地追趕在車後頭丟大頭火炮，瘋狂地炮竹掛高在每一家大門口，每串四尺來長，最長那串懸盪在我家院子門柱上，被鞭炮聲震得左右搖晃，離地挑起七尺高。

硝煙瀰漫在巷道內，煙龍因爲雨水擋路，恍如困於淺灘逃逸不遠、亦竄不高，徘徊地面。

每一串鞭炮都是阿瘦他們湊錢買的——賣鐵罐、撿垃圾、收廢報紙，存下錢來給我們送行。每回為了多要兩毛錢和收破爛的柴老頭差點吵起來。

我踮高了腳，站在後車架的衣箱上搜尋二號趙慶和小白妹的身影，但是沒有他們，他們比我們更早離開同方新村。

阿跳這輩子向來不留戀任何地方，每一個新的遠的地方都是他的寶山。他興奮地指向么么拐高地下方的蔗園說：「狗蛋，你看甘蔗長芒花了。」

狗蛋沒吭氣，倒是笑雨瞪他一眼：「你閉嘴！你不講話沒人當你是啞巴。」

豔紅的扶桑花給雨水泡脹似地，是雨景中唯一看得清楚的顏色，背後迴響著唯一的鞭炮聲。

卡車滑過同方新村建村奠基花岡石石勒，隔十步遠便是同方新村村大門，我媽在前座高聲吆喝我們：「別回頭看，一回頭看就再回不了同方新村噢！記到沒有?!」

●

九月的嘉南平原放眼處一片搖曳的稻穗和甘蔗花芒，早割的稻田上有人在燒稻草，濃煙被東風吹越高速公路到另一邊田裡。車子向南駛去。

裝著我媽骨灰的天青色罈子安穩坐在前座，罈口略高過前車窗台。我媽一向帶股勁兒，她活著的日子我們四個小孩從不敢在她面前擺臉色，她說過將來死了要回同方新村，她臨終最後一句倒不是這點，她知道她說一次就夠了。她臨終說的是：「我走了，很快！咱們誰也不欠誰！這樣最快活。」

路況好時，我便單手握方向盤，騰出右手摟住罈身，像老媽生前我們說話：「媽，妳記不記得老神橋下的西瓜沙地？我們剛過去。還有那棵天蓋鳳凰樹長得更茂了。」

天青罈身被落盡的天光迴照出明淨的光，彷彿一顆激越的心仍在體內跳動。

是的，么么拐高地到了，前窗天地在車子進入么么拐高地後視野豁然開朗，高速公路直線延伸，畢竟將同方新村輻射斬斷，使得眼前的高地一分爲二，盡處是同方新村。

失去腹地的同方新村不再是以往生命力旺盛而備受詛咒的同方新村。

我媽公祭那天，七號阿彭意外出現在追悼場，我以爲他出國了。他陪我燒衣物捎到陰間給我媽，一件件衣物用品投入焚化爐轟地一聲彷彿生命正死拚活賴衝進鬼門關。阿彭眼眶泛著淚光，我相信他是眞的。

燒掉最後一件衣服，一件冬天的大衣，我媽穿慣了的。我和阿彭一同步出火葬場，走到大門停下，我問他往哪裡走，他答非所問這才興致勃勃告訴我老八號席阿姨和九十號小佟先生結婚了，不知道有沒有辦結婚手續就是，席阿姨搬到小佟先生九十號去住，老八號讓給了阿瘦。阿瘦和太保老師結婚了，一傢伙生了四胞胎，但是阿瘦還像以前不太服輸，她打算再生一次，阿彭說他嚇她：「萬一又來個四胞胎妳死定了。」

阿瘦樂得很，她說：「我就賭這口氣，反正國家有的是米，怎麼算我都祇生了兩胎。」

阿瘦的爸爸李伯伯從外島直接退休了，阿瘦照顧他。李伯伯還住八十九號小佟先生隔壁。至於太保老師由當年我們的年輕老師升上子弟小學校長有十幾年了。阿瘦悶不吭聲的弟弟中中，當了檢察官，有事才說話，當年我們說他喉嚨生繭捨不得說話，整天在想什麼似的，他現在還一樣。

我問阿彭有沒有趙慶的消息，他說趙慶就是我們裡頭混得最好的，在美國得了個什麼研究獎，還上了報，什麼中國人的未來希望。美國總統還接見了他。阿彭問我看到沒有？我說我沒理由看到。

阿彭說他每回到美國都想打聽趙慶在哪裡，但是從來也沒找到。

我說：「你找不到的。」

他又答非所問；「你要回村上可以找阿瘦，看看四個一模一樣的小阿瘦滿村子亂跑！」他搖頭自語：「眞能幹！」他又強調：「和我們以前一個樣。」

我深深瞟他一眼，阿彭和小時候一個樣既白又胖，長大了還是永遠的小孩。記得要記的事，忘掉不想記的。

我再度問他要往那裡走，他居然走了：「至少餵了腦袋再走吧？」

說到吃，他即刻矮了半截低聲求道：「吃個小館總行吧？」

這點他更別想變，走到那裡最先關心吃什麼。

我們一路往前走，後頭一路跟了輛大黑車緩緩隨我們前進，我問阿彭：「你的車？」

他笑得傻瓜似：「租來的。過過癮，我們以前沒有嘛！」

我知道是他的座車，他長大後腦袋變質了，七摸八撞修了個當下最熱門的電腦博士。現在恐怕不太用自己大腦了。

當晚，我們找了家江南春小館一口一口喝到大醉酩酊，阿彭幾乎是立刻便喝醉了，他不停說道：「根據電腦分析，要徹底忘掉悲痛唯一的法寶是想方法讓自己痛醉過去，醒來以後就什麼事也沒啦！」

後來那輛黑車不見了，他叫車子先走的。阿彭自己醉了還不忘灌我，最後居然搶著付帳，我一團迷糊暈眩：「阿彭，我們現在都闊了！」

「是啊！你們縣長也沒見過這種陣仗！」我們異口同聲說了大笑，我問他：「豆腐老馬呢？老馬還在吧？還有事沒事提你們家縣長？」

他說：「那當然。你回同方新村會看到他。」他說：「附耳過來，我告訴你一個祕密。」

我用手掏了掏耳朵附過去，他說：「老馬是個色盲。」

「眞的？」我一直笑。

「上次我開了輛綠車回去，他說我有毛病開黃車。」

第二天我在我的床上醒來，阿彭怎麼知道我住的地方？不過他說得對，要忘掉悲傷只有大醉一場，我完全不記得阿彭怎麼走的。那輛黑車又回來接他嗎？

●

滑下交流道，夕照下同方新村灰瓦屋頂此刻全鑲上金邊，么么拐高地擋住了將滅的陽光，太陽去溫暖另外半邊星球了。從前我們更相信它其實躲在高地背後大喘氣，白天玩累了。同方新村因爲地勢向來比其他地方黑得晚。

車身四周逐漸暗下來，深藍色漆塊失陷在天色中，比天色稍暗。

我抱起骨灰罈架高在膝頭上，好讓罈面整個露出窗台，然後我將罈身轉正，老媽的臉可以面向同方新村，我抱緊她一起凝視前方整塊畫面，片刻之後，我輕聲對老媽說：「媽，我們回家了。」

應聲而落的大雨傾盆如注。彷彿病逝異鄉的死者聽到親人招喚頓時以血淚感應。大雨，我們見多了。么么拐高地的雨水說下就下，同方新村出來的人才知道，祇有同方新村的人喚得動它。

錯落高地上百十戶屋頂雲朵般仰面朝空，彷彿說明沒有比同方新村架勢更高的記憶，更明顯的白天與黑夜。那是人的記憶才能達到的地方。

右手邊新公路水瀉般由么么拐高地旁劃過，宛如同方新村的衣袖，飄然一甩，時間的腳步便一去百十里吧？

昏黃的天地裡混合了甜甘蔗的味道，高速公路經過的車輛形成的音爆彷彿一顆不定時炸彈，將草的清香、甘蔗的甜膩爆了開來。

同方新村孩子們的笑聲呢？火把搜山、烤地瓜的隊伍呢？雨中打水仗胡亂奔竄的身影呢？現在都安安靜靜本分下去消失了？

那些年，每個小孩腳丫莫不拖拉著不成對的木屐打村尾鬧到村頭掉轉再奔一遍，阿彭永遠衣服不夠大，露出他胖墩墩的腿肚種有全村最壯觀的「紅豆冰」林，阿瘦藤黃的一張臉，細長眼梢嵌著烏黑眼珠子掃來瞄去搜尋有沒有李媽媽又跑出來的身影弄得緊張兮兮，阿跳忙著拿鏟子到處種樹，狗蛋到處做禮拜，瘋大哥到處抱小孩……，十個小孩裡頭有六個鼻子不乾淨，阿彭一年裡有十個月鼻水不斷，老聽他「束」地一聲吸進鼻管再無聲地滑出來再吸，好像他光進不出。其他小孩雙臂上的汗才風乾，一頭一臉胳肢窩又汗濕了。幾年下來，孩子的清鼻水像無法斷根的記憶經年流動；汗水風乾結成晶鹽附著毛細管上閃閃生光如歲月。

甘蔗園站在高地最尾端，幽暗的天光及雨的水氣，阿彭、阿瘦彷彿隨時會從那兒走出來，從最深處那次甘蔗園事件中走出來。

「阿彭，你能不能滾動得快點！」我邊催他，手裡沒閒過的用細竹枝撥弄走在我前頭的阿彭。

阿彭胖子生平最愛充老大、打先鋒，所以我們老在蔗園裡迷路，他人又死肥，一個身體可以擋住一條路的光。阿彭不斷左彎右拐後冷不防來了個緊急煞車，於是我們後頭一溜祇見一張大臉猛往前貼上一個後腦門，虧得靠我力擋，才擋住了這股勁兒。

阿彭興奮地大叫：「我知道了！」

我趕緊一個倒步離他遠點：「哪個倒楣鬼又要倒楣了？」

阿彭一秒鐘也不浪費，倏地抽出一把火柴，刷——地劃出一道火線：「我有洋火，我們燒出一條活路！」洋火棒隨即以一條拋物線落到田裡，他繼續拋出第二根洋火，這下大家都樂了，你一根我一根搶去畫了火丟出去，每個人都有分。但是洋火棒飛出去以後半天沒有一點動靜，我瞪死阿彭，阿彭若無其事：「好玩嘛！」又自言自語：「這洋火爛的。」兩隻手掌仍死死抓著沒火柴盒的零散火柴，恐怕都敎他的汗手汗潮了，他不會捨得丟掉的。永遠晒不黑的臉，一熱就紅，說不出來的蠢相。

阿瘦掰倒一根甘蔗喀喀喳喳吃將起來，她不吃東西嘴巴閒著就會罵人。

阿瘦呸地吐出一口甘蔗渣，趁空仍罵了出來：「我再跟你們走我就是豬！」

真的，還不如她一根甘蔗一根甘蔗報銷打開一條路來得快。甘蔗渣當場吐在阿彭腳丫前。

阿彭的下一招連環畫似的，果然和以前的路數一模一樣：「我發誓我會憑著上回拉的野屎一路找到出口。」

阿瘦尖聲尖氣：「你長得就是一隻拉野屎的土狗！上回？野屎呢？」她學阿彭的聲調。

阿彭一急立刻就想蹲下去現拉一堆，我用力扯起他，蔗園裡有空的地方就有野屎，，也不嫌煩！我用食指彈他耳朵：「你隨便認一堆吧！」

阿彭向來堅持吃了他屎尿的甘蔗長相絕佳，於是他有計畫的在蔗園裡到處拉了大便。他說好心小孩拉的大便形狀也是好的。

「大便是人的另一種靈魂出竅！」阿彭嘿嘿地發出傻笑，忘了到底要做什麼。每一根甘蔗根部旁邊都依偎了一堆說不上什麼的東西，已經沒味道就是。

我們就在甘蔗和大便靈魂中間穿梭搜索，終於鑽出蔗園。甘蔗葉子割得我們手臂、脖子上一道一道傷痕，我們幾個一哄而散，把阿彭甩得老遠。衝出來時天已經黑得差不多了。

我們老習慣老路線一鼓氣由村子後頭爬上么么拐高地打散了回家。

我曲裡拐彎避開大巷子打躲避球一樣閃躲進了我們家巷子，那曉得一頭撞上豆腐老馬。

老馬提了個木桶裝了早晨市場他賣剩下的豆腐繼續叫賣，雖說是賣剩下的，他老規矩一塊一塊擺了在木桶裡，老馬說碎了的豆腐就像破了身的女人，沒什麼價錢了。他說這些話從來不避人。

這會兒老馬正無聊，見到我鼻孔都放大了，鼻頭上每隻毛孔都冒著油光。

老馬大聲喝道：「老小子打哪兒發財啊？水豆腐買一送一！趕緊拿回家孝敬你娘！」

阿彭後頭冒失鬼衝到老馬身邊，燥紅的兩股臉頰對著老馬的大紅油鼻子：「我們哪兒來幹嘛告訴你?!告訴你我們不吃你的老豆腐，我們家今天吃烤鴨！」

老馬才不氣呢，他笑眯眯地：「烤鴨？烤鴨是什麼？你們家縣長見過烤鴨沒有？」

阿彭反問他：「你們縣長見過？」

老馬仍慢條斯理：「是沒見過，他見過烤乳豬。」他停頓一下：「那小豬沒教養，問他話光會說『啊』——聽懂沒有？」阿彭沒聽清楚，湊著臉問：「啊——？」

老馬笑了：「蠢是蠢了點，還眞乖。」

阿彭急了向我告狀：「你看他那張馬臉，該去賣馬肉！招牌都不必掛！」這是仲媽媽教的，他自己加上一句：「豆腐吃多了當心腳軟。」

老馬狂笑：「你腳硬得很呢！你小小年紀怕腳軟？別逗了！去！叫你媽燒兩塊紅燒豆腐給你去菜色！」老馬一伸手就直探阿彭胳肢窩，阿彭最怕癢，搔到他，他可以在地上滾半個鐘頭笑不停。

阿彭這次精了：「留著自己享受吧！我都快變成黃豆了。」腳底溜得快得很。

老馬斜眼望著我，我祇好乖乖伸手接了兩塊豆腐，明天它們就是豆腐乾了。在我們村上有條不成文的村規——老馬早市剩下的豆腐是巫婆的蘋果，推銷到誰家門口誰就得賣。當然，有附帶條件——可以賒帳。老馬賣豆腐倒像行善似的。

我們家是一、三、五吃豆腐，二、四、六、日還是吃豆腐，反正跑不掉，我假裝了幾年愛吃豆腐免得被大人往碗裡硬挾幾塊，後來都快假裝成眞的了。

我爸倒眞從不挑菜，每回他都是安靜吃完下桌，不看桌面也不講話，做了虧心事似的；我媽正相反，專挑晚飯這一刻大發言詞，把村上白天發生沒發生的事全講一遍拿來當下飯菜似的。我媽追著我爸講，一直追到他下桌。她手可沒閒著，打人、餵狗蛋吃飯一樣不漏。我爸下桌後，我問我媽：「爸吃飽了？」

「我媽瞪我一眼：「你才吃飽了呢！」她加罵道：「省給你們吃不懂？」

我們這村子的爸爸都瘦瘦的，大概小孩多吧！

老馬在我背後嚷了句：「告訴你媽，上個月欠的五塊錢不忙給。」

我低聲回他一句：「你神經病，什麼不好記?!不會忘掉啊！」

老馬那一張嘴可以抵五張用，他勤快地早也賣豆腐晚也賣豆腐實在是因爲他愛講話閒不下來。這會兒才一眨眼工夫他又竄到二十三號方家門外，方家有個景心姊姊，老馬有事沒事老地位、老台詞，傻笑著，大鼻子縮成一團，文謅謅地：「大小姐，妳好啊？書念得怎麼樣？要吃營養一點噢！」然後雙手捧著他的「聖豆腐」奉上。

方媽媽可不像方姊姊就會笑，她不理會算客氣的囉，否則連老馬帶木桶一起罵出去，但是老馬進了方家地盤就從來不生氣，他說他進了方家大門就患健忘症。

我捧了豆腐往後頭廚房交給我媽，我媽頭都沒抬一下將豆腐扔進炭爐上的熱鍋裡。我探頭一看，可眞巧，鍋裡是大白菜。白菜豆腐，豆腐白菜，天生該炒在一塊兒，我媽給取了個名字——翠玉雙白。

我媽皺了眉，一副煙熏臉模樣：「看什麼看？還不去擺碗筷？看了就會變成牛肉啊?!」什麼叫牛肉？我們家有一年沒吃牛肉了，老馬來說，就是——你們家縣長都沒聞過牛肉味。

別人家的炒菜味兒飄了過來，我們這兩排房子戶戶背靠背，中間一條穿巷，擴音機似的，誰家吃什麼我們清楚得很，炒菜劏的力道傳得老遠，魔術棒一樣點的大家菜色一致。就看吃飯時，我們端碗白飯到誰家挾幾筷子菜就像自家盛好出去的一樣。就二號雲南人袁伯伯人辣菜也炒得辣，他說去潮溼。袁家瘋大哥袁寶跟著吃從來沒什麼意見，辣兇了光會四下跳腳。他沒娘管。阿彭他媽媽一見這場面就忍不住要加油，啦啦隊似的叫：「辣死你這龜兒子!!辣死你這龜兒子!!」

我急忙忙擺好碗筷，肚子餓得什麼事情都想不起來，光鼻子動物似的聞得靈光兮兮!!這會兒的空氣像摻了糖，這甜味越來越濃，掩蓋了家家戶戶的青菜蘿蔔味，最後燒焦了變得有些苦，我們村上也沒誰捨得擱下那麼多糖在菜裡。

我媽平常耳聰目明的，這會兒正皺緊眉頭專心對付白菜豆腐，就像那鍋白菜豆腐是敵人似的，她非整倒他不可。

忽地外頭傳來一連串聲鐘響，一聲接緊一聲變爲一串，我媽被吵醒了似的，沒聞到焦糖味，光聽見鐘聲，她驚叫：「是不是要反攻大陸了？」我們村上演習每回都會通知，就這回聽都沒聽說，除了反攻大陸還有什麼事會這般突然而緊急？我媽倒是沒忘記先把菜劏出來放到盤裡。

我們村上成立有自治會，村子內外發生狀況，幹事老李要負責敲鐘警示，也有小孩胡鬧過去拉鐘，但是膽子不敢大到猛拉，都是碰到就跳到老遠。這回像眞出事了。

我突然想起阿彭那一根火柴。這串鐘聲讓人覺得眞反攻大陸也許還好得多。么么拐高地下蔗園裡大朵大朵的濃煙冒泡似的直往上竄，眞像小孩闖了的禍，遮這邊露那邊，那煙老遠誰都看見了。我們剛從那邊回來，難不成這濃煙爲了追我們？

我飛快衝到巷口阿彭已經在那兒等我了，他提著褲子好像剛蹲廁所出來，其實是他媽老給他大三號的褲子穿，以防他招呼不打一聲抽高了穿不下。

我們倆在巷口偷偷望了一眼，他慣性地用力縮回他的鼻水假裝沒事，臉皮瓜子紅得發脹，仲媽媽比阿彭恐怕還早衝出巷口，她那一搖三晃的身軀，還有和阿彭幾乎一個模子鑄出來的冒著汗的紅臉頰像嚇壞的母雞，還孵著蛋呢才這麼「腫」。她抖顫著聲音問我媽：「怎麼回事？到底怎麼回事？」

然後是她身後完全被遮死的仲伯伯的男低聲：「我看大有問題。」那「低」音低到像掉到水平面以下，沒了頂，喝了水，咕嚕，咕嚕的。

仲媽媽又黑又胖，紅臉頰下面襯底的是黑亮膚色。她說再微不足道的事情也都有驚天動地的效果，聽說她年輕時代也算個方圓五百里內的美人，周邊遠遠近近村子少說有二十戶上門提過親，她千挑萬選相中了仲伯伯，她看上仲伯伯的白、瘦、小。她說她是頭太大了，萬一將來生女兒可不希望生個像她這麼顯眼的，到哪兒都藏不住。她說得對，她和仲伯伯走到哪兒都像浮雲遮月。她有一件沒說對，她沒女兒，她光生了個兒子——阿彭。

「膨漲的『膨』！」我們逗阿彭。

仲媽媽爲了掩飾她的「大」，她一定穿旗袍，而且刻意裁出腰部的曲線，奶奶、腰、肚子、屁股全勒出一條一條綿繩狀，一年到頭腋下塞條手絹，合身的旗袍捱不過中午便有縐痕，像套了一串救生圈。仲媽媽當然見不得太陽，太陽一曬，她那張大臉手絹越擦越紅，簡直就要熟透了。

紅光映到仲媽媽的臉上，她的臉現在不比我們的紅，老李的鐘聲沒停，越敲火勢越大。我們由高地往下望，濃煙在蔗園裡到處打轉冒高，大家靜靜地，彷彿正參加一場拜火會的法會，每個人臉上說不出的嚴肅。

救火車尚未到前，阿兵哥先來了，一梯次一梯次擁到的阿兵哥投入了拜火法會，可是他們是另一派別，他們跟我們這派毫無關係，他們穿另一種儀式的衣服。

每家每戶的菜在鍋上煮著，飯菜的味道合起來壓不過糖焦味。

由蔗園往上竄的濃煙像掙扎在水面上極欲呼吸新鮮空氣的魚的空氣泡破了。村子裡的狗對著濃煙狂吠不止。天空全黑了下來，灰稠的煙被風送到更遠，附依在黑天夜幕上，濃得像凸起的灰顏料。

全部人祇聽見——嗑——啪！一整排甘蔗倒下去、炸開的聲音，空氣裡充滿的先是焦甜味，然後是炭燒味。教人一輩子忘不掉的那種濃度。

我們那兩排鄰居好像就袁伯伯沒到，瘋大哥混在人堆裡，他指給我看一朵濃煙：「好像一隻火鳥！」他看過火鳥？他今天特別安靜，牢牢盯住火海好像懂得它們。

打我們懂事起，瘋大哥整天待在蔗園邊的土地廟，他喜歡磨紅石子，磨香灰似的磨成紅石灰，累了就睡在廟裡。

土地廟恐怕給燒成灰了，瘋大哥似乎知道，一點不傷心，他笑瞇瞇地，人很安靜：「他們不怕痛喲！」我抓緊他的手，眞怕他一時衝動去找「他們」。

終於救火車驚天動地的來了，停在距蔗園八百里外馬路上，消防隊員快速抽出一條石棉水管，到處找水龍頭，他們失望了，根本沒有水龍頭，倒有個壓水機，水管口套不進壓水機喉口，大家袖手不動光覺得好笑。

最後消防隊員也放棄了救火，大家一起站在高地上往下望，又多出一派別拜火教教友，這個派別穿著黃色祭服。是高地與蔗園間隔了一條溪使他們放心?沒聽說過火舌會過水。

袁伯伯這會兒倒出現了，若無其事逛到人堆裡：「我借兩滴眼淚救火吧！」惹得穿黃衣服的拜火教教友差點和他打起來。

袁伯伯沒見他怕過什麼事，我媽說同方新村就袁家一家三口最漂亮，後來袁媽媽不知道怎麼就死了，袁伯伯還是漂漂亮亮的，酒喝得多點討人罵，我媽在罵過他以後仍說：「有些男人一輩子沒瀟灑過，袁忍中天生是個瀟灑料子。」袁媽媽的死因一直就是個謎。

袁伯伯架沒打成，朝山下吐了口酒：「我消滅你！我看扁你！」他點了支菸，若無其事地欣賞大火。

仲媽媽斬釘截鐵地說：「這是報應，誰來救火都沒用！」仲媽媽的臉也不知怎麼弄黑的，看阿彭長相，她應當也曾經是個白臉。阿瘦說可能她老發急，臉漲紅褪不下去最後就變黑了。她的黑讓她一切愛惡格外分明。此刻她晃動她的黑盤臉像搖一面大皮鼓，我都快給搖昏了。

阿彭雖然胖，站在仲媽媽旁邊老看不見他整個身體，好像他躲在那兒似的。我瞄了眼阿彭，如果仲媽媽知道這場火可能是阿彭惹的——

阿彭突然發現他媽的好處，他緊緊靠在仲媽媽身邊，我幾乎完全看不到他。他根本不要看我。

大火中，我們山上的人堆影子被擴大了倒映在草地上，風一來，吹得到處嗶嗶作響，像沒處躲的巨人。影子跟影子重撞成一堆，搏鬥了幾拳，扭在一塊兒又被分開。

我肚子餓得快伸出一隻手來，阿彭肩上箍住一隻手使他更像一隻胖猴子，我狠狠瞪他一眼又趕忙移開，我媽已經用餘光注意我了。

在回家的路上，我媽小聲問我：「奉磊，是不是你？」

「不是！」是阿彭，他的洋火真燒出一條路了，我低聲說：「是阿彭。」

我媽知道我沒說謊，但是她並不高興，她警告我：「你給我嘴巴緊點。」她目光定在我眼睛上，這是她測驗我說謊沒有的老辦法。

「不要以為到處可以去說實話！」她收回凌厲的眼光，問我：「知不知道？」

我點頭，其實不明白，所以覺得想哭，低下頭看到我腳上不成對的拖板鞋，另外配錯的兩隻可能在床底下，也可能在蔗園摸路時就穿錯了。

蔗園整整燒了一天，紅光退後，不時有小規模的燃燒突發，引得悶煙四起，那濃煙蔓延到我們夢裡，半夜，全村人都聽見甘蔗倒下的聲音，聞到澱粉焦味。

在夢裡，我發著冷，聞到各種類似食物煎燒的味道，但是完全解決不了我的飢餓。

全村子的人不時由睡中醒來跑出去觀察大火的趨勢，空氣中的氧似乎全被火燃燒了，以至於空氣十分乾燥，我們好像一具一具夢遊的身軀，被釘在火的布景前。

阿彭回家後就一直沒出來過，他十成十睡死了，他從來不多想。我望著七號他們家大門，門板被挖了一個小洞，外頭比裡頭亮。他們一家都睡熟了，從裡面傳出打鼾聲，是仲媽媽的，她打鼾有名的。他們一條船的人說她站著打鼾都比你躺著打鼾還大聲。

那一晚，睡熟的人如果做夢，那夢境一定是立體的。耳朵裡甘蔗倒下去和灼燒的聲響是那樣痛又那樣沉默。還有焦糖發出的澱粉味，還有仲媽媽特別大的鼾聲。

靠近天亮時，再沒有人跑到屋外去看，大家彷彿終於習慣了大火的存在而現成的夢境中睡熟。

不管多少年過去，我成年以後的夢裡仍然不斷出現甘蔗倒下去的畫面，我仍舊是個小學生，一切都被咒詛下我們全長不大；我在濃煙中又迷了路，於是我在睡夢中閉住呼吸，大量的夢境以及濃煙，每一回我在夢境中嗆咳不已醒來。

大火過後，台糖總公司派人到火災現場清查損失，來的人的臉拳成一團，那份煩，好像燒掉的是他們家的房子，而他們是看門的虎頭狗。

阿彭跟在他們後頭跑，他兩手垂直，一小步一小步向前說衝不像衝，說走不像走，是一條短腿小拳獅狗，太胖了，小腿肚上一個一個被肉撐起來的紅豆冰。

我們一大票人圍在旁邊，阿瘦提醒阿彭：「你再衝嘛，看你再闖出什麼禍。」

阿彭楞楞一張大白臉，鼻水早流到唇邊了，他忘了他的鼻水就像忘掉他闖的禍那麼自然。阿瘦說煩了，一把將阿彭撂在我們後頭。

我們這麼急是因爲經驗告訴我們，大火燒過後的田裡會有燒死的母雞、田鼠、雞蛋，燒太焦的撿回去餵紅頭鴨最補，運氣好點撿到燒得不怎麼焦的可以加菜。

土地仍溫熱的，焦黑的土地好像大地流的血乾涸在皮膚上。台糖公司派來的人怕燙到腳不時跳啊跳的，不像虎頭狗了，像田蛙。

「穿了衣服的青蛙！」阿彭指著他們笑。

阿瘦指著他：「穿了衣服的豬！」一個拐子拐得阿彭蹲在地上直不起身，阿瘦手腳靈光是許多男生比不上的。

我們緊緊跟在台糖公司的人馬後頭，結果他們翻箱倒櫃的沒找到燒雞，倒在蔗田裡發現了兩具焦黑的屍體。

台糖公司的人呆住了，交頭接耳，都覺得倒楣透頂。

我們飛奔到屍體旁邊，阿彭的臉簡直要貼到屍體的臉皮在研究，呆狗阿西受了嚴重刺激一般對著屍體打轉狂吠，吠著吠著像被誰踢了一腳急向村子奔去。

阿瘦蹲在屍體邊想將屍體臉上的焦塊抓掉好認人，有人見到連忙拉住她：「妳別破壞現場！妳幹嘛妳?!」

阿彭仔細打量半天，突然尖聲叫道：「是方姊姊和小余叔叔！」不管三七二十一便對著黑炭人放聲痛哭，那樣的肯定簡直教檢查人員手足失措，他們問：「誰是方姊姊?誰是小余叔叔?他們怎麼會抱在一起死在蔗園裡?他們為什麼不逃出去?」

阿彭的話才落，那兩具緊緊相擁的焦黑屍體眼眶流出兩行鮮血。來檢查的人不再發問了，他們一個個眼睛睜得老大，一副要嚇死的樣子。

阿西狗由去的路遠遠狂奔到現場，牙齒咬著一雙拖鞋，是方姊姊的。我們全村祇有她穿這麼秀氣的拖鞋。

瘋大哥緊張地抓住我手臂小聲不讓別人聽見般神秘：「不要讓野貓靠近景心，野貓專門偷別人的靈魂。」

方姊姊和瘋大哥從小一塊兒長大，方姊姊愛指住流鼻水的阿彭、藤黃著一張臉皮的阿瘦、精瘦的中中、活蹦亂跳的阿跳、死氣沉沉的狗蛋還有愛哭的我說：「人家袁寶以前才漂亮呢！像你們?!」

我們不服氣：「比小余叔叔怎麼樣？」

「余蓬差遠囉！」方姊姊臉對臉、鼻尖對鼻尖和瘋大哥親親愛愛的：「袁寶對不對?袁寶永遠長不大最好噢！」

阿彭自作聰明：「長大就要談『亂』愛囉！」

方姊姊和小余叔叔偷偷談戀愛的事全村人都知道，就方媽媽、方伯伯不知道。

阿西狗將拖鞋放在那具較小的屍體旁，下垂的眼睛要掉出來似的望著屍體嗚嗚哭著，檢查人員趕牠走，牠跪著死不肯移開，像一隻狗塑像。檢查人員看牠恐怕更像一隻上了發條的音樂狗。

我們眼前是焦黑的土地，滾大的雲朵，皺緊眉山的檢查人員，好像世界已經到結束時間，大家因此在發愁。焦黑的田埂遠遠近近一高一低如起伏的浪，將畫面塞得滿滿的，衝到天邊，甚至比天還多出一截，在地平線那頭反轉捲住天，天地因而全部一色，焦黑而且窒息。

四周是大人不停的嘰嘰嚷嚷，人都站得遠遠的。我媽也在人堆裡，她眼睛盯在我和阿跳、狗蛋身上不放，像一種監視。晚上上床用棕刷刷腳板是逃不掉了。

方媽媽不知道被誰通知了奔到屍體旁，抱起屍體就又喊又嚎瘋了一樣，撲到檢查人員身上摸過屍體的手去抓人家的臉，檢查人員嚇呆了，一直往後退，終於在全村的注視下悄悄離去。

有人在他們身後喊：「多出這兩具屍體你們不登記啊？」

其實大人是很歡迎種甘蔗的，小孩的零嘴有了著落。

方媽媽眼光觸到阿西狗咬來的拖鞋，撲在焦土上恐怕就接觸土地的膝頭是熱的，她抱著已經涼掉的屍體，在大火裡足足燒了十二個鐘頭的女兒，就這樣曝在荒地上，她突然停止了哭號，全身顫得像就要散掉了，她放下屍體以飛快的速度用雙手去刨地，她要將方姊姊就近埋掉！

「妳給方家丟人現眼嘛！妳要死也死在屋裡頭啊！」方媽媽恨聲唸道。像個正在作法的女巫。

我們全部動彈不得，彷彿流出的蔗糖被煮沸過後黏住了我們的腳。

半夜，一直到以後過去很久的半夜，二十三號仍傳出方媽媽的狂號，全村人繼續著另一聲噩夢。頭一天晚上，我和阿跳、狗蛋縮在床角躲那哀號，但是那聲音連著線似的可以直接到處鑽，眞像是夏天的知了聲，鬧得最兇時，耳邊嗚嗚嗚動。

阿跳蒙著被子熱得一身汗躲那聲音：「啄木鳥是不是這樣啄的啊?!」一向所有的地方都是他的戰場。現在，他被這聲音打敗了。

我媽去陪方媽媽了，她絕口沒提阿彭劃火柴的事，她用眼神警告我不准說出一個字，最好想都不要去想。

阿跳忍不住跑出到巷口打混，巷道裡沒有半個人影，光是方媽媽的哀號，她站了會兒，終於發現奇怪的事，跑進屋子神秘兮兮的說：「八號段叔叔把燈全亮著噢！」

段叔叔有潔癖，他和席阿姨沒有生小孩。我媽說有潔癖的人生不出小孩，而且這種病一輩子治不好。

「他在洗地？」我問。

「沒有，他在等席阿姨！」

「你怎麼知道？」

「席阿姨不在嘛！」

段叔叔成天不是拿了抹布擦東西就是洗地，要不就去倒垃圾，我們穿堂底那座垃圾箱像專門爲他而設，他可以不要吃飯，不能不要垃圾箱。他們家乾淨得像個展覽室。

阿跳又跑出去觀望，這次才一會兒就進來了，他很失望的說：「席阿姨回來了，他們關了燈。」

淒厲的狂叫與哀號交互起落幾天幾夜沒消弱，終於變成空氣的一部分。我們在村上行走往往出其不意被那麼一叫嚇亂了步子，全村子無形中不自覺放低了調門與走步聲，隱隱覺得最好不要去沖到那哀號聲。

方媽媽平常就以嗓門大聞名，現在更壯麗了，方媽媽有雙半開放的腳，她用腳不方便，所以練了副大嗓門，她一向用嗓門代替雙腳。方姊姊長得完全不像她，方姊姊細手長腳，腰身圓圓的，長了張水滴型瓜子臉，柔而翹的下巴帶三分倔強，大人說方媽媽用嗓門管教方景心。方媽媽腳下快不過矯健的女兒。

方姊姊念書一路拿獎學金，從沒教人操過心，直到她遇上了小佘叔叔。方姊姊見到誰都甜甜的招呼人，就是見到小佘叔叔不叫人光笑，走到那兒笑到那兒，著了魔似的，我媽說那不是談戀愛是中了邪，那有人光吃飯不吃菜？我媽說：「一個人光剩下一種反應的時候不是瘋了就是癡了。」

仲媽媽黝黑的臉唱著反調：「小佘和老方是同事，景心該叫小佘做叔叔，叔叔怎能和姪女攪在一起？」

我媽不以爲然：「誰規定他們是叔侄？大家避難在這兒遇上，當面鑼對面鼓核過八代祖宗啊？我們老家還有爺爺輩比孫子年齡小呢！」我媽對這層說不清楚的束綁厭惡地反應出來：「再說這關我們什麼屁事？」

眞的，大家也祇背地說個不休罷了，方媽媽個性強出了名，誰敢去告訴她？出了事誰負責？我爸還說女人全有戀兒狂，見不得男人蕭灑。小佘叔叔長長的臉上覆著一頭短絨髮，渾身有股說不出的委靡勁兒卻不露輕浮，走起路來兩隻手總在褲口袋裡，天不怕地不怕的。聽說他在家是獨兒子，名下的家業數不清，逃婚出來的，現在對女人還挑得很。他倒沒有不在乎女人，他是不去惹她們。

那幾天由方家院外望進屋裡總是暗的，方媽媽躺在竹編床上像團發麵，灰紗帳子撩到頂上，縐摺處藏了什麼秘密似的小心地垂著。方媽媽被手藝不精的捏麵人捏了不相稱的長手搭在床沿，嘴裡報時器一般不定時發出拔尖的單音，搭下的手無知覺地拍著床沿，拍子沒對準過她發出的音節。

方家的桂花在一夜間全部枯萎了，細碎的花身掉在地底沒人掃，花的臉仰望高高在上已經枯乾的樹身，似乎絕望了的腐敗在紅磚石上，彷彿地磚的花色。

院子另一邊玉蘭花卻奇異的越長越盛，繁葉的影子一片疊著一片印在地底，雖是影子，卻覺得有厚度，讓人沒望見屋裡是什麼，先觸到一道一道的暗。

方媽媽躺在床上失去意識那幾天，所有方姊姊、小余叔叔的後事全靠方伯伯辦，他要跑台糖公司填出事原因、聲明書——聲明死者是自行跑到蔗園裡被燒死的，以及死者資料，這樣台糖公司才證明人是死在他們的地上。折騰半天，方伯伯發現有關小余叔叔傳說的背景雖多，卻一項也不確定。那些平常知道的很多的媽媽們這會兒全安靜了下來，方伯伯跑陸供部資料室跑了幾趟才調出小余叔叔的兵籍表，兵籍表上資料也不多，知道現齡二十七歲、獨子，余家已經三代單傳，小余叔叔偏偏死在甘蔗園裡，他們湖南老家的鄉親卻連甘蔗都沒見過。

小余叔叔老家地址有一大串——湖南省平莊縣長廣鄉安鳳鎮余家堡太紫大街面坡前大道。方伯伯拿了地址一個個去問，整個村子和陸供部沒誰聽過這地方。然而小余叔叔的資料就這麼多了，兵籍表是小余叔叔自己填的，方伯伯要抄下資料的內容帶走，半天下不了筆，沉重地對我爸說：「老奉，你幫我忙給抄一下。」

方伯伯不願意是他寫小余叔叔的最後一筆資料。小余叔叔和方伯伯辦公室對桌坐了好幾年，小余叔叔年輕得多，他們一向又是朋友又是叔侄。

那幾年大家由大陸剛出來，還有人跟老家通信，這條路還可以試試，方伯伯把小余叔叔幾件隨身衣物按地址寄了出去，那些隨身衣物現在離開了主人足夠說明一切了——如果小余叔叔家裡還有人。

至於方姊姊，方伯伯依他們家鄉習俗包了一包方姊姊全套衣服，持了炷香在蔗園和屋子內外唸唸有詞左三圈右三匝。

當方伯伯轉到蔗園，我們小孩各持炷香跟後後面唸唸有詞，點點香火引得有人以為又燒起來了，台糖公司的人火速湧到，原本要趕我們走，方伯伯才不管誰，仍唸他的經，那點香火恐怕不足以釀製另一次火災，台糖公司的人不久便撤走了。甘蔗園也沒什麼好燒的了。

一炷香燒盡了，四周地上沒有任何生肖的腳印，據說這樣就表示方姊姊不願意跟我們回去，她不願意顯示要投胎的形狀，就像他們當時也許可以逃出蔗園，但是他們不願意走。

太陽下山後，黑夜由蔗園的四周包圍過來，在我們頭頂合攏了來。四下暗得連一處缺口也沒有。

我們各持一線香跟著方伯伯往村子走，阿瘦的臉色原本就黑，現在，祇見她一雙眼睛比什麼都亮。黑暗使人的聲音及身體在夜幕中變小了，個人外貌的特色更凸顯。

當我們聽到那聲音時，以為是荒野裡風在吹口哨，但是這聲音這麼貼近我們，我們全身毛孔不自覺都閉上了，阿瘦賊亮的眼珠瞟向我，那意思是——是不是方姊姊來了？那聲音一直跟著我們，方伯伯蹣跚的腳步埋頭向前沒回過臉，那聲音忽高忽低，淒厲得不像人的喉嚨發出的，像不知名的野獸在玩著牠的聲音，一路由前面被風送到後面，牽著我們一個個小孩回家。

是方伯伯在哭，黑夜天空沒有一顆星星，野地裡的風颳著似刀子將方伯伯的哭聲切成一片片大大小小，他灰花的頭髮風裡翻直了，像一根根充電的線。

方姊姊不再回來了，我們在那一刻突然明白了。我看了一眼阿彭，他一點沒有害怕的意思，他一點不知道我們再見不到方姊姊。

趙慶隨著他媽媽嫁到我們村上前，我們一直在猜他到底是個什麼樣子。在那段方媽媽三五分鐘調弦一般響起的嘶叫下，大家倒實在不那麼好奇了，他的出現使大家情緒好多了，眞的，沒見過那麼新穎的小孩。

以往我們在自治會前廣場上碰到袁伯伯，他一定帶了身酒味，好像女人擦慣了的某種牌子花露水，變成了他的標誌。天越晚，他身上的味道越重。他喝了酒簡直英勇得很，誰都不行擋他的路，有回他踢到一塊擋他路的大石頭，腳指甲蓋整片掀起來，他拔開隨身攜帶的酒壺蓋沖洗指甲蓋消毒，眉頭都不皺一下。他身邊還有個特色，總有一位小姐。如果碰到他帶著小姐，我們一定閃得老遠，酒的味道混合香水的味道眞難聞。那些小姐長相個個不同，味道差不多，嘴唇塗得滿滿的口紅，他有半年時間整天跟戲班子的女人混。

趙慶的媽媽是跟戲班子到我們村子的，戲台搭在自治會前廣場上，白天看起來根本像沒生命未完工的房子，祇有幫忙燒飯的仇阿姨在臨時搭架的磚灶前炒菜是個活的生命。仇阿姨不穿長褲，她永遠一身棉布旗袍或加件月牙白外套，廣場上風大，經常吹得她的旗袍下襬撲撲響，仇阿姨將長頭髮挽個髻在腦後，她帶著她撲撲作響的旗袍聲安靜的一個人站在露天中做飯。

有時候她洗大白菜，白菜梆子一片片先剝下整齊的放在大托盤上，蔥、蒜也一樣，一根根洗淨了，脫了衣服的小嬰兒排開在那兒，說不出多喜孜孜。連豬肉也不肥膩沒血水得像植物不像動物清爽潔淨地供人欣賞。

到晚間，戲台子開戲了，仇阿姨稍微輕鬆些，她不上戲光負責做飯，原先還附帶做消夜，每天晚上她得在後台等大家下戲後做給他們吃，後來唱戲的認得幾個人了，下了戲早有人等在台口往裡叫：「小金仙外頭找！」裡頭先傳出一聲嬌嗔：「叫什麼叫?!馬上來。」然後忽地轟出一大票小金仙的姊妹淘，通常最常被點名會客的台下是女生，舞台上一定是俊俏的小生。

人都各謀生活去了，仇阿姨後來便不必做消夜，也從沒人請她吃消夜，因爲她不上台，她台前台後永遠是個女人，他們嫌她沒意思。

可是她還是得等下戲，下了戲她才能在後台打開鋪蓋睡覺。她在等睡覺那段時間手上並不空著，不是打毛衣就是糊火柴盒，有時候做著做著手停在那兒不知道想什麼，四周傳來鑼鼓、嗩吶聲忽高忽低，要有個急鑼鼓才能忽然喚醒她。我們有時候不是去看戲，是去看她，她白白淨淨的臉，連阿瘦這麼不受管的女生都說漂亮。

李阿瘦的臉又窄又長而且膚色像她媽媽，人家藤黃著一張臉總像不太乾淨，但是李媽媽的臉像勻了一層蜜，蜜汁暈在眼梢有股說不出的俊媚，我媽說她要去反串小生天天有消夜外帶早點吃。

阿瘦以前是張黑臉皮，不知怎麼褪成了黃色，而且在褪色的時候很明顯一天比一天黃，尤其不似有些黃臉是由白晒黑而黃，所以沒有那樣死魚色。起初我們還以爲阿瘦糙米吃多了，要不就是黃心地瓜吃多了，所以染黃了，但是她一雙手掌白裡透紅，沒有理由顏色光上臉不上其他地方，所以被我們否決了，久而久之，這種情況並沒有改，我們祇好當她臉上的血管流的是黃血。

仇阿姨的白像臉上抹了層冷霜，她站在磚灶前炒菜，煤球焰心映得她一臉桃紅，媽媽們說她那張臉就桃花瓣，除非花瓣落到地底枯掉，否則是不會變黑的。

仇阿姨在戲班子待久了，她的作息我們全摸得一清二楚，她偶爾會請半天假，阿彭說她一定去會男朋友，阿瘦反駁說哪有她老去會男朋友，男朋友也該來會會她啊！

阿彭說：「我打賭她男朋友一定在坐牢！」

沒有人要跟阿彭打賭，也沒人敢去問仇阿姨，一直到有天仇阿姨要嫁到我們村上，大家才稍微對仇阿姨的身世清楚了一二。

趙慶隨仇阿姨嫁到我們村上那天，他下吉甫車後簡直教人眼睛一亮。他站在仇阿姨身旁，驕傲清秀，他的一舉一動有股說不出的節奏，完全不像我們這批人的毛躁幼稚。他好像不是隨母親改嫁到一個新的家，而是外交官到駐在國履新。趙慶有一頭細如絨毛的短髮，柔軟覆在臉的四周，如未褪的胎毛，突出他整張臉分外分明而性格，尤其他的蛋形腦袋像個高貴的王子，不像我們幾個腦袋不是扁的就是歪的。他的後腦杓正好和他的鼻子對稱，後腦飽滿，前鼻樑桿直，使得他個頭雖瘦長卻很挺直。

他跨下吉甫車站定後，眼睛先環顧四周，神色不見一絲怯退，他一直站在仇阿姨前頭，彷彿他是她的侍衛長。

新袁媽媽則一直保持她的淡淡微笑，她雪白的臉蛋特別敷了一層粉，嘴唇上的口紅被她自己吃掉了，顯得臉更白，新袁媽媽沒有趙慶的毛絨絨短髮，她一頭長髮放了下來，更加稠密烏黑，仲媽媽壓低了聲音說：「有這樣頭髮的人命苦。」

我媽說：「那麼嬰兒和老人的命最好囉？」

大家正在嘰喳著不休，二十三號方媽媽禮炮般的嘶喊聲突地響起，我們是早習慣了，趙慶卻不，他提高了臉，臉上表情好奇而不驚恐，他似乎對這份反常、夾纏在鞭炮聲裡的嘶叫十分感興趣，他凝神聆聽，尋找嘶叫聲的來源，忘了婚禮。淒厲的嘶叫聲突地停息後，他燦然一笑對他媽媽說：「這種叫法好像黃昏的狼嗥！」新袁媽媽微笑地望著他，表示同意。

袁伯伯臉色刷地黯下，他向前跨一大步，將趙慶擋在身後，他和趙慶的影子疊成一個，鋪在地面。他比趙慶高出一個半頭，寬一半，他很容易就遮住了趙慶。這時候突然下起了毛毛雨。雖然很快就停了，給趙慶的印象大概很深。

那天晚上袁伯伯喝得爛醉如泥，半夜，原本還算晴朗的夜空又起了大雨，袁伯伯肚子燒得厲害，跑出到巷道中間仰高臉接雨，他大叫：「痛快啊！」又喊道：「再來一杯！」他把他的嘴巴當成了酒杯，越喝越醉。趙慶站在院子裡看他，不去拉他反而回頭問新袁媽媽：「媽媽，這地方眞奇怪，老是下雨。」

雨水從他們屋前流過七號仲家、八號段家、二十三號方家、九號我們家匯到水溝裡。同方新村一幢幢長條屋子連橫隊一段排列著，每隊八戶，一根大樑由排頭貫穿每戶到排尾，魚鱗形的屋瓦使得每一排房屋像一條魚，一片魚鱗也少不了，當魚頭在呼吸，魚尾少不得擺動二下。

雨水使趙慶細絨毛臉龐霧霧的，如霧了層水氣的鏡面，袁伯伯的放縱使他蒙上了層陰影？

我們後來發現趙慶極不喜歡雨天，他說他出生時陽光普照，他一直喜歡光亮。他和新袁媽媽都白，雨天使他們更顯得蒼白，好像雨中的梔子花，張不開花瓣，而且香味給悶住了。

●么么拐高地繼續下著雨，我抱緊罈子對我媽說：「媽，你聽到雨聲沒有？我們回家了。」回到以前的同方新村。

●笑雨是在雨天出生的，她落地的那天么么拐高地已經整整下了一個月，雨勢有大有小，不會完全停住就是。

雨水由屋頂落到簷溝裡再由排水管匯入水溝，水溝裡早匯滿像一條溪了，每一注新雨水流到溝裡時都會撲起水花，然後它們一起流到高地下頭去。

雨天裡的同方新村房屋就像打了敗仗的軍營營帳，縮在那裡施展不開不說，家家戶戶屋裡頭全掛滿一竹桿一竹桿衣服，房子不夠長、小孩子又多的，竹桿便直直捅在門框和門框中間，有和大樑成十字形的，也有和大樑成平行的，如果家裡正好有嬰兒那更慘，人就在尿布、長褲、汗衫下走來晃去，習慣了似乎那些溼衣服理所當然要在那兒，奇怪的是尿溼的尿片明明洗乾淨了才晾到竹桿上的，卻老發出一股尿騷味兒，連家裡沒有尿片的也有這味道，好像這味道會經由大樑過戶，再過到人的身上，是一個一個會走路的尿布。誰要大刺刺往屋裡衝包準衝開了門正好一桿子衣服落得滿身滿臉，罩在臉上潮潮、軟軟的，像蛇，氣味也像。大雨下到第十天以後，大家根本不求衣服「乾淨」不「乾淨」，單單「乾」了便好。

我和阿跳、狗蛋在屋裡趴在地上玩彈珠，阿跳自己就跟彈珠沒兩樣，這兒鑽一下，那兒拱一下，一邊口裡唸著：「往那兒跑！」他有個老奶粉罐裝彈珠，裡面其實什麼都裝，祇要是圓的。

阿跳就愛圓的會滾動的東西，他追著它們到處跑，他當它們是活的會說話的東西，不停的追它們和它們說話。他一個人在家裡像屋裡有七、八個人，狗蛋跟他完全不一樣，狗蛋一句話不說，光拖著他的小公雞車，懷裡抱著一隻活小鴨由一張床窩到另一張床去，我們家總共二個房間和客廳，後面是加蓋的會滴水的泥牆竹編房頂廚房，狗蛋拖著小公雞車拖過來咔啦咔啦，隔會兒又咔啦咔啦拖過去，聽在耳朵裡活生生覺得是一隻寂寞的小公雞。狗蛋從不跟它們說話，他都四歲了還不太會說話。我媽平常教他看圖識字，他光笑，連試都懶得試一下。我媽罵我和阿跳：「全是你們兩個嘴巴不停，搶了狗蛋的話。」

我十歲，阿跳六歲，狗蛋四歲，我們家生孩子全憑我媽高興，不像別人家一年一個，她生下狗蛋一看又是個男孩，氣得在手術檯上就哭了，醫官嚇壞了忙問她那裡不舒服，我媽叫人喚我爸進去，照面就要爬起來跟我爸拚命，她大叫：「都是你害的！叫你多吃青菜，你偏愛吃肉！」鬧得一產房人笑得直不起腰。醫官當場保證：「下胎妳來生，我保證接出個女兒！」

我媽白他一眼：「我還生?!我再生我是豬！」

現在，她又去醫院生孩子了，她堅持一個人去，她說她覺得快要生了，她要我留在家裡管阿跳和狗蛋，飯熱在鍋裡，餓了炒蛋炒飯；煤球坐在泥爐裡，要記得掏煤球；爸爸下班叫他去醫院。她還燒了鍋水洗好頭才出的門。狗蛋以爲她要上街，哈開大嘴望著我媽希望跟去，眼光僅搆到媽媽的肚子邊界，弧圓的肚皮大到好像在往上墜，簡直要掉到地上。

「妳回來要給我買原子冰。」阿跳不忘記講條件。狗蛋還哈開著嘴，口水快掉到地上了。

「光記得吃，等我死了看你們吃什麼?!」我媽挺喜歡你一句我一句的。她剛洗的頭髮還沒乾，耷拉在頭皮上，簡直是頂亂線鈎的帽子。

狗蛋對吃的興趣較小，他光盯住媽的大肚皮和大屁股移來移去。他倒寧願跟著去。但是我媽媽是擺明了姿態這次誰也不准去。她對我們向來沒什麼耐性，她說：「對你們這些渾小子要什麼耐性?!」

阿跳偏不識相追著問：「媽，如果妳又生個渾小子怎麼辦？」

對門方媽媽想兒子快想瘋了，她生下方姊姊肚子就壞了。壞了就是「割掉了」，我媽說。好像那是一個生產工廠。

我媽正想開口罵他，偏偏這會兒陣痛來了，她定在那兒移動不了，那模樣眞奇怪，人家都是躺倒了生小孩，我媽不會站著生出個小孩吧？她站在那兒猛吸氣，一隻眼睛擠皺成一團，另一隻眼睛眼珠子忽地往上移到眼眶邊停住，一呼氣眼珠子又回到中間，她一呼一吸就光是眼睛在活動，她趁陣痛中間上緊了發條快速移步出了門。臨出門丟下一句：「再生個男的我就送人。」

「帶回來我要養！」阿跳在後面追叫，他就怕人少的地方。我媽說他是生在現代，要生在古時候長大了一定三妻四妾，人多嘛；長在現代呢？她打包票他一定早早就結婚。他一個人活不下去。

我們三個臉貼在紗窗上，鼻子聞到雨水和灰塵的味道，不知道為什麼我覺得好餓，阿跳說他也是，狗蛋搖搖頭，拖著他的小公雞車上床躺在角落，小黃毛鴨被送回母鴨身邊了，鴨子一到天黑就縮盹起來。屋內在暈昏的燈下顯得更亂，我們家所有的東西因為我們三個男生全沒有定位，我媽起初還收拾，後來煩了，她說：「隨你們吧！要踩要砸就這麼亂了，不可能更亂了。」她不收了。後來比較整齊點，是因爲我爸看不順眼了，他規定我們祇准亂自己的地盤，但是阿跳動個不停，他走到哪兒，哪兒是他的地盤。

我把狗蛋摟在懷裡，他沒睡，他一直是個活動力極弱的小孩，他成天微醺醺然一張臉，我媽沒給他剃胎毛，加上他的頭髮長得慢，四歲了，還祇覆在前額上，而且非常柔軟，帶點自然鬈，他二道眉毛長得極淡，幾乎沒形狀，總之整張臉不太分得清五官。但是，如果說毛髮豐盛的人脾氣壞，那狗蛋脾氣會好到家。

狗蛋睜開眼皮對我瞇住眼，他很喜歡我摟住他，每回摟著摟著他就睡熟了，我媽沒什麼時間抱他，他幾個月大我媽就用條背袋讓我背著他，我去掏鳥蛋、烤番薯、打彈珠全背著他，剛背的時候不習慣，一不留意跌個跤總是先摔到他，狗蛋也不哭，繼續睡他的覺。他一天可以睡二十個小時，人家吃飯他睡，我爬山、鑽蔗田、河裡掏魚他全閉著眼不作聲，太安靜了，不像睡覺，像在禱告。聖母圖的聖母總是垂著雙眼在默哀衆生，狗蛋就那神情。

我拍拍狗蛋的臉，我眞怕他就這樣睡死了，雨天常會給人這種感覺。我拍醒了他，逗他講話：「狗蛋，你長大要做什麼？」他想想，然後搖頭，就是不肯開口，連個單音都不肯發。

阿跳倒興奮地露出他細如貝殼的一排牙齒跳到床上：「我要當大騙子。」他意思是要當魔術師，他喜歡藏東西，半片紙頭、砸裂的彈珠、乾了的壁虎到處亂藏。

有回阿跳把一隻小鴨子藏在棉被裡悶死了，他不吭氣晚上照樣抱著沒氣的小鴨睡覺，第二天再藏到我媽衣櫥裡準備晚上再抱到床上睡去，後來被發現了，差點被打死。這回因爲雨天讓他出不了門，他想把雨天變走，雨天是藏不起來的。

媽媽爲什麼要在雨天生小孩呢？害我們不能像以前生阿跳、狗蛋時那樣到產房門口雞蛋花樹下玩。

院子外有人快步跑過，雨聲掩蓋了腳步的節奏，不知道是誰。紗窗外，院子裡老橡皮樹樹身浸了水變深了顏色，樹根最深，好像患了烏腳病的病人，正在那兒喘息、掉淚。樹頂的葉子半點風雨遮不住，祇像是塊更大的烏雲。

阿跳閒不住非要講漫畫書裡故事給我聽，他根本不識字，經常一本書由尾巴往頭上翻，講的故事奇怪錯都錯得一樣，「天上有九個月亮」他說，告訴他是九個太陽，他下次還是九個月亮，反倒像故事原本就說的九個月亮。他說故事向來不必秩序，而且簡單，充滿了荒謬的神話性。

他編故事：「他喜歡他媽媽，後來就把他爸爸殺掉了，後來他就和媽媽結婚了。」阿跳眼裡永遠閃爍著不安分的光，細小的牙齒笑起來使眼神更清亮，不知道其中藏了多少花樣。

「誰是『他』？」我問。

阿跳伸出大拇指朝上，拳頭畫圈圈轉了四轉，拇指一倒對向我來，然後自己覺得很樂，倒在床上放聲：「咯！咯！咯！」大笑。

爸爸在我出生後隨部隊先赴海南再轉到台灣，我和媽媽大陸整個淪陷了才找了來，媽說家裡老人家要扣下我不讓我出來，怕媽到台灣找不著爸爸，奉家的小孩要流落到外頭；我媽說什麼不留，她賭咒起誓，保證如果找不到人決不改嫁，我奶奶把她叫進屋裡說：「妳敢在祠堂裡賭咒？」我奶奶在我們奉家權威得很，誰也不敢頂撞她，她不識字，但是口傳下來的做人處事道理一籮筐一籮筐，看到兒子大道理就忘了；她那套是用來對付女人的。

奶奶二十一歲當家，我爺爺成天躺在床上抽鴉片煙不管事，奶奶要我媽歃血爲盟起誓，我媽毫不遲疑食指劃一刀在紙上烙下手印，她硬說她也不識字，烙個手印就算數。我媽說奉家的人重男輕女離了譜，奶奶到晚年身邊一個貼心的女兒也沒，生了女兒就送人，所以一輩子不知道有女兒的好處。我媽是天生的重女輕男。她說她才不要我在那種家庭長大，一腦子胡塗想法。她說得斬釘截鐵，讓我覺得我胳臂、大腿到雨天就隱隱發疼，也許是以前大家搶我的後遺症。

我媽在台東找到我爸，我爸說：「你媽才兇悍呢！碰到軍人就問知不知道奉剛毅，台灣的土地都快給她掀起了找遍了，她跑到司令部裡去吵去要人，誰見到都嚇壞了，沒看過這種人。」

我媽後來在台東找到我爸一見面上去先給他一耳光，然後跪在地上就放聲痛哭，哭得全身打顫，也不知道是高興還是難過；台東熱得兇，哭到最後她一身汗比淚水還多，說不出來的辛苦。我媽說：「找到人就算了，要找不到我刨也刨開他的墳搧他幾耳光。」

阿跳在我媽找到台東第二個月就懷上了，懷在肚裡我爸先調桃園再隨部隊移防到台南，終於在同方新村生下他，我媽說阿跳命硬，硬抓住我媽的腸子不肯流出來，我爸接連調職，由最東部翻過山到北部又橫過濁水溪到挺南部，阿跳說他老記得自己在盪鞦韆。

阿跳出生那天，我爸帶我去醫院，產房外有一棵雞蛋樹，開了一樹的黃雞蛋花，又落了一地雞蛋花，地上的花如跌散了的雞蛋黃。

我媽四年沒嘗生孩子滋味，奶奶又不在眼前，她扯開嗓門叫得比什麼都放肆，鬧得我們在樹下都聽得見，我爸幾次站起身耳朵貼在產房門上一臉哀求相，求我媽小聲點，最後他乾脆走開繞了大半圈醫院再回來，剛坐定在樹下，一朵碗大的雞蛋花掉下來打在他頭蓋，他搗著他的腦袋，奇怪沒有因此昏過去。我媽終於叫得嗓子都啞了阿跳才生出來，爸說：「我見到這小子非打他屁股！」

我們去育嬰室看他，他是嬰兒房裡個頭最大的嬰兒，他張著眼睛不肯睡，人家嬰兒沒這麼怪的，他舞動他的手腳不肯固定在某個位置，護士小姐祇好每天爲他換床位他才安分下來。我爸搖搖頭嘆了口氣當下決定叫他——阿跳。學名「二名」，意思兩個男生夠了。

阿跳從小是個難弄的嬰孩，他一進屋就哭，成天要人抱他四處兜轉，我媽和我爸輪流抱他，手都快抱斷了，後來索性做了個小床每天一大早搬到門口，任由他躺在裡面看來來往往的鄰居。他第一次躺在小床上，看見星星樂得什麼似的。

二年後我媽再生狗蛋，我爸已經學會了抽菸，他猛抽猛噴，噴得面前一層煙遮住了他的臉。我和阿跳在雞蛋樹下玩，我媽仍然像上回那樣哇哇大叫，節奏如放鞭炮，乍起乍落，彷彿裡頭七、八個人在生孩子。

我們等的時候阿跳蹦開去不知那兒抱來一條白小狗，小小狗尚未睜眼，身體發出一股潮溼而腥暖的氣味，他放牠在地上牽起牠的前腿硬要小狗學走路，小狗咩咩叫，頭一點一點的還在睡覺，沒兩下來了條大白狗，圓滾滾的臉一看就同個模子。牠撲到阿跳身上要咬阿跳，亂吠亂叫的把我媽的叫聲掩蓋了過去。阿跳居然不怕，他用身子護住白小狗楞說白小狗是他的。

狗蛋在人、狗大戰中呱呱落地，他不像阿跳愛哭，是我媽哭了。一屋子男生又加一個，她哭得醫官全慌了。我們跟我爸進到產房，阿跳不要白小狗了，他搶著抱新的小動物——小娃娃，狗蛋這名字就叫上了。學名「止三」，表示三個男孩可以停止了。

狗蛋生下出奇的乖，他的長相很平常，誰也不像。我媽懷他時老盼望他是個女孩，於是成天思索誰最漂亮她好不斷存著那人的長相在腦裡，讓女兒生下就像想的人；她還沒想定呢！狗蛋就落了地。狗蛋是許多人的融合所以誰也不像。他見人好像早就認識了光笑，我爸說沒有個性的人最容易活下去。

這次，我爸下班後立即趕到醫院，我媽已經生了，生了個女孩。生產過程十分順利，她一掛完號就被推進產房，過程不到二十分鐘。媽說女孩就是體貼，心疼老娘受罪，自己快快便墜了地。醫生說這胎不足月體重輕當然好生，我媽聽不進去，也不等我爸去便當場順便做了結紮手術。生了個女兒使我媽覺得不必再奮鬥了。

一直到我媽出院為止雨沒停過，也是為了紀念我媽在產房喜極而泣，我們的妹妹取名笑雨，小名小洗，取諧音「喜」字。我媽洋洋自得說：「我想了好久才想到不能叫你們渾小子到產房，你們在外頭等，等來等去鐵等個渾小子出來好作伴！」她得意說道：「我說呢怎麼那麼巧連生三個男的！半天才開了竅，幸好我悟通了。」

爸說如果狗蛋早取名「招妹」說不定生女兒更靈。說不定笑雨四個月就生出來，湊上前頭三個，可以取名名四喜。

笑雨是八月三十一號生的，晚一天就趕不上當年入學班車，我媽說笑雨之懂事由此可見，爸說：「妳有個女兒這輩子眞沒白活噢！」我媽：「那可不！」

小洗出生，雨季足足又延長了一個月。雨季過後蝸牛、蚯蚓爬得滿牆滿溝沿，爬過的地方留下一道銀白色黏液及翻耕似的土窩窩。太陽一露臉，我們全衝出屋子，個個提了水桶山邊、溝邊去撿蝸牛、挖蚯蚓，蚯蚓餵雞鴨，逗得雞、鴨嘴裡冒出一條長蚯蚓在那兒扯，咯咯痳痳長舌婦一般；蝸牛檢回家用鹹水用力揉搓，黏液搓掉以後晚上加大蒜、辣椒下鍋用大火炒，配白飯可以吃三大碗，到那時，巷子裡家家戶戶都是蒜爆蝸牛的味道。

我們家十六號和對門席阿姨都是邊間，得地利之便，夜裡雨水沖到溝裡的聲音正好是小洗的催眠曲；我媽不注意我們時，阿跳便一溜身出去淌幾腳水、撿一把蝸牛回來丟在水桶裡養，二件事全很應手。我媽皺眉看著水桶：「怎麼蝸牛越來越多？」

阿跳解釋：「蝸牛也會生小孩啊！」

「生個跟自己一樣大的小孩？」我媽實在吃蝸牛吃怕了。她也懷疑蝸牛一下地見風就長，否則怎麼到處是蝸牛？

由我們家竹籬笆望出去，席阿姨家是道樹牆，幾棵朱槿一伍栽成一排，燈光由厚厚的樹牆間隙露出，看得見段叔叔正在洗地。段叔叔不吃蝸牛，他看到蝸牛黏液就想吐，他說他討厭黏黏的東西。席阿姨碰到鄰居送去炒好的蝸牛倒也吃，段叔叔垮著張臉她就算了，擱一會兒段叔叔便會拿去倒掉。他們家是外菜莫入。但是他們家也很少開伙，段叔叔說弄得到處是煙影子、油垢煩死人，倒是他換下的衣服要丟到桶裡用水煮，他們家成天有壺水坐在爐上備用，他用熱水洗杯子、碗筷、地、手臉。席阿姨沒這麼講究，她站出來和和氣氣的，是我們村上媽媽裡挺秀氣的一個；她動不動就臉紅，手裡永遠握著一方手絹遮臉，一頭短髮直直的抿在耳朵後，襯出她彎彎的眼睛和比別人略小的臉龐，耳垂上扎了洞戴副翠玉耳環。

席阿姨的眼睛長得和普通人不一樣，人家不是雙眼皮就是單眼皮，雙眼皮隻得好還靈活些，要雙得不好大而無光一副傻相；單眼皮通常眼皮肉不是過厚就是眼角下垂，弄得一副三分倒楣相。席阿姨一對單眼皮薄薄的、清亮清亮的，梢微微上揚，笑起來彎成一道，不知道有多喜氣。往她身上看，長年穿的不是寬長旗袍就是大圓裙，她不像村上媽媽們總穿平底布鞋，她喜歡蹬一雙乳白色半高跟鞋，踩在他們家青石板地上特別清脆。她有時候半夜還在那兒踱步子。

段叔叔他們搬來比較晚，家當下車那天圍了不少看熱鬧的人，都說席阿姨衣服有幾大箱，木箱是上好紅檜做的，皮箱是高級小牛皮，席阿姨站在一邊靜靜看著來支援的阿兵哥搬來抬去，不大好意思和媽媽們打招呼，一直搬到夜晚才完事，我媽看搬完了就送去一盤剛蒸好的菜包子，順便看看他們家當，那時候段叔叔不好剛成鄰居就把「外菜」倒掉，包子一直放在一旁，我媽坐在椅上和他們閒聊，告訴他們買菜在哪兒，村長是誰等等，段叔叔眼睛沒離開過我媽坐的椅子，我媽坐著坐著覺得是不是自己身上那裡不對，就走了，碟子也沒拿。後來才知道段叔叔有潔癖。

他們住下以來閒言閒語慢慢便多了，紛紛猜測段叔叔是不是在原單位鬧了事，揹了油才請調到陸供部當個閒差，這種事不好當面問，加上段叔叔拒人於千里之外，老三老四一張臉，大家更覺得段叔叔根本配不上席阿姨，全把可疑處推到段叔叔身上。

他們住了半年，閒言閒語褪掉了，才知道事實是段叔叔一個同事喜歡席阿姨，段叔叔一不做二不休乾脆調開老遠。席阿姨剛搬來那陣子，雖說和和氣氣的，但是臉上總浮著一層霧氣，不知道在想什麼，如果不是她腳上的高跟鞋咯咯響，她幾乎是個鬼魂，而且是很安靜的鬼。

段叔叔並不跟席阿姨吵，他限制她的行動。老馬愛逗他：「你把老婆關起來啦？」見一次說一次，段叔叔討厭老馬，討厭袁叔叔，有侵略性的人他都討厭。他尤其厭惡人家說他限制老婆行動，他跟個女人似的到處解釋：「宜芳臉皮薄又沒見過世面，老不好意思拒絕別人，吃了虧怎麼辦？」

老馬說：「怎麼辦?!老婆有人追是你的光榮！我看沒辦法的是你老段！」他叫他——老段，其實是臭段叔叔老門老調，段叔叔有個最老實不過的名字——段錦成。臉容平坦而寬大，太平坦了所以沒什麼表情，也缺乏了神秘感，整張臉都放在你面前了，還說什麼?他懶得跟別人說話，別人也懶得理他。

席阿姨家在湖北是有名的大戶人家，席家到她這一代祇傳下一個女孩；怎麼用力也生不個別的，於是全家族精神眼光全放在她身上。女孩子本來不准念書的，怕她不識一字受人騙便讓她上學，誰知道她一念書就停不下來，一直讀到了女高，後來是打起仗讓家裡給叫回去，才停下了上學。人家在外頭打得如火如荼，她在家娘給餵茶，奶奶給佈菜，二媽媽給裁新衣裳，生活過得昏天黑地不知，以前忙慣了，一時閒不下來，好說歹說喜歡上了佃農家兒子段錦成，滿以爲戰爭很快結束還來得及送她回學校，沒想到這戰爭越打越長，八年打下來，光反對意見也逼得閨女跑到對面去，何況打起仗來人與人靠得近什麼消息都走得快，別說這樣激烈的反對聲音。一下子周圍幾百華里全知道了，誰也不敢這樣媳婦進門。席家逼到最後，暗中送了一筆錢要段叔叔帶席阿姨走，走得愈遠愈好，等事過境遷再回家。

段叔叔從離家那天開始沒放過心，他見人見多後，當然懷疑席阿姨當初看上他的理由，他愈小心，愈脫離當年的原始溫厚，和席阿姨在外面世界接觸的人並沒兩樣。但是她知道逼得他成今天這性情，她也就無法離開他了。她完全依他的形式過生活。他給席阿姨做了一櫃子衣服，規定她穿高跟鞋。讓她這樣跑不遠。他放出風聲說席阿姨穿好、吃好誰供得起?好徹底打消所有男人的主意。席阿姨到最後眞的累了，便成天輕飄飄地過日子，完全不去抵抗，完全沒有個性。

下雨下了幾十天，我也有幾十天沒見著席阿姨。我牽了阿跳溜到對門，阿瘦正由巷口惶惶急急劃過我們身邊沒入黑暗裡，不知道在趕什麼?

我和阿跳踮高了腳往裡望，段叔叔正在洗紗窗，院裡舖的是青石板，屋簷殘留的雨水滴嗒一聲落在地面，十分好聽。髒水正由青石板淸楚的往外流。青石板容易長青苔，段叔叔家的青石板沒有這種機會。

我下巴頦搭在木門上往裡問:「席阿姨在不在?」

段叔叔頭也不抬:「她生病了。」聲音像蚊子叫，怕別人聽去似的。

阿跳蹦高了好看到段叔叔的臉:「她要不要吃炒蝸牛?吃了發一身汗就好了嘜。」

段叔叔停下手裡的掃帚，一張臉放簾子似的往下一落:「人又不是雞鴨，吃什麼蝸牛?!」

阿跳又跳了幾下，手指著屋裡:「我看到她了!我要進去!」

段叔叔眞火了，拿起掃把趕我們:「不准進來!趕快回家!」

我也看到了，席阿姨正站在昏暗朦朧的屋內，她白白的臉在黑暗裡像個發光體，但是他們家乾淨得連聲音都被洗掉了一般，剩下的空氣動也不敢動地凝在原地。

阿跳尖著聲音:「我不要回家!哼!你才生病了呢!」阿跳頂愛在別人家穿進穿出，就段叔叔不准令他討厭。

阿瘦又從我們身邊閃過去，藤黃的臉襯在黑夜裡顯得分外不安，她大概又在找她媽媽。她在村上每個角落左顧右盼搜尋李媽媽身影，李媽媽在屋子裡坐不住，她出了門就不愛回家，她如果回家，要睡就睡要吃就吃，完全不管別人是不是也這樣。

我們第一次看見李媽媽簡直嚇一跳，好像黑夜裡被暗處的貓眼睛電了下，而且是一隻懷了孕的貓，拖著她的肚子在我們房內視若無睹地晃進蕩出，對上我媽的大肚子，簡直沒有迴身的餘地。她不跟我們任何一個人交談，她也不要說話，光安靜的笑著，似乎就她瞭解這屋子裡有什麼秘密。阿彭那時也不過才六歲，就已經會打小報告：「她精神不正常吔。」我爸在一旁也聽到了，對小孩便懂得饒舌十分訝異，當事人還在現場就明著說起來更令他吃驚。他板下臉叫我過去：「奉磊，你過來！」仲媽媽人也在，過程她全覷在眼裡，立即移動了她龐大的身體和嗓門一把抱起阿彭：「你嘴巴生瘡了啊?!不講是非你嘴巴癢?!」噼哩叭喇就是幾屁股。當下讓我媽臉色一訕——沒見過比她還兇的。

李媽媽才不在乎，那肚子在她身上根本不存在似的。她終於逛完了我們家，輕盈盈抿嘴一笑，指著我爸軍服上一個銅質徽章：「這個給我好不好？」

我爸著魔似的，不由自主摘下了遞上去，李媽媽頭一垂，藤黃已極的臉頰飛染上兩道暈紅，她低聲說：「謝謝！」然後把徽章放在手絹裡包好，兀自一笑，便使輕功似的浮了出去。我們後來才知道幾乎村上每家爸爸都碰過這情況，她在短短時間內迅速蒐集齊了各家爸爸的徽章，也不知道李媽媽把要去的東西都藏到哪裡，統統再沒見她拿出來過。

等我們看到阿瘦，不必加註釋也知道她是誰的女兒。李媽媽叫田寶珣，除了姓名，其他一概不詳。阿瘦平常沒有李媽媽手腳那麼麻利，她的怪招是隨時出現隨時消失，同樣一對眼睛長在她臉上不曉得有多麼不安，老是閃巴閃巴的，更奇怪的是她們的眼梢、額邊、鼻準都像用毛筆寫楷書講究蠶頭燕尾往回一收，加深了尾巴顏色，所以人家黃得平板板，她們反倒輪廓清楚。

看情形阿瘦又是在找李媽媽，我們早見慣了阿瘦村頭村尾找李媽媽，李媽媽喜歡出門，當然她也不走遠，總在阿瘦找得到的角落。我們總覺得阿瘦身體裡有個雷達或者微波接收機，她隨時能感應到李媽媽餓了、渴了，或者她弟弟小中中要找她。阿瘦比我和阿彭大二歲，李伯伯長年在外島三個月回來一趟，阿瘦的任務就是看好李媽媽。

阿瘦提著蝸牛罐子突地閃到我和阿跳面前：「有沒看見我媽？」罐子裡裝的蝸牛老想往上爬，阿瘦啪地一聲把牠們打下去。

阿跳興奮地：「妳沒逮到她?!」

阿瘦白他一眼：「你狗嘴長不出象牙！」

阿跳才不在乎：「我幫你一起去逮好不好?!」

「好個頭！」阿瘦恨聲說道。

我們一起回到阿瘦家，才進門便撲來一股陰潮味，燈扭亮以後退掉些霉味。屋子裡就一盞二十燭光的燈泡，顧東顧不了西，明暗不均勻襯得東西更少，大致上看得出來努力收拾過，因爲並不擅於收拾，顯出更沒頭緒。尤其那股霉味讓人覺得不愉快，好像在一幢空屋子發現一具死屍，說不出來的倒楣。我偷偷瞟一眼阿瘦；她沒有一絲覺得，好像這些東西撥弄一下所有問題迎刃而解。

阿瘦火速在四處搜了搜，床下都找了，人又不是耗子，當然李媽媽不會在床底下。不過也說不定，說不定她有這種嗜好，就像對門方媽媽，炒菜、做衣裳、醃泡菜、種花樣樣有一手，全副心力放在方伯伯、方姊姊身上，再標準沒有了，但是她愛抽菸，一根接一根的抽，菸乾放在一旁燃著她也高興。我們村上沒見過比她更像「良家婦女」的了，也沒見過抽菸抽得像她那般兇的女人。

方媽媽任何事都有一套道理，唯獨對這，光幾個字：「我不打牌、不浪費，就這麼點兒嗜好嘛！」

方媽媽一口牙愈抽愈黃，明擺著三個字——黃板牙。她抽菸的習慣也怪，菸嘴光放在嘴裡薰牙齒，菸灰燃了大半截也不去彈它，叼在嘴裡，揉麵落在麵團裡她繼續揉，燉湯掀了鍋蓋掉在鍋裡她攪攪照樣舀起一杓嘗嘗鹹淡。

她嫌菸嘴沒有濾嘴白沾一唇菸絲，自己配了個不知道烏心木還是隨便一根木頭菸嘴，老遠看著好像一個人銜著一根蘆葦桿。方媽媽是根移動的煙囪。

阿跳跟在阿瘦身後這裡翻翻那裡趴下，抬起頭向阿瘦說：「這次算你媽媽贏了，妳叫她出來吧！」他找她不到，拿這事當成遊戲。阿跳實在是個口、腳都特別靈敏的小孩。

阿瘦不說話，直楞楞站在二十燭光燈泡下想什麼，二隻手臂沒處放，垂在身體兩側愈垂愈長。中中過去拉她手，她的手臂木木的失了地心引力一般，扯多遠都成。

中中搖撼她：「阿瘦，我肚子餓。」

阿瘦咬緊雙唇：「等一下！」聲音慌慌的，眼神迷茫害怕到不知該放在哪裡，更不敢接觸我們的眼光。屋外再度灑起大雨，屋內更形昏幽，屋頂上不知是那片瓦裂了在漏水，小規模的雨滴滴答答響，時響時停，像雨在走動。阿瘦沒想起什麼。

阿瘦端了張板凳墊高了站在灶前下麵條給中中吃，麵的香味引來了住在隔壁剛回到家門口的小佟先生，小佟先生長相沒有小余叔叔那麼討喜，也嚴肅得多，他長得濃眉方臉，理了個小平頭，每一根頭髮直楸楸的像秧苗，他的個性也像秧田四時分明。

小佟先生站在紗門外張望：「有人在家嗎？」他是怕李媽媽單獨在家他一個人闖了進門說出去不好聽。

「沒有人。」阿跳包辦了一切可以出面的機會。

「那你是誰？」小佟先生聽出了是阿跳。

阿跳樂不可支咯咯笑著：「我——是——鬼——」拖長了聲音嚇人。

小佟先生唱道：「張天師抓鬼！」他跑進屋來一把抓住阿跳，阿跳更樂了，兩條腿蹦得比什麼都高。

小佟先生知道李媽媽又「雲遊」去了，他要阿瘦一旁等著吃他的手藝，他捎出四枚雞蛋，一把青菜，一罐辣油、兩近麵條，下了五碗，我們五個人忽嚕忽嚕吃了個過癮。小佟先生不吃蛋，他放了一大匙辣油，他自己做的：「蛋吃多了膽固醇會高。」

「我不怕膽固醇！」阿跳說：「我怕打！」他問中中：「你怕不怕打？」

中中孤伶伶模樣看他一眼，沒說話，他不懂「打」是什麼，他們家從沒人打過他，中中笑了：「不怕！」他在碗裡加了兩匙辣油，他平常就什麼都吃，看到什麼想吃什麼，跟阿瘦一樣：連辣油都不放棄。邊吃邊跳腳還捨不得離開麵碗。中中個頭小，倒一口氣吃了兩大碗。吃飽以後推了碗找到角落床鋪倒頭便睡。中中是個不太愛說話的孩子，然而他並不好惹，他六歲，和阿瘦差六歲，他動作很俐索，個頭短小，他動不動踮起腳尖走路，走得挺快；他不到走路時候急著走路，沒人管倒也給他摸索出辦法，後來養成了習慣，走著走著便踮起腳尖，戒不掉了，比用腳掌著地還自然痛快。阿瘦說他是動作派。

自從李伯伯到外島以後，剛滿月的中中就是阿瘦在帶，中中一直到兩個月還瘦得像隻貓完全沒多長一丁點肉，體重不升反降，祇見李媽媽抱著中中餵奶眼睛空了似，中中掙紅了臉蛋努力吸奶，像一隻還沒開眼的小貓在玩他的球，吸著吸著嗚嗚哇哇哭起來。他這樣哭了一個月，早也哭、晚也啼活像貓哭，主凶；有天我媽實在忍不住由李媽媽懷裡抱開中中，她托了李媽媽奶子擠了擠，別說沒奶，連擠出來的水都是膿、血摻和，中中吸不到奶，把李媽媽奶頭都蹭破了，李媽媽不是沒知覺，她根本沒往痛不痛這方面去想。

我媽媽那時剛生阿跳，加上月子她堅持要好好做，奶水一直很足，她搖搖頭把奶阿跳的奶頭掏出來往中中嘴裡塞，中中像給催眠著了，立刻就不哭了，臉上全是笑。我媽媽看著看著哭了起來。淚水掉在中中的臉上化開了，滲到唇邊，中中和奶水一同吮進胃裡。中中一直長到六歲都這樣——怕餓；吃飽就沒事了安靜地去睡，醒了就悶頭四處鑽，個性不知道像誰，長相也不知道像誰。從那天起，我媽到時間就上李家去奶中中，為了兩個孩子都吃她的奶，她特別把餵阿跳的時間錯開好蓄奶水。仲媽媽一頭火非攔著不讓我媽去，要去也得李媽媽把餵中中的時間錯開，「那有這麼便道的？」她嚷：「上次拿我們家仲德全的徽章還沒還給我們呢！」她恨恨地，手舞足蹈簡直——「像孫大娘舞劍！」五號陳媽媽說。她們倆是死對頭卻出奇的像，我們村上沒有一件事她們沒有意見。

我媽雖然對男孩子有許多意見，中中到底吃她奶水活過來的，這在她來說是不同的心情，她雖沒掛在嘴上，但是言談舉止在在是──他有一半是我的。她非常記掛中中，有事沒事就繞到李家去，中中稍稍大了點，在我們家吃飯的次數遠超過自己家。加上瘋大哥，我們家簡直說是人丁興旺。我媽這下煩了，偏管不住自己，她想想豁出去吧：「反正飯你們儘量吃，公家發的米又吃不完！要吃好的沒有。」仲媽媽編排李媽媽：「至少該叫中中把糧票帶到啊！」

我爸說：「你媽什麼都養，撿來的都是好的。」他說撿人像撿貓撿狗。

我們吃飽了，李媽媽也回來了。她並沒走遠，坐在村口石墩上模樣像等什麼人，雨水掛在她長眼睫毛上像串珠子，襯得眼睛更亮。她睜著一雙大眼睛，似笑非笑睇住路過的老馬，老馬沒徽章，送她一塊豆腐帶她回到了家。李媽媽素來不抵抗任何事的，她回到家，屋裡全是人完全當沒看到，光無聲地將豆腐交給阿瘦便回到房裡去，彷彿她今天的任務算完了。

小佟先生皺住眉頭看不下去，老馬這會兒興頭上來了，扯亮了嗓子：「赫！你這鄰居幹什麼吃的？一點沒有善盡睦鄰之責！」

小佟先生人不能說不好，但是他不像那些媽媽什麼都要參一腳，他說他怕她們：「沒見過熱心成這樣子的，每個人都像你媽似的！」他看到這些媽媽們能躲多遠躲多遠。，所以村上的媽媽們拿他當怪人。

小佟先生完全不拿老馬的喳呼當回事，他說：「都像你世界早大同了。」

老馬嘿嘿笑兩聲：「那客氣！」

小佟先生這時臉又一正：「我勸你少瞎操心，人家好得很，比你愉快多了。」小佟先生是有些嚴肅，可是他不像老馬那麼緊張。老馬一氣光漲紅了一張長臉，緊張的喉結都變大了，哽在喉嚨口，吞吞吐吐半天出不來話。

小佟先生趁這空檔，溫和地對阿瘦說：「我昨天晚上聽到妳在唱歌是不是?唱得不錯！」阿瘦原本不太耐煩的表情一下收不回來，鼓著腮像跟誰生氣。一直到小佟先生都快跳過矮腳籬笆分界線才憋足了氣，大聲道：「小佟叔叔，不是我唱的，是我媽。」

李媽媽由房內探出頭：「阿瘦！」她又記得女兒了：「去藥鋪抓幾帖藥回來祛祛寒。」阿瘦眼圈一層笑：「哦！知道了。」活像李媽媽是主子，她是丫鬟。然後斜住眼角瞅我們幾眼，要我們走呢！整個人是興奮的。每回李媽媽又被找到，她都這表情。

我拖了阿跳往家走，都快半夜了吧？一路上路燈幾乎壞光了，每盞燈戴頂鋁帽子，帽子氧化了，燈也瞎了眼，光剩下溼漉漉一桿身子還沒死透，浸在回憶裡，十分哀傷，太黑了，找不到訴說的對象。讓人覺得又神秘又恐怖。

小佟先生回到屋裡，扭開了他全村最好的收音機，喇叭裡僅是一個老黑頭起勁吼著的道白，小佟先生是單身住戶，卻總是聽這種老門老調；廣播劇他是不聽的，他嫌太軟綿綿，流行歌他更嫌煩。

我和阿跳經過八號，阿跳在前面一蹦一跳濺了我一身水。他真像個身體裡有彈簧的玩具兵，晚上入睡才將彈簧取掉。

段叔叔仍在洗刷青石板地，不知道有多少東西要洗，水流由門縫洩到巷道中，洗地水在院子裡便和雨水會合成一股，如果不是因爲雨水的介入，我媽說：「他們家的洗地水可以拿來洗米。」

袁伯伯喝了酒站在門口淋雨，管不住他自己身子一前一後在那兒擺；瘋大哥意外地蹲在他邊邊不遠，面前是堆石頭，他盯緊石頭根本不管袁伯伯。

不知道誰家在炒蛋炒飯，潮溼的空氣使得香味凝成一團，不容易散去。香味也是潮的。

阿跳往前蹦，蹦到瘋大哥面前，一大一小兩張臉對住，阿跳問瘋大哥：「你在做什麼？」

瘋大哥想想：「等我媽來找我。」他站起身足足有一百七十好幾公分，嗓音一直嫩嫩的，和阿跳差不多，阿跳身量祇到他大腿。瘋大哥看到我突然想起什麼：「老石頭堆子，你知不知道有人專門買小孩的？」他叫我外號，手指那堆石頭，他當它們是一個個小孩。

但說我不知道，祇知道專門買大人的是天老爺。我牽瘋大哥：「跟老石頭堆子回家。」

袁伯伯從頭到尾不看我們、不聽我們，他專心在聽雨裡面的聲音，很專注、很虔誠，比清醒的時候還專心。

我媽會餵飽瘋大哥，也許今天晚上我們可以一道睡。袁伯伯屋裡不知道有沒有女人，那些女人一喝了酒什麼話都說得出口，有回居然叫瘋大哥背九九乘法。瘋大哥不背九九乘法，倒背了句三字經：「王八蛋！」

我們手牽手經過方姊姊家、席阿姨家、阿彭家，瘋大哥堅持要多繞幾遍才算找到了窩。

都這麼晚了，阿彭居然頭上頂了個蝸牛罐子跪在雨裡，他當自己在洗澡般扭著身子，看也不看我們一眼。他們屋裡幾排竿衣服，形狀就是布纖維裡還含有水分撐不起的樣子。阿彭經常把竿子上衣服取下和身上髒溼衣服調包，仲媽媽衣服愈洗愈少，阿彭身上衣服愈穿愈髒，終於仲媽媽懂了，狠狠抽了阿彭一「海」頓。

瘋大哥家倒是一件也沒。難得看他們家曬衣服。

我們正走第三遍，突然瞧見老馬直挺挺站在排頭方家牆邊衛兵似的，準是方姊姊回來了。老馬每天固定做兩件事——賣豆腐跟等方姊姊回家。他要親眼看方姊姊進了屋才安心回家睡覺，方姊姊抗議過好多次了：「老馬，你這樣跟監視我有什麼兩樣？」老馬咳咳巴巴急於辯白：「大小姐，我是怕妳出事！」

方姊姊白他兩眼：「我會出事?!出什麼事！」方姊姊語氣並不兇，她是煩老馬，並不是討厭老馬。

老馬壓低了嗓子：「大小姐，妳長大了吔，不能不小心吔！」虔誠的不得了，拿她當一個聖潔的偶像在崇拜。

所以，方姊姊每天什麼時候回家老馬腦子裡有本帳，他再清楚沒有了。

我媽修理他：「你就是沒大沒小，大姑娘家跟小女娃娃你都不分著點。」我家和方家對門，我媽可說一針一線明白得很。

果然，沒幾秒鐘功夫，方姊姊出現了，旁邊是小余叔叔。小余叔叔一手撐把油紙傘，一手叼根菸，他任何時間任何地點都抽菸，他這點方媽媽倒欣賞。因為下雨，他那點菸火特別明顯，是方姊姊和他的分界點，菸兩頭各立著個人。傘外是雨，兩人靠外面的肩頭都濕透了，兩人不曉得在雨裡走了多遠多久才有這成績。

老馬由樹牆邊趨前幾步：「大小姐，回來哪?!」

方姊姊一撇嘴不太高興：「老馬，下雨天你來來回回跑，不怕滑跤？」她偏過頭對小余叔叔說：「你送他回去？」

老馬當沒小余叔叔這人，他搓著手，背台詞似的：「妳患貧血，要多睡多吃豆腐。」又是豆腐。

方姊姊早聽慣了，沒說話，光應了聲：「哦！」她知道老馬，老馬並不是壞人，就因為不壞，方姊姊拿他的關懷完全沒辦法。小余叔叔從頭開始臉上沒什麼表情，他大概覺得一個男人這樣，分明肉麻當有趣，所以從不開口講老馬什麼。當然老馬也知道他不能說什麼。敘起來老馬到底比較早認識方家還又是鄰居，「遠親不如近鄰！」他嗒嗒呼呼，大家也祇好同意他的說法。

阿跳蹦到老馬面前：「你又來拍馬屁，你是馬屁精。」

老馬一聳肩：「怎麼樣？」他對方姊姊一鞠躬：「明天見。」他才不要小余叔叔送，他嫌肉麻。一個男生和一個女生在傘下就一點不肉麻?眞怪。

小余叔叔踩熄了菸頭，十分疲倦地對方姊姊說：「妳自己多想想，妳也不是小孩了，不要光看到自己。」他的聲音裡帶了鼻音，感冒似的。小余叔叔是個大貝司。

方姊姊低頭呆了呆，雖然我和阿跳、瘋大哥在場她卻並不在意，我們全村子女生就方姊姊性情最烈，倒不是像仲媽媽、陳媽媽那型，她比較講道理，所有事她都有道理。而且她堅持她的道理，所以她誰也不怕。她正想開口辯白，小余叔叔輕鬆地制止道：「明天再說。很晚了。」小余叔叔什麼事情都蓋著不讓別人知道，他說一個人可以解決的問題不要對第二個人說，兩個人可以商量的事不要三個人知道，以此類推。我媽形容他——保密防諜，人人有責。我媽常打比喻：「有些人一輩子經歷了大風大浪變得特別放開，像老馬；有些人更深沉，像余蓬。」

小余叔叔跟在老馬後腳離開，他將傘交給方姊姊，一路淋雨回去。方姊姊看他這樣受罪好像才滿了意笑開了眼。

阿跳過去扯她衣角：「妳很殘忍噢！」

方姊姊橫他一眼，揪阿跳臉頰，驕傲地：「是啊！將來你求都求不著呢！」

阿跳一吸氣：「啊？難道我瘋了?!」他強調：「我一定瘋了！」他嘴巧得很。

我們笑完了，方姊姊這才牽起瘋大哥的手，聲音甜甜地：「袁寶，你今天好不好？有沒有乖？」

瘋大哥捧了一堆石頭到方姊姊面前：「去多買幾個小人回來。」

方姊姊比瘋大哥大上兩歲，原來都說他們是這高地上的金童玉女，走到哪兒哪兒喜歡。我媽說瘋大哥小時候嘴巴才甜咧，見到人老遠就叫，歡歡喜喜地跑到你身邊，幫忙提東西、問長問短，一直長到九歲那年突然就得了病，先是昏迷了七天七夜，醒來以後並沒立刻變壞，先是奄奄地不太認人，見到人總是呆望半天不笑也不鬧再將臉挪開；給他吃什麼都剩下大半，原本圓墩墩的臉，光剩下一對呆滯的大眼睛彷彿懷疑他眼前的東西，在想這些人是誰？大家都慶幸他活下來了。直到大家覺察他好像變成另外一個人，是他又不太像，才假設他全部精力對付病魔給用光了，剩下一點點人世間的熱情是祇記得父母親。怪不得他特別乖，特別安靜，除了袁伯伯、袁媽媽誰也不認得。但是左右鄰居仍存一絲希望，提供各式各樣偏方給他吃，我媽說：「光吃藥也吃傻了。」我們生病我媽一向主張少吃藥多喝水，她認為藥是另一種致病的東西。

傻掉了的袁大哥並不惹人討厭，也不特別難帶，除了過分安靜，他和正常小孩沒兩樣，唯一教大家不舒服的是他的不笑、不哭、不鬧、太像一個木偶了，有生命的木偶更可怕。袁媽媽於是走到哪兒都不放心要帶著他，怕他一個人在家就這樣不聲不響死了。袁媽媽也變得比以前更沉默，從來很少聽到她聲音，現在更少了。

阿瘦隨她爸、媽就那段時間搬進村子，他們家當之少教人吃驚，然而大家注意力全投注在袁媽媽、袁大哥身上，他們搬來並未引起太大談論。最初，大家並未覺察李媽媽的異於常人。她藤黃近乎舞台粧扮的臉，以為不過是什麼特別的粉底。沒想到不是那張異常，是她的精神。

李媽媽晝夜顛倒的起居習慣像是會傳染，沒過多久，輪到袁媽媽經常超過午夜還帶了袁大哥兩尊門神般佇在村口，過往的鄰居問她等人？她搖頭，鄰居們的關心逼得她先轉到別處，來人走遠了她再回去。

我媽有回帶我去看毛醫官，我拉了幾天肚子膽水都拉光了，毛醫官下藥溫和，給小孩看病先送一根自己熬麥芽做的麥芽糖，再放一段動物卡通音樂，不管什麼病每回收十塊錢，量血壓不要錢。毛醫官自己沒小孩，毛媽媽說是不能生，他們把小孩都當成自己小孩，而且小孩生病比大人重要，請他什麼時候出診他都去。我媽祇放心他給我們看病，我們一家的病歷都在他那兒，我爸的香港腳都是他給治的。我爸的香港腳最初腳板覺得發癢，用力抓沒什麼，隔幾天出了幾顆小水痘，我爸燒了鍋水燙腳，似乎好了，後來整個腳板腳趾頭裡全長了小水痘，癢得不得了，我爸以爲是體內積毒發出來的，去毛醫官那兒看，毛醫官給了一管UU藥膏，要我爸每晚洗乾淨腳後擦，他說：「腳氣不是病，也沒什麼特效藥，治標不治本，它會跟你一輩子。」我爸哭笑不得。

我爸不信邪，誰要這一輩子的癢，他每天死命洗腳擦藥膏，香港腳時好時壞，他關心病情時時抬起腳檢視，有死掉的皮他立刻剝下在患處抹上藥，他用力揉搓，想強迫藥性進入皮下組織，他不停觀察他的腳，後來訝然發現另一隻腳也有了，毛醫官說得對，他這樣對付香港腳四個月，終於承認勝不了它。我爸這才妥協了，願意和香港腳和平共存，四個月的「切搓」，他染上了抓腳的習慣，他一輩子走到哪兒抓到哪兒。

我媽背了我在村口遇見袁媽媽和瘋大哥，他們躲開路燈的光站在暗處，人瘦得像沒吃飽飯。我媽早聽說袁媽媽站崗的事，壓下沒問，就因爲她明白袁媽媽性子烈。總是一條船來的比一般鄰居又更親，我媽遇見了不能當沒看到，袁媽媽倒沒躲開，她站在暗處還好，身影把她凹陷的臉頰塡滿了，任何人在黑暗裡沒有好不好。

我媽因爲背著我，前面挺個肚子，完全一副前仆後繼的味道。她氣咻咻地嘴巴對著袁媽媽噴氣，簡直十分地咄咄逼人。她直截了當問袁媽媽這麼晚還站在村口做什麼，等人嗎？我媽不能理解，她永遠主動去找，她才不等。

袁媽媽這回倒未迴避，她說：「我在等袁忍中，他幾天沒回家了。」袁伯伯有一個較中性的名字。袁媽媽淡淡說道，像在說一件普通事情。

我媽沒料到是這麼件事情，楞了會兒，無法置信袁媽媽能忍氣到丈夫幾天不回家還沒人知道的地步。她比較關切的是袁忍中有什麼天大的理由可以不回家？我媽認爲這下切中問題核心得謹愼些，她小心翼翼：「他出差了？」

袁媽媽牽緊瘋哥的衣袖，彷彿不是怕他跑掉，而是防著自己被風吹倒。她搖搖頭，答非所問：「這次是誰也想不到。」邊說眼淚簌簌往下掉，知覺的淚水一路洗過去，一條條水的痕跡，把鋪在臉面的陰影像劃開了似，裡面是痛苦組成的纖維組織。她繼續搖頭，嘎聲道：「他們一定瘋了！她不正常他看不出來嗎？我眞難嚥下這口氣！」她問題一轉：「妳看袁寶還能活幾年？」那個「她」是誰？

我媽一心以爲袁媽媽站太久了天又太晚，讓她腦子混亂了，以致完全失了說話的頭緒。她察言觀色：「二、三十年總不成問題吧？」答案不太肯定，好隨時調整。

袁媽媽一聽哭得更兇，我媽急忙更正：「五、六十年行不行？」

袁媽媽簡直一發不可收拾要被淚水沖化了，軟癱成一「片」人似的，扯住袁寶衣袖掉頭往村內走，袁大哥跟在後面，像具影子，平面到沒有生氣。

沒多久日子，袁媽媽突然死了。一輛救護車莫名來處自行開到袁家門口，抬走了病中的袁媽媽從此沒再回來。袁大哥那天奇乖無比跟在擔架旁，不停地吸鼻水，彷彿在吸一種什麼味道。跟到門口站定後，看著他們將袁媽媽抬上車，那些來抬擔架的人穿淺藍近乎灰的衣服一問三不知，也不管抬的對不對，彷彿在進行一項任務。袁媽媽從此沒回來。車子當著大家面前開遠了，大家才回過神——誰叫來的車？

沒有人。誰也不知道袁媽媽怎麼了。她祇是生病並沒死啊！

袁大哥沒有跟車走。一直到後來大家都不確定他記不記得那天了。

袁伯伯去簽的死亡證明書，他壓根不提袁媽媽究竟怎麼死的。他祇說：「周仰賢不要死在袁家。」袁媽媽有個十分男性化的名字。

那天，李媽媽也湊在人群中看灰藍衣服搬走袁媽媽。她在人堆裡露出藤黃臉及瘦長頸子，若非微凸的肚子，實在看不出她懷了孕。她那張臉完全沒有疑惑或緊張的神情，凸出人堆裡，不笑也像笑。她一直十分專注看袁媽媽雙眼緊閉由家裡被人抬上車，彷彿在監視來的人做這樁事。

袁媽媽好像睡熟了，一直沒睜開眼皮，無法判斷她是死的或是活的。她緊閉的眼皮下深深一道陰影，鼻翼兩旁也是，嘴角下撇，有股說不出的倔，她似乎要一輩子這樣倔下去，不開口，不看大家。

阿彭問仲媽媽：「她不願意張開眼睛啊？」

似乎大家都不願意沾霉氣，所以沒人走近去觸摸她，然而看久了，角度不同，袁媽媽的臉因為平仰在白帆布擔架上，每一個角度都看到帆布的白底，襯出袁媽媽的臉異常圓潤，顯得一團喜氣。大家突然有種輕鬆的感覺——一個人能被抬著走，或者是件好事。

李媽媽就這樣笑孜孜送走了袁媽媽。當大家仍浸沉在事件裡頭交頭接耳議論紛紛，李媽媽收了笑，抽身出了人堆，興味索然地獨自逛開，像沒發生任何事，有的話也結束得很乾脆。

她來她的，走她的，沒有人想到要問她看法，也沒人會一直注意她，對於一個舉止異常又沒有攻擊力的女人是誰也不在乎的；更確切地說，他們嫌她。雖然這種嫌棄沒有什麼具體理由，媽媽們隨口能舉出幾項：她不會理家，不像個母親，行為詭異。最重要的——她的長相讓人不安。這種不安感更沒有理由，尤其因為她不是漂亮。

沒幾個月，中中出生了。似乎是李媽媽也不知道自己要生了，中中生在甘蔗園裡的小土地廟內。袁大哥在袁媽媽死後每天待在土地廟，小土地廟香火並不旺，有時候幾天見不到半個人，誰也不知道他待在那兒做什麼？李媽媽生下中中後昏死了過去，袁大哥抱了中中找到毛醫官那兒，毛醫官火速提了藥箱要毛媽媽將中中洗乾淨他去找李媽媽。中中嘴裡還一嘴穢物。

毛醫官跟著袁大哥找到土地廟，廟裡到處的血，好像剛殺了人。毛醫官診斷李媽媽血崩。立即叫車送她到醫院急救，醫護車一路開進蔗園以為聽錯了地方，抬進手術房時，她動都沒動一下，全醫院以為她過不了關，她倒活了過來。當李伯伯由外島趕回來，一切都已經平靜下來，他每天待在醫院很少回家，就算回家也已半夜，第二天一大早他又趕到醫院。我們對他的印象一直一直很模糊，祇覺得他特別年紀大，走路重重的，半夜老遠聽得到他回家的鞋子聲。

李伯伯幫嬰兒取好了名字——李念中。請假一滿即返部隊銷假，一天都沒多留。倒是瘋大哥三天兩頭往阿瘦家跑，他那不說不笑的毛病不藥而癒，我媽抱中中回家餵奶他定跟到，還貼得死近，腦門抵住我媽手臂，我媽覺得他是個大孩子了，不太好意思在他面前露出奶子，又無法跟他說道理，還在遲疑中中餓得哇哇叫，我媽顧前顧不了後，祇好露了。後來也就習慣。她頂愛罵：「什麼不好取，偏取念中，彆扭得緊。」袁伯伯名字也有個「中」。袁大哥一點不像袁伯伯的放任，他幾乎都以虔誠的表情望著中中，好像中中是一尊聖嬰。我媽說也許真是那樣，中中在廟裡生的，袁大哥護的命，誰知道這是不是老天的一份暗示。

然而中中這頭和袁大哥並不親，他眼睛能認人以後，見到瘋大哥就哭，他是大家抱大的，誰都能抱走他，獨獨瘋大哥手一碰，他就鬧彆扭。與他出生那天瘋大哥獨自一路抱他到毛醫官那兒救他一條小命的情況完全相反。弄到後來瘋大哥也累了，又退回土地廟，繼續不太理人的狀況。很奇怪，我們一直覺得他就算癡了，某些部分人無法自主控制的細胞仍然不斷在長，祇是那些細胞對他是個什麼樣的人無關重要，所以大人並沒發現。就像大家不注意李媽媽。方姊姊就曾經私下對我們說：「袁寶最可貴的是他的愛的能力一點都沒削弱！你們相不相信，他的愛的能力一直在長大！」

「什麼叫愛的能力？」阿彭問。

阿瘦頂他一句：「就是你沒有的東西！」

阿彭得意了：「什麼東西我沒有？妳才沒有呢？哼！天知，地知，你知，我知！」

阿瘦對準阿彭胯下踢去：「你有什麼？叫你小鳥出來應戰啊！」

老馬在雨中離去的腳步很快，轉眼便不見了蹤影，小余叔叔正相反，他雙手插在褲子口袋裡慢慢晃，半天還沒走完一條巷道。

方姊姊又看了一眼小余叔叔模糊的背影，失魂落魄地全沒了意思，彷彿她在雨裡走了一天，濕透也累透了。她向我們擺手：「我進屋了。」

瘋大哥在她背後喚道：「糖心！」他以前一直這麼叫她。

我們小時候，方姊姊是我們這兩排房子的寵兒，人又漂亮，嘴巴又甜，生活習慣、功課全靠自己養成；讀書、處人對她而言似乎是份天生具備的本能。

「妳今年多大啦？」他問她。

「十九。」方姊姊站在雨裡卻恍惚地似乎並不覺得，她身上逐漸更濕，像雨水正在浸蝕她。

屋內的光由她身後透出，就她站的地方一片漆黑。

瘋大哥滿臉誠懇，浮著訕訕的光，有些害羞地：「妳如果看見我媽，要她寫信回家。」臉上一層雨水。

方姊姊身子一顫，不能相信瘋大哥居然講完上下意思連貫的句子。

方姊姊完全醒了，她切切問道：「袁寶，你說你媽媽去哪兒了？」

袁大哥浮現出一抹迷離的笑容，神秘而充滿憧憬未知的神情像一刀一鑿他自己經營出來的，使他一下子列進雕像之林。他不再說話，光笑和搖頭。

方姊姊嘆口氣：「石頭堆子，你帶袁寶回家睡覺。」

二號門口袁伯伯已不知去向，留下一堆石頭。一顆顆被水洗得烏黑發亮，好像人的黑眼球，袁伯伯留下監視我們用的。

夜半了，我和瘋大哥、阿跳終於貼到了床鋪，狗蛋聽見我們進屋，勉強睜開眼皮，對我們笑了笑又睡熟了。瘋大哥把狗蛋抱在懷裡睡，阿跳腦袋一靠枕頭便細瑣如吹哨子似發出鼾聲，這一天實在夠他累的；我躺在床上翻過來滾過去，怎麼也睡不著，屋頂上唯一鑲玻璃的瓦塊透進一片暈光，風吹過吹出一角清楚的玻璃面，頃刻又被雨珠模糊了視界，然後來一陣風把雨水吹開……如此反覆幾次，正當我覺得眼底發痠，阿跳的呼吸也不那麼刺耳，突然從巷子傳來像野獸般的怒吼叫罵一下讓我清醒了過來。爸媽的屋內也有了對話。深夜時分分外簡短。

「又是老袁吧？」媽媽聲音都打了縐褶。

爸半晌才反應：「要不要出去看看？」

我媽接得很快：「我懶得管。」

爸爸不再搭腔，即刻屋內更靜了。原本還算遠的的吼罵這會兒似乎已轉進我們家門口，簡直像衝著我們家而來。

「算了，我去瞧瞧。」媽媽悉悉索索找到了鞋子拉開出去，祇聽得哐噹一聲，是竹竿掉到地上了。

「眞煩！」媽媽咒罵道。出了門。

瘋大哥睡得並不沉穩，不時發出短促的呻吟，睡眠對他似乎是件極痛苦的事。我把阿跳橫在他身上的腿挪開，然而並沒有多大的幫助，阿跳沒兩秒鐘又將腿肚子架到他臉上，瘋大哥反倒安靜了下來。

我隨後跟出門，客廳地上一排衣服攤著，綴綴、軟軟像仙女的水袖，仙女要趕個什麼盛會，一路跳舞甩水袖，跳啊跳的糾成一團解不開。老天都哭了。

巷子裡，多一個鬼影都沒有，祇有永遠不斷的雨與咆哮中的袁伯伯頑強對立；我媽則和一個陌生女人瑟縮一旁，那女人不帶表情，根本看都不看袁伯伯，我媽倒氣鼓鼓一味死瞪袁伯伯，身體擋在那女人面前，嘴裡懶得費力氣，臉上的表情十足——你到底要怎樣？你夠了沒有?!

袁伯伯一看情勢僵住了，索性跳起腳再度罵開來：「我操！老子給錢，妳裝個熊？」

那女人仍沒有表情，好像袁伯伯氣不氣都不干她的事，我媽壓低了火氣：「老袁，人家才十六歲，你是發瘋是不是？」

「那怎麼樣？她不是女人？」袁伯伯有人搭腔他就來勁兒。

我媽這下火了：「你嘴巴放乾淨點，要找女人也得兩相情願，你做孽啊？再吼大聲點讓天雷劈你是不是?!」

袁伯伯見我媽眞生氣了，立時轉怒爲笑：「妳倒比我還大聲?!好！好！算我錯了，怎麼，老奉一個人在被窩裡氣不氣？」

這下我媽反倒哭笑不得。她摒住笑狠狠白兩眼袁伯伯，「哼！」了一聲，拉起十六歲比瘋大哥還小的小姐往家裡走，他們對吼的時候，左鄰右舍沒出來一個半個，室燈倒一盞盞亮起，等我媽往回走，兩排房子的燈火歡送似倏地一盞盞滅去，當然屬七號仲家滅得最遲疑。仲媽媽一定不甘心沒出來「主持公道」，可偏又不願意叫阿彭聽去袁伯伯這段對話。仲家就這麼個兒子，等著他「光明正大」的長大成人，傳宗接代呢！

十六歲小小姐還算清秀，蠟黃的膚色在雨夜淋得更黃，胸前垂了條假珍珠項圈，長得嚇人，塗得死厚的口紅剩下嘴唇外圈一圈紅著，如同鑲邊；身上祇穿了內衣外面直接披件短夾克，我媽拉一步她跟一步，嘴裡滿不在乎似打著酒嗝，並且一路走一路吐。我媽的眉頭愈皺愈深。

袁伯伯仍站在原處，歪了頭以一副極欣賞的眼光看，也聽小女人又吐又打酒嗝；她放肆的表現毫不掩飾，那滿不在乎的模樣完全拿打酒嗝當作呼吸。兩人就這樣有板有眼地分了手。

當巷子兩排燈光完全滅掉，袁伯伯的身影愈來愈模糊，依稀中像一具站在暗處的靈魂，還笑著呢！眞教人不大安心；他的笑像一圈一圈的漣漪，破壞了四周的平靜，更彷彿有人陪他一塊兒，所以擴大了那份喜孜。我回頭凝神往他站的地方望去，不知道在什麼時候他家樹牆邊已經悄靠了另一具細長的影子，光看到一張藤黃的臉皮比白色在黑暗中還耀眼而且光滑，是李媽媽？

她靜靜瞅住袁伯伯，黃得發亮的臉龐像一朵盛放的向日葵。

袁伯伯忽地覺得了，偏過頭然後收了笑，他略一遲疑才往她走去，腳步凌亂到毫無章法，整個人顯然是精力過度。

我媽壓低了嗓音提醒我：「站在那兒等傷風啊？」她努力引導小小姐進入我們家都來不及，別說發現新的情況。

等我趁機再回頭，袁伯伯跟那朵向日葵已經飄不見了。

那天晚上，我們家睡了一個傻子、一個酒家女。酒精氣息在屋內迅速漫開，我們家就兩間房，我爸倒楣地跟我們擠大通鋪，他究竟領教了阿跳的睡相，另外還得應付阿跳睡夢中不時的發問，他一會兒：「什麼?你說什麼？」他坐起身搖晃阿跳要他說清楚發問的問題，三次之後，他累了，奇大的鼾聲表明他放棄這項遊戲。說也奇怪，阿跳也就閉上了嘴。

酒氣在溼氣飽和的空氣中快速分解，那味道比酵素本身更嗆鼻，說不出該屬於那一類味道。我閉氣閉久了，患了鼻塞，我半睡半醒地控制鼻孔向外噴氣好打通它，像一條鯨魚。我們就在裝了發酵物如罈子的屋內慢慢睡熟，如困在沙灘上的魚群。

第二天一大早，酒家女不等我們醒來自行悄悄離去，瘋大哥讓我媽抓住洗了澡換上乾淨衣服也不見了。我們家總留幾套瘋大哥的衣服。至於那個小小姐讓我媽得了肩胛痛，她說她們睡一張床中間空出一大片，都怕傳染了對方的病似地往床沿躲，佝著肩胛更加大了中間的空。我爸說：「哎！早知道叫阿跳跟你們睡。」

我媽狠瞪一眼：「他還是個孩子呢！」

我爸嘿嘿發噱：「那位小小姐又不是虎姑婆，還怕吃了阿跳？」

我媽老氣橫秋正經道：「吃了他倒不怕，怕壞了阿跳的身子！這難道可以鬧著玩？」

「妳呢？妳不怕？」

「我結了婚還怕誰?!哼！」鼻孔重重的聲氣表示她的輕蔑。她說讓小小姐睡她的床已經達容忍的限度。我爸一撇嘴未置意見。

我媽想起了什麼，快步邁到袁伯伯門外，扯大了嗓門：「喂！袁忍中，你出來！」

我們家門口小小姐吐的穢物一夜間翻死了幾隻蟑螂、一群螞蟻。

我媽寒住張臉：「你得負責弄乾淨，我可不幫你善後！」她不甘心又加上兩句：「袁寶我可以幫忙洗洗弄弄，這骯髒事我可不要管！」

村子裡一向活動得早，我媽這麼一吼開，巷子兩排人家排水似的全倒在巷道中，都閒站在那兒笑看袁伯伯一剷泥、一剷土的清理現場，袁伯伯仍那不在乎的神色，嘴裡不清不楚地哼著小調，拿這差事當娛樂。奇怪他昨晚上的爛醉呢？距離現在不過幾小時啊！他發了身汗滴到地面旋即又醉死了幾隻螞蟻。

方伯伯推了單車上班看到覺得好笑：「老袁，我看你有資格出任公賣局酒廠廠長。」

「我儘量朝這方向去努力。不辜負您的期望。」袁伯伯不以爲忤。看到一旁的方姊姊，他興味十足地，似笑非笑問道：「景心，什麼時候請我們吃喜糖啊？」

方媽媽立時隨聲而到：「袁忍中，你扯什麼?長輩沒個長輩樣！」

「咦?誰規定長輩不能吃喜糖？」

方姊姊丟了半天眼色：「袁叔叔——」她語氣裡有另一層哀求的意味：「你是不是該先請我們吃喜糖？」

袁伯伯臉色一黯，嬉笑一收，聳聳肩往家裡走。戲碼收得太快，讓旁觀者一楞，便全沒趣的一哄而散。

方媽媽不放心追著方姊姊叨念：「放學早點回家，不用去你爸那兒等他了。」

袁伯伯倒又忍不住半途丟出一句：「不去才怪！」他頭也不回，表示他是自言自語。

方媽媽從沒拿他當好人，所以能不搭理便不搭理，橫他個兩眼算多了。當下決定不再搭腔回了屋。

小小姐夜裡這一吐，倒吐出個雨過天青，陽光浮在雲層上一閃一波動，烈得出奇；我媽說這天晴得有道理，好比你朝人臉皮上吐痰，那人還能不發火？雨天扭頭而去算修養不錯囉！這火，就是太陽。

太陽一出來，家家戶戶院子裡全攤的是醃了兩個月的被子、衣服、箱籠。我們家一排矮冬青樹發得比誰家都茂綠，我和阿跳、狗蛋沒事就灌尿的結果，依冬青樹邊我媽種了一排辣椒、青葱，阿跳栽了株雞母珠，我媽說這種樹結的子吃下去會死，狠狠拔掉扔開老遠；阿跳神不知鬼不覺再種一棵，他說搞不好那天以毒攻毒的理論確立，我們豈不發大洋財?!他要先種一棵世界上最大的雞母珠樹準備迎接這天。事實上，阿跳眞不是吹牛，他種什麼植物都活得奇好，連這類最常見的野生植物也不例外，他種的雞母珠樹當雞母珠莢熟的時候噼哩叭啦爆開的豆子既紅艷又碩大，比相思豆差不到那裡，我媽一見嚇壞了，趕緊將她的辣椒樹移開老遠，深怕有天炒出一盤蒜爆蝸牛雞母珠吃死大家。我們全家就狗蛋什麼也不種，他光抱小狗、小貓蹲在角落看螞蟻搬家，他用飯粒排成一條「絲路」，由院子一路排到床上，螞蟻一路努力加菜，吃到床上鼓著個大肚子再也動彈不得，燈光底下看起來肚子是透明的，我媽當場一舉殲滅，狗蛋眼都鼓了出來，一副大吃一驚的表情，弄得我媽又好氣又好笑，還附帶發愁——天下螞蟻比人多出幾百億倍，這遊戲會玩到何年何月?幸而狗蛋臉皮薄，我媽這招比揍人還嚴厲的懲罰使得狗蛋再沒犯過。

隨著一股霉濕味兒被太陽蒸發出來，巷子裡走動著被蒸發出來的人。阿跳不怕任何氣味，他有本事分辨微妙的氣味找到任何動、植物，他最近迷上種樹根植物，到處挖野樹根回家改良。先是全送了給我媽養的紅頭肉冠雞加菜，他見苗頭不對祇好向外發展，什麼地方都種上一株，他怕他的野樹根被剷掉，這兒種一棵，那兒種一株好混淆耳目。他每天忙著招呼他的樹，最奇怪他記得一清二楚，龍眼與荔枝幼苗，芒果或橄欖從不會弄錯，最可笑他還種甘蔗，阿彭頂喜歡跟蹤他，阿彭笑彎了腰：「甘蔗到處是，紅甘蔗、白甘蔗隨你挑，去偷就是了，自己辛苦半天做什麼?」

阿跳很火：「你偷你的，你不要偷我的就行了。」

阿彭啃甘蔗一次起碼五根，阿跳那兩三根甘蔗阿彭根本不看在眼裡，阿跳似乎不這麼想，他動作比游牧民族還快，遷移他的甘蔗如遷蒙古包，他這兒種兩天，覺得阿彭要嗅到他的甘蔗味了，立刻遷往別處，後來阿彭跟蹤跟煩了，便對阿跳說：「我最不愛吃甘蔗了，我對荔枝比較感興趣。」

阿跳沒好話：「荔枝?你們縣長也沒見過荔枝!少吹了。」不過他這才稍稍喘口氣分點心思在其他「作物」上。阿跳對我媽儘種蔬菜覺得沒勁兒，他說軟不嘰嘰、短短的，像頭髮一樣沒意思；我媽一向對家務事便不耐煩，給阿跳這麼一挑，氣餒透了，又不能眞把菜給拔掉，祇有大砍削一頓：「我看你種些鬼鬼怪怪的樹能種出朵花來！」我爸好笑道：「妳看妳這樣子，像話不像？妳是媽吔！」

我媽恨不得連「媽」的頭銜也不要了，「一個人活得無牽無掛」，這話是她口頭禪之一。總之，她眞是更沒勁兒了，若非爲了省兩個錢，她早一舉拔除這些沒出息的「頭髮」！最後補救之道是我和阿跳、狗蛋更勤於「灌溉」，否則飯桌上早沒青菜吃了；光吃豆腐我還眞受不了。

陽光溫和，人腦筋好像都活絡得多，我突然想起昨晚上緊靠牆邊那張藤黃的臉，我追到袁伯伯後面問他：「袁伯伯，昨天那女人呢？」

「不是睡你們家？」他想都不想便說。

「噯，不是那個——」

他側過臉：「還有哪個？」話中留有試探的意味。

我努力形容：「臉黃黃的——」

他大聲道：「你才黃黃的呢！少倒我胃口！」他的語氣並不眞的那麼氣。

我媽在我們家門口：「袁忍中你大神附體啊！奉磊，你磨蹭嘛！還不快走，上學遲到罰站你才高興？」

袁伯伯瞟我一眼，發現我似乎並不確定，所以他也不等待地邁開步子甩手進屋，原本一條熱鬧的巷道此時突然安靜下來。

我自個兒一路往學校走，阿彭每天為了搶第一，什麼行為都做得出來，每天天不亮便偷偷摸摸潛去學校，然後一個人坐在位子上怕得發抖，其實放寒暑假時他比誰都起得晚，連返校日都會遲到。總之，他的膽子就這樣愈練愈小。

院子裡，我媽抬了笑雨放她在大葉子樹下，陽光由枝葉空隙星星點點灑下，落在笑雨手上、臉龐，她仍是一個一天睡二十幾小時的嬰兒，奇怪她被撩到了什麼記憶，嘴角不時泛朵笑蕊。

阿跳當然「巡察」去了，他走到那兒都不安心地要趕到下一站，往往最後停留在土地廟內和瘋大哥一起收集石子、用紅磚在水泥地上畫人頭，要一塊兒種東西。

狗蛋則那裡也不去，光坐在角落發呆，有幾次他明明在屋裡，我媽卻跑到外頭找他。他累了自己會爬上床睡覺，他連睡覺都聲氣沉寂，如同垂垂將大去的老人。我媽愈看狗蛋愈不像她的兒子，她內心恐慌已極轉向我們求答案：「狗蛋會不會是抱錯了？我怎麼可能有這麼安靜的孩子？」

我爸的答案很簡單：「上天是為了平衡我們家的災難。」什麼災難，他不肯多說。他暗地告訴我們：「就是口舌之災嘛！」

我媽立刻就信了，不願意多知道。祇要讓她相信狗蛋是她的孩子，一切愈簡單愈容易教她相信。

狗蛋出生前後，我媽說她自己當時因為痛得半死，昏昏沉沉裡看什麼都一片模糊，她睜開眼，甚至不確定看到的是嬰兒還是死神。她潛意識拚了命告訴自己一定要看淸楚是男孩還是女孩，卻看到醫生擒提著的小孩腳底衝她，一雙腳板底左右各有顆紅心痣，她用力甩頭，希望自己看錯了，又記得特別牢，她尚未眞正醒過來已經在昏迷中左思右想如果眞是顆紅心痣，她寧願生是男孩，女孩命就太硬了。男孩不對，她喜歡女兒，現在女孩也不對，她想想眞慘，於是這才再忍不住放聲痛哭。哭醒以後第一件事就是抓了狗蛋的腳底板看看有沒有紅心痣，還果眞是她的小孩。

狗蛋長大了，紅痣擴大了卻並沒褪色，他走路走得晚，且不會講話，光笑、搖頭、點頭，沉沉坐著、躺著，對任何事物不生好奇，無論哪兒都不屬於他一般；他的一切反應輕慢緩和，會走路後踩著紅心痣卻步步篤定，紅心痣在腳底板穩穩托住他。大家說男人腳板有痣非富即貴。

「嘿！你好！」突然有人擋住我面前。是李媽媽。

我鞠個躬：「李媽媽早！」奇怪，李媽媽很少這麼早出現的。而且那張黃臉並不那樣黃了，嫩嫩的，接近粉黃。

李媽媽揚起臉孔，使慣常不笑也像笑的神情橫在我面前瞅住我半天不說話，似在聯想什麼。我小心翼翼：「李媽媽要我找李念陵回家？」李念陵就是阿瘦。

她略略皺了下眉頭，彷彿不太明白李念陵是誰，她臉上的表情是一個老人逐漸忘了過去種種變成一個全新的人，又更像身體裡有兩種個性，而現在顯現的和那兩種無關，我們不太知道的，潛伏在她身體最深處，碰到快樂的事物相對快樂的基因，簡直是另一個人。祇有長相是我們熟悉，因此刺眼的教人不安。她以眼梢瞟我一眼，聲音沙啞略帶股甜味：「你帶我去重慶好不好？」

我退幾步好避開那張貼近來的臉，四周一個人也沒，陽光從大馬路盡頭一直鋪到我腳下，彷彿我們踩在透明的飛毯上，隨時有飛起來的可能。

我突然覺得喉嚨奇乾又啞，我用力舔嘴唇：「我不知道怎麼走。」

李媽媽粲然一笑：「去問啊！傻瓜！這還不容易嗎？」嗔我一眼。

昨天眞是她站在袁伯伯家樹牆邊？袁伯伯爲什麼否認？她黑暗裡那麼沉得住氣，然後他們往黑裡走，怎麼回事今天她整個基因結合都不對了？李媽媽的笑在白天裡是快樂的、健康的，過分快樂和健康，在身體裡關也關不住。

李媽媽見我沒移動腳步，先伸手輕扯我，見我仍不動，突地臉一垮：「你有點出息沒有?!」淚水輕盈地沿臉頰滑下，她膨脹的快樂即刻隨淚水流逝化爲烏有使她成爲原來一個恍惚的人。她似乎對自己這樣管不住自己覺得生氣，便招呼也不打扭身而去。她背向太陽一路走，一路是個會移動的陰影。

我快速轉身往學校奔去，校園外，由校門口延伸出來的斜坡出奇的乾淨，看不見半片枯葉、一張紙屑，這塊斜坡是我們那班的淸潔區；更奇怪是校門口的糾察也收了；正在此時，老銅鐘突地哄咚哄咚響起，鐘聲罩籠整個校區，我跑上斜坡看見一群一群學生正堆在教室門口往教室內擠去，人堆中隨便一閃動便凸出幾張熟悉的面孔，才一會兒工夫，整條走廊上即空空如也，彷彿有個魔瓶，忽地把人全吸了進去。

同方國小絕大部分收的是同方新村的及齡兒童，每年級僅一班，連老師、工友算上全校財產——人數不超過二百，建築物一排。八間教室一字排開，一間當辦公用，一間會議室兼保健室外帶擺躲避球，辦公室在整排建築中間偏右，挨挨蹭蹭的，以往我老覺得教室與教室間擠得很，現在，它在眼前膨脹，空洞的像沒有人在。它把小朋友都吃掉了？

我明明祇是由家裡直接往學校走就走了一個多鐘頭？我有點想吐。

我看準了空檔一個箭步衝進教室，選了一個不會出聲的角度，正待一屁股坐進位子，老黃老師原本背向座位寫黑板，沒有半點預示動作發聲喊道：「老石頭堆子！」我們學校另外還有個小黃老師，也住在村上。也戴厚鏡片眼鏡。

我傻了，隨口應道：「啊？什麼？」

「怎麼答有的？」

我一驚醒，即刻答：「有！」大黃老師挺討厭男孩子軟不嗒嘰，她自己一向抬頭挺胸，長得大手、大腳，乾淨俐落的頭髮夾在耳後，永遠是單色襯衫、窄裙、平底鞋，全身上下一點飾物不帶，要有就是眼鏡及手腕上一隻錶，還是男錶，說是她父親的遺物。大黃老師是遺族，她下頭有個弟弟，黃媽媽後來改嫁，大黃老師堅持不跟去，是她帶大大黃哥哥的，大黃哥哥比大黃老師秀氣三分，白白窄窄的臉、長手長腳，講話聲音像擠出來那般輕。

我們班從一年級就大黃老師帶，她清楚我們所有事，她說：「你們以爲自己是孫悟空啊？我就是如來佛。」

「你迷路啦？」大黃老師回過身問道。黑板上有幾隻雞、幾隻兔子、一個竹籠，她今天教雞兔同籠。

我低頭不語，阿彭坐最前排回頭猛朝我伸脖子、眨眼睛，一臉興奮相，我偏就不抬頭，直僵到一顆粉筆頭落在我頭上，大黃老師從師專出來便練得一手神乎其技的粉筆功，她要砸你的頭絕不會丟到眼睛，要懲罰嘴，絕不會丟鼻子。她有時候打我們耳朵。

「不講話像什麼？男子漢大丈夫，編也要編個理由啊！」

我呑呑吐吐：「我──我在路上碰到阿瘦她媽媽，她要我送她回重慶！」

祇聽見阿瘦大吼一聲：「你胡說八道！」黃臉都氣黑了。

大黃老師倒笑了：「你送李媽媽回重慶耽擱了時間？」

「我沒有，她──」我偷瞟阿瘦一眼：「她一直朝我笑──」

大黃老師打斷我的話：「好了！你坐下！你記住，以後編理由也要編得漂亮點，今天罰你坐一天，除了上廁所不准離開座位。」

這下阿彭他們更興奮了，嘰嘰吱吱如小鳥交談。唏唏嗦嗦如小老鼠騷來動去，寒冰解凍般到處流動不安分。

總之，這一天光阿瘦直狠狠的死金魚眼就夠盯死我了，阿彭則不停在我坐位邊晃來逛去，提著他的彈珠罐子哐哐響，響得像彈珠要跳出來。簡直就像我的眼珠子。

熬到最後一節自修，一群小猴子翻出水簾洞般又爬又跳，我坐定了當自己是唐三藏，算準了阿彭由我座位鬧過來那一刻，我伸出一隻腳終於絆他個狗吃屎。

中午，阿跳和瘋大哥結伴來送便當，我原本自己帶飯，我媽發現我第二節課就吃精光後，送便當的任務就落在阿跳身上。

阿跳擠在我們教室窗口：「奉磊，奉磊。」他提高了便當示意。

我撇嘴：「你送進來。」

阿跳：「你出來拿嘛！」他八成沒穿鞋子，大黃老師規定誰不穿鞋子不准進教室。

我看一眼瘋大哥：「你叫袁寶大哥送進來。」

我們班這下突地安靜了下來。瘋大哥不是正常人，他可以不穿鞋子。他們要看他怎麼表現。

瘋大哥雙手高捧飯包，慎重其事地使木拖屐踢踢噠噠更響邁到我座位邊，放下飯包，他瞧瞧我旁邊的空位子，瞧瞧我，想起什麼一屁股坐進去。他實在太大了，椅子又太矮了，他卡在桌椅中間動彈不得，但是他並不在乎，臉上是十歲發傻前的表情，身體是十七歲。他坐著不動先像記起以前一些片段表情變得悠乎神往，身體絲毫不覺得有任何不協調，面孔泛起一朵一朵笑，後來終於他嘴細細瑣瑣嗚咽得像個十歲小孩。嗚咽傳到教室每個角落再反彈回來，震得我們不知所措的事他記不起來了；他用力在想以前，以致背脊拱在桌面上像一座小丘陵，埋葬了不快的記憶，又覺得好玩，彷彿那是一種變調的唱腔。就在這不上不下當頭午睡鐘聲一長一短哐然響起，敲響校園每一角落，這麼快就到午睡時間？

阿跳在窗外喊了一聲：「完蛋了，我昨天把鐘撥快了一小時！奉磊，你今天步調要快一點哦！」說完就溜了。

黃昏來的時候，屋裡、路燈下、人的頭頂全盤旋著飛蟻，白蟻由一處飛向一處愈集愈衆，大人總在室內放一盆水捕飛蟻，投向水面的蟻屍逐漸鋪滿水面，彷彿白蟻由水中生出來。小孩就想去探尋飛蟻的窩。

像飛蟻一樣不知打那兒來的是我們村裡早幾天前突然出現的幾個陌生女人，她們穿紮腳褲，腦後長髮用手絹束緊，眉眼總是巡來盪去，邋遢樣子卻像男人。她們放聲笑談，邊走邊吃，在雨中不到半天工夫逛完整個村子後蹲在旅館前嗑瓜子、細細嘆氣！她們住在村外唯一一家旅館——阿蘭旅社。我媽說這些女人是唱戲的，正怨嘆找錯了碼頭。

仲媽媽祭出反調者的聲音：「她們可別弄錯了，這一一七高地可是大起大發的龍頭！」她習慣性要說兩句秘密：「看到吧，後面跟著的就要來了。」她一直也沒學會講么么拐，永遠講一一七。

憋了一天，放學後，我招了阿彭、阿瘦帶了我的克難滑板打算去旅社觀察那些來路不明的女人。難得天氣終於放晴，走一條正常的路回家未免冤枉。

我們才由學校斜坡衝到平地，便見到鳳凰樹下小余叔叔、方姊姊面對站著，離他們不遠處有口井，地面露出一尺高井口，旁邊是石子洗池，大堆蚊子不停環繞著井口飛，就是不敢往下跳。方姊姊瓜子臉拉得更長，倔倔的像隨時會往井口跳，小余叔叔不說話，一根一根頭髮直聳聳懸空托住一群飛蟻，彷彿正和方姊姊頂上的蚊子拚戰。小余叔叔光抽菸。

方姐姐很嚴肅：「我覺得你在敷衍我。」

小余叔叔皺眉：「你還未成年，而且，總得念完大學好對老方交代啊！」

「老方！老方！你會不會稱呼點別的？不過這不重要，我想瞭解的是我爲什麼非得念大學？我不耐煩等了。」

小余叔叔略一沉吟：「我在此地無父無母，我是個窮軍人，妳念大學一則可以保住和父母的情感，一則長長眼界，大學裡頭好男孩多得是。」小余叔叔比方姊姊高，飛蟻　集在他頂上足足繞了一大盤，黑壓壓的，像片烏雲，黃昏的光與之一比簡直微不足道。

小余叔叔說話眞好聽，低沉渾厚，說什麼都誠懇得不得了；村上一些爸爸，說起話來喉管像沒通乾淨，起了銹繭，旣不悅耳更不順暢，聽起來有八十歲那麼老。但是不知道怎麼搞的，他開口動不動就會惹火方姊姊。

果然，方姊姊臉一垮：「你眞這麼想？」語氣森然，她頂上的蚊子正蓄勢待發，隨時可以往小余叔叔頂上衝去。

「嗯！」小余叔叔踩熄菸屁股，香菸在微潮的土地上「嗞」地一聲：「我想太剛愎了並不好。」

方姊姊一張長臉掙得圓了起來，她氣呼呼地：「那你爲什麼要開始？你逍遙慣了是不是？成家對你眞那麼困難？」

「景心，何必呢？我逍遙不逍遙不代表我存心占妳便宜。妳想想，妳不滿二十，我都二十九叫三十了，應當急的是我，可是我願意多等等，我從小離家，會不渴望有個自己的家？這些話我就祇說這一次，很多事我不太在乎，譬如妳一定要我現在就娶妳我並不怕，妳得到什麼？不過就是得到我，可是妳想想看老方——」

方姊姊吼斷小余叔叔的話：「你不要叫我爸爸老方！」

雖然他們起碼安靜了兩分鐘，小余叔叔才平常口氣說道：「妳回去吧，我走了！我們的問題其實並不大對不對？可是光稱謂上就擺不平。」

小余叔叔走得很快，將他隨身飛蟻一起帶走了，留下幾隻原地盤旋，彷彿小余叔叔的氣味仍在原地。牠們不捨得丟下。

方姊姊悶悶吐口氣，一甩書包循往小余叔叔去的方向追去。

井口一直盤旋的蚊子發出一絲絲悠遠、清晰的嗡嗚，宛如顫抖，跳下了井底。小余叔叔原先站的地方最後一隻飛蟻也飛走了，彷彿剛才什麼事也沒發生。

阿瘦看看我，我望望阿彭，三個人以眼色交換意見，當即決定什麼話也不要說，連阿彭那麼愛說話的人都閉緊了嘴巴，他頭上的蚊子立刻飛開好幾隻，覺得氣味不對吧？

阿蘭旅社在村外陡坡最上端，平常儘是些阿兵哥進進出出，高地房子大部分沒什麼顏色，阿蘭旅社如同患了色盲，儘可能漆得大紅大綠，老遠便認的出來，路過不能當沒看見，所以那些阿兵哥跑也跑不掉的被吸進去再被吐出來。

在還不太晚的阿蘭旅社門前，電燈泡要亮不亮，那些女人聚在門口有氣無力的或站或坐，腳邊團團圍住一大群狗，阿西狗也混在裡面躺在那兒讓女人給抓蝨子。我們三個立在對街，中間橫條黃泥路，被雨壓鎮得不起一層灰，黃得滲進地脈裡。稀稀落落的車過去仍看見我們立在原地，愈發凸顯了我們的在在。

阿彭興奮地猛往我身上靠，他白得透明的臉皮心看得見微血管爆成一粗條，我說，他一丁丁心事都挺不住。

其中一個女人發現了我們，她斜靠在門邊，誇張的向我們招手，阿瘦警告：「會得痲瘋病。」

阿彭不理這套：「去嘛！看她們在幹嘛?!」

「你先寫好遺囑！」阿瘦怕仲媽媽跟我們算帳。

那女人招手似乎是種習慣，見我們推推扯扯她並不以爲難堪，不過就是改個習慣向其他過路人招手，也沒什麼人理她。

我們一路帶來的蚊子倒召集了不少同志，愈滾愈大團嗡嗡嗡，自己樂得很。坐在長條櫈上的女人一直低頭邊哼戲邊塗指甲油，戲詞沒一句我們聽得懂，倒是指甲油顏色大紅特紅輕易便看了個清楚。戲詞緩慢而高亢，緩慢處充滿一股開天闢地前無古人後無來者的孤獨感；高亢處則如一斧頭劈下，決裂的不得了。然而她唱得那般無心，好像可以一直唱下去。

不停招手的女人忽地朝我們一笑，決定自己過來找我們，她先站直身子用力撲拍裙襬，啪啪啪簡直像前奏曲，然後無精打采的朝我們來，身後的戲曲忽隱忽揚，彷彿被那身子偶爾擋住了。塗指甲油女人倏地頓住戲詞，抬起頭凝神往遠處貼耳聽去，那女人眉眼特別細長，和她的耳朵一起橫出去探聽，特別細長的眉毛是畫出來的，在眉梢處往上一挑，像眼鏡架。忽然，她張嘴，露出牙肉笑了，瘖瘂聲音：「他們來了！」唱戲的嗓音和講話完全不同。

招手女人拖著步子向我對直了走來；她的眉毛也是畫的，一邊長一邊短，如同沒畫畢的娃娃跳出了紙。她步子拖著拖著，看似慢卻快，她的輔助動作忒多的緣故，又撩眉又擺腰。小小的頭像根門柱擋住了視線，偏了腦袋瓜子故意轉移人家的注意。

阿瘦平常膽子忒大，這回一看苗頭不對，率先一聲不吭拔腳往下坡飛奔而去。後頭緊跟著阿彭再來才是我。只聽阿蘭旅社門口頓時水一般嘩地笑開一鍋。塗紅指甲女人笑罵道：「死阿秀！」

我們跑著，貼耳而過的風裡夾雜了隱約的馬達聲及擴音器播放出來的台灣小調，全數經擴大器由天邊反彈回來傳到我們耳內。

阿彭興奮地在我前面急煞住步子：「嗳，有狀況！」

「我去！」我急忙踏上克難滑板飛身前往看個究竟，滑板四個輪子是撿段叔叔拆棄的拉門滑輪，凡是他的東西一百年後依舊如新，看不見的輪子更是。

我張開雙臂，閉上眼，么么拐高地勢形成的斜坡是天然的滑道；路旁針狀樹張大耳朵倒搧我滿臉風，我回望阿瘦、阿彭，他們一瘦一胖忽前忽後，瘦得更瘦，胖的更胖。我振奮雙臂不禁狂嘯長聲：「噢——」生活裡沒有比正發生的狀況宛似夢境更能教人狂歡。

伴著我的長嘯的是阿彭炸開般的鬼叫：「老石頭堆子！」尾音嚇到似吊起老高。

才不過一瞬，不僅震耳的台灣小調已經反彈後撲到我面前，而且歌詞每一個字清清楚楚，我火速睜開眼，原本遠在天邊的馬達聲不知何時變成一輛超巨型卡車衝向我來，全世界的戲班子都在卡車上；景片高出擋杆並且橫凸出兩旁，突出車身好幾公尺的景片儼然是龐然巨物的雙翼，直的橫的霸滿整條黃泥路，更可怕的是急速向我衝來不留一吋餘地。我腳下的滑板此刻喀　喀　發出不明的聲響，似乎也覺察敵軍當頭，而興奮莫名；但是它忘了它沒有控速設備，又缺乏作戰經驗，果然它很快便被嚇暈了，亂了路數，這時它不慢也不快，似一枝神箭直直朝太陽射去。

阿彭在我後頭喉嚨都快炸開般亂叫：「撞樹啊！撞路旁的樹啊！你完了！我的天啊！你完了！！」聲嘶氣竭，由後頭傳來，聲帶的轉速忽快忽慢帶幾分滑稽。

總之結果是神差鬼使，我祇覺身子一歪，滑板自作主張飛也似朝路旁樹幹撞去，不偏不倚，我應撞飛彈了出去。

　　眞空的世界沒有聲音甚至沒有夢，我相信人死後也不會睡得比這更沉。這中間過程眞像大睡一場，好不容易才能由睡中清醒；睡得太久，簡直不相信自己居然醒得過來。模糊的樹影，模糊的黃土面，燦爛的銀河如同一條鑲鑽的黑絲絨，寒光直直逼照我的眼睛，恍惚中我居然聽到我媽叫我的聲音，時近時遠，保持她一貫叫得到我的距離，不敢走遠的心理在夢裡仍然如此。

　　腥黏的血塊貼住我脖子像塊狗皮膏藥，脖子都給貼歪了。脖子還在就是了。阿彭和阿瘦全不見了蹤影。

　　「忘恩負義的混球。」我低聲咒道，四周靜得如同死掉，祇有天空上一切是活的動的；倒是我擦了又流的血是人間唯一活著的，還有味道以及溫度，雖然那味道不怎麼好聞。

　　黑，我不怕，我向來不怕黑，我媽說我有色盲，盲於黑白兩色，我說全部小孩都有色盲。我們晚上不想睡，天亮了不想起來。

　　等我站起身，才發現剛才看到的星星還包括了螢火蟲在內，牠們這裡亮一下，那裡亮一下，鬧得整條黃泥路極不安分似要飄起來。牠們發光的屁股蹶起老高像驕傲的孔雀的一支翎，要好多隻螢火蟲的屁股才湊得一隻孔雀。牠們貼人那麼近，好像患了近視眼在認人。

　　遠處有兩團光在慢慢移動，地面全盤黑漆，他們移動著和螢火蟲並無差別。遠遠望去，中間橫著黑夜及黃泥土，使他們亦像浮在半空中，較貼近地面較龐然罷了。當野狗吠聲驀地由高地方向傳來，那兩團光並不停止前進，可以確定：這兩個人不是鬼。走近了，原來是方姊姊和小余叔叔。

小余叔叔推了單車走在前方，前燈沒開，他們衣服本身有一層光；方姊姊肩上仍是黃昏井邊的書包，齊耳短髮原本夾在耳後，現在散開了，有幾根老拂到臉頰面，太短了，她將之撇到耳後一會兒又拂開來。方姊姊此刻臉上浮著一層暈光，滑滑潤潤的，奇怪，整個人沉沉靜靜的，像顆水晶球。中間經歷了什麼，裝進了什麼。

方姊姊看到我，先是意外一楞，隨後不自主地笑了，輕盈笑擋不住：「老石頭堆子，你當巡察使啊?!」

天色一路由天邊暗到腳跟前，最近跟最遠的暗沒有差別。我覺得自己怎麼渾身發軟，想不起要說什麼，方姊姊的笑更讓我覺得頭昏目沉：「小余叔叔，你爲什麼不開車燈？」

方姊姊又是擋不住的嫣然一笑：「老石頭堆子，你懂什麼？我們說話你能懂嗎」她明明跟我說話，眼睛卻望著小余叔叔。他們還牽手。

「你講什麼話？美國話我不懂！」我用力甩頭，奇怪，方姊姊的神態口吻居然像早上我碰見的李媽媽。

「你以後會不會懂？」她甜甜的：「你要不要懂？」

我搖頭，我現在就不懂了，以後更不懂。我身體晃了下。頭更昏了。

小余叔叔輕聲道：「景心，別這樣，他還是孩子。」

方姊姊一點不生氣，反而帶三分得意：「我不是孩子了。」她嬌嗔道：「你說對不對？」好像他們中間突然有了某種聯繫。奇怪，他們剛才發生了什麼事？

小余叔叔發覺我不太對勁，忙把單車交給方姊姊，就月亮的光檢查我的腦袋，小余叔叔的手眞溫柔，手心微溫乾燥，輕輕托住我的頭、臉檢視；有些人手心不是太熱就是太冷有的還帶汗，貼在皮膚上眞不舒服，我媽說人的溫度就代表一個人的個性；阿彭就一年到尾手心溼溼溫溫的有股悶氣，我媽說心不好的人容易汗手。我爸說是心臟不好，不是心不好。

小余叔叔嘆了口氣：「你再要皮不死於非命才眞怪！趕快去診療所消毒包一下！」

我當然否決他的提議，紮個大包頭回去更有得罵挨，我媽說她寧願自己打死我們，也不願意叫我們白白死在病菌手裡。

小余叔叔和方姊姊商量：「我送他回去好了，妳先走，免得妳媽講話。」

「好！你也別太晚睡！」好像觸到什麼點，臉頰突然泛開一排紅暈一路漫到眼梢，奇怪，還眞像李媽媽。更奇怪小余叔叔說什麼她都聽得進去了。

方姊姊暈乎乎地騎了小余叔叔的單車踩上夢似的一會兒便走遠了。

小余叔叔陷於沉思，凝望那背影到最後也沒想起那是他的單車。他聲音尙未由遠處回來：「回家別說碰見我和方景心在一起。」他講那姓名語氣很特別；很熟，然而不似我們唸黃帝、嫦娥這些名字那般空洞，像他的手溫，暖而乾燥，十分貼心。

「我知道！」我大聲說，想將他的魂魄喚清醒。

「你知道什麼？」小余叔叔果然有了些興趣，精神也提了起來。

我們邊走，我邊說：「我餓死了！」我發牢騷似的：「我媽說人餓了就要吃嘛！看是什麼地方餓就補什麼營養，你和方姊姊就是要補愛情，我媽說這再簡單沒有，傻瓜才不懂。」我愈餓記性愈好，多久以前，多長的道理我都背得起來。

小余叔叔停下腳步，仔細聆聽重大計畫似的，半晌才對我說：「你媽說得有理！」

我們話才說到這兒，上坡迎風處飄來一陣陣嘔聲及餿味，拉開風門般肆無忌憚。吃進去又吐出來，眞讓人難理解。我直覺到這聲音定和袁伯伯有關。循嘔聲走正是回家的路，臨近了，那人背向我們聽見動靜由趴倒的竹籬抬起頭，豔紅的手指，散亂的長髮，特別細長的眉眼，使她正眼看人都像是斜睇，何況橫著臉看人，完全是瞟過來。

居然是阿蘭旅社前塗紅指甲油的女人。

她微抬下頦很正式地瞄我們一眼；仰高的臉的線條變得冷漠而加強了眼睛的戲劇效果；滑稽的是，仰抬的臉受風面廣，給風一撩明明想正式和我們照個面卻又驚天動地吐將起來。嘔得眞急，彷彿要嘔心出來才舒坦。怎麼女人嘔起來，聲音完全如男人。又粗又沉。

「這些跑江湖的女人酒量好得很，會給誰灌成這樣？」小余叔叔分外好奇。

袁伯伯適時出現了。他逆著光旁若無人循著酒的氣味找來，臉上罩住一層似夢似眞的青光，像烙印某種戰士的符號。踏著不穩的步伐，整座村子頓時因戰事即將到來而靜止。他立在女人身旁，伸手在女人背上輕輕撫拍，他說：「怎麼樣？服氣了吧？」聲音溫柔無比，空洞無比，彷彿他不在安慰別人，在安慰自己。

小余叔叔說：「這女人好面熟？」

我頭上的包擂鼓般蠢動，裡面有個小生命要破繭而出：「是秀蘭旅社門口見過嘛！」

「不是，她像周仰賢。」

袁媽媽握緊瘋大哥站在村口，臉色敷了層陰影，被不愉快的記憶釘死在黑暗的村柱邊，半天不肯抬頭，抬頭就會哭出來。我頭頂上的腫包愈擂愈急，擂出我一身冷汗：「袁媽媽死了。」我和我媽由毛醫官那裡看病出來碰見她，不久她就死了。

「人死了還是會回來的！」小余叔叔若有所思。

「回來做什麼？」

「不是真的回來！」小余叔叔皺眉思索。

袁伯伯掉過頭向我們望來，眼皮微瞇，似乎想了會兒才想起我們是誰，他平平板板若無其事：「看到袁寶沒有？」

那女人不嘔了，光在那兒喘氣，又一個與袁伯伯喝酒便嘔的女人。袁伯伯自己倒從不嘔。

那女人喘夠了氣，嘴裡騰空了，惡惡罵了句：「伊娘！」

袁伯伯聳聳肩做了個「請」的姿勢：「不服氣明天再戰！」

女人拖著耗弱的步子，無所謂地向黑的地方攤去：「幹！」

袁伯伯哈哈大笑：「那也得等明天！」

空氣裡的水分和花香大概不適合袁伯伯喉嚨，他仰面笑完緊接的是奇大聲無比一連串的打嗝聲。

小余叔叔完全不怕袁伯伯可能吐他一身，趨上前去替伯伯拍背順氣。

袁伯伯先還不斷打嗝，後來在嗝與嗝中也能插一兩句話：「小余，感情趁年少啊！」他打一個嗝說一句：「人老了光剩下回憶眞沒意思！」

小余叔叔苦笑：「那也沒辦法。」

袁伯伯哼了聲：「你看看我！還算個男人嗎？身邊沒半個固定的女人！再說——」他可好打了個大嗝才接下：「周仰賢太不瞭解我了！我悶嘛！家裡有這麼個癡兒子！我是人，我總有好奇心吧！」大打嗝並沒打斷他的思路。

小余叔叔滿面疑惑：「好奇心？感情的事還能好奇？」

袁伯伯眼眶一紅，說不下去光會搖頭。話到唇邊又含糊了過去，似低音襯底，調子那樣沉。他一路搖頭一路走遠，如逐漸結束的音符。

小余叔叔長望他的背影，喃喃念道：「老袁，人要堅強點！」

我伸手一摸頭上的腫包，這會兒不僅不擂鼓，腫也消了。難道給嚇縮了回去？而且並沒有留下任何疤痕。就以後變天前會隱隱發癢，彷彿一種暗號，提醒我那天發生的事。傷口一直癢到趙慶搬進同方新村。

戲班卡車進駐么么拐高地後，戲台很快在自治會前廣場上搭好，那批女人迅速遷出阿蘭旅社搬進後台；男人們全部睡在前台。前後台中間隔道大黑幕，黑幕很老舊，彷彿風撩兒點都會散掉。阿彭說光憑這道大幕起碼有十年歷史。

阿彭說：「你知不知道？他們就一個地方一個地方不停打轉，過了這十幾年腳底板沾不到家門的日子！」他一口氣背完他聽來的話。

阿跳瞪凸了眼珠：「哇！好過癮！」

阿彭拱阿跳：「對啊！最適合你了，你是尖屁股！」

阿跳點頭如搗蒜：「我帶狗蛋去，讓他乘機學講話。」

阿彭笑眯眯：「對！你會被殺掉，如果你帶狗蛋去。」

「哼！用什麼殺？手刀?!」阿跳一個手拐，阿彭又白又嫩的大腿背立時一塊紅腫。他在阿跳這兒從來沒討過便宜。他偏偏要惹阿跳。

那些女人在台上練功的練功，拉嗓子的拉嗓子，男人則擺開幾盤菜就碗公喝酒，空酒瓶子在台後空地越堆越高，不知道什麼規矩整整齊齊一瓶落一落，落到某種程度有人開始用酒瓶砌成桌子、凳子，還眞的能用。攤開的菜盤從沒收過，光往裡頭加料，擺在那兒像下棋時一局解不開的陣。

夜深時分他們收掉嗓音及身段扮演他們自己，沒再看到袁伯伯找塗紅指甲油的女人，他找女人總那一下子。塗紅指甲油的女人好像戒了酒光看她躺在後台看小說，一租一大疊。

「害相思病啦？」男團員拿碗酒去逗她，她以細長眼梢瞄人，寒起臉一揮書掃掉酒碗。就這樣男團員仍不拿她當回事，唬地甩過去一記耳光，紅指甲油女人這頭也不哭，定定瞪上兩眼，繼續低頭看小說。男團員這才恨恨走開。他們一天要演兩三次這樣的戲，他們的基本觀衆是李媽媽。戲班子全員到齊那天她嗅到什麼喜歡的味道似的再沒由戲台前和家裡失踪過。

戲台尚未搭起，李媽媽自己端了張凳子坐在球場外圍旁觀，眞等到他們熱熱鬧鬧在搭台，她又沒事般這裡逛逛，那裡晃晃，面泛微笑卻不搭理任何人。她老遠見到女團員便收起微笑。

夜更深時分，團員們一具具長條身體球場隔著挺在舞台上，像月光下的魚。

李媽媽仍坐在較遠的球場外圍動也不動，臉上神情於這一刻變化爲似笑非笑，雙眼發亮沉沉端坐，像一隻貓。

第一天大戲即將開鑼，台下零零星星不下二十人，每個人坐得離台口八丈遠。不像看戲，倒像看大火燒山。

台上那群女人上了粧不再是天下一般醜，是全部祇有一種醜；臉皮上一層死厚鉛粉非得笑咧開了牙才知道是高興，或者哭得猛擰手絹才知道在哭；身上戲服非紅即綠或寶藍色，顏色在台上沒停過晃動，他們絕不安安分分一處站上兩分鐘，教人眼花不說，誰是誰更是混亂，要逼人得色盲加亂眼症。那化粧、身段、表演方式似乎蓄意不讓人認出誰是誰，以便下了台可以換個身分再上台。那一律懶洋洋的身段彷彿舞台是他們家，他們正在過家常日子。

第一天，那二十幾外觀衆看得大呼過癮，舞台上懶洋洋的家常生活讓大夥自認爲懂得戲，什麼他們都瞭解，親切得不得了。台上演到苦戲，豔紅的袍子角飄啊飄的，熱情得要迸裂了，台下隔得老遠的觀衆看不眞切，也聽不清楚，胡裡胡塗傳染了苦笑症不時哄然大笑幾聲。弄得最後台上這邊哭調台下那邊笑開了臉。更不肯老老實實站定了。

阿彭一連興奮了兩天，以爲有武打、翻滾；這天台上哭了半天，鑼鼓點敲得緊密如雨，他的臉色愈演愈青白，抓我臂膀的手掌直滲汗，我不耐煩甩開他：「熱死了！」

沒料到阿彭被這一甩哇地大吐起來，身體搖搖欲墜，中邪一般唸道：「好可怕！太可怕了！我要爆炸了！」彷彿台上的綠臉正衝向他來。近得全變了形，嚇到了他。

他不是爆炸，他是昏死了過去。毛醫官說他耳內半規管不平衡受不得吵和晃動。阿瘦說：「根本是土，他們家縣長都一輩子沒看過戲，輪到他還有三魂七魄不被嚇掉個一魂二魄的？」

阿瘦也許說的對，憑阿彭會怕吵？會怕晃動？奇怪是後來戲班眞改貼喜劇上演後，阿彭這下不吐不暈了，比誰都看得高興。

狗蛋在看戲第一天第一幕便睡著了。怎麼也吵不醒的死睡。後來說破嘴他也不願意睡在露天的台下，他死命要在家裡睡。

我和阿跳每天在戲台前後湊熱鬧，家裡就留了他和小洗，他一個人在家慣了，所不同是這回屋外被音效重重圍住，狗蛋就像瘟掉的項羽困在垓下，他反正無所謂，他懶得費力氣，凝神窩在床角聽外頭虞姬又唱又舞劍，還以爲不干他的事，他側過耳朵聽戲，盡到了聽的責任。連感慨都懶得感慨。

「法海捉妖」已經唱到第四天，白素貞受夠了折磨，腹中孩子差點保不住，她對許仙唱實話，一字一句：「你妻子不是凡間女，妻本是峨嵋一蛇仙……」

狗蛋一聽笑呆了，再自然不過的開口講出他人生的第一句話：「你妻不是凡間女，妻本是峨嵋一蛇仙。」彷彿因爲這句子刺激到他——一個和尚和一條蛇，彷彿他上輩子懂得這話的意義。那背景勾動他的記憶神經，牽連上故事的開始。

我媽乍聽他唸得如此順口也覺得可笑，這故事周折到帶股滑稽味，她笑完了，腦門一轟發覺不對，她急聲要狗蛋再唸一遍，狗蛋不肯，緊緊閉在嘴光是傻笑搖頭，我媽確定他會說話，他偏不吭聲，她急得去摳他嘴巴逼他哇話出來。

我媽趕忙跑到球場拖我回家，非要我幫著誘拐狗蛋開口，狗蛋在睡夢中頭臉身子被亂搖一通，精神如陷彌留狀況，終於又講了句：「西子湖依舊是當時一樣。」唸完繼續倒頭大睡。

我媽這會兒眞正淸醒了，興奮期也過了，她警告我：「不准你出去亂說。」她要我連阿跳都不許告訴，阿跳活似一個帶菌者，東跑西奔的傳染力忒強，他要知道了，全村等於知道了一半。

我媽長長嘆口氣：「哎——」她沒說為什麼嘆氣？大概家務已經夠，現在又多了個怪裡怪氣的小孩，講的話居然是文謅謅的戲詞。

她想到什麼眉頭鎖得更深：「這詞深的，還得有人翻譯，傳福音似的。」

她懶得多想了，想事情教她頭疼。她相信她看到的事情，於是她猛然原本冷清的球場才沒幾天工夫已然情勢巨轉。她不禁色變：「怎麼戲台前人山人海的？」

我媽沒說錯。我們村子熱鬧心之強短短四天便進入了節慶狀態，心理和行動都如此。

那些女人開始穿上紮腳褲進出各家各戶，宛似戲台直接走下來；她們在台上哭哭鬧鬧，胡打蠻纏，村內一群小腳裏過又放開的老奶奶成群結伴在台下又哭又笑，情緒高漲到不知如何是好，兩隻手又摀嘴巴又蒙眼睛又捶心口，靜下來時想到電影裡別人老太太看戲那派頭，也不禁手心發癢掏出錢就往台上扔。丟了一台面五毛一塊銅板鈔票，戲台上那些走位的角色這下安分了，深怕被錢砸到似的，別說不敢亂晃，走起位來都小心翼翼怕一腳把錢踢到台底下；他們一面唱一面白還一邊毫不保留地斜眼盯住台面的錢在默算，鈔票愈丟愈多他們唱得愈大聲，他們穩穩站在台上，彷彿是說——這番江山如今底定。

後台則更沒規矩，小孩擠在台口看人下戲，大家猛往裙縫裡掃射，打賭誰人是男扮女裝或女扮男裝或男扮男裝或女扮女裝，密密實實的裙袂配件讓人很難瞄出端倪，灰塵吃了不少。

那些唱戲的女人信心大振後，串起門子來更囂張，通常白天見不到人；一過午後，她們活過來了。還沒到上戲時間，一張張素臉倒看出了誰長得怎麼樣——醜的更醜，黑的更黑，瘦的更瘦，胖的更胖。

仲媽媽搖頭撇嘴：「沒見過這麼多怪麻騷！」

我們村上一轉眼工夫多了三、四倍人口似的，到處撞得見人。尤其晚上，走到角落不小心就會踢到橫倒的醉女人，全是袁伯伯灌的。

半個月過去，附近村子也有端櫈子來看戲的，台下不止人山人海，簡直在過年。立刻，戲台上的粧扮別苗頭般有了顯著的差別，台口一亮相大致認得出誰是誰了。

沒唱幾天他們換下了白蛇傳，改唱西廂記，少了大和尙，狗蛋一句戲詞沒有；但是唱到張生傷心處，狗蛋嘴裡默唸有詞不知道什麼意思。隔著家家戶戶屋頂和黑暗，他聽到他要聽的，偶爾也會脫口說兩句話，總不外安慰和鼓勵，我媽就討厭他如此老氣橫秋，也逐漸失了哄他講戲詞的耐性，她原先還派我們出去看過回家轉述，後來，她索性自己坐到台下看個明白。

陳舊的大幕及沿幕上貼滿了賞家的姓名、數目大紅金紙，紙張在風裡、戲詞間飄揚飛動，三天兩頭撕下一批名字換新的上去，台上的調門愈提愈高，有幾個上了台還明顯的宿醉未醒；台下醉得更厲害。

在上台下台的女人當中，祇有一位不化粧也不上戲更不出去鬥酒的女人，她幫忙收戲服、煮飯、買菜，她永遠是戲團裡最早起的人，她就是仇阿姨；但是我們在見到趙慶之前，從來沒在後台看過趙慶。

每天，不管前一晚戲收得多晚，一大早準見到仇阿姨隨陸供部採買車上兵市場買菜。開車的老黃伯伯沒兒沒女開了一輩子卡車，他在抗戰時期就開車往返滇緬公路。他開車如飛，祇要車子不抛錨，他不踩煞車。每天下了班他把車開回村門口圓環榕樹下停妥，一大早再開到陸供部接了伙委上兵市場。仇阿姨也不知道聽誰說起，有這趟便車，總之她每天坐車上兵市場買菜，她說這樣省錢。

後來，老黃伯伯不僅載她再回村子，早上還開車等在球場邊；看見過他們的人說仇阿姨上了車先微笑道早，雙手再奉上剛烙好的大餅配大葱，該做的都做了，之後靜靜坐在車後，說什麼不坐在前座，她說：「能讓我搭便車就感激不盡了。」

早上十點左右爲她一天最忙時分，忙而不亂。在臨時搭起的灶台或水池邊，她廊俐而無聲的洗洗切切做準備工作，柔軟的陽光照在她潔白的臉上居然會反光。準備工作完畢，尙未到燒煮時間，她退至台腳邊，膝上攤本書，流動的空氣藉由布幕一搧形同過堂風，翻起仇阿姨深藍旗袍角，拂過她光亮的髮髻，這一切她渾然不覺，光專注在書上；潔淨的臉龐因低垂而形成另一種弧線，讓人先看到她寬敞的額角和瘦削的鼻準、下巴，因爲沒有瞳光及唇線干擾更覺得安靜。

路過行人在早上往往看到這麼一幅景象——空蕩的台上闃無一人；台上就一個俐落的女人忙著或看書。在陽光裡，在風裡似乎台上有一齣落幕的戲，還帶了人生的餘溫；台下則如一幅畫。

一個這樣的女人應當受過教育卻不太說話，久了自然引人注意，連我媽媽也留意到了，她問我：「那個常在球場洗菜的女人是誰？」

阿彭當然搶先回答：「她叫仇新眉。她說她有個小孩跟我們差不多大，她先生死了，她要負責養大小孩。」

阿彭打探這些事的確有一套，他東聽二句、西問三句可以把聽來的話連成好幾個故事。

體。

「小孩呢?」

「仇阿姨不要他沾戲團的邊,說這種生活對小孩不好。」阿彭得意非凡,覺得講得實在得

我媽持懷疑態度:「是那個仇阿姨親口對你說的?」

阿彭逞能:「當然!」

我點他:「阿彭——」

阿彭這才無可奈何:「袁伯伯說的啦!」

我媽迷惑道:「怎麼又跟老袁有關?」

這下阿彭不懂了,我也不懂。我們偶爾遇見袁伯伯因爲宿醉上班遲了不趕緊走反而站在球場邊曬太陽曬得滿臉汗。他原本上班一向不經過球場這條路,他嫌拐三彎四,他歡喜走直統統通往陸供部大門那條路,他大氣不喘地:「幹嘛?!就算作惡我也要走大路去!」其實大路遠得多。他晚上走小徑,白天才走大路。

不知是那次他和戲班細長眼梢女人喝酒,喝著喝著細長眼梢女人瞄他:「我就不信你死老婆也不掉淚!」當場被袁伯伯一巴掌打翻到路邊去,那女人躺了好多天,戲班子自己打可以,別人打呢?爲求長久唱下去光要求袁伯伯出了醫藥費,連道歉都不必他去。袁伯伯二話不說拿出雙倍錢發誓以後再不找命裡欠打的女人喝酒,可惜了那條通往戲班子的小路,老早被他走熟了,現在沒用了,拿出錢後,他笑說:「這條路至少有百來顆石子不是我踩平的就是我捐的!」

有回又是宿醉,他頭疼欲裂,決定白天繞小路走捷徑破破邪,他由小巷轉出去走到球場邊,

看見了細長眼梢女人躺在台邊陰涼處養傷，摔裂的手臂還上著繃帶，一旁遞水遞菸的女人總不嫌煩，有副長長的腰身，那女人就是仇阿姨。袁伯伯看到的第一個印象。他說他喜歡女人腰身長，適合穿旗袍。他家裡袁媽媽留下幾大箱旗袍。

袁伯伯說他討厭終日穿長褲的女人。

仇阿姨老早發覺有個不時出現的身影，細長眼梢女人也看到了，仇阿姨沒搭理，細長眼梢女人認定袁伯伯是去看望她，遠遠的。繞過戲台後小路往陸供部走去，拿她這裡當個家出發。

袁伯伯這邊倒收斂得多，內心想什麼並不鬧開宣張出去，似乎他有所忌諱，我們總看到袁伯伯經過戲台而李媽媽螳螂捕蟬般總跟在袁伯伯背後不遠，不過李媽媽原本便出沒無常，她在哪裡都很正常。

看袁伯伯如此沉著，我媽認為：「這有點反常，老袁什麼時候安靜過了？」我媽對方媽媽說：「那小寡婦還長得眞俊，扮起男裝才叫玉樹臨風呢！」

方媽媽嫌我媽俗氣，她回我媽的話是：「我們景心最近老半夜才回家，人也瘦了一大圈，都是戲班吵人，吵得她在屋裡待不住。」她邁著小腳走過來搖過去，顯得特別忙。

我媽瞟了眼方媽媽，她們在方家客廳講話，素牆上掛滿了方姊姊的獎狀，放大的相片，像個人展覽館，不夠掛在牆上的全掛到方媽媽屋裡，她好睜開眼睛便覺得活著眞榮譽。相片裡方姊姊靜靜睇向前方。我媽不能不小心翼翼：「你們景心多大啦？該找婆家了吧？」

方媽媽老大不高興：「誰啊！景心至少得念個洋碩士才對她爺爺有交代。」

「爺爺？她爺爺還在？在台灣？」我媽不解。

方媽媽這才好顏好色：「早不在了！她爺爺是前清翰林呢！我們方邦舉算沒出息，這輩子全毀在亂世手上，景心可是念書的料，方家全靠她光大門楣呢！」

我媽嗤笑：「不要招贅吧？」

我媽懶得再說，她可不是開玩笑，方姊姊和小余叔叔村子裡外全逛遍了，方姊姊表面上脾氣溫和，談起戀愛來烈的不得了，她逼一步，小余叔叔退一步，他們之間交往不像談戀愛，倒像捉迷藏。

方姊姊有天大的熱情教小余叔叔冷水一澆冒得滿頭滿腦是煙，小余叔叔和她在煙霧裡情況更加迷離。他們的事宛似有天大的秘密卻又包不住。

絕的就是方媽媽蒙在鼓裡。方伯伯似乎頗知道內裡卻不表示意見。

戲一天天唱下來，我們整座村子每天祇做幾件事——上學的上學、上班的上班、管家的管家；然後一塊兒去看戲；戲散大家回家睡覺。每個人站在太陽底下臉色一律鐵青色，因爲太晚睡的關係。

戲班團員則在下戲後才正式開始他們的一天。夜間活動太頻繁，團員們終於上了火熬成一隻隻火眼金睛，上了粧在台上更明顯。臉也長了，聲音也尖了，一切都控制不住。

村上的媽媽們這下不再對生活裡的事蜚短流長，她們忙著交換舞台上的劇情和看法；他們的看法永遠不一致。她們從來在傳誦別人隱私之外的事上沒如此複雜的心態，那些事她們說不周全。

袁伯伯曬了幾天太陽，頭不痛了，重新恢復走大路上班的習慣。他忘掉瘋大哥比忘掉頭痛更快速，幸而劇團來了，瘋大哥雜在我們當中也有事做，他總是一面看戲一面掉口水；再不哭得比誰都大聲，笑得比誰都快樂。他在看戲那刻似乎也忘了袁伯伯。別人往台上丟錢，他往台上丟石子磨成的小人。

袁伯伯頭痛好了很快忘掉發的誓，他又每天和細長眼梢及一群唱戲的女人喝酒、划拳，毫無顧忌的聲浪在沉寂的夜裡不像人聲，像動物。叫得不知道有多淒厲。

他喝了酒不再發誓，光揍人，光挑細長眼梢女人揍，那女人被揍慣了，也不再要他道歉。她說永遠記得他遠遠窺探、關心的深情蜜意。袁伯伯一聽又揍她一頓。

袁伯伯揍完狠狠咒道：「叫妳永遠上不了戲。」

女人用細長眼梢瞄他：「我才不上你的當！別以為我上不了戲會嫁給你，賴住你！你——放——心——！」這女人嘴特別硬。她被揍了以後眼皮高高腫起，很難想像她薄眼皮長眉梢的模樣。

她堅決不嫁袁伯伯，她好好想過的。每天深夜他們分手，第二天重新來過；她喜歡這種痛苦。她斬釘截鐵說：「什麼事都是這樣的嘛！台上搭了又拆又再建；天亮了又天黑。我才不喜歡什麼固定！哼！再愛他也不嫁給他！」她不究問袁伯伯到底愛不愛她，她覺得她愛就行了！祇這事她特別想得開。

袁伯伯這邊呢，說她挨打挨怕了，發展出一套悲觀的理論；這套理論光安慰她自己用的，所以她口胳特別鏗鏘。

對他們台下的交往，我們村上一點興趣也沒有，一方面袁伯伯故事太多；一方面看戲還來不及。

在夜晚看戲的行列裡，李媽媽「埋伏」的時間不知怎麼愈來愈長。她在白天幾乎完全停止了活動，白天她留在家裡那兒也不去，我去找阿瘦，她完全不認得我，原本蜜黃如向日葵的膚色失去了太陽不再流動而減弱了光澤，黯淡得不得了。她見我進屋卻視若無睹，自己忙著一會兒站起身，一會兒踱步，一會兒嘆息。整個人焦慮不堪！

我小心翼翼問道：「李媽媽，阿瘦去哪兒了？」

中中由外邊跑進來：「你別惹我媽，她會捏你哦！」他站在門口，不敢進屋。臂上一道一道捏痕，有深紅、紫、淺褐色，多到他自己大約也弄不清楚那道先、那道後。李媽媽不管這些急切地：「外面幾點了？」

中中說：「還沒天黑啦。」似乎天黑她就要出去。那她什麼時候回來呢？

中中搖頭：「管她，反正我都睡了。她回來就哭，半夜哭到天亮。」他厭惡的表情使得他老氣橫秋：「那麼愛哭就別去看戲嘛！」

她看什麼戲看到半夜？十點戲就散了，半夜？除了袁伯伯他們台下那場誰還逗留在外頭。聽到尙未天黑，李媽媽削長的臉色霎時更黯，黯到她原先蜜黃沉底所形成的明黃眼梢轉成綠黑，使她那張臉笑也像哭。

她坐在板櫈上，輕聲顫哭起來，矮瘦的板櫈瘸了隻腳，她坐在上面膝蓋突起老高，淡黃無骨的膝蓋骨隨著她的哭泣上下顫動，裙緣愈滑愈高終於露出一角黑色的內褲。她毫無辦法的哭著。

好像阿瘦聽到哭聲傳音由外頭衝進來，她似乎也沒看見我，一個快步半蹲在李媽媽身邊，遮住了李媽媽的膝蓋，大腿，黑色內褲。她溫柔出奇：「媽，妳哪裡不舒服？」

李媽媽不說話光搖頭。阿瘦又問：「妳想出去？」

李媽媽點頭，但是仍焦慮地顫動著身子，阿瘦又問：「很熱是不是？」

李媽媽哭泣得更悶更急。

阿瘦老到地將毛巾在涼水裡浸透了擰成半乾，當著我和中中面前撩起李媽媽衣服渾身上下擦了又擦，彷彿李媽媽是個火棒子。

一遍又一遍，天漸漸黑了，她渾身的無名熱也褪了，李媽媽於是也停止了哭泣。似煩惱似期待的出了門。

她前腳走，我們後腳跟，她在通往球場的巷口不意和袁伯伯遇上了，李媽媽緩緩停住腳步，望定袁伯伯，臉上一層一層泛開明光，露出裡面的蜜色。她拘謹地垂手擋在路中，袁伯伯過去也不是，不過也不是，她低了頭雙眼往上鉤睇住袁伯伯，笑意一路由嘴角爬到眼梢，她不說話光伸出手，手臂直直凌空架住。半天袁伯伯沒反應，李媽媽一反手面無表情地原待收回手臂，袁伯伯突地急急在路旁籬笆摘了朵爬牆虎葉子遞到她手裡，雙眼無神地彷彿在哀求她，哀求她讓他過去?李媽媽雙手合住緊緊握住那片葉子，空氣中似乎聽得關節咯崩在響。袁伯伯看到我們，一閃身走了去。留下李媽媽一個人站在長條巷子口。

那天晚上，散戲後意外地戲班子女人沒等到袁伯伯。李媽媽恍恍惚惚坐在台下最後頭，台上哭她沒反應，台上笑她更無表情，她似乎祇負責坐在那兒監視，監視台上一個人也不准少。她一語不發枯坐兩小時，卻在散戲前倏地失了身影；那是一齣團圓劇，結局為台上闔家歡喜，她皺了眉專心看台上抱成一堆，好像那些人在胡鬧。

那天晚上阿瘦在黑暗的巷弄間穿梭了一整夜尋找李媽媽。

第二天大清早李媽媽自己出現了，一向紮雙麻花的辮子鬆綁開來，絲絲不苟垂在兩肩，如一個安分的大閨女。戲班子來後她偶爾會放開頭髮，現在正式放開了。李媽媽居然有一頭特別烏漆沉亮的頭髮，隨著她的走動與靜止，散放出一股強烈而沉默的光。阿瘦頭髮完全是另一種顏色——又黃又少。

那一晚，戲班子後台整晚大亮著，長眼梢女人喝多了酒鬧台，鬧得比正式上戲還熱鬧有勁兒，她又哭又唱，就不准人熄燈。

戲班裡男生光逗她逗得團團轉，女人中有用斜眼看她說風涼話的：「開燈做什麼？噢！關燈就不認得啦？妳是葫蘆還是根木棒他會不知道？」她們愈說風涼話，長眼梢女人就唱得愈大聲，她讓大家一塊兒陪她等袁伯伯。我們後來知道她名字叫李巧，他們喊她的時候舌頭還帶拐彎，一副不懷好意的味道。

最後，細長眼梢反串起生角唱戲做工，她愈唱愈專心，似乎對自己的嗓音極其滿意，唱著唱著索性放棄了身段，站在場子中央沉重淒越拉開嗓子放聲唱——

「不分日夜奔家園，一路只把賢妻念，只見她花憔柳悴在斷橋邊，小青兒腰掛三尺劍，圓睜杏眼怒衝天——」

又是白蛇傳！他們似乎越鬧越清醒；後台角落，仇阿姨不知是睡熟了，還是嫌吵，她始終以背對台口，整晚沒翻身。

阿瘦見李媽媽天亮才回家，二話不說立刻爬上床撣淨灰塵要李媽媽補覺。

李媽媽倚在門邊，臉上毫無半絲倦色。她對阿瘦微笑如儀，一圈一圈桃紅斜入鬢角，她甜甜說道：「我不累，我不睡可不可以？妳陪我說話好不好？」

阿瘦蹙眉：「說什麼？家裡又沒米了。」她同時以懷疑的眼光觀察媽媽，終於忍不住問道：「媽，妳一晚上跑到那裡去了？」

李媽媽瞅她一眼：「不告訴妳！」神祕而快樂的笑了。前一晚焦躁悶煩的神色全消失了。

阿瘦更加迷惑，她想想，搖了搖頭，決定不管李媽媽的表情和講話方式，她以堅定的口胳：「媽，妳答應我不再隨便亂失蹤的，妳這樣會害我一整晚沒辦法睡。妳再這樣我就去告訴爸爸哦！」

李媽媽嘴一垮，情緒即刻又煩躁：「我還要怎麼樣嘛？」她低下頭，淚水掉到洋泥地面：「你——你——」隨之不斷抽噓：「你說要帶我走的！」

分明是那天她堵住我的口氣。

阿瘦機伶地看我一眼，悍然回應：「媽，妳又來了，我們那裡也不去，我們老老實實待在這兒。」口胳完全是教訓。

李媽媽則決定要回嘴，簡短說道：「我要走！」

阿瘦極不厭煩極厭倦，寡寡地說：「妳要走一個人走，我不想管了！」這幾年眞也夠受的。

李媽媽一聽，即時停住抽噓，眼睛一亮：「眞的？你眞讓我走！」整個人如按扭燈泡，忽地一亮。

阿瘦冷冷道：「你走了拜託不要再回來。」

李媽媽幾乎以踩蹻的走身段走回她房裡輕盈嬌媚，我們聽見她情不自禁的笑聲，輕靈似銅鈴，悠忽如夢；過一會兒，他開始翻箱倒櫃，一件件衣裳送身上比畫，還拿面小圓鏡子全身照。鏡背後是鏤花的檀香木，照到左肩照不到右肩，她照著照著完全忘了收拾衣裳的初意，整個陶醉在衣服的夢裡。比劃完畢，衣服還沒收呢，她又從床底摸出個鐵罐，拿出枚袁大頭呼呼向錢背吹了口氣然後放在耳朵邊，悠忽輕脆的絲帛裂由她耳邊拉成一直長線四處飄送，播弄著人的神經。李媽媽雙眼微瞇，顯然認為這聲音十分美妙，她在悠忽的絲帛裂聲中嘴角逐漸拉得更長。

袁伯伯沒有解釋他那晚為何爽約，李巧祇要有開口的意思，袁伯伯就叫她喝酒，她還想問，他索性給她一頓，打得李巧像上了發條的玩偶，一見到袁伯伯就笑，袁伯伯不怕她歇斯底里，他捧人還賣乖：「神經質的女人我見太多了！」

李巧笑話他：「你見過女人嗎？」她當衆扯開領口，將胸脯湊到袁伯伯面前，睥視道：「你見過嗎？」

袁伯伯搖頭：「妳還有多兩個更好看！」

李巧似哭似笑：「別以爲我不淸楚你在搗什麼蛋！我不願意揭穿你罷了！」她敞低了的領口露出她自己指甲抓的痕跡，臥在雪白的膚色上，分外刺眼，像一隻隻吸血蟲。

袁伯伯突然酒醒了一樣聲音冷冷的：「妳最好弄淸楚。」弄淸楚什麼？他可沒多說，然而我們感覺得到他這次眞不會再和李巧喝酒。李巧醉了，但是她也淸楚。

李巧從此夜夜不睡，白天精神還大的很，晚上她上了台不像唱戲像跳脫衣舞，每一個動作都做得火辣辣，對自己極度滿意，而且吊人胃口。這樣折騰，有一天上台後唱不出一個字。

沒多久，李巧的爸媽被叫來了，班主說李巧瘋了，要他們把她帶回去。李巧的爸媽是一對矮小的鄉下人，專門幫人做酒席；他們兩個急得快哭了，李巧的爸爸囁嚅半天才擠出一句：「留她下來洗衣服煮飯都行。」他努力維持聲音不抖：「我們沒有錢，訂金全花掉了。」

班主因爲長期不露面，臉養得白裡透紅，他不耐地：「錢我不要了！她在團裡會鬧台，再鬧下去大家都別活了。」

李巧的爸爸這才鬆口氣：「等她好了我們再叫她來唱。」完全不問李巧是怎麼瘋的。

班主點頭：「如果她好得了隨便你！她啊，這叫文瘋，想男人想瘋了。」

圍在四周的人全笑開了，他們對李巧離開似乎不當回事，完全拿她祇是戲唱一段落下台歇歇而已。

李巧挽了個包袱乖乖跟在爸媽後面離開，她媽媽從出現到帶她走沒開口說一句話，同樣乖乖地跟在李巧爸爸身後面走，像他有二個聽話的女兒。

但是李巧也不眞聽話，她爸爸走一步她跟一步，靠本能跟緊有溫度的物體罷了，像一條盲目的響尾蛇。她整個人呈完全渙散而無感覺狀，彷彿如果前頭那般溫度降低了她會隨之垮掉。

大家都說她瘋了。怎麼瘋了的人反而比較乖？

他們就這樣走遠了，而且班主任說得對，李巧再沒回到劇團，聽說沒多久他爸爸就給她找了人，那人比李巧小上四五歲，力氣很大，頭特別大，經常莫名其妙把李巧揍得鼻青臉腫；那人沒出去工作，傳話的人笑彎了腰：「也是個白癡，說他永遠十五歲。這下可好，李巧的就愛小白臉嘛！」

李巧的爸爸走老遠抬了喜餅來送，小小的頭揚得老高，鼻孔有別人兩個大，一直想說大聲話，可是長期聲道給憋著，大聲說祇是尖銳而已。他說男方家裡有錢有地，造橋修路不知道積了多少德，家裡頭就這麼個兒子，積德愈多，這個兒子就一天天倒著長，愈長愈小；家裡頭想到要給他娶房媳婦，相親也不知道相過多少，偏就看上李巧。在路上玩自己撞上的。

李巧父親心滿意足：「我們也不圖他們什麼。」

「這下對眼了嘛！」有人搭腔，又是一陣哄笑。

「李巧從小在外面跑，沒什麼朋友，所以喜餅送過來，無論如何大家沾些喜氣托大家的福。」說到這裡李巧的爸爸聲調又微弱了下去，不那麼扁、尖了。他從來沒過問他女兒是怎麼瘋的，誰引發的。他卑微的表示——那都是命。幸好他女兒瘋了，「否則還碰不見路上玩著的小丈夫。」他說。

李巧的爸爸走了以後，我們目送他提了根用來挑喜餅的單支扁擔步下坡道，這回他穿了雙布鞋，鞋底衲得老厚，他一邊走一邊猛用腳掌巴緊斜坡地。

仇阿姨正一個人在角落準備晚飯，洗菜洗米一個人忙得抬不起頭，菜刀切在砧板上鏗鏗鏗，劇團裡尚未從李巧嫁人這齣戲醒過來，仇阿姨的菜刀聲簡直就像幫他們司鼓，她從頭到尾也不知道他們在演什麼。

阿彭一見人走遠了，立刻跑到袁伯伯家通風報信。袁伯伯渾身滾燙躺在床上，瘋大哥靜坐在黑屋子裡不願意走開也不接近袁伯伯，袁伯伯如果死在屋裡，他關上房門這屋子就再也沒有光，也沒有聲音。

袁伯伯喊乾了嗓子叫瘋大哥去請毛醫官，瘋大哥搖頭，他伸手去打瘋大哥，瘋大哥稍稍挪後點並不遠離袁伯伯視線，袁伯伯氣得大吼，外面戲子正鬧得不可開交，把他的吼聲壓蓋過去。何況他的聲音乾乾的，沒什麼震撼力。

袁伯伯燒得滿臉通紅，眼珠子充血，頭髮更教汗給濕透了，枕頭巾上也一片汗漬。枕頭巾繡了對鴛鴦；是袁媽媽以前繡的，現在叫汗給浸透了，彷彿兩隻鴛鴦正在戲水。阿彭湊臉靠近袁伯伯鼻嘴，袁伯伯一張嘴想講話噴得阿彭一臉熱。

阿彭就受不了熱，一熱他吱吱笑。給哈到胳肢窩似的。瘋大哥癡癡看著，不吭氣也不笑，祇是原本坐著後來站直起來而已。

等我們把我媽叫來，門卻從裡面鎖死了。我媽大力拍門猛叫道：「袁寶！快開門！你爸燒昏了會死的。」

瘋大哥居然在裡頭回應：「不要，不會死！」他又問：「嗚嗚車來了沒有？」

仲媽媽撇撇嘴表示她知道原因：「袁寶要死守住老袁。」她禁不住興奮地：「我們叫救護車來！」

袁媽媽就是這樣被帶走的。

我媽沉思：「恐怕袁寶敏感！」她繼續好聲好氣哄瘋大哥：「袁寶，你餓不餓？我們吃蛋炒飯去！」

瘋大哥在裡面不聲不響似乎睡著了。袁伯伯也不叫了，他和袁伯伯相偕睡著了！我們聽到他抵在門後濁重的呼吸聲。

後來是小佟先生輕手輕腳由後門卸下了窗戶，抱起袁伯伯再由後門通巷出來，原來袁伯伯已經燒昏過去；瘋大哥則趴在地上睡著了。

小佟先生抱著袁伯伯無法快步走，袁伯伯癱成一堆軟肉，小佟先生隨時要以膝蓋重新支撐好抱的位置，他經過八號段家，席阿姨正坐在向光的後門前指甲，見到隨光線而來的黑影，被小佟先生嚇了一大跳，小佟先生在村內一向少露面，更別說與女眷打招呼；席阿姨也向少出門，兩個人一照面，中間隔層紗，灰矇矇看不眞切，小佟先生就看到一個影子坐在黑裡，兩人各自當下楞住，段叔叔聽到聲響由前廳過到後頭，見袁伯伯瘟神似癱軟成一堆，驚惶失措「碰」地一聲關上後門。像他們是瘟疫。

小佟先生這下火大了，他雙手抱高袁伯伯騰出一隻腳去踹門，居然教他踹開了，小佟先生正色聲嚴：「等人死了你再關門還來得及！」他再瞄了眼席阿姨，仍沒看清楚。席阿姨低了頭，他看到她偷偷在笑。

袁伯伯被抬到毛醫官診所，毛醫官量溫度後，叫小佟先生把袁伯伯擱在泥土地上，仲媽媽尖聲叫開了：「老袁要死了？沒救了？他是什麼病？」她不等毛醫官回答自己下了定論：「一定是見不得人的病犯了！」

毛醫官嫌吵，拍拍手要大家靜聲：「請各位回去吧！見不得人的病是會傳染的。」

仲媽媽尖叫著跑了出去。我媽不太相信：「老袁眞是那病？」

毛醫官笑了：「我說過嗎？」

袁伯伯在泥地上躺了一整晚，小佟先生和毛醫官分兩班輪守，每半小時搬動一次到新的涼的泥地。毛醫官說挨的過去挨不過去就看這一晚。毛醫官把袁伯伯衣服剝光了，剩下一條褲頭。

到半夜，深了寶藍色的天空，在毫無預兆的情況，下起毛毛雨，雨水逐漸布滿袁伯伯每一吋肌膚，他的膚色由深紅轉淡，小佟先生見狀抱起袁伯伯要躲雨，毛醫官制止他。毛醫官說：「這種小雨你求還求不來呢，正好給老袁冷敷。」

毛毛雨在天亮前剎住，袁伯伯高燒也退了。原來毛醫官用老方法以地氣降溫。雨水一遍遍沖洗袁伯伯滾燙的身體，袁伯伯有兩條路走不是退燒就是轉成肺炎。

袁伯伯究竟得的什麼病？毛醫官說不上來，這種情況醫學上通稱爲「莫名的發燒」，他表示不明發燒的原因不下千百種，他要做的就是降低溫度，至於是不是「那種病」？毛醫官未置可否：「不知道。」

袁伯伯燒退沒多久又燒起，後來轉到軍醫院觀察，他在住院期間什麼事都不做光抽菸，把病房抽得煙霧瀰漫，醫官警告他再這樣抽法出得了出不了醫院大門很難說。

袁伯伯毫不在乎：「就算現在死了，也賺到了。」

那幾天，瘋大哥更加行踪不明，我媽找去小廟幾次都沒見到他，她放了些吃的在廟裡轉個身去看每每碗底朝空，可是瘋大哥呢？

袁伯伯在住院第四天清晨醒來，床邊瘋大哥不知道什麼時候進來悄悄守護著他，瘋大哥短短數天瘦了半圈，臉上一團黑，看到袁伯伯睜開眼淚水撲簌撲簌滾下。

袁伯伯嘆口氣，伸手握他，瘋大哥低下頭，張嘴說：「爸爸——對不起！」袁伯伯拍拍他手。

瘋大哥側過頭去不忍心看他似的。到處找了幾天才找到醫院，他深怕白天人家不准他進，夜深後才偷偷溜進病房。這幾天他四處找不知道白走多少路。我媽放廟內的東西根本不是他吃掉的。

袁伯伯能下床走動了仍然查不出病因，醫院祇好讓他出院，他叼著菸一面噴煙一面步出醫院。

他回到村上立刻劇團有人上門轉述李巧嫁人的事，加油添醋的滿以爲會聽到一些驚人的反應。袁伯伯冷面冷聲向那人說：「我是個混蛋！那是我個人的事，李巧嫁給誰那是她的事！我壓根不認爲好笑。」硬給了一面牆碰。

那人老羞成怒：「當然不好笑，誰惹的禍誰心裡有數，連打人帶玩弄，可愉快了！」

袁伯伯二話不說一揮拳打得那人飛出老遠跌成爛包子，袁伯伯冷笑道：「我打李巧算重嗎？」

那攤爛包子呻吟道：「原來是個會家子！」

就這樣袁伯伯倒安靜了一段時間。他的安靜就是停止喝酒，而且除了上班那裡也不去。他對自己體溫陡然高升認爲是一種警示，如同空襲警報，躲的時候當然得肅靜。

瘋大哥恢復以前袁伯伯上班時間他也出門四處走動的習慣。是甘蔗長熟的季節，一束束白芒草似的甘蔗芒花逐日倒垂，瘋大哥可以躺在小廟裡看一天甘蔗開花，他掘了個大泥洞埋甘蔗花，一層甘蔗花一層紅土像釀酒，奇怪埋花的地方再種甘蔗總是長不出來。他經常坐在小廟看見方姊姊和小佘叔叔從花裡走來，方姊姊脾氣愈來愈不穩，常抱住瘋大哥悶聲痛哭，她對小佘叔叔似乎極度不滿，不滿到不願意和他一起在人多的地方露面，所以，現在人多的地方他們幾乎不去了；人少的地方像甘蔗園又往往淒荒到容易勾起方姊姊沉蟄的自憐情緒，她哭得兇又偏倔強的跟小佘叔叔耗著。小佘叔叔表示：方景心不說分手，我們現在唯一能做的就是走一步算一步。

戲班子使我們村上如緲緊了發條般熱鬧，誰也無心多注意誰，全副精神投注於戲台上的變化，方姊姊的事比較起來太單調了，尤其缺乏參與感。李巧出嫁那天劇團向村子告一天假開了大卡車去喝喜酒，回來說李巧婆家為了沖喜老遠請來一台戲表演脫衣舞，劇團團員調轉身分坐在酒席上大看脫衣舞，笑得前撲後仰樂歪了，這才替李巧鬆了口氣，比起脫衣舞女郎李巧算「完人」了。

仇阿姨沒去，她自願留下看台。這天，她不用趕早赴兵市場買菜，不用洗菜、切菜、炒菜，意外地多出一大段完整的時間，使她露出難得的笑容，他們一走，她就端了張竹櫈子放在陰涼處，腳邊擺了套《海上花系列傳》，她就這樣地點不動，姿勢不動看了一天書。且滴水未進。一直到天黑他們還沒回來，她抬頭看看天色，毫無惦掛之意。她闔上書起身往球場一角走去，球場角落她設了個小香案，她續上一炷香，香火裊繞往天空漫去，她凝視香火上升到半空不遠漸次散開，她久久不動，像正在看一本書。

袁伯伯踱過去，他知道今天李巧出嫁，我們村上鬧了那麼久突然靜下來倒使大家覺得輕鬆，誰也不想再上班似的趕到戲台前，偌大的球場因此更形空洞。袁伯伯向來不按牌理出牌，他這時候在戲台下逛倒沒引起太多注意。

奇怪是仇阿姨根本不記得他，她對他毫無印象，她甚至不記得李巧骨折那段時日他出現過，她也沒問到他到球場做什麼，直覺認定他來看戲沒得看。

袁伯伯問仇阿姨：「今天初一還是十五？」

仇阿姨出神道：「是我先生祭日！」

袁伯伯也合十三拜後，靜站一旁一言不發，一直到仇阿姨回過神來才告訴他：「你來看戲？他們到外鄉去了。」

袁伯伯：「我知道。妳一天沒吃東西了吧？我請妳好嗎？」

仇阿姨眉低目垂：「謝謝，我許過願吃素。」

袁伯伯溫柔簡短地說：「不礙事。我請妳吃素。」他幫忙收了供桌，將香炷移到後台腳邊好繼續燃煙不教風給吹散了。一切都收拾妥貼，仇阿姨沒有理由不去，便淡然處之隨在袁伯伯身後，兩人一言未交談，吃了餐晚飯也算是消夜素食。

飯後，袁伯伯送仇阿姨回劇團。劇團人已經回來了，正在熱烈討論李巧的喜宴，袁伯伯送到距劇團五十步遠處停步，簡短地：「晚安！」走另一條巷道回家。他們沒交換姓名，似乎袁伯伯相信下回仇阿姨仍不記得他，他不必多說。

就在戲班子休息這天，方姊姊清早離家上學後再沒回來，方媽媽燃亮家裡所有的燈等到天亮，一大早校門沒開她就衝進校長室要人，這才知道方姊姊曠課過多，功課全都不及格，前兩天叫學校給退學了。方媽媽當然不相信，認爲學校故意要加害方姊姊，女兒是她生的，方姊姊還曾經越級跳讀……，不管她說什麼校長都不相信，她也不相信校長說的話。最後校長拿出方姊姊的考試卷，方媽媽不認得字，但是阿拉伯數字她還懂，面對個位數的考試分數，方媽媽仍立意不信，不相信便祇有彼此惡對扯破臉離校一途。她罵方伯伯！罵校長！罵老師！罵社會、國家、戲班子！這下好了，更沒有人願意跟她說眞相了。她在家裡大聲足足罵了一天！

我媽看不過去，這才提了句：「去小余那裡看看！」

方媽媽當下楞住，一張臉轉紅轉紫，脹得飽滿然後消癟，憋足了氣蹬著小腳立刻找去小余叔叔住處。

小余叔叔正窩在房裡看書，哪有方姊姊的影子。他一聽方姊姊失蹤兩天先楞了下，隨即心裡有數似恢復正常，這下方媽媽全瞭解了，這個打擊比方姊姊個位數的成績單還大，她憤怒嘶聲什麼話都罵了出來：「你喪盡天良，誘拐晚輩，你浪蕩成性毫無羞恥心，你說！我們方家那點對不起?!你說話啊！」她根本沒有留一絲空隙給小余叔叔說話。

阿彭在旁邊倒衝出一句：「方姊姊不是小余叔叔的晚輩，是方姊姊誘拐小余叔叔的！」他平常在家裡聽他媽媽說多了。

這下小余叔叔罪更重了，方媽媽不怪阿彭插嘴，反而找小余叔叔算帳：「你一個大男人居然敢說出這種話來！我們太錯看你了，哼！下一步你大概要殺我們全家吧?!我看你一定做得出來！」

小余叔叔面對排山倒海而來的指責並不暴怒，他一派鎮定彷彿在仔細分析方媽媽的話，最後他說：「我負責找她回來。」

這也不行，還沒完，方媽媽顯然爲了想彌補以往的不知情，堅持要小余叔叔多說些他們交往的情形，她抽抽嗒嗒邊哭邊自言自語，身爲母親她想知道一切，然而那神情眞教人不敢多說一句。小余叔叔光抽菸不再說話，方媽媽愈發覺得嚴重，她轉而開始怨嘆命運，社會風氣，教育措施，最後她罵累了脫水般暈倒在小余叔叔房裡。

方伯伯風聞趕到，他親眼目睹方媽媽自己氣倒，親耳聽見方媽媽把小余叔叔罵成個什麼樣子。他知道事情嚴重性，他重重嘆氣告訴小余叔叔：「儘量找景心回來。」

方媽媽醒過來後聲勢並沒降低，鬧得我媽不怕吵的都搖頭：「眞想不到，平常那麼溫柔的人。」

我媽最沒想到的是方媽媽反過頭來怪她，怪她不早講，又怪她說得太少。我媽這下上了火，她毫不客氣地：「我還怪自己說得太多了呢？」她說她不知道方媽媽爲什麼光管自己一步之內的氣流，不管別人身心冷暖。

方媽媽不怕沒情報，她把我們一群小孩拴到她跟前，煮了一大鍋綠豆湯當獎品，誰告訴她一件方姊姊和小余叔叔的事就給一碗。阿彭一個人可以說三十件，但是阿彭搶著說光結巴，方媽媽不耐煩點名要阿瘦說，阿瘦正要開口，眼角閃到李媽媽在院外晃，她牽了中中便追出去；阿跳早不耐煩偷蹓開了，狗蛋雖死氣沉沉坐住，但他四歲不肯說話早有名，方媽媽不願放過我這唯一的機會，她口氣嚴重地：「責任都在你身上了！」我媽警告過我不許多話，讓她知道要剪舌頭，我搖搖頭：「我媽說我未滿二十歲沒有任何責任！」

這下方媽媽更認定全世界就她不知道方姊姊的事。這時候的她是憤怒多於擔心，小余叔叔去找方姊姊了，一直沒找到，更教她生氣。她認爲方姊姊設計串通好等她氣消了才出現，她蹬著小腳在屋裡來回走，氣呼呼說：「我永遠也不饒他！」她整夜不准方伯伯熄燈，說自己以前瞎了眼，以後要看個清清楚楚。

我們那兩排房子祇有老馬完全不受影響，連袁伯伯都噤聲收歛，老馬照常叫賣他的豆腐，他照常跑進方家給方姊姊留塊嫩豆腐，方姊姊不在，他每天看一眼方姊姊的照片也高興。方媽媽倒從不問老馬任何事，她深怕老媽說得太直她受不了。老馬倒希望她問，老馬說：「我是個賣豆腐的我還怕誰？她要聽，我沒什麼好的話說。」

吵吵鬧鬧半個月過去；方姊姊突然有了消息，方媽媽的氣罵罵算消了大半，當然，她並沒有停止她的猜疑和不滿。我媽窩囊氣當排泄掉後這才說了句公平話：「是我也要自我折磨嘛！做娘的什麼都不知道當然寒心。」

方姊姊回來那天，才走到下坡就有人上方家通風報信，半個月不見，方姊姊頭髮長了好大一截。小余叔叔肩膀掛著方姊姊的書包，書包外皮被裡頭書及飯盒頂得鼓出一塊飯盒形狀，她決定離家那天仍鎮靜地帶了便當；書包外皮有塊油漬，是每天每天放便當盒日久放出的成績，彷彿還聞得到每天一個荷包蛋的味道。

方姊姊臉上一直帶抹無所謂的笑的意思，沒渲染開來而已；相形之下小余叔叔凝重得多，他微蹙雙眉，我們知道他並非不耐煩，祇是習慣而已。

他們雙手都空著，直直垂下，也沒貼著腿側，說不出的空虛，孤立的兩隻手。

方姊姊明顯的消瘦許多，身上是件連身大花衣裙，鮮麗的花色似乎仍飄出不知外的花香。方姊姊瘦的是臉，四肢，胖的是肚子，微微朝外凸的肚子撐得連身衣裙的花朵更燦爛、怒張。我們覺得方姊姊站的方式好像有點要故意誇張她的肚子。阿跳首先忍不住好奇蹦上前要試摸。還沒摸到就被我媽喝退了，我媽神色比小余叔叔還凝重。整臉快皺成一團包子。

方媽媽、方伯伯接到通報很快趕到村口攔人，方媽媽奔近了看清楚了方姊姊瘦削的臉、四肢和被凸出的肚皮撐開的花朵，整個人一矮，骨架子幾乎便要散掉，她還來不及痛哭痛罵，先一個箭步上前連甩方姊姊幾耳光，方姊姊被打，動也不動，細瘦的腿像兩根樁子釘死了，小余叔叔上前護衛也遭了殃，他們兩人全都沒躲的意思。

方姊姊挨了打卻似渾然不覺，她帶著無所謂的笑意，以五步外一棵扶桑花爲目標視線不變，眼睛眨都不眨，方媽媽這才撕開嗓子：「好！妳狠！算妳狠！我做女兒妳做娘算了！」方姊姊深深吸口氣，彷彿在忍耐什麼，並沒有其他的反應。方媽媽一看之下大受刺激痛聲哭倒在地，像做錯事的是她。

村口緊挨著球場，戲班子的人也圍了過來看熱鬧，沒過來的則站高在台上指指點點，仇阿姨向來不看熱鬧的也不時側過臉傾聽，她似乎聽到方媽媽責罵方姊姊的話於是搭下雙眉繞到後台去不願意再聽；袁伯伯從頭眼光跟她跟到後台。他最近比先前更沉默。菸抽得更兇。

四周雖然圍觀者不少，卻鴉雀無聲；方媽媽死命搥打泥地，誰也拉她不起，她哭得那麼傷心，大家看她哭看得幾乎忘掉她哭的原因。

方伯伯這才上去拽方姊姊，小余叔叔又護在前面，他瘖啞地說：「老方！別這樣！」簡短深沉道：「我會負責。」他的疲倦立刻讓人覺得是因爲他原來也不知道方姊姊肚子大了。

方伯伯橫他一眼又去拽方姊姊，方姊姊掙扎幾下自個兒轉身就往村口朝外走，方媽媽由泥地快速撐起身子老遠便往方姊姊撲去，嘴裡發出尖聲：「我就這麼個女兒，你乾脆連我這條命也帶走一了百了！」她連小余叔叔也罵上：「你眞狠！你看你把我女兒弄成什麼樣子！」當下惹來一陣笑聲。站在戲台上的團員連聲附和：「是啊！是啊！」

方姊姊被纏上不得不停步，她總不能拖著方媽媽的身子像拖一隻死狗似往前移，她抬頭挺腰，站得筆直，眼光不注視任何人，光吊在空中，不勝煩擾地開了口：「媽，妳別這樣好不好？我又沒怎麼樣？」

方伯伯極痛心：「景心──」彷彿實在叫不下去，一嘆息：「妳還不回家？站在這兒丟人現眼！」

方姊姊收回不耐的眼神，溫柔又無奈地向小余叔叔笑了笑：「余蓬，是你要我回來的噢！」她面上浮著一層苦笑，近乎嘲弄。說完，方姊姊帶著她一直若無其事的態度往家的方向步去。第一現場觀衆失去了女主角，立刻陷在交頭接耳陣中腦筋醒了過來。方姊姊的倔強冷漠，使得這場短兵相接形成一面倒的態勢。

方伯伯揮手要小余叔叔先離開，小余叔叔猶豫，仍將書包交給一旁的我，然後大跨步邁下坡道，他走路一向沒什麼架勢，從來不像軍人那麼堅挺，十分自然就是。但是這天他離去的步履卻十足拔營的味道，迅速而堅決。

方媽媽見方姊姊已往家裡頭走，立刻忘了打罵小余叔叔；隨後緊緊跟住方姊姊，一路走一路哭，方姊姊沒回過頭。

回到家，方姊姊關起房門平躺在床上問什麼都不吭氣，方媽媽盤問孩子是誰的，方姊姊祇說了一句：「我的。」

方媽媽滿肚子怨恨沒處出，方姊姊偏軟硬不吃，她怒極一狀告到陸供部、副本送監察院、立法院、行政院、省政府、國民大會核備，她厲聲指責社會風氣如此敗壞，做父母的如何放心？她還說一家三口跟隨政府來台勤儉持家，爲什麼臨老讓她家破人亡？洋洋灑灑請人整整寫了六大張十行紙。

另一方面，方媽媽突然整個個性大轉變，她變得果敢而獨斷，她公然當著全村面前以超強硬手段僱車帶方姊姊去拿掉胎兒。

那天過了午後，我們這條巷子比什麼時候都沉寂。方姊姊回來以後，方媽媽不准任何人接近她，她認爲連瘋大哥都有問題，她更不准我們在巷子裡玩，以防混水摸魚。阿跳偷偷在方家院裡種了棵桂圓樹苗，這下不准進去澆水定死無疑，然而方媽媽門禁之森嚴連阿跳這尖屁股亦毫無辦法，他想偷偷將桂圓樹移植出來也沒成功，最後阿跳猛在方家門外倒水，一天倒三、四回，他說也許對桂圓樹有幫助。

方媽媽僱來一輛三輪車等在她家門口，方媽媽喝斥著看熱鬧的人都站遠些，三輪車後座廂擋簾垂覆得嚴嚴密密，方媽媽挽住方姊姊手臂肩靠肩坐進後座廂，幾天不見方姊姊她人更白了，原本就秀致的臉蛋足足小了一圈，腹部倒高了；她低垂眼簾，嘴角含笑，柔順地上了三輪車。捧著她的肚子。

瘋大哥跟我們一道兒躲在我家紗窗後偷看，他看到方姊姊一現身便忍不住高聲喚道：「糖心！糖心！」

方姊姊抬臉找他，她在亮處我們看得見她，屋內暗她看不到我們，但是她知道我們在屋裡，她朝我們這方向咧嘴笑了笑，比哭還難看。果然瘋大哥就陰著聲音：「糖心！妳去看病是不是？」哽咽道：「妳看妳生病了。」

「不是，我去玩，一會兒就回來。」方姊姊也大聲回說。

方媽媽制止她再往下說，快手放下布簾，臉色僵硬地叫三輪車直接踩進醫院。

等天完全暗了，三輪車才轉回來，又換了另一輛三輪車便是。他們直接由家到醫院，再由醫院回家走同一條路。手扳煞車停住吱呀一聲，方媽媽挽住失神的方姊姊直直走進院子，阿跳早趁他們出門後溜進院子移走了他的桂圓樹，他迎向方媽媽她們心情輕鬆的學瘋大哥：「糖心！妳看病回來了啊？」

方姊姊聞聲後腳一軟暈了過去，方媽媽也不叫人幫忙，踮起小腳獨力支住方姊姊倒水似的倒在床上。方媽媽自信十足，她堅信有能力讓方姊姊變回從前樣子。才半天工夫方姊姊肚子眞扁了下去。他們進屋後很快熄了燈。

這場局小余叔叔完全被擋在局外，他被部裡下令限制營區待命。他每天要面對三次以上筆錄，他一直都表示這件事的確因他而起。

監察官例行程序上方家問案，方姊姊要求單獨應詢以免被干擾，她以堅定的口氣說：「這一切都是我設計好的，我比一般女孩子早熟，身爲女人我心裡明白自己什麼時候排卵，我要不想懷孕避開這一天不就成了？我們又不是每天在一起。」她說她喜歡余蓬，爲了達到早點和他一起生活的目的，她讓自己計畫懷孕，她得意難掩：「余蓬是聖人，他根本不願意碰我！」她笑了：

「當然，他現在願意了。」

她說的這段「實話」大膽而眞誠，監察官根本無從下筆，照實記錄壓根是一篇社會報告，不記錄則無法對方媽媽的告狀交代，他尷尬地結束詢問抽身離去：「我要回去想想看，這案子很棘手。」

方姊姊：「長官，我句句實言，我告訴你如果余蓬被判刑，我會沒完沒了。」

監察官：「方小姐，如果不辦余蓬，令堂大人會沒完沒了，妳告訴我，是你，你怎麼辦？」

方姊姊稍沉吟：「我希望我們能消失。」

監察官：「方小姐，但願妳不是在暗示我！」

方姊姊的大膽並不能改變小余叔叔命運，案子迅速進入簽核程序，懲戒命令下來，祇差沒給判刑關起來，但也沒繼續讓他留在陸供部，結論是——余員因不適任現職，降調外島服務，陸供部本部永不得錄用。

方媽媽這裡手段是不准方姊姊再去學校，她自己也沒去學校，因爲上回去鬧得太丟人。方媽媽指揮若定，邁著她的小腳。她要求方姊姊在家自修，以同等學歷報考大學，她確信方家祖上有德，起碼會有一個狀元出世。她斷絕方姊姊與外界的一切接觸，她說：「久了大家就淡忘了。看不到面還有什麼想頭？」連窗戶玻璃她都糊上一層毛邊紙。

陸供部怕節外生枝，急於儘早送走小余叔叔結案，人事生效日期比人令下達時間還先一步。小余叔叔無法跟方姊姊聯絡上，看樣子得孤單的離去赴外島報到。

是小余叔叔要走的前一天晚上。方姊姊離奇地在我們家出現。

我媽看戲去了，狗蛋獨個睡在床上，聽見叩窗聲我先頭以爲是阿彭，這老小子有事沒事就在戲台、家裡兩頭跑，趁空檔回家扒兩下功課，自以爲聰明得很，他就這麼點本事還老以爲占了多大便宜。我吼出去：「有話就說？弄神弄鬼的做什麼？」

窗聲又叩兩下，我不耐煩猛地推開窗正要罵，窗外赫然是方姊姊，她要我開門讓她進屋。她頭髮長得沒道理，彷彿她的煩惱和著頭髮有一分心事就長一寸頭髮，她的臉色不出門就捣得白裡透青。她進屋後，隨後跟進一道風，鐵皮屋頂受了刺激欷撲作響，找到共鳴般興奮不已。最不可思議的是她渾身上下就用一條床單稀鬆裹住，方媽媽不僅將她剝光還把屋裡所有衣服都搜盡藏起來，幸而還有床單。她用床單裹住身子的模樣眞像個修女。狗蛋在昏暈的燈光底下睜開眼睛，一眼看到修女模樣的方姊姊，倏地眼眶注滿了淚水，他專神一意凝視方姊姊，我拭乾他左眼淚水，他右眼又注滿了。

方姊姊淒然一笑，卻又十分地堅強：「狗蛋，我不打緊，來，笑一個給方姊姊看。」

狗蛋眞朝方姊姊那麼一笑還開口說：「我們會保護妳。」

方姊姊要我找一件隨便什麼媽媽的衣服給她套。她的肚子完全扁的癟了進去，手臂瘦得變長了似的。她急切而直截了當：「老石頭堆子，我一定要去見小余一面。」她要我陪去。

狗蛋雙眼又注滿了淚水，方姊姊摸摸他的頭頂，狗蛋不再說話目送方姊姊由後門出去，他潔淨的眼神給予方姊姊一股神力似的，一路上她腳步矯健，驚覺得像身上披了偵察器，一會兒功夫便到了巷口。

我媽身材比方姊姊起碼寬三分之一，渾身空出的布料和她身體在夜巷中產生摩擦發出沙沙聲，彷彿一條響尾蛇，正向黑暗撲去。

我小快步在前頭放哨，全村都投入戲台前，台上的光及活力彷彿整個村子就舞台那一角活著，少數沒去看戲的屋子爲了省電使么么拐高地幾乎全陷於黑沉。黑暗的範圍似乎比什麼都大筆直往前延伸，直到我們望見小余叔叔屋裡的燈光，在黑暗裡，那比什麼都亮。

方姊姊連門都沒叩便旋身衝進屋，小余叔叔乍地再見她且不說話也不驚訝，先就死命抱緊她，彷彿知道她會來，而他早養足了精力等待。他好像拚了一場命。

他整條手臂圈住方姊姊，突然意識到他貼住的她整個身體，他很快推開她，無法置信地望著她的肚子，眼眶注滿了霧氣與憤懣。他以前常說自從少年離開老家就沒掉過一滴淚。

他痛惜地說：「妳的肚子——眞是太過分了。」

方姊姊滿不在乎笑著：「沒關係，我們可以再生。」她看見他便忍不住笑。

方姊姊看也不看呆站一旁的我，以下定決心的口氣說：「老石頭堆子，你出去等我。」

沒有光的屋子裡傳出巴哈的「郭德堡變奏曲」。小余叔叔說巴哈的音樂就是生的禮讚。阿彭說什麼鍋蓋煲，雞腳煲的。

屋子裡除了巴哈，靜得令人窒息，彷彿他們在屋子裡什麼也不做光在黑暗中凝視彼此。這分窒靜包在黑屋子裡發酵、推動，產生了一股強而悶的力量，與巴哈唱和，靜止居然也有靜止的節奏。

野地間吹來一陣陣青草味晚風帶了幾分腥澀及燥熱，我孤單單在生的力量之外，靜靜地等待這兩股漆合在一起的力量分開。我突然明白他們的事了。

不能再晚，方姊姊才打開了小屋的門，她站在門口光束裡，外面比屋裡亮，她捲高了衣袖光著兩條膀子，瘦得可憐的手臂給月光一照鑲了層金邊，她過肩的頭髮彷彿皮毛坎肩，也鑲了道金光。她的神情有點滑稽臉上的光卻讓人不能正視。

方姊姊語氣堅定而平穩的對小余叔叔說：「我不在乎誰！你放心去。我不喜歡送人，我喜歡你看著我走。」

方姊姊挺直薄弱的身軀彷彿舞台上高貴而不可侵犯的女神，因此不輕易在舞上晃動身子，她站在哪裡，哪裡就代表堅持，她下達決心般背著口訣：「我想通了，緩和一下情緒也好。」

第二天大地一見曙光，小余叔叔聽方姊姊的話帶著「巴哈」赴外島服務處報到準備上船。他的其他裝備鎖在舊住處，他原單位並不在意他占間房子；他們向來喜歡他，就不明白事情怎麼弄成如此大。

當然方媽媽發現方姊姊偷溜了出去，我和方姊姊當場被她堵在門口，見到方姊姊，她當場一矮身子撒潑撒野地雙膝跪地叩頭道：「祖奶奶，求你饒了我們，算我們欠妳，你整死妳親爹親娘又有什麼好處？」

方姊姊倒十分平靜，披掛著全身大床單便要進屋子，方媽媽當然不甘心，急急抓住她，沒料到人沒抓牢倒一把扯滑落方姊姊身架上的床單，方媽媽一見光溜無遮攔的方姊姊楞在原地發呆，急得上前便待用自己的身子去抱去遮住，她才撲上去，方姊姊機靈地閃進房間讓她再度撲了個空。方姊姊全身光溜的時候仍直挺著軀幹。

我抱緊媽媽的衣服呆站在院子外說不出話，當場方媽媽另外找到了出氣目標拖了我便回家找我媽算帳。她一路罵我：「你這個小漢奸！你讓我們家破人亡有什麼好處！」

她拐著小腳三幾步扭到我家，方媽媽先不進去，立在院子外就朝裡喊：「我可是祇有景心一個女兒，誰成全成全我讓我們有個人送終吧！又沒三男一女的！」

我爸躲在屋裡頭不願意出來，我媽平常屬於不太好惹的也站在馬路上足足挨了幾個鐘頭罵，三更半夜的倒一點不妨礙方媽媽的睦鄰之道，最後罵來罵去全怪別人全是那幾句——大家眼紅他們方景心能念書又漂亮，都在咒她呢！誰咒她誰不得好死……方媽媽小腳支撐她的體重還支撐她擲地有聲的話可一點不嫌累。

「眞有潛力！」我媽聽完訓話後回到屋裡一頭汗：「一個人狠了心護兒女那眞是拚了命！」她沒有絲毫不快。

我爸倒不是光火，然而頗不以爲意：「老方的老婆別是瘋了！」他搖頭對我媽說：「妳以後少管孩子管成這樣！我們要識相！」

方媽媽不祇罵我們家，她咒罵全世界，誰都是她管訓不好女兒的禍首。她對這世界憤怒至極。

半夜時分我怎麼都睡不著，眼前光浮現小余叔叔黑漆有股神秘力量的小屋，方姊姊鑲了金邊的皮膚，暈紅的臉色，如醉如夢任由我牽她回家的表情。她手心全汗透了。

我們繞過荒涼的野郊往高地走去，月光下的高地就彷彿一座高聳的古堡，老遠便聽得見貓在屋頂上哀叫，把一切都叫活過來了；方姊姊離開了小余叔叔的視線好像呼不呼吸沒有了任何意義，她夢般的臉龐是失去知覺後所造成的效果。當我們走到高地腳下，我用力扯了把她衣角：「妳要不要把衣服換下來？」覺得自己是大人。那時候我們還不知道方媽媽已經發現她不在的事了。

方姊姊背向我在月光的野郊地換下我媽的衣服重新披回床單，她及肩的頭髮覆在細白的背部，肌裡柔淨的背部隱隱包住脊椎一路往上爬，在頸子口開出一朵黑色灼靜的花，並且散放銀光。原來有比黑暗還黑的東西。

第二天小余叔叔上了船；方姊姊平靜和祥重新書桌前坐定，彷彿從沒離開過。方媽媽在偷溜事件後准她穿上睡衣，她總在桌面攤本英文課本，曲裡拐彎的字形方媽媽說她在攞符咒：「姑娘！妳咒妳自己不像話吧！」

老馬一向是神出鬼沒，他溜得進方姊姊房間，他見一灘淚水泡大了英文字，他不認爲那是咒文，他乾笑兩聲，以極度不屑的口氣自言自語說：「眞可笑！外國人哪兒懂咱們？」他塞張紙條到方姊姊手裡，上面是小余叔叔外島信箱號碼，方姊姊定睛看了幾遍，低鬱深沉喉管裡「咯！咯！咯！」抖笑了起來，戲台上那種笑法——唱的一般，帶幾分滑稽。老馬禁不住也給逗笑了。

小余叔叔畢竟調遠了，我們村上冷清多日的戲台子這才恢復正常而且情緒比以往更熱烈；方姊姊鬧事那段日子，現實生活裡就有戲演，大家樂得當自己是劇中一個角色，又愉快的另外扮演台下觀衆的角色，總之忙壞了；祇有李媽媽對周圍的事毫無興趣，她按時在開鑼前坐在老位子上，即使全場根本沒什麼人，她仍然一個人坐在最後面，而且她坐的地方總黑天墨地挖空陷下去一塊似的最黑暗。

當大家重新回到戲台前，發現長期不變的苦戲不那麼有勁道了，比較起來台上的淚水如汗水酸得緊，愈用力哭愈像在開玩笑，不如方姊姊的故事眞正有笑有淚。阿跳此時不安於室老說要跟戲班子去，笑雨聽完戲回家便不肯吃奶，我媽才這不再去看戲。大家都不去了。

戲班一看這下風向不對，再唱下去，下個碼頭都耽擱了，班主當機立斷，趁大家尚未眞正膩味前放話出來說要拔旗走人，不走也可以，得用包台的方式。村子上一群老太太這下慌了，一個個老太太，挨家挨戶去認捐，這些老太太不是同事的母親、長官的太太，便是同學的祖母，誰家也不好意思向外推。這家拿一點，那家出一點，老太太們更是金鐲子金耳環都貼了進去，戲班子勉強留了下來。她們拿包租金給班主那天，後面跟了一群媽媽大嫂子們，老太太們用個竹篩裝鈔票，裡頭以金飾壓著紙幣，跟去看金飾出土的媽媽們說從沒見過花樣那麼多的金飾，也從沒見過那麼多金子；平常老太太們看上去都苦哈哈的，手上沒兩個銅板的樣子，沒想到：「中國人眞能裝！」她們邊形容邊樂得什麼似的，說得眉開眼笑的德行，就彷彿那些錢是她們的一樣。

戲班子雖然留了下來，台下看戲的情況並沒轉好多少；戲班子女人台上一旦放鬆下來，下了台多的精力走到哪兒吵到哪兒，成群結隊串門子，走到段叔叔家門口便給嚐閉門羹，席阿姨她們也見過，但是就不敢跟她搭訕，當然她們之中也有些想試試席阿姨的，席阿姨倒不拒絕，無論她們在屋外鬧成什麼樣，她坐在屋內擺在臉上是淡淡微笑。

這些，段叔叔全不知情，他從來正眼不瞧一眼這些女人，女人們越來越張狂，於是他不准席阿姨拋頭露面免得被那些女人擾上，他每天上班自備便當，回家的路上買妥菜帶回家，那些女人見到拿這事笑他，她們沒見過如此家庭化的男人，覺得滑稽。

我問爸爸：「段叔叔在營區裡也這麼管事婆？」

我爸皺眉想了想：「好像並不這麼緊張。」

「他們生個小孩人家就不講話了。」

我爸臉一正：「奉磊，我警告你男孩子少關心女人的事。」

我因為不看戲，每天早早便睡了，狗蛋似乎還沒跨過他的嬰兒期，大半時間都在睡眠中；阿跳則是死不睡，他比我起得更早，睡得晚，每天天一露光便不知去向。我總在起床後先到方姊姊窗口下望望，再轉到巷子口坐一坐，我們村子每天被戲班子那些女人鬧得沒日沒夜的，晚上睡不好，白天自然起得遲，往往天大亮了，還沒幾個人活動。那些金飾一出土，影響整個風水都為之丕變似的。

這天一大清早我便醒了，整座村子安靜已極。

方姊姊面朝外，淨白的臉皮浮著細微青血管，成透明狀，使她如同坐在光裡。她臉孔向外，我分明就站在窗前，她卻恍如未見，黑白分明的眼球一點光澤都沒有，黯得像無法感光。但是因為星黑，她似乎望得比一般人更遠。

方媽媽在屋裡剝花生吃，一顆接一顆，方姊姊鬧事後她戒了菸，從前我們玩笑時叫她「煙囪」，現在她不是花生就是瓜子，吃得喀嗞喀嗞響，阿彭叫她巫婆，說她像在吃小孩手指頭。

這會兒，整條巷子祇有清晨的安靜和牆的倒影如同方新村的紙鎮。段家牆角伸出半截玉蘭花樹枝子，清淡的花苞像發芽的葉尖，枝頭旁大門深鎖，屋裡頭沒半點聲音。我踮起腳往院子裡望，看見屋內的黑暗一路由裡面往外延伸到院子青石板上，隱隱約約的光影構成一幅畫，屋內凝靜到好似沒有活的生物，暗影繼續擴張彷彿繼續長大。我輕輕一翻身進到段家院內，院內的玉蘭花枝葉比露出牆外那枝濃茂得多。

倒奇怪玉蘭花樹空有個大架子，卻沒開出半朵蘭花。我輕手輕腳湊近了紗窗往裡望，屋裡擺設就那幾樣，因爲暗，倒彷彿擠得爆滿。臥室最靠裡頭有張床，床上睡著席阿姨，她蜷縮起身子背朝外頭姿勢半天不動，翻外的腳板極細白、光潔像瓷片，她大約很少用她的腳，那腳板簡直比小喜還光細潔白。

段叔叔沒睡床上，他在床邊竹椅內弓身卑微地坐著睡，頭太重了斜倒靠在自己的肩胛上，睜大了眼睛視線斜斜地仍投在席阿姨的背弧上，眼睛比平常睜得大，大得不成比例，並且他換了姿勢眼皮仍撐得高高的，一直瞪住席阿姨的背影以及身體前方的黑幽處，不曉得有多不放心。原來段叔叔是睜大眼睛睡覺的。而且他不和席阿姨睡一張床，他自己睡竹椅。天早已大亮，段叔叔卻睡得如此熟，他整夜監視席阿姨一清晨才睡去？

一直到老馬宏亮的叫賣聲緊扣巷子逼到段家門外了，我才不得不在老馬驚訝的注視下由他面前翻門出去。他吞下了他的叫賣聲。

連接幾天的午後雷陣雨稍稍褪去了些窒悶的氣壓，每天下過大雨後，黃土路面便浮著一層薄煙水氣，不知道白天日頭曬得多燙，給雨水一澆又不曉得多痛似的冒出了熱；方姊姊坐在薄煙後面，雨後的天空飛得遍野遍空是大蜻蜓，怒長的颱風草上空聚集了各類會飛的生物，方姊姊興奮地抬頭凝望天邊大塊紅雲：「小余回來了是不是？」她總認定那是小余叔叔寫給她的啓示。方媽媽呸地吐出瓜子殼：「說不定他早死了！」方姊姊偷運出門寄給小余叔叔的信一封也沒回來。

颱風草幾年都沒這種長法了——長得又高又密，完全掩蓋了其他植物的光華。大家都說今年來幾場超級颱風避免不了了。

戲班子決心在颱風前大撈一票，班主放話出來要加包台費。戲正唱到半途，老太太捨不得丟下不看，這段時間村上有幾家遭了竊，都是些貴重金飾，但是查歸查誰也沒把這事列入重點，倒是老太太們整天捧著募錢簿挨家挨戶募錢；各路小販這陣子也由四處湧進村子，不知從那兒聽說我們村子油水豐，還有用不完的金條金塊呢？他們看我們村子裡的人的眼神像看笑話似的。老太太們募起錢來精氣神十足，一回上門不成，明天又來了，全是些長輩，大家全不好說什麼，但眞是沒錢，有錢也得留著吃飯，看戲又救不了命。

這下老太太們一張張臉比什麼都苦，站到你家院外先不說話光掉眼淚，倒像來報喪的，弄得整條巷子、整村子大家心裡都不舒服，也都苦著臉，祇好當是躲瘟疫似的躲在家裡；但是沒有用，村子裡人自由進出旁人家慣了，又磕頭磕腦的熟得很，除非你生病住院，遲早給揪出來要你捐錢。

這下，小佟先生按捺不住了，他四處強調：「再這樣唱下去，這個村子還有朝氣、還有秩序可言嗎？」他挺身而出也依樣挨家挨戶去唱反調，才沒唱兩天，結果是祇要天一暗下來，他便被不知名的怪手揍倒在巷子裡、水溝邊邊。他毫不在乎站起身繼續大聲疾呼他認爲振作之必要。戲班子的人恨得幾乎連亮處也想撂倒他。

小佟先生似乎忘了救袁伯伯那次在後頭巷子曾和席阿姨照過面的事。這天，他捧著連署簽名簿走進段家，席阿姨一人在屋裡摺疊收回來的乾淨衣服，她摺一件又亂了一件，她動作一向遲緩，彷彿因為沒有目的地，所以比較周折。當然，小佟先生並不知道這些。一和席阿姨照面，小佟先生當場楞住，我媽說小佟先生一輩子沒見過三個女人，他頂小由家鄉逃難出來，沒人教給他女人的好處，他慢慢也知道一些女人的事，都是胡扯時聽來的，都是些不正經的女人和事，因此他仍很少正眼看兩眼女人——他看不懂，也記不住那些面孔。他看住席阿姨，覺得那裡見過，這對他而言簡直是大考，他急得滿臉通紅；席阿姨原本不愛說話，這會兒也靜靜望向他，等他開口。

小佟先生這才自以為領悟到了，原來他們長得像，彷彿一張臉拍兩回相，都有雙薄薄單眼皮吊梢眼一黑一白而已。席阿姨眉梢有顆紅心痣，他和小佟先生對望那一瞬間紅心痣似乎特別光亮桃紅。小佟先生笑了，席阿姨同樣笑意蕩漾，那顆痣擋下席阿姨薄薄大大單眼皮的笑，使她的眉目變得特別跳動。有人說痣生在手紋的末梢象徵勞於手，生在眼梢便於勞於視覺；眉目清疏表示情感淡薄。那紅痣生在眉梢，象徵困於情？

他這才突然憶起段叔叔甩他後門的事，那眞是沒什麼個性的男人。他連帶想到她是那沒個性的人的老婆，不禁頓時洩了氣。席阿姨追問：「我是席宜芳，有事？」小佟先生不說話快速轉身離去。

段叔叔回到家，立即嗅出有生人上過他們房子，屋裡有股不同的氣味——男人的味道，在他看來那當然極為不潔。他勃然大怒，再三盤問來人是誰，席阿姨不死不活地：「上回抱了小袁送醫急救經過我們後門的那個人。」她說完，冷冷觀察他的反應，冷靜的程度倒像一盆水淋到火爐上，彷彿在問他：「看你怎麼辦？」

段叔叔一反常態被這股冷熱交煎形成的逆差力量一激，大跨步出了門衝刺到了小佟先生面前。那又是樁大事，頃刻門外全圍滿了人，這對段叔叔簡直就是酷刑，他在衆人注目下，大聲痛斥小佟先生：「你居然敢趁我不在家公然上我們家門！」

大夥兒努力克制住自己的笑的衝動；果然，小佟先生皺緊眉頭：「難道你們家的門不是給人『公然』進出的？」他不懂。

段叔叔聲音因爲太高亢變了調有點心虛：「你帶進去的細菌我一輩子洗不掉！」

小佟先生大爲不解：「什麼細菌？」難道他看一眼席阿姨就算褻瀆了她？

段叔叔的聲音這時簡直就是興奮已極的尖銳：「你侮辱我，也侮辱我太太！」頻率太高，讓人眞要懷疑他的話的原意，光看到他一張漲紅的臉凸出來抵住小佟先生鼻尖。

小佟先生終於明白他遭遇到一個什麼樣的男人，他對這種事顯然十分頭疼而且不信，他故意以很清楚的語氣對段叔叔說：「那好，我讓你多多習慣些！」他邁開大步重再跨進段家，他站在院子青石板往屋裡望，望見先前沒注意到洗得發白的一切像一面鏡子，他終於明白了。他凝視席阿姨的眼光就彷彿她就是受巫婆詛咒痲木了的白雪公主。席阿姨羞愧難當地坐在屋裡流淚。

小佟先生喚她：「席宜芳，這沒什麼嘛！」

段叔叔隨後跟到，衝上去抱住小佟先生兩人旋即扭成一團，段叔叔明顯地要制止小佟先生做任何發言。他寧願冒被弄髒的危險跟對方拚命也不要小佟先生開口講出來什麼挑逗的事讓他和席阿姨聽到。

如果是袁伯伯和別人打架恐怕圍觀的人不會那麼多，今天是小佟先生和段叔叔火併，一傳十，十傳百，短短一會兒時間幾乎整個村子外帶唱戲的人馬圍滿了我們這條巷子，因爲這是不可能發生的事卻發生了——段錦成和佟傑打架。別說大人，我們小孩也興頭得不得了。

祇有方姊姊眼皮都沒掀一下；方媽媽捧著一把瓜子邊看邊嗑，口中不時發出近似自言自語；「打！打死了好！」段叔叔很快在戰況中臥倒在尙冒著暑熱的青石板上。

小佟先生臉色一正：「我警告你，你再繼續虐待人，我要你好看！」小雙方先生由人堆中擠身出去，無視於圍觀者訝異、批評的眼神。

晚上，全村全在鑼鼓聲中一面豎尖了耳朵聽戲，一面傾聽段家動靜。大家失望了，什麼事也沒發生，光是段叔叔刷洗青石板的水聲，在月光下，水脈流往鄰居門外，彷彿祇有水聲是眞實的。在水聲後面，我覺得聽見一些對話。阿跳回來說他悄悄去挖回偸種在段家的小芒果樹也聽到了對話，他眞有本事，連段家他都能偸渡種樹，他說他把芒果苗貼在玉蘭花根部種下，不是專家根本分辨不出來這兩種樹的差別，還以爲芒果幼樹是玉蘭花新長的苗。

阿跳回來轉述他們的對話給我和狗蛋聽，狗蛋心不在焉地微笑聆聽，光聽而已，他是不發表意見的。

席阿姨說：「錦成，你別洗了好不好？我頭疼！」

段叔叔不理會她，席阿姨又說：「你爲什麼用這種法子羞辱我，我們是夫妻啊？你寧願洗地卻不願意碰我一下，不顧我的感受！」

段叔叔截釘斬鐵地：「我沒辦法！」

「你嫌髒對不對，可是誰家夫妻是這樣的？」席阿姨尖聲說：「這樣有名無實。」

「我尊重妳！我們到台灣來搬了多少次家，妳惹了多少禍，我還能碰妳嗎？」段叔叔哽聲哭了，阿跳說就像蚊鳴困在黃昏裡，他說刮耳朵得很。

席阿姨：「你自己知道根本不是這樣。」

他們不再說話。不再交談，祇剩下刷地聲和水聲。

狗蛋靜默聽到這裡突然發言：「他們以後不會搬家了，席阿姨不想動了。」

阿跳偷回了他的樹，其餘他根本不要知道也不要管；說完話他捧著他的芒果樹又忙著去別處「插花」。狗蛋不一會兒睡著了。我遠遠聽著外頭熱鬧的鑼鼓聲忽揚忽隱，突然覺得小佘叔叔似乎走了好長一段時日了，對門方姊姊近期愈來愈沉靜，靜到像一隻隱身暗處伺機攻擊的豹子，她的眼睛亦在黑夜中發著異樣的光。方媽媽把關，方姊姊卻正眼都不瞧她一眼。

小佘叔叔是在一個無風無浪的黎明前離開台灣的；他在外島期間並無想辦法聯絡方姊姊的迹象，他用行動和時間證明他絕非耐不住無聊才找上方姊姊，然而聽說他們部隊裡並不那麼容易忘掉他鬧的新聞，拿他的事當個案教育阿兵哥，他總是淡然處之；誰要嚇阿兵哥是那些人的事，他可不是嚇大的。

方姊姊每天給小佘叔叔寫信，每封信編上號，如果中間漏掉一封，看號碼便會曉得。每天都是老馬去送豆腐的時候順便夾帶出來投郵。再有三個月小佘叔叔便有十天返台假，這件事我們小孩全知道，就方媽媽不知道。

我媽說起方姊姊的事總帶了三分憐惜味道，拿她當晚輩又是同輩看，本來她們沒差幾歲，她居然憋不住問我：「你方姊姊這樣光寫情書行嗎？」她意思是將來怎麼辦？

老馬夾帶信件出來的事，就方媽媽一人面前保密；信一出方家院子大家都知道今天是寄第幾封信。仲媽媽最愛一把搶過去在手上掂幾下猜今天寫了幾張信紙，然後要老馬拆開給大家看看內容。老馬鼻子哼兩聲：「寫什麼？寫今天天氣眞不壞！」

仲媽媽嘲笑老馬：「老馬，你根本不認得字嘛！信封都拿倒了。」

老馬雙眼一瞪：「要記得多少字?!光余蓬兩個字那味道還不夠？非看通內容才懂啊？沒知識。」

一封信這樣傳過來，遞過去，不曉得帶給大家多大快樂。方姊姊和小余叔叔前陣子所牽連出的痛苦大家早忘了。

颱風季節眞要來了，段叔叔果眞沒有搬走。收音機每天報告氣象，先說太平洋上方有低氣壓正在形成，再報告又說轉成氣流，反反覆覆報了幾次都沒報中，有一次甚至都發布海上颱風警報了，大家急忙又釘窗子，又綁籬笆，又疏通水溝，後來也沒來——擦肩過恆春半島走了。氣象報告員說這叫——拂袖而去。

總之氣象沒一次報得準，最後大家聽氣象報告完全拿反面心情去聽，他說什麼，你反對什麼就對了，就像方媽媽跟方姊姊的關係。

戲班子這下急了，眞來個超級颱風徹底休息幾天也好，偏偏這樣吊胃口，弄得不能停又不想演，情緒大亂下，使得戲的進展無形中加快了節奏，每次戲碼讓大家看的情緒還沒起來就滅了下去，愈看愈累。老太太們首先受不了要求換個快樂點的戲碼唱唱，班主一推六二五倒也乾脆：「價值不一樣哪！」又要加錢。

這種唱戲的快節奏眞要把人精神弄崩潰，村上有些老爺爺說話了：「光哭都哭倒了楣。」他們治理村上一切大事，女人的事他們一向插不上手，所以說兩句風涼話也好。老太太們經歷了風風雨雨也明白不能再挨門挨戶樂捐了，再樂捐遲早捐出條人命，小佟先生她們怕了，苦戲也看了，她們索性自個兒苦中作樂，管他什麼青衣、武生、老旦一亮相，她們就跟染病似的笑個不停。

祇有狗蛋，彷彿聽得見她們的狂笑，她們外頭一鬧，他就掉眼淚，害了眼病似的，不曉得多傷心的德性。

我媽這下眞火了，她拿出她潑悍的一面站在自治會門前罵：「演個什麼啊？喪權辱國嘛！有個完沒個完啊？」她罵村長：「耳朵聾了？唱什麼內容你會聽不到？從水溝到菜市場到食衣住行育樂全沒管好！」

村長倒冷靜，抱定好男不跟女鬥的態度，我媽愈罵他愈高興似的，光搖頭晃腦在那兒笑。我們村上選村長向來被動得很，左鄰右舍不強推選不出來的，好似拋頭露面不曉得有多丟人，我媽批評：「就愛裝，還以爲這是前淸時代啊？小老百姓見到你要磕頭才了不起？做事沒個做事樣子！」她根本認定懦弱的男人不如女人。

村長再沒料到我媽是不止光說，她放話出去，不要別人推，她決定出馬競選下屆村長，這比颱風所造成的風暴還驚動全村。

颱風還沒到，選村長日期倒先到了，選舉前，她讓阿跳各家去分發油印政見，她讓我抱著笑雨一家家挨戶去拜託，笑雨見了人就要抱，全村人沒有不喜歡笑雨的酒窩的，祇有我爸躲得老遠，他不知道怎麼面對原來的村長，陸供部一直要我爸勸我媽退出，我媽不聽，我爸說：「你媽簡直成了怪物。」幸而我媽有小佟先生做助選員，他一家家熱心去說明我媽的政見，就每次經過八號席阿姨家猶豫一下跳過去，席阿姨坐在屋裡聽見外面鬧哄哄，由院子青石板看見一道影子過去，被拉長了，不知道是男是女，影子頓了下，或許因為玉蘭花被風一拂，妨礙了陽光的流動造成這種效果；一會兒，那陣哄鬧就過去了，其中摻有大人小孩的聲音。忙著幫我媽助選，我們更少見到席阿姨，她近來愛上在黃昏到甘蔗園附近散步，都說她眉梢的痣比以前黯淡，她到甘蔗園散步，有時一個人，有時瘋大哥陪著；瘋大哥原先窩身的小廟被拆了，他抱著石頭小人堆移到甘蔗園更深處，「他們倆散步什麼話都也沒有。」見到的人回來說。

小佟先生經過二號袁伯伯家相同的也會頓一下，袁伯伯家大門老上鎖，李巧結婚以後，袁伯伯暫時安分了一段時間，那段時間大家很少見到他，後來聽說他喝酒喝得比以前更兇，不曉得有多痛苦，他沒有再去約仇阿姨，上班的地方也很少露面。不知道他被什麼事絆住了。倒是常看到李媽媽找人似的東瞄西看的。

我媽因為忙著競選，暫時管不了瘋大哥，是席阿姨送東西給他吃，帶他在小溪裡洗澡；瘋大哥每回脫得精光泡在河裡，光露出一個腦袋在河面，席阿姨幫他把衣服洗乾淨，他在水裡頭換上衣服才上岸，沒幾分鐘就讓風給吹乾了。他堅持要穿回原來那身衣服，衣服是袁伯伯買的。

颱風要來那幾天溪水漲高不少不安全，席阿姨便帶瘋大哥回去在她家洗澡，段叔叔回來前送走瘋大哥，段叔叔進了門尖起個鼻子到處亂嗅，也許嗅出什麼，他倒是一言不發，嗅完了，將屋子四周徹底洗刷一遍，他彷彿知道那味道不是小佟先生。他不問，席阿姨也不說明。

村長選舉投票那天，原任村長公然在投票所外頭發肥皀，他不問你投誰，光衝著你笑很自然遞過來一塊肥皀，和氣到近乎白癡。他倒沒遞肥皀給我爸我媽，他假裝沒看到他們。等我媽盯著他的肥皀他才似笑非笑地：「何必呢！」

我媽眼睛不放鬆肥皀，但也不惡聲惡氣，她鼓大了腮幫子，正義凜然：「買票！」

村長仍一逕說：「何必呢！」

他掉過頭跟我爸說：「你投誰？」

我爸初初有些爲難，一個是老同事，一個老婆，他嚅嚅兩聲：「那——那——」

村長唉聲道：「你應該同情男人，原本沒她這女人出來攪不是好好的?你看，女人當村長管我們男人成什麼話？」他當自己在做官。

我爸抱著笑雨，笑雨在我爸懷裡扭個不停，伸出手好奇地擰村長的臉，他那頭一邊說，她這頭一邊擰扭，把那臉當橡皮。他嘴巴一直不停，像個上緊發條的洋娃娃，笑雨八成想要他停止發聲，突地以指尖使勁一摳，村長當下痛得哇哇跳腳。大家再沒想到小小的笑雨會教一張老臉皮留下一道流血的傷口；狹擠的投票口頓時辦喜事一般壓抑著一股喜樂，每個人都喜不自勝，但也不好擺在臉上。

趁這趟亂，有人不止拿一塊肥皀，有一傢伙摸兩三塊的；但是投票不一定投給肥皀的主人。因爲小孩對善惡的直覺往往像一條狗，他抓誰，誰就是壞人。肥皀是沒有名字的。

選票開了出來，我媽以高票當選。我媽跩了，她說：「這就是民主政治。」她還跟卸任村長握手。這些選票當中，有存心攪局的，有圈錯的，但是絕大部分是男人的票，我們村上投票的大半是男人，有人說是因爲這些男人讓男人管理早不耐煩了，前任村長又老愛罵人，罵幹事老李罵得頭都抬不起來。反正這下我媽出意外地當選沒有任何理由。

我媽甫上任等不及就去跟戲班子交涉，希望他們說出個期限離開。她自己一人去，她由戲班子出來臉上一股厭棄神色，遇見死老鼠那表情。她說沒看過像班主那種男人，說起話來像掐住嗓子在講話，手勢比他身邊的花旦還俏還多。說他皮膚比女人細白三分。不男不女的。

我爸說：「那八成是個二姨子！」

我媽不願多講，簡短地形容現場：「可是他身上一直靠著個女人。」

我爸樂了：「妳確定是個女人？」

我媽略一思索：「女人什麼樣我還不知道？」她不十分確定了：「好像帶三分男氣。」

我爸才問：「他同意走嗎？」

我媽搖頭：「扯半天什麼結論都沒！」

我爸笑了：「人家是高招呢！」他逗我媽：「妳現在知道管事不容易吧？」

我媽嘆氣：「眞是不服輸還不成。」她苦笑：「這種不請自來的最麻煩。」

還沒等我媽跟戲班子談妥，小余叔叔回來了。

颱風一直沒吹成，但是颱風季節不穩定的氣流一直徘徊不下；小余叔叔回來當天下了一場奇急奇大的午後雷陣雨。陣雨過後，紅蜻蜓像一頂紅帳子掛到東掛到西，停在我們家大葉片樹頂上就像一隻大紅火鶴，每家都挺了隻大火鶴。我們村上幾乎家家都種有玉蘭樹，家家都有隻發香味的大火鶴。天邊一叢叢紅雲，千變萬幻，忽而化爲動物形狀，忽而化爲風景畫片，像在想盡辦法招火鶴回去。大自然的變化彷彿有許多暗示在裡頭。

老馬一溜煙地鑽進方家，方姊姊不待老馬開口便先說出要老馬告訴余蓬她要見他的話。老馬拿她的話當聖諭，方姊姊英明到會未卜先知。

小余叔叔在我們村上出現時，還眞引起一陣大騷動，他以往滿不在乎的神情不見了，長方瘦臉黑了也結實了，奇怪的是他好像又長高了點。

小余叔叔直統統站在方家院外，伸手便去敲方家大門，方媽媽不耐煩地在裡頭答應：「誰啊？」全村人都知道他們家是不歡迎人家上門的。

小余叔叔回道：「是我，余蓬！」小余叔叔奇異地拉長調子，使得聲音有更長的空間起共鳴。

方媽媽裡頭快速地蹬著小腳一把拉開了大門掃帚先掃了出去，打得小余叔叔一臉一身，我媽看不得男人挨打，趕上去拉住方媽媽：「方太太，人家有心有意妳何苦呢？女孩子遲早要嫁人，妳幹嘛當惡人？」

方媽媽呸地一口口水：「騙子！」

小余叔叔理性地說：「方大嫂，我從來沒騙景心的意思，妳懲罰我也就夠了，妳還能怎麼樣呢？」

方媽媽氣得全身全臉煞白，迅速失去了理智破口便大吼一聲，手上同時再度要揮掃帚過去，忽然聽見小余叔叔聲音怪異地朝院裡喊：「景心——」方媽媽轉頭一看，整個人呆在原地，方姊姊臉色平和，身上脫得祇剩內褲站在院子。雪白的肌膚像抹了層粉，又滑又有彈性，線條柔和地祇在小腹處微微凸起，可疑地彷彿那裡頭藏了什麼。

方姊姊神情恍惚，面上微微發笑，那笑像嬰兒，像笑雨，小小的嬰兒有了女人的雛形更像個小動物，方姊姊語意清晰；「媽，我要出去。」小余叔叔上前用整個身子包住方姊姊，說不出一句話，臉上全是痛惜。

方媽媽一聽當場暈厥過去，昏倒前還大聲吼道：「叫憲兵來！」

我媽忿忿拉了我們就往家裡頭走：「這下好了，我們村上金童玉女全瘋了！」沒一個人去叫什麼憲兵。

方姊姊受了風，連著幾天不停在對門屋裡打噴嚏，她就不肯穿上衣服，方媽媽搬出以前收起的衣服穿到方姊姊身上再用繩子將她身體綑得死死的，她照樣扯得開，她光著身子在屋裡晃，聽見外頭有腳步聲便整個人貼住紗門傾聽，好像一隻標本。奇怪的是她的身體就在這情況下一天比一天豐盈起來。

小余叔叔可沒被打跑，他每天一大早準時站崗在方家門口，他在休假誰也奈何不了他，他站在那兒又不犯法。他一出現方媽媽就隔著門罵，方姊姊就在屋裡晃得更兇，如同一隻戰敗的鬥雞，且一天比一天暴躁。終於，在這樣的僵持下方媽媽先病倒了，臉龐比平常足足腫了三分之一，俗語說：「男怕穿靴，女怕戴帽」，方媽媽氣得可不輕。

方姊姊整天在屋裡喃喃自語，雖說是喃喃低語，倒聽得十分清楚，她說這次誰也搶不走她的孩子，她在房裡哭泣對院外的小余叔叔說：「你記不記得你走的那天晚上？」她破涕爲笑：「我要嫁給你，誰說結婚不好。」她拍拍她的肚子。方姊姊又懷孕了。

方媽媽當然聽清楚了方姊姊的話，但是她強悍地堅不相信方姊姊又懷孕的事實。他們家現在簡直如在鬧劇上演，不論誰講什麼對方全唱反調，方姊姊倒一直不聽方媽媽的，她柔鞣的程度就跟她的身體一樣。方媽媽則是方姊姊講什麼她敏感什麼。於是她們一個不聽、一個成天罵人。方媽媽說方姊姊走出大門她就上吊自殺。

小余叔叔休假總會滿的，但是這回他並沒走，方姊姊這回懷了孩子內心不像上回那般穩定，這下恐怕被方媽媽再強押去打掉會逼她發瘋，小余叔叔似乎明白了上回方姊姊爲什麼冒險在他走前去找他，她早知道那天她會懷孕。

方姊姊隔著香玉蘭花對站在院外的小余叔叔說：「小余，你走開我就帶了肚裡孩子嫁給別人。」她是說得出做得到的。

小余叔叔逾假不歸，獎懲通報很快發了下來——限他二十四小時內歸營，否則視同陣前逃亡。小余叔叔一點辦法沒有，方伯伯回家在門口兩人見了面光祇有搖頭嘆息的份。

蔗園大火出事那天李媽媽不知怎麼溜進去的，她站在方姊姊窗口，方姊姊一點不怕，李媽媽藤黃臉上掛著糢糊的笑，方媽媽也見到了她，一時沒回過神，還忽地以爲是小鬼來拘人了，不禁渾身冒冷汗；等看清楚是李媽媽 ，她嗓門倒大得很：「滾出去！」方姊姊已經幾天幾夜沒睡了，她看到李媽媽想起什麼，李伯伯在外島跟小余叔叔同個單位，她突然明白什麼了想要告訴李媽媽，方姊姊直直朝李媽媽走去，彷彿可以經此穿出院子一去不回。方媽媽狠手狠腳一把拽住她，方姊姊哭了：「媽，妳看李伯伯好久沒回來了，李媽媽好可憐，李伯伯也好可憐。」

當憲兵找上我們村子要抓小余叔叔，全村一問三不知，都說沒見過這人，陸供部覺得我們村子全瘋了。我媽是村長必須出面，她不著邊際亂說：「村子以外的事我管不著，村子裡出了事你們負責。」

後來大火燒了蔗園燒出兩具屍體，方媽媽還認定方姊姊在床上補睡覺呢！

方家屋裡散發濃烈的茉莉花香水味兒。

方姊姊光著身子，小余叔叔回來後她開始在身體擦很厚的香水，茉莉花香味逐漸瀰漫在室內各處，一天比一天強烈直到香水用光爲止。到最後這香味讓人直覺——祇要那香味存留就表示方姊姊在家裡沒跑出去，沒想到香味積存到某一種程度就像積蓄一樣不願意落單。

床上，方姊姊堆了幾個枕頭假裝是她的身體，枕頭也留有她的香味，小余叔叔站崗那幾天，方媽媽碰到人就唸：「景心從小就愛抹香水，成天香噴噴的。」法醫驗屍報告下來——方姊姊肚子已經懷孕三個月。焦黑的屍體不再有香味。方媽媽咬牙切齒罵道：「人死了還受你們蹧蹋，誰會相信！」

起火的原因始終不明，也許是小余叔叔不小心丟菸頭引燃的。也許是阿彭的火把，我寧願這麼相信。也有人說不會那麼巧，何況人還有兩條腿，燒起來還不跑。

出事後我們村子開始陷入一份莫名的低潮中，別說看戲，連話都懶得多講，彷彿小余叔叔、方姊姊當著全村人面前自殺的，誰都沒去攔。

戲班子這次知道再待不下去了，他們自己來的，要走，當然不必向任何人報備。他們來的聲勢浩大，離開時倒靜悄而迅速，沒一天工夫全部撤得一乾二淨。

戲班子撤走後，大家發現——李媽媽失蹤了。阿西狗也不見了。

阿瘦整座村子裡外全找遍了，沒有在巷口轉角、土地廟、村子突然發現李媽媽的身影，她才黯然而肯定地表示：「不必找了，她跟戲班子走了。」

我媽剛上任，死的死，失踪的失踪，當個小小的村長，也要有官運的，她偏不信邪。既然人不見了，她便要爸爸帶阿瘦到辦公室打軍用長途電話給李伯伯。

電話接通後，我爸稍透露了點，先是聽見李伯伯在那頭長長嘆口氣，接著陷入沉寂，我爸不好再說什麼，便要阿瘦自己跟李伯伯說。

阿瘦小大人似地口齒清晰：「爸，媽跟戲班子走了，她一直愛唱戲，這樣也好。爸，你要不要回來一趟？不回來也沒關係，我會照顧中中。」

李伯伯說他趕下班船回來，他要阿瘦把話筒交給我爸，他在電話那頭說：「老奉，你先墊點菜錢給阿瘦，我回來算給你。」

我爸：「你放心！」

沒等李伯伯回來阿瘦自己做了決定休學在家照顧中中。這下，我們也沒什麼鬧頭了，我媽這個村長更是當得有氣無力的。袁伯伯則是戲班子走了後他亦呈半失踪狀況。

每天放了學，我們一大夥便由席阿姨帶著到高地下的溪裡去玩；一條巷子裡就她整天沒事，帶小孩的工作自然而然落在她身上。雖說由她帶班，但她是走到哪兒坐到哪兒，不太活動。席阿姨愛坐在溪邊石頭上看我們游水，麥黃色夕陽光罩在她髮頂，她低垂的臉龐眞像一尊觀音。

這天，我們在河裡直泡到皮膚一刮就一道死魚白才上岸，席阿姨牽了中中我們一道由村子後頭往高地上走，一路上飄來陣陣強烈的桂花香，還有時現時隱的音樂聲，抬頭往高地上望去，同方新村凸在夕陽光裡，彷彿是一幢幢蜜糖屋子，太陽一露臉便會化掉。這陣子我們村子的人心情都壞得很，有的因爲小余叔叔、方姊姊的死；有的因爲戲班子的走。所以走到哪兒都是靜悄悄的。

席阿姨走在前頭冷不防煞住腳；阿瘦他們那排房子一家一個後窗，像一對對眼睛長得過分遠的臉，小佟先生坐在其中一個窗口正向我們望來。席阿姨站定後不由自主朝小佟先生一笑。眉梢的紅心痣亦跳了跳。

雨季前大家都說下了那麼多雨，今年的玉蘭花、桂花鐵定不香，我們卻分明聞到濃郁的香氣；也有人說桂花愈香表示今年颱颱風愈強烈，颱風偏沒來。

小佟先生繞出屋子交給席阿姨一握種子：「是含羞草。」席阿姨低聲說她向來種不活什麼。小佟先生亦低聲說：「試試看！」他牽了中中、阿瘦往家裡去，其實這段日子有大半時間阿瘦、中中都是在小佟先生屋裡開的伙，中中一直是氣息奄奄的任何事不起勁，吃飯的地方愈近他愈好，彷彿走遠了他沒安全感。

李媽媽失蹤後沒多久，有人來村上說在附近村子看見過她，說她腕上慣常挽著的包袱沒見到。她並不跟戲班子女人走一路，說她仍然獨來獨往，說她那張臉走到非洲也認得出，那樣蜜黃，那麼茫然。

阿瘦也聽到了這些話，她絲毫不驚訝也沒打算去找李媽媽回來。阿瘦表示：找不找回來有差別嗎？她說祇要有吃有住，她就可以帶大中中，如果將來還有一丁點辦法，她要用來報答李伯伯。

「報答？」我覺得這字眼用得奇怪。

阿瘦十分疲倦地：「我不是我爸的孩子，我媽嫁他時已經懷了我。」

我不好太吃驚顯得傻氣，以及我的不懂，但也無法掩飾我的好奇：「中中呢？中中總是吧？」奇怪她沒有半絲難過的情緒。

「中中也不是。」她嘆口氣：「我不知道中中是誰的小孩，你也知道我媽總是獨來獨往的。」

爲什麼李伯伯就不會跟李媽媽生孩子？我眼前立即浮現起段叔叔坐在躺椅內在席阿姨床前睜眼睡覺的模樣。

阿瘦現在吃不好，睡不好，光剩下那一身黃皮膚堅持著沒褪色，沒有褪掉光澤，她閃著大眼睛：「我爸在打仗時受了傷，醫生診斷他這輩子都不能有孩子。」

當然李媽媽知道中中是誰的孩子，但是她不會說，她似乎不覺得重要。

我們變得最常到地瓜田挖收中間漏收的小地瓜，偶爾會挖到個大地瓜；阿瘦刨田地十分專心，彷彿地瓜才是最重要的，鬆褐色的土地一路往天邊延伸過去。我小心翼翼問道：「妳知道妳親生爸爸是誰？」

阿瘦臉上的笑不知道爲什麼教人看了不太舒服：「我一點興趣也沒，中國人那麼多，尤其以前兵荒馬亂的，碰上了也不一定有感情，還不如我這個爸爸關心我、照顧我們。」她撥弄著「出土」的番薯，捏起巴在上面的一團泥土，用拇指、食指慢慢搓揉成一撮撮細沙由指縫漏下，她凝望細沙，喃喃自語：「這些事我爸全清楚，他很傷心，可是不知道怎麼辦，我媽生中中時，他老在半夜掉眼淚，好可憐。」

李伯伯因為戰亂沒念過幾天書，打仗那幾年，他胡裡胡塗給人抓兵抓了去，跟著部隊東追西趕，他們那個師負責一路撿跟不上隊伍的流亡學生送到安全地方去，李媽媽那時當然尚叫「田寶珣」，田寶珣路上害了瘧疾，一會兒冷一會兒發熱，原本細瘦的身子乾枯得發癟。臉皮成天沒洗乾淨似的，但是一雙眼睛又長又亮，大家都說這下她死定了，看她那雙異常發亮的眼睛就知道。李伯伯那時祇比田寶珣大幾歲，也還是個孩子，就這樣一路照顧她，有幾回隊伍去了好遠，田寶珣脫隊療病，李伯伯都以為是最後一次了，好歹得有個人收屍，李伯伯叫李伯廣的時候就是個實心人。有一次最嚴重是田寶珣熱度乍然竄到攝氏四十一度，脫水脫得很兇，李伯廣祇好扯下臉用毛巾過水幫她擦身子壓熱，至少讓她乾乾淨淨的去，他幫她徹底洗了臉淨了身子，他們家鄉是這規矩，沒想到這一梳洗，恐怕是將她身子的毛細孔全疏通了，她活了下來。他這才看清楚了田寶珣的清麗。她長得與一般人不太相同，洗乾淨了的臉顯得特別容長，鼻子、眼睛也是，長得十分均勻，而且最適合仰著臉笑，她仰起臉時五官所有線條全往上揚，有股說不出來的喜氣浮動。她養了幾天病，線條清楚了，才看出來突凸的肚裡懷著孩子，吃了那麼多奎寧，恐怕是保不住了，她不提，李伯廣一個大男人也不好問，奇怪是她那肚子總不長大，好像懷著一個死掉了的心事似的。他們趕上了隊伍，每天夜晚歇腳時候，他便扶著她坐到風大的地方散熱，她喜歡吹風。他們有時待在廟前，有時候在樹林裡，有時候在山頭，就他們兩個，但也不太說話，田寶珣說的多些，李伯廣一動一靜受她牽制，生來光為照顧她似的，她說什麼他聽什麼。她說肚裡的小孩是被人強暴留下的，那人也是學生，來了就走了，她每回說法都不太一樣，最後她自己統一出「強暴」這說詞，全推給這虛浮的說詞。她的精神狀況仍十分恍惚，除了他，誰也不敢講話，她在隊伍裡一直是個「孤獨鬼」。

她肚裡的胎兒就這樣掉了，早死在肚子許久。李伯廣猜想她的病多半因為死胎搗在肚子裡的關係。胎兒流掉，她的病好了。她不再跟他說話，但也不離隊，從頭到尾沒提過想去找強要了她的學生，他跟她所有一場，就是白白談了幾十天的話。大家都拿這事取笑他，他因為跟田寶珣並沒有發生男女關係，自覺問心無愧，他並沒有占她便宜，兩人是清清白白的，感情雖然有，也不像多深厚，祇是很難全部忘記，記得的都是些淡淡的、長長牽絆的情節，像她的臉。

他簡直受不了這種折磨，便興起開小差回老家的念頭，他溜隊走著走著，一回頭田寶珣追了來，仍那樣不聲不響的跟著他，他簡直拿她沒轍，祇好一路帶她往老家走。

但是李伯廣就因爲躲她才離隊的，現在又跟她一道似乎有點滑稽。他邊走邊暗忖此舉不妥；在這樣混亂的局勢下他仍想辦法照應她的吃喝，愈跟她相處愈確定如果帶她回家鄉她那性格、生活方式、長相一定會鬧出亂子；幸好回家回到一半傳出消息；他們老家也淪陷了，他祇好帶了她重找到原部隊，他們的情況回到連環故事的起點。一直往前走，一路循環著，像馬戲班邊走邊耍球耍瓶子的小丑。

有一天，田寶珣肚子又大了，李伯廣仍不明所以，然後嬰兒又死在肚子裡；她現在不說任何理由了，肚子大當然跟男人有關係，她祇是不再說是別人強要了她。之後她又掉了幾個孩子，也不見誰跟她走得近，這情形彷彿誰看她一眼她就會懷孕，所以她懷孩子已經不需要任何理由，她是無辜的。她體內有那麼強悍的生命力，這跟她的外表實在無法相連。

一直到阿瘦下了地，原來田寶珣生得出來完整的嬰兒。李伯廣長久以來不斷安慰自己所恐懼的事不會成爲事實，如今，他看到一件完整的事實了。那年，他們已經糾葛了好些時日，他們周圍同時認得的人不是早死了便是離開了，仔細盤算居然已經相處那麼久，他們的關係就像耕作犁田一樣，他們這一段交往不祇翻過好幾遍且輾轉到了台灣，周圍的人全部不再是重疊認得的，沒有人知道他們的歷史，他娶了她。阿瘦長得像李媽媽——將來免掉了某些尷尬，是在這樣情況下李伯伯默默接收了李媽媽。從來沒有男人挺身而出坦白曾跟田寶珣有一點交情，彷彿眞沒有那個人，李媽媽肚子自己便大了起來；更確切地說：他們分明玩弄她。阿瘦慢慢長大隱隱約約知道了更多，她潛意識裡一直看不順眼任何男人。她恨不得自己也是個男的，好找那些男人算帳，弄清楚他們在想什麼。李媽媽走後她的臉拉得更長。

但是中中就不同了，中中長得不像任何人，很可能又是任何一個人。李媽媽在同方新村定下後便不再飄流，中中的父親肯定是村子上的人，這些人不是同事便是鄰居，李伯伯一狠心請調外島，回家更少；大家都說他不太戀家。

李伯伯從外島回來那天，學校先幾天前分發來一批師專實習生，他們根本不像我們的老師，像一個個大哥哥、大姊姊，教起課來一套套全是書本上得來的知識，努力要講得自己也相信，最後講得臉紅脖子粗的；但是他們一個個眞像鬥志昂揚的公雞，不停在活動，尋找可以付出熱情的人、事、物。

分到阿瘦那班的實習老師叫田次恆，他翻閱學生檔案時眼光停在阿瘦的資料上，他發現阿瘦根本沒來上課，便自己摸索找上了阿瘦的家。

李伯伯下了船回到家後，立即有人上門描繪李媽媽失踪前種種徵狀，李伯伯面前擺了一杯極濃的清茶，他用手托住下頦，那臉不知有多麼重，壓得他久久不能更換姿勢，可以看出他臉上一直維持「用力」傾聽的神情；那杯茶由褐色轉為淡茶色，最後光是水的顏色，透明澄淨地泡著每一片肥大的葉子。老鄰居那樣毫無忌憚地發表關於李媽媽的諸事件、各種觀察。

方姊姊的死是悲沉到不可說，李媽媽的事彷彿熱鬧到無狀的地步，變成乖訛，值得大講特講，於是你三言我兩語更加強了事件的傳奇性。李伯伯定坐在那兒不聲不響很容易教人忽視了他的存在，大家講得更起勁兒了。

田次恆找到李家院外，聽見裡頭七嘴八舌敘述一件事，愈聽愈驚訝，不可思議的神色爬上他的臉，這些人故意嚇他似的，但又不像，他們表情誇張，完全是講鬼故事的架式。其中仲媽媽紫紅著臉龐，扭動大屁股，描繪那群戲班子女人言行，她自己就是個台上唱黑頭的，聲音都像，講起話來轟轟轟地，如一列黑火車在暗夜中駛過。

田次恆在人堆中望到阿瘦，阿瘦滿臉防禦神情，細長的眼眶快瞇成一條線，她是如此氣這些人，完全不是張孩子的臉。

田次恆呆站了半天竟沒有一個人來過問他，他覺得整個人被施過咒般一片昏沉而且不存在，於是不由自主邁出李家大門，一路往學校走去玉蘭花香味罩頭罩腦灌下，這村子真是香得詭異；我跟在他身後走了段路，望著他孤單的身影走遠了，不知怎麼，我感覺這身影還會再回來。

他一走動，搧動了空氣，很快大家就覺察到村上來了位陌生人；我們村上許久沒如此年輕男人行走，男人當中，不是小孩就是軍人，要不就是軍眷，彷彿這世界沒有其他種男人，小余叔叔比起他來雖較少軍人氣息卻多幾分暮氣。他神情雖然迷惘，腰幹是挺直的，氣息是剛毅的，他絲毫不肯放鬆自己，像較勁場上的選手，他對對手是尊敬的，並不隨便打擾人。大家紛紛打聽他的名字，不知道他姓名的認爲他頗有古小說中十三太保的俠義氣質，便稱他「太保老師」。他的出現分散了些李伯伯帶回來的注目；和他一比，李伯伯眞是過分的退縮。

李伯伯在家裡聽夠了耳語、臆測之後，駝著一身背到我們家商量往後；他脖子勾得老長朝我們家走來，途中幾次努力撐起雙肩，他臉面往下滑的線條使得他彷彿整個人掉在一種固定的造型中，再努力也醒不過來。像廟裡的雕像。阿瘦和中中在他左右前方，如兩尊護法，中中老是拐到李伯伯腳。

這尊雕像不過由他家移到我家而已，並不多言。我爸亦光抽菸照例不說話，這種事他一向認爲該女人家管轄，男人來發表意見未免娘娘腔；但是我媽也不好說什麼，自從她當上村長，說話的態度整個變了，她發現話說得少有分量，而且要配合一種嚴肅的表情，否則人家當你在聊大天兒。但是李伯伯這事又不是公事，祇是很難過還談不上嚴肅，她要是拿嚴肅的表情跟李伯伯講話，李伯伯一定以爲她在談公事而沒有鄰居的情分。於是客廳一時陷入沉寂。

阿瘦長長的臉，鼓高了腮幫子，像在跟誰嘔氣。中中專心想聽懂怎麼回事，眼睛眨巴眨巴地在吸收、消化聽到的話，帶點昏暈的味道。

我媽問道：「兩個孩子怎麼辦？」

李伯伯瘖啞了聲音：「他們也沒有別的親人，我還是認的。」他這一輩子都在處理李媽媽的事，我突然覺得看到了他和李媽媽從前某一次相處的畫面，他一定也這樣低住頭，不很情願地回答問話，像一個戰俘。

但是我媽不太懂李伯伯的回答「什麼別的親人？」她想他是累糊塗了。

我媽急切切道：「你放心，么么拐高地還沒聽過誰因為落了單死掉的，大家會幫忙照顧兩個小孩。」

就這樣，李伯伯閉上了嘴，他的話眞少，少得教人覺得他用沉默抵抗屈辱，也令人不耐煩。

李伯伯這才將小余叔叔在外島時方姊姊寫去的信遞給我媽，要我媽交給方家。小余叔叔在外島和李伯伯一個單位，他將這些信帶了回來。那些信封上的編號十分刺眼。

他說：「總該物歸原主。」阿瘦這裡一驚抬頭看李伯伯。她聯想到自己？能把她還給誰？

李伯伯並沒看她，李伯伯是一尊老了的雕像。老了而沒有人膜拜。一身的灰。祇想活回更古老以前，還沒出土以前，沒有人知道。

他搖搖頭嘆息道：「眞可憐！」

如今方媽媽仍躺在陰暗屋子裡，軟手軟腳癱成一床，四肢迅速萎縮了，腳一沾地身子便往前撲倒，像個巨嬰。臉上皮膚皺成一團，如細摺子，一道比一道更細，密密麻麻爬滿了整張臉，就算方姊姊突然活回來站到床前她現在恐怕也起不了身。

屋子裡留著方姊姊喜歡的香水味兒，摻和著玉蘭花氣息，彼此干擾，方姊姊就這個性，她是不輕易妥協的。

李伯伯說小余叔叔在外島十分消沉，他每天除了散步就練字，完全把生活當成養老。他散步儘朝海邊去，愈走愈遠還心不在焉，有回差點被哨兵開槍射殺，單位上頭痛得不得了，偏偏他寫得一手好字，以前在家裡練的，加上人又細密倒是個好參謀。方姊姊每日一信，簡直成了單位裡取樂的對象；李伯伯現在把信帶了回來，免得流到外頭。

我媽將方伯伯請到我家，他接過一百多封編了號碼的信，每封沉沉甸甸，散出一股芬芳，方姊姊在信封裡壓了桂花，細碎星星的桂花失了水分，不那麼濃郁生動。方姊姊在他處所散發的香味居然和在家裡完全不同，彷佛她在外人及家人面前有完全不同的面貌。

方姊姊什麼話也沒留下，這些信等於她的遺書了，她投注在這些信上大把青春和精神，卻傷了自己的親人。方伯伯眞是無法自己，他死力將信拗成半圓筒狀痛心道：「我這個女兒我一輩子不原諒她。」

狗蛋在一旁突地開了口：「眞是何苦來！」

方伯伯聽了不驚異狗蛋會開口說話，倒刺到笑穴似仰面嘯笑，笑聲旣宏亮又悠長，一路笑一路往他家裡走去：「對！對！對！何苦來！」

那些信他抛得到處都是，凌亂地躺在地面，好像散會後的會場。那些資料隨著散會失了用處，這些信也一樣。信裡的愛情死掉了。

方媽媽在屋裡嘶叫出來：「景心——景心——」彷佛夏天裡嘈亂的蟬鳴，所有對夏天的記憶都在裡頭了，也把人對季節的喜愛心情叫亂了。

但是使我媽對生兒育女、什麼人生什麼兒女這事產生疑惑的，不是方媽媽或李伯伯的遭遇。是開了吉甫車到處推銷避孕觀念的衛生隊的人。

李伯伯回來安排妥當阿瘦及中中生活後，趁另一個颱風未來前搭船回外島了。氣象台說這次這個颱風一定會來，但是同方新村依慣例不當回事。衛生隊的人也不當回事。他們說排定什麼時間就一定要遵守，這是避孕的第一條原則。

他們的吉甫車直驅球場，軍中單位支援任何公家單位的後勤，弄得避孕像打戰一樣。他們在球場擺開長條桌鋪上白洋布當發表台，布置好之後並不立刻開始示範，他們磨磨蹭蹭非等人多了才說，當然么么拐高地他們不熟，不知是工作因素還是什麼其他原因，這些人一個個嚴肅得很，望到圍在四周的小孩不斷皺眉頭，好像見到仇人似的。他們彼此交頭接耳：「這地方的人拿生孩子當吃飽呢！得好好教育他們。」不一會兒大人也圍滿了，他們這才微微露出笑容，然後由一個臉上擦得五顏六色的女人用高亢的嗓門先簡介衛生隊的職責，然後教大家如何洗臉、刷牙、除蝨子，清潔環境，旁邊站的幫腔女隊員說到哪兒手、腳示範到哪兒。最後才終於說到避孕。

他們才開口解釋推行避孕運動的理由，圍在四周的大人、小孩全大剌剌毫不遮掩全噗嗤笑開了來，像一壺燒滾的開水。有些人笑得東倒西歪，有些人則故作正經而臉上忍俊不住。

最後還是仲媽媽大吼一聲，扭動她壯碩的軀體說：「好了！好了！聽聽人家怎麼說嘛！有人眞的需要避孕也不一定。」滿臉義正詞嚴。

大家這下笑得更兇了，仲家就一個阿彭，還是好不容易才生成的。還有什麼「需要」？

衛生隊員目看局面整個失去了控制便施出撒手鐗大聲宣布：「凡是領避孕藥的人附帶發一塊香皀、一支牙刷、一條毛巾。」

這下大家不笑了。反應奇快地猛往桌子前面擠，球場上就看全村的女人、老人、小孩到齊了。先生們上班去了，說不定正跑進跑出組防颱護衛團；避孕一向是女人的事。

這時球場上呼嘯掃過一捲一捲的風，似在清掃球場。吹得大家衣角、裙襬紛紛揚起。有人一手搗住裙襬一手亂指像在形容什麼，領取避孕藥的隊伍一直如開始那麼長，總是那幾張面孔，衛生技術員急了：「又不是長生不老藥，拿多了也沒用，大家平均平均嘛！」

「平均什麼？我三個小孩，她八個小孩，能平均嗎？」

會場一陣爆笑幾乎壓過風聲，卻沒有人走開，表明了請鬼容易送鬼難，我乘機挨近桌面，衛生阿姨問我要什麼？我一看桌面上什麼也沒了，便刁蠻道：「要領避孕丸子啊！」

衛生阿姨白我一眼，笑不可仰：「他……他要領避孕藥！」

我逗他：「咦！這有什麼好笑。男生吃了，女生就不用吃了嘛！」

「可是現在沒了啊！」

阿跳猴急道：「叫領多的人交出來！」他小聲對衛生隊員說：「我們家現在有八個小孩，你還要我媽再生嗎？」

那些多拿了藥的人一聽，趁機一哄而散；阿跳這下興奮了：「走，我們挨家去搜！」

阿跳把同方新村摸得一清二楚，他領了衛生阿姨、叔叔順利進入每戶客廳，阿跳正經八百對每個人說：「這些藥有副作用，吃多了會這樣——」他拇指倒過來往下一伸，衛生阿姨在後面一言不發，微笑默認狀。一家一家跑的結果，一條毛巾、一塊肥皂沒收回來，收回來的避孕藥比放出去的多出一半，摻了其他什麼感冒藥、胃藥的。

阿跳帶領衛生叔叔敲席阿姨門，席阿姨先聽了三三制生育計畫，後來又照單收下了避孕藥，最後微笑送走滿意的衛生叔叔；阿跳很快把這消息傳了出去，有人聯想到了其他事：「避孕團早來一步，方家景心也不會死了。」這派說法向來認定了方姊姊不肯再度丟人現眼去拿掉孩子所以畏罪自殺；如果吃了藥不懷孕，也就沒罪了。

我問席阿姨：「妳領藥做什麼用？」

院子裡一大片含羞草清怯細碎地鋪在地面以及沿青石板縫隙企圖擴大範圍，她居然種活了小佟先生給她的種籽。

席阿姨泰然說道：「避孕藥裡有大量賀爾蒙，用來養花草是最好的肥料！」她以腳尖輕輕撥弄含羞草群，一大片一大片葉子依序闔起，過了會兒，又緩緩展開。她就這樣不停撥弄，讓含羞草闔起、張開，如長睫毛洋娃娃的眼睛。

她機械性撥弄小含羞草時，段叔叔回來了，席阿姨暈忽的臉龐不見特別的喜怒哀樂，她木然地伸手攔他：「我們領養一個小孩好不好？」

段叔叔再自然沒有脫口而出：「我們自己也會生啊！領養別人的孩子做什麼？」

席阿姨迷惘不解地看著段叔叔，不太明白段叔叔的意思：「你是說你願意跟我在一起？晚上好不好？」她完全失去了控制力，臉頰掛著一串淚水。

段叔叔冷漠地反問她：「講什麼啊妳！」

席阿姨恍然懂了，因此愈發無法控制自己，她用力踩踏含羞草，那些葉片仆下後不再舒展開來，她歇斯底里吼道：「不在一起怎麼生小孩？不在一起怎麼生？」

段叔叔不發一言自行走進屋內，留下席阿姨獨自站在院子裡，風力在她四周繼續增強，彷彿要推她去什麼地方，她一步一步向外走，步過巷道，經過一戶一戶門口，走到小佟先生院外，站在他門口光區內；如同小佟先生頭回站在她院外。

小佟先生很快看到她並且一個箭步衝到她面前；阿瘦在隔壁也衝了出來，三個人眼對眼、腳尖對腳尖對了半晌。席阿姨嫣然一笑問阿瘦；「妳媽媽有沒有消息？」

小佟先生大嚇一跳，都一直以爲席阿姨外頭什麼事也不知道，她還是知道的。她到這兒來應當是找他的，卻講些不相干的事。尤其講得那麼明顯，不知道阿瘦受得了受不了？小佟先生不由皺緊了眉頭，掉頭便回屋裡，席阿姨倒又明白他生氣了；他走，她跟在後面進了屋。

小佟先生泡了杯茶放在席阿姨座椅邊，假裝不拿席阿姨來找他當回事，可是他越假裝沒事，呼吸越濁重，坐在席阿姨對面就像一張陰霾的吸墨紙，把最凝重的心情吸了過去。如果席阿姨是一滴墨水的話，他可以用她寫很多字。

席阿姨突然開口說起話，雙眼直直望向固定的牆壁，彷彿那是面鏡子。她講她和段叔叔的事，她在鏡子中看到自己的過去。

十年來，她一直是和一個「別人」一起生活，段叔叔一直拿她當大小姐，最早是不能碰她，一挨她近點便渾身發抖，十年來段叔叔的病不好反而一天天有新發展──他先是頹喪，後來堅持自己是疲累不是有病，後來又說自己很正常，後來說席阿姨有問題，現在又認定他們自己會生孩子。

她說：「我們成親那天開始他就碰不得我！」說完她勇敢的收回視線看著小佟先生，嘴角留住一抹淺笑，臉色平靜，等待小佟先生判決。那神色寧願小佟先生覺得她輕浮也不肯再欺騙自己。原來她是那麼活潑。

阿瘦將這些話全牢牢記住，她飛奔到我家在牆外便迫不及待嚷嚷道：「奉磊！奉磊！」我媽正在氣我把衛生隊擾亂的事，她說每個人都知道她「紮」掉了：「偏偏你還去要避孕藥！眞丟人！」

「要這種面子做什麼？」我學乖了，不正面頂我媽的話，我用反問代替回答。

阿瘦在一旁搶白：「你知不知道，生不出孩子，不是靠避孕藥。」

我媽大驚失色：「妳怎麼知道?!」

阿瘦白我一眼猴精地：「書上說的。」口風一轉。

我媽鬆了口氣：「那還差不多！」看書總是好的。

阿瘦悄悄拉我到一旁：「我跟你說，席阿姨是個處女吔？」

我臉皮從鼻尖刷地紅到頭皮裡去，我們村上被幾顆藥丸、肥皀擾得天下大亂；聽大家講了一整天的避孕丸，就好像講魚肝油一樣，席阿姨說裡頭有賀爾蒙養花草最好，阿瘦更進一步說出「處女」這名詞。

我頭昏腦脹地：「看樣子颱風眞要來了。」

「你傷疤又癢了？」阿瘦頗樂：「你要是一輩子帶著這個氣象台亂跑就滑稽了！」

阿瘦嘆了口大氣：「處女是什麼？」她想想：「大概很可怕讓人不敢碰！」她笑了，口氣十分堅決：「我將來要做處女。」

「爲什麼？」

阿瘦收起笑容，對著遠天紅得詭異的雲出神；風越大，四周反而越悶靜，阿瘦側耳凝聽風聲，彷彿風裡會有什麼消息，可是風的感覺是雄健的。並不暗示什麼。

她忽然失了勁兒：「我要回家了，中中一個人在家。」她畢竟忍不住內心的疑惑：「奉磊，你說我媽現在到了哪裡？」

有人說李媽媽的劇團輾轉又換了村子，戲班子離開么么拐高地後運氣很差，到那兒都出事，也不是多了不起的大事，不外跌傷了人、跑了人，討厭是沒斷過，他們一度想轉回么么拐高地迴光轉運，團裡人仔細推敲李媽媽身分實在可疑，弄不好是軍眷，拐騙軍眷要遭軍事審判的，再說那樣離開同方新村很快又轉回面子上下不來，至少得兜幾個圈子再盤算。就這樣折騰幾回戲班子撐不下了，班主也易了手。新上手的班主不知怎麼一眼就看上李媽媽，對李媽媽可稱得上大捧大作，李媽媽忽然就成了劇團第一人，什麼戲都來得，可謂全能生旦，她一口內地台灣腔尤其引人發噱，三下兩下就隻手紅透半邊天，觀衆不過愛個熱鬧，講起來卻是誇張三分才傳奇，然而據傳李媽媽要角的派頭擺得十足，於是人愈紅愈俊俏還愈孤僻，走到那兒非單人房不住，非佳餚不食，派頭之大連人帶相貌全變了。現在，她不叫李媽媽了，叫全如意，班主賜的名號，總之全如意一上台悲劇也變成喜劇，她在台上哭，說不出來的荒誕，都說那樣無邪俊俏的人不應該她哭。就算戲裡也沒這事。

那個村子因全如意的緣故瘋狂的迷上了他們戲團，說什麼也不准走，千方百計要留他們下來，比我們村上以前還迷上十倍。劇團這下全靠全如意吃飯。消息就傳到這兒，誰也不意再講下去，再講下去彷彿散布謠言，因爲實在不眞實。

在大家幾乎已經放棄追踪李媽媽消息的時候，阿瘦倒常向我提起她媽媽，也就幾句而已。他的結束詞永遠是：「她愛走哪兒就走哪兒，她高興就行。」也許他們無緣，父母兒女也要有緣分的。她說。

李媽媽隨著一天一天過去離我們越來越遠，如似斷了線的風箏，終於最後的一點訊息也消失了。

阿瘦漸漸不再跟我們一道遊蕩，她自己找到高地下一間蒜頭工廠去燒飯，原來先說好去做工，工廠嫌她未滿十六歲，被人看到以爲工廠小鼻子小眼睛沒甚麼出息才僱這種瘦巴巴便宜工人，於是派她去廚房，廚房反正看不到人，也沒人檢查。阿瘦倒沒意見，廚房更好，偷吃偷喝方便得多，家裡再也不用開伙了。我們去找她好幾回，每回她都偷偷端了盆鹽漬蒜、漬梅子請我們，她像領聖體一般神聖說道：「日本人最愛吃這種東西，大概總有些道理吧？」工廠裡到處曬著、醃著這些發霉東西。

我們一口將鹽漬物吐得老遠：「妳想毒死我們啊？給我錢吃我還要考慮呢！」

「噯！別土好不好?!這東西多貴啊?!人家買一小罐像買金子一樣，回到家看一口吃大半碗飯！都說可以消毒吔！還能促進食慾。」

「看了就飽了，還食慾呢！九慾差不多。」

曬場上，幾個以花布蒙緊頭臉光露出一截眼睛部位的女人什麼時候都在掃梅子，掃散開不久後再掃成一堆再掃散，說是讓每粒梅子曬得至陽光好不發爛，一粒粒變了形的梅子由一頭滾到另一頭，有幾粒不小心滾遠了到曬場外沙上，被掃回來的時候理所當然連沙帶小石子一塊兒歸位，讓掃帚的女人露出一對眼睛溜過來斜過去，因爲露出的部位窄，偷看似的。

另外曬場上有幾個男子則光著腳板用力踏踩梅子，據說每家工廠都這樣對付梅子，醃出來的梅子好吃不好吃、脆不脆就看光腳踩的力道夠不夠，踩得愈多次、腳板長有癬菌的愈好，無論如何一定要光腳板踩才有效。男人身上的汗水順著大腿流到腳板底、梅子裡，他們這才算仁盡義至。

也不知道什麼時候起，么么拐高地腳下左一家、右一家新冒出多間工廠，全是食品加工廠。台糖公司標租了一大片土地出去；這兩年台糖不斷推出品種實驗，而且種植成功，新品種甜度高、密度高、樣子醜，所以引不起別人偷拔的興趣。這樣一來耕地可以省掉一大半，而且以前動不動一大片深不見底的蔗田，常有逃兵往裡頭一躲是個天然迷宮；加上燒死過人，誰都巴不得減少耕作面積以減少麻煩。

土地一標出去不上半年工廠蓋起來不說，工人都有了。不知道那兒鑽出來這許多流動人口。以往我們總以爲么么拐高地的人才是中國人，其他地方都是外國。慢慢我們村上一些媽媽也被召去工廠上工了。阿瘦和他們做了同事。她說煩死了，成天村子裡也見到，工廠裡也見到，幸好作夢不一定夢到他們。

阿瘦在工廠裡據說老門老調的，機靈得不得了，除了煮飯她外帶套賣幾種零食。譬如去鳳梨公司批鳳梨心，去冰廠批原子冰，還自己在家弄白水煮蛋，零售香菸；誰要她跑腿，有不成文規定跑腿費。她十分熱中於這種賺錢方式，越是狠了勁兒賺錢越覺得有股埋頭苦幹的味道，話都少了。什麼都不重要，她似乎突然發現了這個眞理。

每天一大早阿瘦去工廠前留兩個白水蛋讓中中當早點，中中每天睡十二小時以上，阿瘦早上向來不叫他，她認爲愛睡的小孩夢多，夢中想像力一定發達，她儘任中中睡。工廠工作告一段落她趁著跑腿買菸、買檳榔飛快衝回家，這段路程她見到誰都不搭理，兩條瘦腿子交互飛奔，腦袋又比腿還急，斜直往前傾去，差點要鬧分家。阿瘦長得又有三分男孩味兒，平板嚴肅的神色，身軀簡直是小太監往來奔波於兩宮。她不理人，人非要理她。

她一路奔，一路有人逗她：「阿瘦，今天皇上吃了幾個白水蛋？」她裝沒聽見。

「阿瘦，皇上今夜寵幸那宮啊？」

「妳媽媽！」阿瘦面不改色悶聲衝回去。

回到家，她把中中往背上又飛快奔回工廠。她嫌中中走得慢，乾脆背他，中中比她矮不多少，兩條腿晃啊蕩的離地不到兩尺；阿瘦上身愈發前傾。她要趕到工人休息時間回工廠。

就這樣阿瘦在不在乎別人知道她當女工的情況下過了幾個月；工廠也毫無意思隱瞞她尚未及年的事實，公然拿她當全工用，發童工餉。阿瘦越賣力，人越釉黃越瘦而已。她出勞力多吃得多，反正公家的飯嘛，她拚了命吃。吃得油瘦油瘦。

太保老師正式調到同方國小再見到阿瘦幾乎不認得她了；幾個月不見，阿瘦拉長半個頭都有。太保老師這次有備而來，重新找到阿瘦家，又經人指點找到工廠，他站在阿瘦面前阿瘦根本不認得他。在我們眼裡，老師就是大人，大上五歲都大得不得了，有要管人的嫌疑。

他要阿瘦回學校上課，阿瘦一聽氣暈了，雙手插腰，又跳又叫，活脫是個男生模樣，她毫不畏懼衝過去：「您憑什麼你？」她打量他，像打量一個小流氓。她這輩子對老師從無好感。她要的東西都不是學校能解決的。

什麼也不憑，太保老師先一狀告到社會局，檢舉工廠非法僱用童工，社會局倒沒去，光打了電話口頭警告。

然後太保老師自行赴工廠要老闆把阿瘦的工資算清楚給她，老闆火冒三丈，想到給人錢還受人指揮，那老闆雖說有錢，以前小時候家裡也是一路窮過來的，光腳慣了，現在發了還不愛穿鞋，每根腳丫子扒開像面扇子；所以他開梅子工廠是有原因的——他愛看人光腳丫子。

林老闆光腳跳起三丈高，一口金牙，手上不知道什麼牌子錶也是金光閃閃，手指關節上幾個大金戒指。他金手指、金牙齒指向太保老師額頭祖宗八代一路罵下來。太保老師倒心平氣和，低下頭打量起碼矮了二十公分的林老闆：「你好好講，眞理越辯越明。」

林老闆更火大，火到形容詞全用光了氣尚未消，他祇好重複大罵太保老師祖宗八代外帶學校校長、教育局。

太保老師一邊聽罵一邊微笑，神情邪門透了，沉穩得很。他手上捧著部錄音機，他花了一個月薪水買的，他說他高興。林老闆的髒話全部原版錄了進去，那林老闆是個暴發戶，眼裡祇有梅子跟錢，哪見過什麼錄音機，太保老師倒好耐性，原音倒出來從頭到尾放一遍給林老闆聽，那些罵人的話，林老闆自己聽了都受不了，顏面神經五秒鐘抽動一次。

太保老師冷靜說道：「怎麼樣？我告你坐牢還是算錢給阿瘦？我是農村出身，你不怕丟人，我拿到你們林家祠堂去放給列祖列宗聽！看你罵人連人家祖宗八代一起罵！說不定我們祖宗有和你們祖宗相識的。」

那林老闆畢竟沒見過世面，聽到自己罵人罵得如此粗魯不堪，最主要怎麼連人家祖宗也罵了進去，他清了清嗓子發現沒被祖先懲罰變成啞巴，立時要他老婆兼會計多拿些錢算給阿瘦，太保老師向外推，這會兒嗓門回復正常冷熱，不那麼陰森：「我們該拿多少拿多少！」

阿瘦一旁急吼道：「你不要，我要。」

太保老師白她一眼，取過錢，多的退還給林老闆：「就這樣。」

林老闆圓墩墩的臉龐堆滿欣賞的笑：「老弟，以後沒事常到我們工廠來坐，你有學問，我不懂的事可以向你多請教啦！」

太保老師落落大方答道：「有你一句就行。」說完，一刻不留拉了阿瘦回村。阿瘦一路走一路罵，嫌太保老師多管閒事又沒膽子。

太保老師冷哼一聲：「小姐，妳好歹有個一技之長，將來才好養活中中。」

阿瘦一聽更火了：「我原本就有一技之長，我會燒飯，會燒飯就有飯吃。而且剛才人家給錢你為什麼不要？豬！你是！」

太保老師搖頭：「妳眞是白受教育了。一點兒道理都不懂！」

阿瘦老早憋足一肚子火，再捺不住衝上去就和太保老師扭打成一團，太保老師原先還讓她，沒料到阿瘦和我們打鬧慣了，她那兩手沒幾分蠻勁兒還不好對付，因為說不上是什麼路數，反正就是窮打蠻纏。太保老師最後使了些力氣才擺平了阿瘦，他直視阿瘦那張不可思議的黃澄澄臉龐、星目、倔強的神情，泥地上扶起她：「妳沒有媽媽，總還有老師吧！」

阿瘦起身後低下頭覺得剛才接觸到太保老師身體時怪怪的，完全不是跟我們小孩廝鬧那一回事，正在沉默，一聽這話，立刻蠻勁又往上衝，呸了太保老師一臉口水：「你沾了我口水，中了我的魔。」她詛咒他。

從那天起，太保老師緊迫盯人形同中魔，白天在學校正常教阿瘦，晚上帶她及中中先吃了晚飯再課外輔導，阿瘦馬上要考初中了，程度糟得一塌胡塗。最奇怪的是阿瘦一絲唸好書的意願也沒有。她算帳精里呱嘰，但是我們四年級教的小數點她六年級了還不會。她算帳全靠直覺。

他們逐漸稍微熟些，阿瘦也願意跟他多講話了，太保老師才明白阿瘦不念書的原因是不想離開么拐高地，她相信她媽媽終有一天會回來。

「那時候她年紀大了，跑不動也沒人要她了，總得有人養她。」阿瘦一直拿李媽媽當小孩般寵。

方媽媽的哀叫突然地拔高響起，太保老師問：「這是什麼？」

阿瘦聽慣了早不覺得了，她先不懂他說什麼，後來才恍然大悟：「方媽媽。」對這事，我們村上向來不願意多談論。我們自己懂了就行。

太保老師想上去了解，阿瘦抓住他：「沒什麼好看的，這樣吧，你教我算數。」

太保老師饒富趣味地打量她：「看不出來妳還滿有同情心的。」

「少廢話！」阿瘦眼睛望向別處。

就在方媽媽時起時落的嘶吼聲中阿瘦學會了小數點。太保老師非要阿瘦學會的理由是——除了整數，小數點也是數目。

他更進一步發現阿瘦對數字相當敏感，日常生活祇要涉及數字，阿瘦絕對算計清楚；她從工廠領取的工資其實沒多少，她運用得各得其所，絕無浪費一毛一分的情況，她有一本帳簿，上面註明月、日及收支。太保老師幫她核算有沒有錯誤，逐項核對後將本子交還她，搖頭嘆息：「小姐，妳這樣會算當心把下輩子也算丟了！」他不相信小學未畢業如阿瘦居然能如此仔細。

阿瘦倒不覺得這是讚美詞或一項優點，她仔細將帳簿收妥，李伯伯回來她要拿給他看的，她沒浪費他一文錢。

後來太保老師索性將晚飯包給阿瘦做，這點阿瘦倒不反對，但凡碰到有錢賺的事阿瘦便十分負責，她白天對太保老師怎麼不以爲意是另一回事，晚飯這一頓絕對是另一副樣子，她幫他盛好飯，好吃的留給他吃，經常問他菜做得如何等等。她明顯的表示——你是老闆我就聽你的。這點讓太保老師傷心。然而太保老師偏偏又不願意破壞現狀，他表現出的是對阿瘦有股天生的責任感，恐怕他是第一次看見她便覺得，否則他不再再回來。也許對他而言這種狀況是最好的狀況了，他出錢，她做吃的給他吃——他們之間開始有了另一層聯繫。

阿瘦並未朝這方向想，他這頭單獨覺得因情況更顯異常。他碰到的不是一個女人，是個痞子女孩、學生、孤兒的混合體，但是她極有希望成爲一個極難得見到的人種，她毫無規則的長相、個性、背景，在在讓人更願意去猜測她。太保老師努力壓抑自己不要超出老師的範圍，雖然阿瘦從沒叫過他一聲：「老師。」他的努力大家都看出來了。

他們的事我媽一直看得很清楚，她私下認爲這是好事；我們村上一直沒從方姊姊死亡的夢魘中清醒過來，就算醒過來，恐怕也不太敢管男女的事了。何況阿瘦根本不知情，說穿了，她還是不懂，誰保證會不會變成一種傷害。太保老師反正有耐性，讓他去折騰吧。大家在以往的經驗裡頭學會了害怕。

我們村上暫時的平靜是教袁伯伯給攪開了鍋。

一天夜裡袁伯伯來敲我們家門，我們家睡得一向晚，光阿跳東奔西滾夠混到半夜，他灰頭土臉坐在水泥地上幫小樹配種一面配一面唸唸有辭：「你是哪裡不對？求求你，開朵花給我看？」他拍樹的臉：「你不乖不給你水喝。」

袁伯伯敲了半天阿跳才跳去開門一看是他，衝口便問：「你還有沒有酒？」

袁伯伯難得臉色正經：「做什麼？」

「給我澆花。」他記得酒吐物有特殊效果，既能醉死植物，大概也能刺激生長吧？

袁伯伯：「你再偷要酒喝我告你媽去。」阿跳有回偷灌幾口袁伯伯老酒醉了一天一夜沒醒。阿跳走開去嘴裡咕噥道：「毒藥！我才不喝毒藥。」他要不到酒，收了他的瓶瓶罐罐睡覺去了。那裡面有他養的綠豆芽、黃豆芽、番茄樹，他用水來養，他認為綠豆可以光喝水便長大，番茄一定也可以。

我媽正好撩了門簾出來嚴聲喊住他：「阿跳，你給我洗手洗腳再上床。」

阿跳奄奄一息狀：「哦——」了一聲，直接上了床，倒頭便睡著了。我媽祇好扭了濕毛巾幫他擦手擦臉，阿跳祇有睡著的時候由著人擺布，要他翻左邊就左，抬高下頷就抬，乖得不像他。我媽匆促擦幾把，擦著擦著，忽然覺得怪異，平常那麼好動的孩子，突然這樣軟化，安詳，香甜的小臉給毛巾擦出了原本面貌，阿跳的清秀是帶了七分好奇，好像什麼事都拘不住他，尤其眉眼部位，眉梢虬成一小團，眼角上挑，眼睛緊閉時，眼瞼形成一道半圓弧度，比一般人深。因此他總像睡得比一般人沉，竟像是死了。

我媽心一慌輕聲喚阿跳：「跳！阿跳！」後來是連名帶姓急喊道：「奉二名！奉二名！」欲喚起他的記憶。

阿跳翻過身去，背向這名字與記憶，卻證明他刁蠻依舊。我媽打量了下這個好動的小孩，鬆了口氣才想到袁伯伯還一人等在前廳。

袁伯伯低頭坐在我們家唯一的籐椅內，椅子也是阿跳給撿回來的，他一個人拖了回來，拖回來時看不出那裡壞了，籐條一根也沒綳絃斷，我媽覺得可疑，迫問他：「你眞是撿來的？」

阿跳不理她，拖到客廳挪開四周木櫈安置好籐椅：「給爸爸坐。」心花怒放地拍籐椅靠背：「龍座！」

等晚上我爸下班前，阿跳難得寸步不移守在籐椅旁不讓任何人碰。死守了三小時，好不容易一見到爸爸，抓了我爸沒頭沒腦就將他往椅子裡塞，祇聽見嘩啦一聲，我爸直接從椅面中間連人帶框跌坐在地上；根本椅面下的支撐全鬆了，剛才不讓我們試，一傢伙坐下去不垮個四腳朝天才怪。

阿跳這一弄，弄巧成拙他卻覺得滑稽，笑得趴在地上像條小狗。然後爸爸也笑了，我們全部傳染病似的笑個不休，祇有我媽擔心老爸的腰會不會閃到，又好氣又好笑：「神經病！成事不足敗事有餘！」

袁伯伯聽到我媽腳步聲，卻半晌才抬起臉，他的臉不知怎麼變長了，失了往常的活勁。戲班子走掉以後，他像是也跟著走了，經常三天兩頭才露個臉，他對我們村子的花邊原本便沒甚興趣，現在更淡了，我爸對他這點最欣賞，說他才是百分之百純男人。

他雖然抬起臉，眼光並不朝我媽看，空茫茫自己也不知道該望向何處，凸出一張臉彷彿整個浮在空中，給人一種痛苦的感覺。因爲沒有頸子相連，沒有身軀。

我媽曾經說過男人的痛苦才是眞痛苦，尤其袁伯伯這樣無所謂慣了的男人。平常罵他是罵他的荒唐，一旦讓人感覺到他正經起來的時候，不安的，往往是別人。

么么拐高地的人總是很自然的將自己的快樂和痛苦帶到別人家。如袁伯伯。

我媽一望而知袁伯伯一定有事，而且不是小事。她這幾年也算見過些世面了。便不急著反應，尤其袁伯伯難以言喩、飄忽不定的神情，分明是感情上頭有了問題。她給袁伯伯倒了杯水，拉了張矮櫈，沉著冷靜地坐在袁伯伯對面。她淸澄如水，坐著坐著但覺一室生涼。

袁伯伯看我媽一眼，有些尷尬躊躇，他挨挨蹭蹭說：「我想結婚了。」

我媽搖頭：「這也叫你煩惱成這樣？」

袁伯伯又是尷尬：「有些麻煩。」

我媽儘量將自己的氣燄與脾氣往下壓：「你這腔調沒麻煩才怪；不過天大的麻煩總是要解決的，你要結婚第一。你說說看？」

「她兒子不能改姓——」

我媽眉頭一皺，對袁伯伯所謂的麻煩顯然不以爲然。但是她把這念頭先放在一邊繼續問：「還有呢？」

「她要求規規矩矩辦手續，請客，不能不明不白似的就住在一塊兒，這樣對她兒子不好交代。」

我媽冷哼一聲：「這女人倒挺令人尊敬，她的要求再正常不過了。」她禁不住大聲地：「人家欠你的啊！還說麻煩？」

「這算什麼？我算什麼?!」袁伯伯不知怎麼，失了他的滿不在乎。

「人家夫妻一場兒子好歹是個見證，是誰家的兒子就姓誰家的姓。是你願意改姓嗎？另外，以後她要做人、要過日子，當然得明媒正娶。」

袁伯伯氣餒了：「妳也知道周仰賢怎麼死的，她那樣不明不白被抬出門，我怎麼好大張旗鼓再娶？」

「我看你沒有什麼好選擇。」我媽嘆氣：「周仰賢畢竟死了，活著的人能招呼好才是正經事。」她低聲道：「否則她不是白死了？」

「可是我哪來的錢結婚？」這是氣話，卻也是實話。

「結婚要什麼錢？大夥兒湊分子，夠你開銷的了。可是你好歹告訴大家新娘子是誰啊？」我媽也知道袁伯伯一直就吊兒郎當，都考慮到婚姻了，其實也就是下了決心，其餘都不成問題，有人指點他兩招便成了。

「妳也見過的。」袁伯伯這才喜孜孜起來：「戲班子裡的人。」

「老袁，你如果結的是這樣一門親事，我看算了吧！」

袁伯伯仰頭哈哈大笑：「不是妳想的，是後台的那個。」

我媽上下打量起他，半晌才擠出一句：「袁忍中，真看不出你！」語意不知是褒還是貶。

袁伯伯得意的：「我自己也沒想到。」是沒想到自己會那些認真呢？還是沒想到仇阿姨會嫁給他？他沒說明，我媽也不好再像以前那樣嘲弄他，終究這回是件正經事。

「戲班子不是走掉好久了嗎？」

「戲班子易了主，她就離開了。現在在營區外頭彈子房當計分小姐。」

「她受得了那折騰？」

彈子房的計分小姐要是挨吃豆腐的，而且從來也沒幾個人做得長久；做了三兩個月見沒什麼油水索性轉到冰果室、茶室、小旅館乾脆些，反正名聲都好不到哪兒去；而且彈子房有不明文的規矩；他們也陪客人坐茶室、消夜。

「她沒事。她那味道不是一般人喜歡，受得了的。」

「怎麼說？」

「太聖潔了，誰沾到都覺得彆扭。」他說：「男人有時候就愛那分糜爛。」

我媽不得不同意：「那倒是。」

「我現在算是完了！」袁伯伯長嘆口氣，倒沒有失意的味道，反而流露出滿足的，能對一件事認眞的驕傲感他認爲他有自己的方式的神情。

他說完便起身走了。這樁事算這樣定了下來。以後的事自然有我媽給他張羅。

在袁伯伯結婚前，我媽帶了瘋大哥去祭袁媽媽的墳，袁伯伯雖然要新娶了。對象也很好，終究我媽和袁媽媽是老交情，也認爲有告訴袁媽媽的必要。

袁媽媽的墓地四周都叫芒草給遮住了，活像一個有院子的家，並且下葬以後就沒整理過。袁伯伯向來不管這些的，活人如他怎麼住都舒服，何況死人的家。倒是墳邊有一堆酒瓶，歪三倒四的，立刻教人升起「醉生夢死」這話。我們走進墳墓，芒草迅速在我們背後合上。

瘋大哥撿了酒瓶往外扔，芒草後頭祇聽見「蓬」地一聲表示酒瓶落了地；因爲四周全是草和草地，酒瓶落地聲給悶住了，想聽下文的人總覺得心裡怪怪的——這酒瓶去了何處？

然後瘋大哥開始撿石子，撿了就往口袋裡裝，我媽問他：「不重啊？」

「做小人！」他答非所問。

我媽搖頭嘆氣點三炷香要他拜，瘋大哥忽地跪下去叩了三個響頭，跪在碑石前嗚嗚哭開了來，嘴裡發出單調的音節：「媽媽——媽媽——」

「袁寶還記得媽媽？」我媽吃驚道。

瘋大哥搗頭如蒜。哭著哭著，突然直起身子扭頭跑了開去。

「袁太太，袁寶生氣了，他還是孩子妳知道的。老袁要結婚了，這樣也好，他們父子總有個人照應。當初也是妳不該，怎麼樣也得挺下去啊！妳在天之靈就多保佑他們吧！我來告訴妳一聲，也有個交代。」我媽說完又給袁媽媽墓地掃了掃，那個家才有了點乾淨樣子，也就不那麼荒涼了。

袁伯伯結婚那天不說我們也知道會下雨，么么拐高地頂上的天空彷彿特別脆弱，一受刺激，什麼反應沒有先變天再說。趙慶和他媽媽進村來的時候，早晨的天空豔藍得像大海，風颳得老高老遠，把蒜頭工廠的辛衝味兒吹得無影無蹤。祇有方媽媽不受天氣影響，她仍嘶叫她的，每一聲都被風吹到天邊又撞了回來。

仇阿姨的計分工作在婚期決定後便辭了，給袁伯伯留兩分面子。但是袁伯伯對這件事仍然不太高興。別人全沒他那麼在乎，偏偏娶仇阿姨的是他。

我和阿跳負責在村門口通風報信當探子，規定我們看到喜車影子就飛奔回報，巷口才好準備放鞭炮；狗蛋則分配了給新袁媽媽開車門，這全是我媽的安排，既然是有媒正娶，進門那一套是要的。仲媽媽這回從頭到尾沒她的份，早心裡不舒坦，一見我媽指揮若定，免不了衝兩句上來：「那一套？河套！早改道囉！」她愈這樣說，愈祇有看熱鬧的份。誰敢把結婚大事交給一個偏激的人？我媽倒是在這件事情上頭一直是心平氣和，她希望把袁伯伯的婚事辦好；她認爲一個人的第二次比第一次還該愼重，尤其在這麼一個不安定的時代。

席阿姨一大早便帶了瘋大哥去河裡洗澡，怕給屋裡弄濕了不好招待人。她回來的時候說被燒掉的甘蔗園終於有甘蔗開芒花了，看情況這片燒焦掉的土地有得救了。她帶瘋大哥洗澡時，由河邊抬望么么拐高地，同方新村頂上一卷一卷的棉花雲團，簡直像同方新村出了大喜事般千祥雲集，空氣裡的玉蘭花帶被風撩得抖啊抖得，像抖一塊香布。

席阿姨回村子中途遇見了小佟先生。

她牽著瘋大哥的手一路由村後頭往村子去。聞著玉蘭花香味忽現忽隱，彷彿一份記憶。她深深呼一口氣息，想起了什麼，果然一抬頭，看見小佟先生的臉，如上回一般嵌在窗口的框裡，她整個人不知怎麼轟地熱起來；瘋大哥這天特別乖巧，安靜的由席阿姨牽著他走。席阿姨停住腳步，他亦站定不動，彷彿他們是一對雙胞胎，彼此牽制。

整座村子光前頭熱鬧著，後村幽靜得如同眞空；小佟先生嵌在窗裡不言不語，光沉沉盯著席阿姨，他在生悶氣。他黯啞嘎聲道：「妳還好吧？」

席阿姨嘴角掀了掀沒笑成功：「晚上你吃不吃喜酒？」她希望他去，可是那是公開場合，許多人靠這一天表演自己，因爲大家都看得到。比得上一家家去傳話來出鋒頭強十倍。

小佟先生問：「什麼喜酒？」

「袁忍中娶媳婦啊！」她奇怪小佟先生不知世事到這個地步。那麼他顯然不會在乎別人的眼光與想法了，就算公然在衆人面前表露他的情感，而且在熟人面前。席阿姨有些怕了，語氣消弱了下來。

球場上，喜酒桌次已經擺開來；豔紅桌布、四腳圓櫈、擴音器裡震耳欲聾的音樂，外燴師父嘴裡啣著菸任它燃燒，皺緊了眉頭——被煙薰的，一手剷子敲得鏗哩哐噹，總之是喧騰得接近誇張。

小佟先生反問：「妳去不去？」

席阿姨低頭遲疑：「我不知道。」

小佟先生由屋裡走出來，交了隻小青鳥在她手掌：「帶回去養，我會叫牠回來。」他從來不問交給她的含羞草種子到底活了沒有。似乎它一定會活。他補了句：「隨便放那兒，不用籠子。」

她突地抬頭看著他，眼神分明帶有悲哀，嘴角是笑的：「段錦成這輩子也滿可憐的。」

她說的是段叔叔，明顯的拿小佟先生當外人了。她說著說著又不那般難受了。

小青鳥雖說體溫不高，畢竟有活的溫度，牠在席阿姨手心不太習慣席阿姨的手心熱，因此歛歛欲飛，飛不出去，著急地啄她手心，席阿姨不覺得痛，反倒笑了：「這是什麼鳥？」彷彿她的心亦在跳躍，起了變化。

「野鳥。我在田裡抓到的，牠不小心落了單，在田間用走的，好像忘了自己是一隻鳥，大概因爲沒有同伴學習。我後來訓練牠飛，現在飛得很好了，還聽得懂信號。」

小佟先生吹了聲口哨，野鳥頃刻由席阿姨手心飛到小佟先生手臂停住。

小佟先生再度將野鳥托到席阿姨手心，重複道：「妳帶回去，我會叫牠。」

席阿姨又問一句：「晚上你去不去吃喜酒？」

含羞草長得忒好，小佟先生不問也知道；席阿姨問他去不去，對他就是放不下心，他當然去。她既然問了，他就一定去。

就在這時，鞭炮煙硝中，一輛吉甫車駛進了村門，緩緩停在二號袁家門口。不知道是誰在車頭紮了把鳳凰花，燦爛奪目，滑稽得像齣戲。

車子停穩後，趙慶率先跳下，當下教人眼前一亮。他冷漠的神情使得他完全不像個孩子，一雙透亮的眼神，一下子將阿彭及二十人比了下去。他全身透紅，努力曝曬可是曬不黑的那種紅，並不像阿彭那種紅一陣就褪掉的白膚色。他細長的骨架子瘦而結實。

戲班子走後大家許久不見仇阿姨，正在那兒好奇加倍伸長了脖子等人呢！以往在後台暈昏的光底下看她，在戲台子一角，在演員堆裡看她，總覺得她的臉蛋偏長，因爲她不開口講話的結果；混和了戲服散發出的汗酸和演員口中的酒精味，尤其讓人覺得沒見過她的正面。

仇阿姨把頭髮剪短了，髮梢齊肩攏乾淨了放在耳朵後邊，露出弧度柔和、白皙的雙耳；趙慶也有那麼一對耳朵，那雙耳朵在他臉龐上背光時近乎透明，彷彿紫水晶。仇阿姨下車後，一手握條淺藍手絹，一手環在趙慶肩上。他們母子長得眞像。

狗蛋上前兩步，笑瞇瞇將捧花獻上，他從來不如此和群，把我媽臉都笑歪了，忍不住心喜再抱了笑雨湊近去親新袁媽媽，四下立刻轟起了掌聲喝采。狗蛋大約表演上了癮，突然在人群中高聲唸道：「你妻不是凡間女，妻本是峨嵋一蛇仙。」唸完後反常地咯咯笑個不停。

袁伯伯臉色還好，仇阿姨則明顯地臉色一黯，這戲詞她知道，第一天上我們村子演的白蛇傳。這戲碼根本沒演完。是齣苦戲。

我看狗蛋的神色知道他想睡覺了，他參加任何熱鬧的場合都挺不久。我乘機牽了他退出車邊，儀式這才繼續進行。

趙慶在大家注視下慢步走到袁伯伯面前，袁伯伯遞給他一封紅包，趙慶轉臉看了下仇阿姨，然後回過頭神閒氣定：「謝謝袁伯伯。」

那聲調不帶一絲情感，祇有一個小孩完全的自我；他的眼神所表現出來的也一樣。袁伯伯臉色一僵，趙慶卻根本不當回事，他隨即回頭對他媽媽彎眼一笑，然後自顧觀察起新環境。他在人堆中看到了席阿姨和瘋大哥，他收起了笑容，似乎不太習慣有缺陷的人。他一直祇在看到他媽媽時才有笑容。

席阿姨將瘋大哥牽到新袁媽媽面前，新袁媽媽早知道將會有這麼個兒子，看到洗乾淨了，有些戒備的瘋大哥並不怕，反倒伸出手輕輕撫瘋大哥臉頰安定他的心。她一手握住趙慶的手，一手牽緊了瘋大哥手，走進二號袁家。鞭炮在她背後炸得更開。

袁伯伯這天穿了套軍裝大禮服，渾身現出一股活力但眼球仍泛有幾線血絲，他早在幾天前便停了酒，但是好像來不及了，酒的顏色早深深沁入他的血管。奇怪，他停了酒，我們才注意到他眼球泛紅。

新袁媽媽帶了風來，一路跟著她由村門口吹進我們巷子，風速忽大忽小；在喜慶日子村上媽媽們穿上了她們的壓箱子老衣服，鮮艷花梢，讓人忽略了風的不安定。

就在風速忽大忽小時，由方媽媽屋裡傳出了嘶喊，那也是幾乎被我們忽略了的不定的聲納，趙慶迅速回過頭搜尋聲音來源，他問：「那是什麼？」

阿彭立刻搶答：「是方媽媽在叫方姊姊。她十分鐘叫一次。」語調中全是討好。

我白阿彭一眼，不滿意他的討好語氣，但是我仍得承認——趙慶確有一股教人不由要挖出內心一切的氣勢。

趙慶聽了阿彭的話，又側耳傾聽了會兒，不以為意地說出：「狼號！」

老馬夾在人堆中，聽到這話，鼻孔底重重冷哼一聲：「說話客氣點。欺負人嘛！」他對袁伯伯一向有意見，這下更不含糊要表示不滿了。

如今可好，四周頓時安靜了下來，眼光不是投在袁伯伯身上，便滴溜在新袁媽媽身上。

趙慶一眼便尋到老馬那張臉，先打量清了老馬相貌，然後平平當當，語氣透出一分你不得不相信的誠懇意味：「我沒有一點點惡意，如果我態度不對，我道歉。」他自己解決了自己引發的問題。

那年，趙慶十四歲，初中二年級。

晚上，籃球場上燈火通明，足足拉開三十幾桌，彷彿抓住機會給同方新村沖喜。

袁伯伯整個白天都不太說話也不太笑，雙手不是垂著便糾在胸前，久久不換姿勢；他眼光不時停駐在趙慶身上，似乎在思索什麼事情。不管是什麼，他們之間的情況給人正要開始一起事件的感覺。袁伯伯和趙慶都有前置期的不適應。

酒席擺好後，我媽又充當十全喜婆婆去請仇阿姨，她有兒有女，又做村長，她覺得自己再合適沒有，她認定的「好事」是從來不讓人的。

首桌上端坐住部裡長官，袁伯伯正招呼散置在場內的其他客人。球場上這兒圍一堆，那兒圍一堆，就那幾個「長官」動也不動那兒也不能去的坐著，但是他們造成的凝肅氣氛並不能擴充出去影響別人，因此首桌那一方塊，像預先刻好的章子，端端正正蓋在那裡，四周的喧嘩是沁出去的印泥。

新袁媽媽換了身淺黃色旗袍，舊的，所以非常柔和，布料上不單一色淺黃，上頭有一簇簇浮水印玫瑰花，含蓄地開得一般大紛紛凸起。因爲質料好又不那麼嶄新，不無隨她前頭死掉的先生添置的嫌疑，袁伯伯看到她，先看到她那身衣服，原本便勉強放出的笑臉收了回來。反而現出少見的嚴肅。

新袁媽媽更不愛說話，她被帶引站到袁伯伯旁邊，臉上浮現隱隱約約的微笑，站在袁伯伯身旁彷彿一分諷刺。

場子裡來賓愈堆愈多，收禮枱邊重重圍了三四圈人，先不上禮，光站在那裡抽菸吃瓜子另一隻眼睛觀察別人上了多少錢；我媽一見情況不妙，即時將菸、瓜子收了起來，再一個個從他們身上一把掏出錢來口中唸道：「老陳五十塊！」把老陳急得趕緊瞄一眼喜簿子手忙眼亂地：「下回妳結婚我多上點！」當場決定了上二十塊離開收禮枱。就這樣還忙了好一陣才安定下來。

喜宴終於開始，先是陸訓部主任致詞，爸爸們大部分是安靜的，女人和小孩不肯如此輕易安分下來。媽媽們先還小聲評頭論足，後來越說意見越多，不時發出爭執的聲音，不外說這個主任個頭矮陰沉得很，或者那個科長的老婆是個花癡，或者誰配不上誰，大聲到彷彿當事人是具泥雕，小孩則在場子裡打轉，像陀螺，要不這桌底鑽進去，那桌底鑽出來。終於所有致詞結束了，主任舉起酒杯，部裡慶生會般做結論：「關於結婚的三個意義本人業已報告完結，來，祝大家身體健康，精神愉快！」

「祝你昏倒！」阿跳精神亢奮地尖起腳在後頭大叫道。這下誰也不願意承認他是自己的孩子，商量好了似的，頃刻，眼光全集中投到我媽身上。然而阿跳吼完，戲劇性湊到了阿彭及仲媽媽身邊，一把抱住阿彭嬉笑道：「送進洞房！」

仲媽媽在旁邊急得滿臉紅脹，使勁揮開阿跳口裡嚷道：「他不是我的！」她抬起眼睛，眞慘，眞無助那眼神，她強調，面朝長官席發誓：「他不是我的孩子！」

場內這下那還忍得住，簡直可用爆笑如雷形容，這也好，總算使氣氛緩和下來。

幸好老馬適時怪聲怪調下達一道極重要口令：「開動！」大家這才安靜下來。沒有比吃飯更大的事情了。

趙慶吃得很少，很慢，他和瘋大哥坐在第一桌，分別坐在仇阿姨、袁伯伯兩手邊，趙慶不時隔著人身看瘋大哥，並且微笑，挾菜送到瘋大哥碗裡，瘋大哥搖頭他便把菜放進自己口裡，另外再挾，一點不嫌煩。他似乎很快克服了對有缺陷的人的排斥感。

收禮枱並沒收起來，陸陸續續有人來，招待總是先問上禮沒有，總務追著上前收禮金，場外排了幾個吃客帶來的馬口鐵桶，都說吃不完拿回去餵豬、餵鴨，排了好長一排，上頭刮著7號仲、40號王、89號李……像一排房子。

我們這桌一共擠了十八個人，除席阿姨，全是小孩，我們鬧得天翻地覆，往她身上擠過來推過去，她臉上一味浮著微笑，我喝下八杯汽水後才抽了空問她：「席阿姨妳怎麼不吃？」她拿著筷子沒伸出過。小佟先生坐在陸供部同事那桌，眼光不時瞟過來，席阿姨迎接這一道道肆無忌憚的眼光低頭恍惚，好像新娘子是她。

一道道菜遞上來，誰也沒看清楚是什麼菜便剩下一個空盤子，酒席包給李巧父母做的，他們專門做外燴，我媽一毛錢也沒殺價，說是給袁伯伯積點德，他以前欠過李巧，仇阿姨也同意了。

李巧原先說要來的，臨到出門前忘了袁伯伯是誰，她到現在仍然有一搭、沒一搭的忘掉一些事又記得一些事，就看臨時她記得什麼，否則她和她那小丈夫永遠十五歲，成天鬧在一起，誰和他們都沒關係。翻了臉，李巧會一腳踢小丈夫下來。她婆婆急著抱孫子急得快瘋了，偏偏他們成天吵架，沒生孩子的時間。

我媽去找李巧爸媽給袁伯伯辦喜宴，李巧爸媽滿口就答應了，完全不在意袁伯伯以前整李巧的行徑事蹟，他們說按本錢算給袁伯伯，還問袁伯伯的新娘子水不水？

我媽在往他們家的路上遇見了李巧，她老公騎單車載她玩，李巧臉色紅潤多了，她從後座跳下來，問我媽袁忍中過得好不好？娶太太沒有？她臉上流露的稚氣光影使她整個人變得純淨。「快要結婚了。」我媽趁李巧還記得袁忍中時趕緊回答了。

李巧睜大一雙眼等下文，我媽緊接又說：「沒有妳漂亮。」我媽就不忍心告訴李巧新娘子是仇阿姨。

李巧的爸媽是包了個大紅包給袁伯伯的。他們商量好菜色跟桌數以後，李巧的媽媽就塞給我媽託她帶給袁伯伯。我媽推也不是，不推也不是。她回來說：「眞不知道他們是怎麼想的。」

狗蛋從床上被叫到球場吃喜酒，沒吃幾道菜趴在桌上又睡著了，他現在愈來愈不愛吃肉類，一吃就吐，光能吃蔬菜跟蛋，我媽說他尙未脫離哺乳期，老馬不以爲然，他預言狗蛋將來必非普通人物，我媽喜孜孜問：「那是什麼？」

「和尙！」老馬冷肅道。

那話爾後，祇要有瞎子來我們村上擺攤子算命，我媽一定拉了狗蛋去給瞎子算，她最後必帶一筆問瞎子：「你看我老運如何？」她算來算去，目的就是要問幾十年以後的事。眼前的事她全有辦法。瞎子每回送她一卦。

狗蛋能在最熱鬧的地方睡著，無論如何不是個有熱情的人，我媽跟隨小佟先生的眼光飄到我們這桌，看到伏在桌面的狗蛋，我幾乎聽到她重重的嘆息聲掉落地上。

最後恐怕是因爲天空飄起了小雨，袁伯伯才開始敬酒，他坐在主位上看一眼趙慶下一口酒，整座球場就他一個人獨飲似的，完全忘了他身在何處。忽緊忽斷的雨絲澆醒了他，我媽怕喜事不到頭，忙打發袁伯伯開始敬酒，敬到我們這桌時，袁伯伯已經醉得有八分了，整個人顯得十分不耐煩，他伸手要拉仇阿姨離開球場，仇阿姨知道不能這樣待客，不明顯地邊躲他的手、邊以眼梢尋找趙慶；他們因爲在我們這桌拉過來扯過去，所以當小佟先生越過幾張桌子過來敬席阿姨酒時，幾乎全村人的眼光都投了過來。

當袁伯伯第三次去拉仇阿姨，我們都以為仇阿姨會生氣，但是她沒有，她低頭自個兒走回原位，趙慶對她笑了笑，她也勉強笑了笑。部裡那些高級長官從頭到尾沒換過姿勢。好像不是來喝喜酒，是來站衛兵。

落雨線越來越連續了，不像原先忽起忽斷，但是大家仍坐在位子上不動，雨水滴滴嗒嗒落在湯裡，湯面震起一道一道漣漪；還有小佟先生站在雨中，席阿姨坐著，他敬她，席阿姨毫不遲疑連酒帶水一飲而空，仰面的姿勢是果決的，弧度正好讓人看見她廣闊的額角，還有雨水落在她的手臂上形成一小注水流。

小佟先生亦乾盡了他杯中的酒，難得他臉上露出了完全的笑容，他拍了拍席阿姨肩頭，獨個兒步出球場。

老馬在小佟先生背後怪聲怪氣喝了句：「好！」正要趁興灌下手中的酒，我媽當總務的當然急了，上前一把抓住他手臂：「要酗酒找別地方去！」大老馬瞄眼袁伯伯，將酒潑灑雨中，冷哼了一聲，揚長而去。大家一直撐到最後一道菜上桌，雨勢戛然而止，後頭跟著的是陰冷的風，菜上到途中便已經涼了。

半夜，風愈颳愈大，陣雨刷地刷地被風吹到每家毛玻璃上，我媽扭開收音機聽氣象報告，中央氣象局說有個輕度颱風不停在台灣本島四周徘徊。

阿跳偷偷打開門縫，一古腦風沙有袁伯伯的嚣叫。在風裡聽不太清楚嚣叫的內容，感覺上像悶雷，轟地轟地；最後聽清楚了，他不要新袁媽媽出去，他叫：「妳給我留在床上！」

「這是做什麼？」我媽皺眉：「瘋了?!」現在她不好管了。袁伯伯可能眞的瘋了，新袁媽媽來敲我們家院門，她和趙慶兩人渾身濕透了，她要去找瘋大哥，問我路怎麼走。

我回頭徵求我媽的意見，她嘆了口氣准了：「你帶路，要小心點兒！」我們頂著風往小廟摸去，甘蔗被風吹得彼此衝撞，發出伊啊痛的聲音，傳得老遠。這條路似乎越走越黑，越走越長。

我問新袁媽媽：「妳怕不怕黑？」

她握住趙慶的手，雖然是回答我的話，卻望著趙慶微笑：「不怕，怎麼會怕，對不對？」趙慶回以微笑。

瘋大哥像狗一樣縮在角落，給手電筒一照本能地低頭躲開光，新袁媽媽伸手在他頭上一探：「恐怕是發燒了！」

瘋大哥觸到一股體溫找到一個港口似的，藏到新袁媽媽懷裡，無意地嗚咽道：「媽媽！媽媽！」

我們再頂著風往回走，好不容易走到巷口，一推門，袁伯伯發狠反鎖門在裡頭睡死了，雨如刀面般往我們身子和臉劈下；趙慶從頭至尾沒句怨言。好像他站在他媽身邊就行，袁媽媽一手牽了瘋大哥，一手圍住我和趙慶，苦笑道：「眞要命！」她拍拍我的頭：「你回去吧，謝謝你。」沒有要找人幫忙的意思。

我媽拉開門見我們不聲不響站在雨裡，急忙強迫大家全進屋去，有事明天風雨過去再說，瘋大哥進屋後，一頭栽倒床上，身子還沒被擦乾就睡熟了。新袁媽媽灌了他兩顆退燒藥，說他恐怕是受了寒，下午河裡洗了澡，晚上又淋雨。

如此折騰到將近天亮才算安定下來，新袁媽媽和趙慶打地舖睡我媽房間。我爸值日去了，瘋大哥睡在我媽床，我正睡著，阿跳卻突然出聲堅持聽見外頭有口哨聲，我要他閉嘴，他興頭上來了，猴手猴腳在床上跳：「我們打賭！賭什麼?!」

我很皮重得快塌了，祇求他別再在我眼前晃：「隨便你。」

他趴在客廳窗口往外望了會兒興沖沖爬回床上：「有一隻鳥！」

他抓了彈弓要去打鳥下來證明鳥跟口哨有關，他說：「搞不好有匪諜！」他嘎聲 嘎氣：「他們在傳言，專撿這麼個雨天！」

我想起什麼，迅速直起身子阻止他：「你射下來有人會剝你皮！」趙慶早睡死了，我壓低嗓子：「那是小佟先生和席阿姨的！」

「我烤了牠來吃！」他看到會動的都想弄來吃。

我累極了，不想再管：「我警告過你了！」倒頭進入夢鄉。

將近中午風雨越趨瘋狂我們全部人才醒來，我爸昨天去值日就沒回來，他們得在防颱指揮中心坐鎮。袁伯伯直接上班去了，他並沒有來找趙慶他們，但是袁媽媽沒露出一絲在乎的神色，趙慶更不用說了。新袁媽媽回去二號找人開了鎖自己進到屋裡，那是她的家，她認定了，其他都不重要。

這颱風來得快也去得快，不多久便過去不見蹤影；瘋大哥的燒在風去後莫名退了。瘋大哥明顯地很喜歡新媽媽，新袁媽媽在他身邊時他總是比較平靜。但是他還是不太愛回家，袁媽媽後來也明白瘋大哥待在小廟比較自在，才不去管他，一直到新袁媽媽懷了孕，他哪裡也不去了，整天圍著那肚子打轉，像抱蛋的母雞。

人家懷孕都變得圓乎乎，袁媽媽是越來越瘦，光剩下一雙眼睛忒亮，見到人眼睛先彎成月牙，彷彿那裡頭有許多話。

對袁媽媽懷孕這件事最不滿的要算袁伯伯，他捶床拍桌子：「妳想我們家變成聯合國啊！我們不是說好了嗎？」

袁媽媽沒吭氣，他又吼：「妳去給我拿掉！」

袁媽媽不知道低聲回了句什麼，他爆開了來：「胎兒太大了?!誰跟妳說太大了拿不掉?!」他簡直氣瘋了：「我討厭束縛！這簡直是個陷阱！」

袁媽媽顯然不理會這些話，她心裡清楚，袁伯伯能強押了她去打掉胎兒嗎？袁媽媽的肚子一天比一天大，袁伯伯一天比一天不快樂。袁媽媽懷孕以後，他成天垂頭喪氣了無生趣模樣。他越是沒好氣，趙慶和瘋大哥越來越粘緊袁媽媽，像兩尊門神。新袁媽媽爲同方新村帶來的喜氣一下就散了，因爲是再嫁吧？她一進門就成了個舊人。過的是家常日子。

這一年，么么拐高地的冬天不知怎麼特別冷，多雨的夏季延長了變成多雨的冬天，一整個冬天都是潮溼寒冷。難得這一天放了晴，家家戶戶又洗被單又曬老棉被的，比過年還忙。

我逛袁家，趙慶正在院裡頭洗袁伯伯的大軍服，他使勁兒拿木棍搥打衣服，搥出一頭汗，一盆子汙水；袁媽媽正給瘋大哥洗澡，瘋大哥脫得赤條精光滿院子跑，濺得到處水花，他屁股特別白，白到發青的程度，眞像小嬰兒。

我踱到趙慶身邊，以幸災樂禍的語氣對他說：「馬上又要下雨了，你洗也是白洗。」

他瞄我一眼：「你知道？」

我手指後腦袋：「它告訴我的！」

趙慶眼睛一亮：「這氣象台好用！眞方便！」

我搖頭：「送給誰誰都不要！」

趙慶一臉詭異：「你想把它治好？」他拉我到一旁：「我有偏方！」

我興致勃勃：「好啊！不過我不吃藥打針。」

趙慶說：「絕不吃藥打針。」他舉高手上的圓木棍：「用用這個！」我倒退兩步：「用這個？痛不痛？你別謀財害命！」

趙慶瘦雖瘦力道還眞大，他抓緊我：「不痛好不了！不過包你一次痊癒，我有科學根據的。」

他要我雙手抱頭撐住頭顱，他用圓棒子在我頭顱西席擀麵似的來回擀，痛倒不痛，就是圓棒滾過處痠癢得很，弄得我渾身不自在。

趙慶邊擀麵邊問我：「這叫活血你懂不懂？」

我自言自語有點不捨得：「其實有個氣象台也滿好的！」

突然袁媽媽：「哎喲！」叫了一聲。

我和趙慶同時抬頭一看，她正隻臂拱高護著胸前擋住瘋大哥的手，瘋大哥好玩地一再去抓袁媽媽的奶奶：「我要吃奶奶！」

他一面抓，袁媽媽一面躲，一頭撞到正進院子的袁伯伯身上。

袁伯伯皺眉喝道：「這是幹什麼？」一巴掌打在瘋大哥屁股上，瘋大哥當場便嗚嗚哭起來。袁伯伯上下打量袁媽媽，袁媽媽渾身教洗澡水打濕了，衣服全貼在肉上，浮出個圓肚皮，幾絡髮絲掛在額前，臉上全是水和汗。

袁伯伯歪著頭邪笑：「這可是你找上我的！」他耳根紅漲。那模樣就像把袁媽媽當一道菜要吃了一樣。

袁媽媽滿臉發白：「別這樣！」她似乎很怕袁伯伯這表情。

袁伯伯瞄一眼我及趙慶：「站在這兒幹什麼?!到外頭去玩！」邊說邊騰手抓袁媽媽。

這時瘋大哥停止了哭號，出其不意一重腳踢倒了袁伯伯，自己快速往外跑去。就幾秒鐘工夫，瘋大哥跑、袁媽媽追、袁伯伯一屁股躺在泥地水中。袁伯伯坐直身子觀看眼前鬧成一團，看著看著仰面狂笑不止，最後笑出了淚及一頭汗。

趙慶站定原地動也不動，冷著一張臉什麼不看；我突然發現我的腦袋不疼了。

這時阿彭跟在光屁股瘋大哥後面尖嗓子興奮地一路嚷嚷過來：「他們回來了！他們回來了！」袁媽媽跟在最後。

趙慶趁機牽了瘋大哥進屋去，袁媽媽問：「誰回來了？」

「戲班子！」阿彭可逮到表現的機會，特別加強了語氣：「就是妳以前的那個戲班子啊！」

袁媽媽尚未及反應，袁伯伯倒笑開了：「人都走光了！回來誰還認得！」一躍而起毫不在乎渾身泥、水。

袁媽媽想講什麼壓了下去，她溫柔地：「袁忍中你別這樣，嚇到小孩子！」

「我是不想嚇他們啊！可是不嚇他們做什麼呢？我自己都快悶瘋了妳看妳——」袁伯伯上下打量袁媽媽：「守身如守玉！下雨天嘛！閒著也是閒著！」袁伯伯玩世不恭狀，帶兩分懊悶。

袁媽媽怎麼都不會氣，她仍然溫開水般的語調：「說這些做什麼？你明明知道我大了肚子——」沒再說下去。

袁伯伯並沒有瘋，這些年來他一直就這樣子；一會兒活力十足，一會兒陰氣沉沉；倒是戲班子換了面孔回來，他們比以前更加活潑。他們先遣派出小旦、丑角在么么拐高地遊行耍寶，讓兩隻五彩鸚鵡停在肩上，每隻鸚鵡光會講一句話，一隻聒噪地重複：「死相！死相！」另一隻接說：「神經病！」然後一起撲動翅膀啪啪啪個不休。他們遊行到我們村上，席阿姨的小野鳥正好要去小佟先生家，飛到半途見到五彩繽紛的會講話的鸚鵡便一頭想栽到鸚鵡身上要玩耍還是怎麼地，總之沒對準目標，嚇壞了鸚鵡，牠自己也撞昏過去。

戲班子又回來了，時間不對了，電視打得他們鼻青臉腫，他們想念么么拐高地的黃金歲月，他們又回來了。

還記得電視開播那天，我們村上沒一家有電視，我們跑到市區去看熱鬧；螢幕上一個特寫出來嚇我們每人一大跳。

阿跳吵說：「好噁心！」當場急著回家聽收音機。他向來喜歡把下頷放在收音機上，邊聽邊享受震波和溫熱。

這下戲班子回來了，最高興的莫過於阿跳了，愈土的事情他愈喜歡。狗蛋則完全無動於衷。狗蛋現在迷上做禮拜，可是從來不見他像別人領鉛筆和美援奶粉回來，倒老見他參加查經比賽得第一名，絕的是他大字不認得一奶粉罐。

有天吃晚飯阿跳新鮮地冒出一句：「感謝主賜給我們食物！」我爸一聽勃然大怒：「明明是我辛苦賺來的！」他要阿跳罰站在飯桌邊，看看有沒有天主餵他飯吃！

狗蛋飯也不吃了，坐在桌前掉眼淚，弄得笑雨也哭兮兮的，慘得不得了。

阿跳給這麼一罰站從此不再上教堂，他寧願不要鉛筆、糖果；狗蛋拗得很，獨自默默上教堂、查經、禱告，仍然不見他帶回家什麼。

我媽又叫人給狗蛋算了幾次命，面相、手相、八字，算出來的命各式各樣的都有，弄得我媽煩透了，不知道該相信那一個，算命的附送給她的命也沒一個相同的。

她眼前唯一能做的是嚴禁狗蛋去做禮拜，狗蛋默不做聲，到時候他就坐在教堂裡，彌撒進行儀式他清清楚楚，彷彿他上輩子早牢記下來。他去教堂從不必人帶，自己去，幾點鐘去；自己回家，什麼時候該回家，全和儀式進行一樣了然於心。他有他自己的規範。

冬天的野地菊花似瘟疫開得到處是，連休耕的蔗田裡也鋪滿了伸到地角，小河邊更不用說。花瓣飄在溪水中，就像溪裡的游魚漂浮。

在有冬陽的日子裡，瘋大哥一定泡在水中，他不怕冷，趙慶也是，趙慶說這就叫菊花浴，可以強心健肝。有太陽的午後，黃色系列的野菊花、空心菊、小雛菊，深深淺淺的如落在水平面、地平面的小太陽。深秋的氣息比任何季節都濃厚，比冬天還像冬天。

趙慶從不提他媽媽什麼時候生，你問他，他便將整個頭悶入水中，許久許久不浮出水面。他說他的肺活量特別大。衛生隊再沒回到我們村上，他們在別個村鎮的遭遇差不哪兒去，徹底失了信心，真的，眼看瘋大哥都這麼大了，袁媽媽還要再生孩子，恐怕要中國人不生孩子就像要中國人放棄吃飯那般不可能。

趙慶也從不提他爸爸怎麼死的。他說起他爸往往講到某個定點即停止，他說他媽媽帶他到一處海邊，那時是冬天，防風林的樹葉被吹得光禿禿的乾黃乾黃，彷彿火燒過一般，沙灘上有一個廢棄的碉堡，幾件軍服鋪曬在碉堡上，像一個人四開八叉躺在那兒曬太陽。那些衣服是由失事的飛機旁從海裡撈上來的。

我們知道就這麼多。後來就是袁媽媽跟著劇團四處演出把趙慶單獨留在學校。

現在戲班子又回來了。

阿瘦在他們遊行過後即帶中中找去，他們仍在老地方搭台子，女人們在後台忙，整理衣箱、掃地，四下一片亂烘烘，卻沒以往那股興旺勁兒。有幾個小生老了些，其中不乏熟面孔，又不太像，他們隨意的模樣有股莫名的蒼涼意味。

阿瘦牽著中中一張張臉上去仔細看，她找了半天終於按捺不住逢人就問：「見到我媽沒？她叫田寶珣。」

那些人不曉得是醉了抑或頑笑慣了，全指住自己鼻子：「哪……這不是嗎？」

阿瘦不像以前那麼好惹了，她這兩年可潑辣了，她聽了他們的玩笑先還沉住氣不搭理，問到最後愈問愈失望，火就上來了，祇要聽到嘴裡不乾淨的，便臭罵回去：「什麼東西！不要鼻子！」

終於確定沒一個認得田寶珣，又不甘白走這一趟，她計上心頭索性放開嗓子站在剛搭好的舞台正中央使勁兒喊道：「媽！禡！我是阿瘦！他是中中！妳在哪兒啊！！」

戲班子的人才知道她來眞的，才七嘴八舌要她形容她媽媽的長相，阿瘦雙手插腰：「看我就知道了。」

他們先還擺脫不了愛開玩笑的毛病，上下打量阿瘦：「就妳這樣？」

阿瘦可是希望無窮一疊聲：「是啊！是啊！看過沒?!」

他們說：「長成妳這模樣能做什麼？」

阿瘦哀求他：「再想想？比我黃一點，秀氣一點！沉靜一點！是不是有個叫全如意的？」

他們看了又看，突地面面相覷，似乎由一種狀況中省悟到什麼又無法置信，再逼下去他們一味全支支吾吾：「不知道，不清楚，不太明白。」然後一哄而散，不再理阿瘦。

全如意不住戲班子裡，她一個人住在秀蘭旅社。她等候劇團的新班主趕到此地與她會合。她成爲大牌之後從來不跟劇團的人住一道。她享受最尊貴的待遇。

觀衆在看過她的戲之後也變爲她應當享受這種待遇。她好像天生就吃這行飯的站有站相、坐有坐樣、唸唱道白一派嫻雅，幹上唱戲這一行彷彿老天爺還虧待她三分。

她第一天往戲台上一亮相，我們全看呆了。她的扮相有分說不出的淸麗妍媚，以前嫌長了點兒的臉蛋由台下仰望上去長得恰到好處，還多幾分俊俏；藤黃膚色給燈光一照硬是正黃尊貴。她在等上戲的空檔更不像劇團其他團員堵在台口吹風一副下作相，她把自己保護得周密森嚴，越神秘越有人想一睹廬山眞面目，來看她的人就越多——想看她的人比要看戲的人多。

全如意台上亮相後才沒一會兒工夫台下聞風而至的人便擠得爆滿，大家大氣不敢吭，看魔術表演似的——看她玩什麼花招。

全如意立在台上卻渾然不覺，她視台下驟然增加的人堆爲當然，她也見慣了一般。我們同時發現全如意唱戲調子比較慢，比我們聽慣的正常拍子慢一點點，不仔細聽還聽不出來，以爲她嗓子、身段特別沉穩貴氣，所以調子慢，她唱著唱著總是在最後幾小拍趕上文武場。

么么拐高地的人簡直爲之瘋狂，鼓掌者有，喝采者有，籃球場上燈火通明，么么拐高地許久沒如此熱鬧，溫度陡然爬升，人的情緒像一鍋將沸開的水。

但是，全部人都知道這瘋狂的情緒不光爲戲，連劇團的人都心頭雪亮，就全如意一個人渾然懵懂。她專注端凝地唱完了戲，謝了幕踅到後台。

阿瘦即刻連跑帶衝竄到後台，全如意一個人一間化粧室，阿瘦拍打那化粧室的門如打大鼓，全如意由裡頭輕盈地打開門，用眼睛問道：「有事嗎？」

阿瘦激動異常：「媽！我是阿瘦。」

全如意表情疑惑地等阿瘦又說了一次：「媽，我是阿瘦！」後才聽淸楚了眼前這小女孩喚她爲「媽」。

她簡直要哭了喃喃低唸：「這是怎麼回事？」她想看淸楚阿瘦長相，於是將阿瘦的臉孔，扳到燈光下端詳，她不得不承認的確有三分面熟，但是並不代表什麼，她好像連自己長什麼模樣都沒概念。

祇見她逐地渾身由腳底板燥熱起來似的一路由腳肚子、手臂、頸子暈紅到耳根：「你們要敲詐是不是？」一派委屈。

太保老師一直在阿瘦身邊，這下忍不住扯阿瘦手：「也許眞弄錯了！」

阿瘦倔強地搖頭：「要錯也是她錯了！」她說完牽了中中急反身賭氣而去。全如意這才鬆了口氣，落落大方向擁在四周觀看的人說：「這孩子恐怕瘋了，眞可憐。」

阿瘦家連半張李媽媽清楚的照片也沒有，眷補證上的照片是小張放大的，翻洗過無數次，早就不能看了。另外，雖說阿瘦長得像李媽媽，就因爲有些地方像，更有攀關係的嫌疑——好用這點作文章嘛！

秀蘭旅社我們已經好久不去注意它了。不知道什麼時候它門口種了棵鳳凰樹，掉了一地細黃葉片。那樹說是別處開路剷掉的，秀蘭旅社覺得可惜整棵樹拖來移到門口。那棵樹在不開花的季節光掉細碎葉片，一把一把的掉，彷彿旅館是最經不得老的地方。才沒多久前吧？秀蘭大門新上的漆卻已經剝落，灰撲撲襯出一股黯然。

第二天一整白天我和阿瘦、阿彭、趙慶守在旅社對街沒見幾個人進出，李媽媽——不，全如意則全無動靜。

將近黃昏時分，有一個細白皮膚的男人在街上下了三輪車走進旅社，不多久便見到全如意挽了那人手臂雙雙步出旅社，她一眼看到我們倒不意外，大約她把我們當成了戲迷，她遠遠跟我們揮揮手：「又是你們！」然後優雅地跨上三輪車上戲去了。

阿彭見他們車一走便急忙發表意見：「八成是那人妖給全如意吃了忘魂湯！」我們又拔腳飛快跟上車影。一到後台赫然發現袁伯伯已經坐在後台了。

戲班子回轉來袁媽媽沒上後台看過他們一次，也沒聽她提起過，她大略聽說劇團動靜後眉頭皺得特別深，幾乎是自言自嘆息道：「劇團裡的人一點不懂得節制，恐怕是要出大事了。」趙慶一到後台見袁伯伯在場扭頭便走；袁伯伯正跟從前的舊識起勁聊天說笑，他以往不那麼無聊的，但是自從袁媽媽肚子一天比一天大，他就一天比一天更無聊。他們正在討論生孩子的事，袁伯伯是一提到嬰兒便火大，但是那些女人可不，劇團的元老——阿秀仍像以前，愛這兒靠、那兒站站，她向袁伯伯招手：「那我們也來生個搖錢樹玩玩好不好？」

阿秀當年在秀蘭旅社前向我們招手呼喚害我滑飛輪跌個大疱的記憶還沒褪盡呢，她倒是還保持下來四處招搖的舊習慣。祇是劇團窮大，不比從前了，她們這回來，秀蘭旅社的邊兒都沒沾上住個一天半天。

袁伯伯撲上去做抓她狀，兩人追得滿後台亂跑，袁伯伯故意抓不到她，口裡直嚷：「來啊！來啊！誰怕生孩子？」

他們鬧了半天還不見全如意出現。我們不耐久等伸長了頸子往裡探，袁伯伯喝住我們：「幹嘛你們？鬼頭鬼腦的！」

阿瘦理直氣壯地：「我找我媽！」

袁伯伯表情一愣，足足有三十秒的驚愕：「什麼妳媽？」口氣竟有三分遲疑。

阿瘦跟袁伯伯有宿仇似的，她向來不太愛搭理他。她嘎聲嘎氣回應：「田寶珣就是我媽！

哼！」話裡三分意思是——你會不知道？別裝了。

袁伯伯明顯地全身毛孔閉上了氣，身子一萎，雙手插在口袋裡對阿秀說：「我走了，晚上下了戲請你們吃消夜！老地方見。」

阿秀可不管什麼年頭，還在嬉皮笑臉纏道：「生孩子的事呢？」

袁伯伯以往那脾氣又上來火：「誰跟妳說生孩子？要生孩子趁早別來！」

他以一種無所謂又有三分緊張的架勢經過阿瘦旁邊。

袁伯伯前腳一走，後台生氣頓時萎縮了下來，彷彿把他們的精神也帶走了。仔細看阿秀那張臉也眞不像以前皮膚綳得那麼緊了。使得人也不那麼起勁了，全身都鬆弛了嘛！

我問阿秀：「阿秀！妳眞想結婚生小孩啊？」我們村上沒一個媽媽不抱怨家庭、丈夫、孩子拖垮了她們。

「年紀大了嘛！我都快四十囉！」她面對鏡子化粧。

我大吃一驚：「什麼？」眼睛都凸了：「那妳還有男人要？」

阿秀壓根無所謂：「我們這行的女人任何年齡的男人在我們面前都祇是個男人，沒什麼大小之分的！」

她轉過身向我，我由鏡子看見她的後腦勺，她笑瞇瞇問道：「你認識什麼人沒有？最好明天就可以結婚的。」

我結結巴巴的：「也許——也許小佟先生適合。」一見到阿秀我頭就昏。

阿秀想了想：「上回提議趕我們走的那個？」

後台這下毫不客氣轟笑開來：

「那好！他想起來就會趕妳出門。」

阿秀氣餒了：「謝謝啊！」

繼續掉正了頭化粧。

阿跳罵我：「你亂介紹！有人會殺了你！」

我努力辯駁：「袁伯伯還不是到處幫小佟先生介紹女朋友。」找不到全如意我們祇好撤離後台。

袁伯伯不止一次說小佟先生該成家這話，他到處張揚：「小佟說叫小佟也三十好幾了，哪這麼憋得住的！」他甚至當著小佟先生說，兩人好吵了一頓，我們也不太敢把小佟先生和席阿姨的事告訴他。奇怪，他知道的事往往我們不知道，我們知道的事他又不知道，好像我們是兩個世界的人，袁媽媽更不敢告訴他有關小佟先生和席阿姨的事，她說袁伯伯個性不成熟，最好別讓他知道太多，怕他消化不了亂扯。

小佟先生和席阿姨的事自從那隻會聽口哨聲的野鳥死了之後便陷在原地踏步，其實也是無進度可走。段叔叔似乎打定了主意拖下去，他沒開口說明，但就這意味，席阿姨就討厭他如此不分明的個性，她在這種關係裡整個人慢慢變了——她開始折磨他。段叔叔反正不怕折磨就怕她走，所以她經常故意失踪幾個小時，段叔叔後來明白了，他不去找，光坐在家裡等，坐在暈暗的屋子裡，席阿姨一回家便開燈，將屋裡點得燈火通明，他們家有燈光的時候席阿姨一定在。彷彿因爲她知道自己走不了，便試試自己的耐性。

那天晚上又是上大戲時才見到全如意人影，戲班裡說沒見過學戲那麼通竅的人，也沒見過渾身上下傲成這樣的人，全如意學戲一點就通，誰也攔不住她，但是她除了戲誰都不搭腔，卻是一上了台誰跟她配戲都不吃力，她可能將氣氛調得勻和。她還自創身段，說不出是那一門派，然而並不妨礙欣賞。

那天晚上戲唱到一半班主便先走了，我們親眼看到一輛三輪車來接他，那輛三輪車似乎專屬他私人所有，和一般三輪車不太一樣。整體說來是座小皇宮，裝飾得金碧輝煌而且車篷四周掛滿風鈴，行走起來叮叮噹噹非常之招搖。

趙慶以鄙夷的臉色說道：「自戀狂！」

我們給那輛三輪車取名爲——阿彭車。以分別這輛車和阿彭的種類不同，自戀的程度是相同的。

班主有事要回家鄉，據說是回去賣地。他匆匆忙忙趕一趟全爲了安撫全如意。

這下他走了，也許是因爲生氣還是無聊，總之下了戲以後全如意便和阿秀一塊兒赴袁伯伯消夜的約。

那個消夜說穿了就是吃小攤子，全如意他們到的時候袁伯伯已經喝了有一會兒了，他繼續和阿秀及他熟識的女人打情罵俏，根本眼裡沒見到全如意，孤黃的燈泡高高懸下，鋁片帽子都沒戴；袁伯伯沒見到全如意，沒敬她酒；全如意也當沒這個人，自若地夾花生米一顆顆送到嘴裡，她並不嫌周圍吵。

原本就開始得晚的消夜這樣一拖更晚了，拖得大家都疲憊不堪歪七倒八的，全如意起碼吃下五碟花生米。後來為了振興氣氛，袁伯伯也因為喝得差不多了，他一喝多酒便喜歡找人划拳，阿秀她們祇會划台灣拳，一划輸了就尖叫跺腳，鬧得花枝亂顫的，袁伯伯具備一身喝酒的本事——能喝、鬧得久、擅於划各種拳。

等阿秀她們全划敗了，全如意放下筷子，手伸到袁伯伯面前，優雅地說：「我們划三拳。」她和袁伯伯划大陸拳，拳到一大杯。全如意出拳明快、架勢漂亮，把桌內眼睛都看楞了，頓時，攤子上全靜了下來，終於，袁伯伯三拳皆敗，他又追三拳，拳拳不過三便敗下陣來。

袁伯伯輸了拳先不喝，算總帳一共累積了六大杯，他原本已經喝得差不多了，這下一杯一杯下肚，急酒喝得他滿臉泛青，當喝到最後一杯，全如意雙手高舉酒杯過肩柔聲說道：「我陪你！」然後微笑而乾。

袁伯伯倒不是不領情，而是有了另一種情緒，他滿眼迷離，彷彿隨時會趴在桌上昏醉過去，但是他沒有，青白的臉色使他看上去彷彿更清醒而邪惡。他放下酒杯，旁若無人地一把攬過阿秀說：「走吧！」然後在眾目睽睽下離開。

其他人因為已經喝到失去了意志力的程度，竟停不下來，袁伯伯走後，攤子上依然鬧烘烘，全如意雖然從頭到尾就喝了一杯，不知怎麼，給風一撩，太陽穴蹦咚蹦咚的爆出青筋跳得劇烈，她雙手按緊她的太陽穴一直想吐，她悄悄站起身沒跟任何人講便走了。也沒有人問她就是。

全如意回到秀蘭旅社，袁伯伯正和阿秀在櫃台邊和秀蘭老闆娘敘舊，袁伯伯沒有阿秀那樣興頭，所以當他見到全如意便仔細地上下打量她，他喝得青白的臉色打量全如意時逐漸轉紅，彷彿今天晚上第一次看到她。卻又不知怎麼他喉嚨發緊，試探性問全如意：「妳記不記得我？」

全如意不知怎麼，也許是燈光，她亦是臉皮一紅怯笑道：「很對不起，我是亂划拳，沒想到碰上了。」

袁伯伯向前逼問道：「眞不記得了？」

全如意柔聲且全然不知情：「記得什麼？」

那麼最近的傳聞是眞的了？袁伯伯一臉掩不住的笑意——她對他而言亦如此陌生，使他產生了更多的好奇。

他說：「不記得最好！」說完仰頭大笑，一把拉了阿秀往房間走。阿秀在櫃台磨到這會兒也差不多了，既無法交談，也不聽別人說什麼，袁伯伯幾乎是拖她進的房間。她已經無法溝通了。

全如意斜斜靠在櫃台，袁伯伯進房間許久以後她仍靠在櫃台邊久久未變換姿勢。

第二天雞啼，一大早全如意便出了房門坐在旅社門口正正經經看一分報紙。陽光灑在石子路面，屋簷下暗的地方像光能不夠照到，亮的石子亮的程度彷彿反光的鋼面，會隨著陽光的走向與陰晴做調整，偶爾陽光亦反射到全如意臉頰、額頭或報紙上。她不時改變她閱報的姿勢。報面上是一大塊一大塊閃閃生動的光，彷彿那上面有什麼驚人的大消息，並且順著她的腳踝往上延伸到旅社大門口。這驚人的大消息祇她一個人關心，旅社內外全安靜得不得了，接近死寂。

後來櫃台有了人，坐在櫃台後面尙未清醒，像塊抹布一般邋遢。

全如意就這樣在門口癡坐了一早上，陽光愈來愈強她似乎才明白過來——她要等的人已經走了。

袁伯伯從來不在外過夜的，他就算在外頭好吃好玩到接近天亮時分他也要回到家。全如意渾身由頭至腳漸漸熱起來，又由腳至頭涼上去，像一支體溫表，溫度降到眉心停頓住，眉心一抹沉紅，活像上了某種粧扮好達到一種黯然的效果。

她坐著坐著，覺得眞無聊，離晚班開戲尙早，班主又還沒回來，她突然想去村上走走。她側著臉頰想，這個村子一定哪裡有株大棵玉蘭花樹，她曾經在舞台上停止身段問台下：「誰家的玉蘭花眞香。」一時之間台下笑翻了，爲了這樣突兀的劇情。大家依言全用力嗅了嗅，不得不承認全如意鼻子尖，是有玉蘭花香，我們泡在香味裡遲鈍了。她沒聽進讚美的話，也沒再問下去，好像她已經知道玉蘭花開在那裡。她在舞台上的表現使我們全村人懷疑自己的記憶與腦子，彷彿我們認爲她是李媽媽這想法根本更荒謬。

她由秀蘭旅社往村上走，經過一排排完全相同的房子，如走迷陣。她停在二十三號方家院門外，院裡那棵大玉蘭花這些日子沒了人管，簡直長瘋了，澄綠葉片油亮得像翡翠，每朵花則是白玉。

全如意站在沉寂的巷子，停在最深宮般的方家門外，她在那兒站了許久，小小的臉龐半抬起，彷彿用皮膚在感覺。她微微眼皮半睜，疑惑的神情，彷彿在喚起自己對一件景物最後印象的記憶；她並且以鼻尖湊近花朵。

屋裡傳出方媽媽的商號，聲音平鋪，失去了往日的彈性。

全如意聽到哀號，猶豫半晌，仍決定帶著好奇的神情走進院子，她將額臉貼在紗窗往裡探，因爲光線的關係，她僅僅看見屋內角落有一團東西，沉沉不動，聲音就是從那兒發出來的；突然，那團物體蠕動了下撐起身子，方媽媽腳是軟得下不了床，她完全靠身子轉動來變換視線方向，這會兒，她將視線直直投向全如意站著的地方。

全如意覺得不可思議般笑了，她的臉緊緊貼在紗窗，簡直像紗上的人物畫。方媽媽煞住呻吟，改爲奮聲嘶喚道：「景心！景心！」身子同時醒了過來要下床，但是搬不動，方媽媽一邊用力搬動身子一邊狂喊道：「景心！景心！妳別走！妳等我！」身子黏在床上，聲音飄了出去，魂魄也出來了，光剩下一個空空的軀殼不甘心要跟隨。

似乎全如意一下受不了這份恐怖，身子一軟嚇昏在玉蘭花樹下。撞倒了樹旁的鉛桶。祇聽見哐啷空咚到處響。

於是床上的方媽媽不見了全如意的身影愈發急了，她嘶聲喊出—啊—啊—單調、淒厲的求救信號；全如意撞到水桶那哐噹一聲，是救火車搖著銅鈴來了，方媽媽頓如陷於發狂境地嘶叫不止！並且產生迴震，在巷子裡到處碰撞。

袁媽媽率先衝進方家發現橫躺在地上的全如意，以爲出了命案，緊跟在後頭的是我媽，再後頭是仲媽媽，及稍後經過門外的袁伯伯。

袁媽媽雙手扶起了全如意，不知道這陌生生面孔是誰。劇團重回到村上公演，袁媽媽沒去看過。

我媽則衝進屋內招呼方媽媽，用力拍方媽媽背脊使她安靜下來，方媽媽手指外頭急切切說道：「景心！景心！」

我媽問：「外頭的是景心？」

方媽媽點頭：「景心回來了！」一開口眼淚嘩嘩嘩流了滿臉哽咽地說不下去，光發出單音—

啊──啊──喊著，搬著自己身體。

我媽一個人搬弄不動方媽媽，她跑回院子急於證實昏在樹下的是不是方景心。

全如意在樹下悠悠醒轉過來，我媽看清了那張臉簡直比方媽媽還駭聲道：「李太太！」

全如意躺在袁媽媽懷中，仰起臉，半空中塞滿了臉孔，面具一樣，她茫茫然望著我媽，看一眼袁媽媽，再看一眼仲媽媽，最後看到了袁伯伯。

她問我媽：「妳叫我？」

我媽一見她布滿霧氣的眼睛簡直哀愁得要滲出淚水，自己也胡塗了：「妳還眞像，不過也許我看錯了。」

全如意眼睛轉向仲媽媽，仲媽媽平常什麼話都敢講，這下她倒疑惑了，她不相信也不願意以前的李媽媽會變成今天的全如意，她側過頭低聲徵詢我媽意見：「怎麼可能？我該說什麼？」

袁伯伯大聲打斷這段沒頭沒腦的交談，他異常粗魯地一把拽起地上的全如意：「她是誰她自己會不清楚？」

全如意順勢站直身子，她微皺眉，不知道是因爲袁伯伯的粗魯還是心頭疑惑沒有得到答案，她到同方新村已經不止一次聽到各種稱呼，不過既然聽不到答案，她也認爲並不重要，她很快恢復了正常臉色，她似乎倒比較在乎自己怎麼會在這個院子，她上下打量袁伯伯，豁然開心說道：「我想起你了。原來是你！」

袁伯伯臉色刷地變紅：「怎麼？」

全如意完全無視於四周的女人，豔黃的臉頰因爲興奮而泛開紅潮一路延伸入髮梢裡，她的頭髮彷彿因爲興奮微微向四周張開並且發亮，她眼睛半瞇，專注向袁伯伯一人說：「我是來找你的。」

袁伯伯尷尬地：「找我做什麼？」

全如意小孩般哀求他：「你今天有沒有空？」她完全無視於周遭的眼光：「我們晚上喝酒！」

袁伯伯滿不在乎反問全如意；「你們班主今天不回來？」他沒有回答全如意的問話。

全如意積極反應：「不回來。」

袁伯伯聳肩笑了：「那等他回來再說；他不在我找妳太不夠意思。」

袁媽媽挺個肚子從頭至尾沒開口講過話，她因爲懷孕，臉龐撐開比原來大，也顯得比較開朗、平和，充滿一股穩定的氣質。她聽了袁伯伯和全如意的對話，平和的臉上倒沒有湧上太多表情；看情形，全如意不知道她是誰，於是她親切地問：「妳是不是那裡不舒服？」

全如意搖頭：「裡頭那人叫得我頭疼！活像我是孫悟空戴著緊箍咒，她一唸咒我就頭疼！」她說得他們全笑了，全如意這樣天眞富想像力的大人他們許久未見過了，妙的是全如意有張女人味十足的臉。就像她的出現一般，她渾身散發出的味道同樣令人迷惑。

袁伯伯有意無意挑她：「這是我太太。」

全如意並不受任何話影響而忿，她盯著袁伯伯：「我先回去了，你晚上一定來嘛。」對於自己究竟爲什麼出現在這院子？如何走回秀蘭旅社？她全不放在心上，也似乎沒有記憶。她甚至光記得回頭看袁伯伯一人，屋裡頭方媽媽野獸般的叫聲她半點沒放在心上。

仲媽媽這下倒故做清高狀一點不表示意見由現場走開去，我相信她更喜歡慢慢咀嚼這份祕密。

但是我媽可沒這耐性，她對著袁伯伯老實不客氣盤問：「袁忍中，你跟這女人有什麼瓜葛?!」

袁伯伯收起他邪門的笑，但仍一副不以爲意的態度：「我又不比誰多見她，有什麼瓜葛?!」

我媽追問：「你看她像不像阿瘦她媽？」

袁伯伯這下不太耐煩了：「天底下長得像的人多的是，這哪能來硬的?何況田寶珣什麼時候唱過戲？」

袁媽媽懷孕後無法久站，站久了臉色青白不說，指甲都發紫，這會兒她又站又蹲，早不對勁兒了，我媽發現了，即刻叫袁伯伯扶她回家，全如意的事便不了了之。

我媽是後來才想起袁伯伯對李媽媽名字怎麼記得那麼熟?我們全村也沒幾個人知道李媽媽叫田寶珣，何況袁伯伯向來不太在村上活動。

「也許田寶珣這名字好聽。」我說。

我媽思索什麼故事的前因後果而久久沒反應：「事情不會那麼簡單。」她聲音裡竟有我很少聽見的怕的感覺。

晚上，方伯伯下班後來我們家問早上發生的事，方媽媽在家裡情緒很不穩，非要方伯伯找方姊姊回來。方伯伯告訴她：「景心早死了。」

方媽媽不哭了也不叫了，她肯定說道：「沒有，我說沒有，我氣弱活動小，感覺比較敏銳。」

方伯伯問我媽到底怎麼回事，方媽媽到底看見什麼？

我媽一時說不清楚，老實說方媽媽癱了這麼久，也鬧了這麼久，每一樣狀況都要有答案的話，誰也沒這麼大想像力；但是這次卻不這麼單純，不光因爲方媽媽鬧情緒，這裡面有其他我媽也想不通、也懷疑的事情。

我媽反而沒勁道多敘述，她告訴方伯伯：「方大嫂能動就好，她要說就讓她說，要鬧就讓她鬧，能保持活力就活得下去。」

方伯伯算是接受了我媽這套說法，他一向也不好問，方媽媽和方姊姊兩個女生將他其他性格早磨盡了，聽了我媽的話後，方伯伯便又急急回家照顧方媽媽去了。

不一會，對門傳來方媽媽的哭聲——沒有起伏、沒有情緒；方媽媽早沒力氣控制自己，她一向任由自己癱下去。

方伯伯這回沒跟她吵，由她哭去，一路哭到聲調光剩下重呼吸不肯放棄她的抗議。

那晚，眞是不得安寧，老馬挨家銷完豆腐即轉到我們屋裡，他拉開我媽說：「我有個預感，大小姐一定沒死，她娘感應如此強烈，她死得了？何況誰能證明？誰能用醫學方法證明大小姐死了？」

我媽認爲老馬簡直一廂情願的可笑：「那麼甘蔗園裡兩個抱在一起燒焦的是誰？」

「湊巧死在那兒嘛！他們沒想到起了大火，等燒到他們已經跑不出來了。」

「那女人懷了孕怎麼說？」我媽有點動搖了。

「就是懷了孕才不敢出來啊！怕被抓到啊！說不定還是誰家的太太呢！」老馬一副「這妳都不知道」的表情：「妳想想，大小姐天不怕、地不怕，還會怕大肚子？還會殉情？這樣看不起她太可笑了！」

我媽眉頭快皺成一座小山：「景心也不能一走兩三年啊？何況那對屍首也沒別人認領，會那麼巧?!」

老馬鼻子裡「哼」了聲：「領回去幹嘛？領了不就丟人了？讓別人頂替那不正好？省了多少事？還有人幫忙超渡。」

我媽頭都大了，揮手讓老馬走：「你讓我靜靜！頭都教你吵昏了！」

老馬邊離去邊嘀咕：「就這麼點出息！」對沒爭取到認同不很甘心。

沒多久，球場上的戲唱起來了，全如意照例唱大軸，尚未輪到上場，遠遠聽去，台上唱的角兒及台下的觀衆的喝采都不熱切，予人一份沉重的壓迫感，生出無邊無涯的空洞氣氛。

我媽叫大家吃飯，叫了半天狗蛋窩在角落畫畫沒聽到，畫紙是他要我幫他蒐集了廢紙用線串起來一本，他平常用得很省，一張紙非畫滿了不換。這回他畫了一堆人圍在一張桌子四周，半空中是長了翅膀的胖小子。

我媽問：「這是什麼？」她對狗蛋這麼小便往教堂跑深深不以爲然，尤其狗蛋從來一塊橡皮也沒拿回來過使她不解。誰家小孩不是又拿糖果又領麵粉的，她說她不瞭解解狗蛋的心態，她不是在乎那些物質，是在乎狗蛋的性格。

狗蛋笑瞇瞇回道：「是耶穌的門徒，這是米蓋朗基羅畫的最後的晚餐！」

我媽更火了，什麼洋畫、洋鬼子，「最後」兩個字她尤其聽不順耳：「什麼晚餐？盤子裡光一片小圓餅怎麼吃？，既然是最後一頓，總得給人吃飽啊！」

狗蛋一本正經：「這些餅取之不盡，用之不竭，這是天主的聖體！」

我媽摀住狗蛋的嘴：「你少妖言惑衆，趕快去吃飯。我看我以後每餐發你一片餅算了！」

狗蛋莊嚴地說：「感謝上主！」

我媽說：「不用謝！」不用謝是假的，不耐煩才是眞的。戲班子回來以後她村長當得更累，小佟先生不好意思盡找她解決戲班子的壞風氣，自己簽了報告要陸供部撥經費加強同方新村康樂器材設施，陸供部要我爸提供意見，我爸在會辦意見上簽道——村長乃自治基層幹部，爲村民所選，干我何事？活活給長官撞個大釘子。我尤其對我媽上回召開村民大會覺得不值，那回開村民大會，贈品一領而空，開會時台下八個人，出席率百分之三；散會前，台下倒又擠滿了人，擺明來看熱鬧，換了別人早氣病了，我媽還好，她事後一家家去簽署表決提案，公開做不了的，她認爲私底下做也一樣。她說女人要能軟能硬。

然而這回戲班子的事她完全無法控制不說，要加強康樂設施加強那些設施呢？她想到戲班子搭的野台子，靈機一動建議蓋電影院。娛樂正當又可以當開會場地，她的理論是——反正么么拐高地的人愛看戲。讓大家好好看，坐在一個建築物裡大家鬧不起來吧？野台子明擺著教人別受拘束。

「看死算了！」她咒罵。

我爸說她當村長不應當如此偏激，至少要保持一種「中性」氣質，否則顯得小氣。我媽說要大方就叫陸供部撥經費蓋電影院。我爸又說了：「妳這永遠是意氣用事，蠻不講理，能成什麼大氣候。」

現在戲班子又唱起來，才見過了台下的全如意及袁伯伯不清不楚，她覺得頭更大，一聽那唱腔、鑼鼓點，她就頭痛，有股說不出的毛躁。

她拉住我問：「袁伯伯有沒去找全如意？」

「好像沒有，他找阿秀！」我小心翼翼說，免得我媽聽出我沒事就去看熱鬧。

「他找阿秀做什麼？阿秀年紀不小了、人又談不上漂亮，舞台上也沒什麼魅力，袁忍中看得上？」我媽難以置信。

「他們先喝酒划拳，然後袁伯伯被灌醉了就和阿秀去秀蘭旅社。」我才又多說一點。

「阿秀酒量這麼好？」我爸興趣來了，其實他根本不知道阿秀是誰。

「不是，是全如意會划拳，她讓袁伯伯連乾六杯。」

我媽問我爸：「李太太以前會不會喝酒？」

「沒聽過，老李好像會喝一點。」

我媽自言自語：「全如意把袁忍中灌醉，袁忍中又和阿秀上旅社？這是怎麼算法？」

他們沒有問我全如意是不是李媽媽，他們也不會去問阿瘦，大人根本不認爲小孩的意見是意見。我覺得全如意恐怕就是李媽媽，祇是我不敢說。

一談到戲班子，我媽就想起來又問，這問題她比較喜歡問我：「你們喜不喜司令部幫忙蓋電影院？」

阿跳斷然否決：「蓋房子在裡頭悶死了，我喜歡露天。」

小洗究竟是女孩子，口齒伶俐得很，她衝阿跳：「你野人！成天在外頭野！」我媽是小洗一開口她就打從心底樂，她這會兒又什麼煩惱都沒了，跟著小洗笑罵：「對！全是野人，將來沒房子住，出去就不記得回家。」一面說一面摟著小洗又笑又親。

我爸說父母兒女也有緣的，小洗跟我媽就特別有緣。阿跳說什麼緣，他說這就叫「婆婆媽媽」。

那天晚上，不記得回家的不是我們，是袁伯伯。

一大清早我們打開院門袁媽媽已經等在外頭巷子，她顯然不好意思一大早叫門。她在巷子來回蹀步。

袁媽媽沒有花時間埋怨袁伯伯沒有編排戲班子的不是，她直接問起李媽媽的過去，她問李媽媽以前和袁忍中有沒有過交往。

我媽蹙緊眉頭不知道該怎麼說，我們全村也沒一個人眞正瞭解誰，大家都是走到半途聚在一起，而且來自天南地北，這樣的關係，家常生活你來我往是一定的，這樣算不算交往呢？而且事情和李媽媽有關時，有許多話不太好說，譬如中中的生父之謎，這話一旦講起來，全村男人都有嫌疑，我媽更不能輕率開口了。

我媽沉思片刻才開口：「李太太常常精神恍惚，大家簡直不太注意她，她也不太表示自己的意見和喜怒哀樂，也不太跟人來往，她不持家，沒什麼孩子經，所以根本談不到一塊兒。」

我正在院子裡早讀，忍不住插嘴：「李媽媽成天獨來獨往，她心事才多呢！而且啊——才神秘呢！」

「你胡說八道！」我媽不讓我說話。

「我說實話妳就罵我胡說。」我一腔熱血被水灌熄了。

阿跳這下也坐不住了，他精神亢奮地對我媽說：「他胡說的時候妳又當眞！他說太保老師喜歡阿瘦妳就當眞，太奇怪！」

我媽被我們煩透了：「你們懂？那你們跟袁媽媽談！」

突然我們背後淡淡地傳來一句：「她本是峨嵋一蛇仙。」

是狗蛋站在那兒自言自語，並且煞有其事。

我媽忽地火冒三丈：「奉止三你給我閉嘴！」

她原來就怕死了狗蛋洩露了他胡言亂語的秘密給她惹麻煩；現在她又發現狗蛋對某些早該忘掉的事情的記性特別好，這下她可緊張了，聲音立刻如母雞下蛋般尖銳起來。

狗蛋無辜地立在原地，動也不動，沒有被嚇到，也沒有回嘴的意思，就是有股說不出來的堅持味道——該說的他一定要說。

我她一看他這副委屈模樣，也想到了平常就屬狗蛋最拗也最乖，便清清喉嚨，壓弱了嗓音：「你亂說話會嚇到袁媽媽。」

袁媽媽終究待過劇團後台，大概想起了這句戲詞，臉上又明白又迷惑：「李先生呢？李先生不管嗎？還有李太太這樣一走孩子怎麼辦？」

我們全安靜下來聽我媽怎麼講法，她說：「李家屋裡的事大家一向不太過問，李先生人在外島有假才回來，有時候不一定回來。大家有能力就幫忙照顧一下阿瘦跟中中，現在阿瘦大了，中中都是她在招呼，阿瘦這孩子雖然野了點兒，倒是挺堅強的，有時候李先生都靠她安慰呢！李先生人老實，待在鄉下種田，沒念過什麼書，道理倒講得通，從來不跟人胡攪蠻纏扯不清，所以大家對他和李太太的事並不太清楚，他們是怎麼結的婚，怎麼搬到村上全不瞭解，光看到他們關係不親。」說得非常緩慢謹慎，以致喉嚨發緊。

袁媽媽難以置信：「李太太就這樣丟了孩子走掉了？」

我媽苦笑：「一個女人連丈夫都不認了，丟掉孩子算什麼？她走到那兒還不是寡情寡義的。」

袁媽媽不禁垂頭喪氣，心中疑問全沒得到確切的答案，再問也問不出個所以然來。她對李媽媽毫無印象，對我們村上歷史知道太淺，一定整理不出個頭緒。

我實在不忍心看她什麼也不知道，便低聲告訴她：「阿瘦和中中都不是李伯伯的小孩。」

袁媽媽身子一震，受到驚嚇似的：「中中長得像誰？」聲調裡是又怕知道眞相，又覺察這是個關鍵。

狗蛋坐在小板凳上翻弄他的聖經故事圖片，學我們早讀，他每次做禮拜拿回來幾張，幾次禮拜做下來要然後我幫他裝成一冊，他每天捧在手裡翻看。他此時翻著翻著突然自言自語傳來：「就像個小孩子嘛！你們看不出來的啦！」

沒有阿跳發言的分，阿跳這會兒坐在椅子裡睡著了，還打鼾呢！鼾聲忽大忽小的；笑雨則睜大了眼睛東聽西聽；笑雨一直很喜歡聲音，各式各樣的聲音她都喜歡聽，我媽說因爲她是雨天出生的，而雨中藏著許多聲音。

狗蛋這麼淡淡一句倒點醒了我媽，她說：「對啊！我們從來沒發現中中長得像誰！」怎麼沒有？阿瘦還在那兒盼望中中愈長愈像他眞正的爸爸，好讓中中歸宗呢！

一股孤單的神情又爬到袁媽媽臉上，她跟劇團那段日子臉上經常流露出這抹神色，但是她的孤單不是以前李媽媽的那種無助與茫然，她是因爲在思索事情。

袁媽媽雙手平抹了抹身上衣服，她嫁給袁伯伯以後突然有個以前沒見過的習慣動作——隨時注意抹平身上的衣服。袁伯伯沒事就伸手扯她一把，她則努力地隨時弄整齊。因爲這動作，使她的孤單帶著不安的成分。

袁媽媽的大肚子將布料上的一朵朵茶花撐得怒放全開，不知道得多粗的枝子才支得起如此大的花朵，而且要開多久才開得成這麼大的一朵朵花。

袁媽媽雖有些洩氣仍強打起精神笑笑：「對不起啊！這麼一大清早來打擾，中中的事我不會說出去的。」

我媽有些手足無措：「別這麼客氣！我們知道的不多，沒什麼幫助！」

袁媽媽走了以後，我媽自言自語：「周仰賢當年發生事情前袁忍中同樣晚上不歸家，同樣被我遇見，不會這麼巧吧？」

袁媽媽回家後沒多久肚子開始產生劇痛，瘋大哥飛奔出村門拖了毛醫官到他家，毛醫官一路開玩笑：「袁寶，怎麼人家生孩子都有你在場？平常人不容易碰到這種事噢！女人生孩子男人躲都躲不及，你倒湊得近！你知不知道這會倒楣？」

瘋大哥不解，癡癡等毛醫官告訴他答案。

毛醫官樂了：「我懂你的意思。我是男人可是我也是醫生嘛，沒法子躲，男人看見女人生孩子要倒大楣，不過你不算男人，你祇是個男孩，大概沒關係。」

袁媽媽生產生了一上午才生出來，袁伯伯被人從司令部叫了回家，他一整夜沒回家直接上班去了。他回到家的時候一屋子擠滿了人，他排開人群前腳剛進房間，嬰兒正好呱呱墜地。是個女嬰，而且是個極漂亮極不一樣的嬰兒。毛醫官把她洗乾淨以後，她居然通體發亮。別的小嬰兒都是毛毛皺皺的，她不同，她周身光潔，像灌滿了水的球，渾圓透明；而且一頭黑絨髮，柔軟地護衛著她的臉頰。襯得她臉既白又豔。袁伯伯先給嬰兒取了小名——小白妹。

那天正是二月二龍抬頭，到下午時分小白妹出生後不久果然下了好大一場雨。袁媽媽生產後一直出血不停，毛醫官說小白妹是前置胎盤生下來的，袁媽媽不死也要送掉半條命，現在要保命得打一種針。袁媽媽保住了命卻下不了床，也沒辦法問袁伯伯夜不歸家的原因，而且屋子裡到處進進出出的人，簡直沒法子多講兩句私話；最絕的是袁伯伯怕血腥味兒，根本近不了床，一挨近了就想吐。袁媽媽因為出血，得不停換乾淨墊布，鄰居媽媽們幫忙換墊布，曬洗則完全由趙慶一手包辦，一條條墊布洗得再乾淨也還染了血的顏色，晾在風裡彷彿某種符咒，還隱隱帶了腥味。

那幾天，袁伯伯跑遍了市區某幾家大藥房去找毛醫官開的藥，那種藥又貴又不好找，袁媽媽把做事的積蓄全拿了出來買藥，袁伯伯跑得勤，終究把袁媽媽的命拖了回來。他這才有時間好好端詳小白妹，他喜極之下說：「想不到我袁忍中居然有生女兒的命。」袁伯伯不說我們也知道他向來喜歡女生。他抱緊小白妹決定了袁媽媽和他就生這一個夠了。

很明顯地，袁伯伯、瘋大哥、趙慶三個男生都喜歡小白妹，他們爭著抱她、親她，最後袁伯伯贏了，他禁止趙慶他們碰小白妹，說抱慣了將來不好帶；他抱的時候不算。

趙慶在這場爭奪戰敗下陣來，老大不高興，他冷著一張臉：「那是我媽生的，又不是他生的。」

「你媽生的就屬於你？」

「那當然！」

袁伯伯更妙，他居然說小白妹像老袁媽媽，是老袁媽媽轉世，他私下表示——小白妹長得跟袁寶嬰兒時期一個模樣。關於這點全村沒有一個人可以反駁，因為沒有人見過嬰兒時期的袁寶。袁伯伯給小白妹取了個學名——袁念賢。「念賢」就是懷念周仰賢——老袁媽媽。趙慶差點氣得吐血。袁媽媽反而滿心同意，她認為周仰賢一定有極大的長處才會教袁伯伯長期懷念，她沒見他懷念過任何人、事，她願意小白妹像這樣一位女性。

對袁伯伯這麼一個反常的表現，大家都覺得不可思議，而對袁媽媽能接受這件事更覺得訝異。結論是——競爭的對象如果是死人，敵意不僅會消失，還會讓對方產生莫名的好感；女人祇對丈夫活著的情人仇視、排斥，不管這情人是以前的還是現在的。而死去的情敵一定受了某種咒才死掉。

等事件平靜下來，大家才發現袁伯伯安分了許久，因為他在袁媽媽臨盆前的適時出現，袁媽媽絕口不提他失蹤那晚的事；我媽說這是袁媽媽的修養。她又說，但是女人光有修養是沒有用的，修養好的人往往教人誤以為是冷漠的。她說，女人要帶三分野氣才行，尤其對袁忍中這種男人。

袁伯伯那段時間對小白妹的興頭眞是大得很，小白妹也眞是怪，整天整夜的睡，不哭也不笑，睜開眼睛看到人的神情冷漠得不像嬰兒；小小的嬰兒已經懂得辨識氣味，非要袁家的人抱她，否則她總是陡地由睡眠狀態中一震驚醒來，也不哭，祇是在你懷裡不甘地蠕動，你會覺到她的呼吸越來越急促，身子的重量似乎越來越重，於是任誰都再抱不下，乾脆交出去。大人都說沒見過如此敏感的嬰兒。

小白妹最喜歡聞的氣味是瘋大哥身上的味道。她極能睡，她睡熟的表情彷彿表示——如果可能，她願意永遠睡下去。瘋大哥抱她時她睡得最沉。另外就是中中和趙慶逗她，她笑得最開心。

中中仍不太說話，我們突然記起來他幼兒時期也是走到那兒睡到那兒。他每天不固定時間去找小白妹玩，有時候一天找兩三次。有時候一天一次，每天一定會找去就是。至於時辰則任何時辰都可能，淸晨、正午、深夜；李媽媽留下的洋鐵罐他接收了，他走到那兒必定緊抱住洋鐵罐，裡頭的袁大頭還在，他學會了朝袁大頭邊緣吹一口氣弄出絲嗚縈繞聲響的本事，他吹口氣後將袁大頭放在小白妹耳邊，小白妹總是一聽這聲音便發笑，睡夢中亦如此；然後中中再吹一口氣，小白妹仍笑。他每天都要玩這遊戲。

但是袁伯伯明顯的不願意中中常上他們家，他也不是討厭中中，似乎是有點怕中中，中中一上他們家，他就離開中中所在的地方，到另一個屋子去觀察動靜，並且他會在中中逗小白妹發笑而不斷弄出絲嗚縈繞聲音時發聲阻止中中，他在另一個房間吼道：「夠了！好了！吵死人了！」因爲看不到袁伯伯的臉孔，便覺得這吼聲充滿了不安與煩躁的情緒。尤其他不常在家，這種躲避的行爲愈顯得明顯。

但是如果中中繼續朝袁大頭吹氣，袁伯伯並沒什麼辦法，中中那麼小，不見得聽懂他的話，也不見得會聽他的話。

後來不淸楚是中中把袁伯伯逼得又回到了戲班女人堆裡，還是全如意又找上了他；他先還和戲班女人成群結隊的一起活動，那味道卻透出一股激素，拿來刺激人用的刺激全如意。後來全如意不走正路居然單獨找上袁家。她一大早便踏進袁家包了一個紅包，裡頭是條金鍊子，上面刻了「長命百歲」四個字，她說送給小白妹，她堅持要抱抱小白妹，她還沒伸手，小白妹突地嘶聲大哭，全如意並不在意，仍抱了過去，她抱一個哭聲震天的娃娃卻渾然不覺。還邊由衷誇讚娃娃長得好。那天正好袁媽媽上市場買菜去了，家裡沒人可以阻止全如意的舉動，瘋大哥和趙慶還有中中倒在，不知怎麼，人們全呆在那兒，不由自主被一團氣氛鎭住了，完全不能表示禁止的意思，平常誰要碰小白妹一下都難。

中中一見到全如意快速將臉側開不看她，但是也不走，後來站著站著似乎是想起了阿瘦帶他去找全如意的情景，默默在一旁掉淚。

瘋大哥卻一反常態猛對全如意又笑又靠過去，幫忙哄騙哭著的小白妹，而且表現出的驚喜，彷彿面對一個久未見面的老友。

瘋大哥問全如意：「這個小人漂不漂亮？」

全如意點頭，小白妹越哭越大聲，全如意在哭聲裡逐漸顯出有些心不在焉。迷惘的神色，似乎忘了自己來的目的。

趙慶一見，迅速搶過小白妹，全如意並未堅持。他抱好了小白妹才試探性問道：「我媽快回來了，妳要不要去市場找她。」他不認識跟前這女人是誰。

全如意抬頭忽地望見牆上袁伯伯和袁媽媽的合照，那張照片的確照得很好，袁伯伯及袁媽媽臉上覆著一層光，彷彿幸福的彩色在招人一起跳進去。

全如意靠近照片，專注地望著照片，悠忽的臉龐不知不覺滑下淚水，難以分辨是喜悅抑或痛苦。

全如意掛著淚很快離開了二號袁家，也很快以她一貫不與人交談的姿態穿越過同方新村，我們村上不少人看到她，這消息很快風吹似的傳到袁媽媽耳朵裡，她迅速急步，回到家，連忙先檢視小白妹，小白妹哭累了正熟睡在小床，其他一切沒有不同，但是空氣裡充滿了不安與秘密，整個過程連趙慶都說不清楚，而全如意的確來過這裡並且已經走了，袁媽媽怔忡許久，爲無法捕捉全如意的心態和整件事而露出害怕的神情。

中中在一旁已經恢復了平常樣子，袁媽媽想起什麼問他：「中中，你認不認識全如意？」

中中點頭後堅持要回家，不肯再說任何話。袁媽媽又問了一次：「你以前有沒有看過她？」中中不做任何反應拖著似乎十分疲累的身子走開。

當天晚上，當戲開鑼，台上少了全如意的影子，劇團裡上下都找不到她，袁伯伯很快知道了這個消息。

袁伯伯在家裡頭文風不動，近月來大家注意力全放在小白妹身上，因此並不清楚袁伯伯和全如意在這期間見過面沒有？這天晚上雖然袁伯伯一派無事模樣，屋子裡的氣氛卻透出凝肅、緊張的氣息；後來瘋大哥和趙慶逗小白妹玩，一個抱著小白妹忽高忽低逗她笑，另一個就做出做要抓小白妹的動作。小白妹咯咯笑個不停的結果是吐了一身的奶。

袁伯伯看到這結果，一聲不響抓了根竹條就往瘋大哥和趙慶身上抽；趙慶沒有躲，竹條雨點似的落在他身上，瘋大哥一見苗頭不對，抱了小白妹就往外頭衝，袁伯伯一驚，趙慶也不打了，趕緊跟著追了出去，小白妹以爲是逗她玩，躺在瘋大哥懷裡一路咯咯咯更笑的厲害。

袁伯伯在後面大聲吼瘋大哥：「袁寶！你給我回來！」

瘋大哥不要，聲音發慌：「不要！你會揍我！」

袁伯伯：「把小白妹放下！」

瘋大哥：「她是我的！」

袁伯伯此時不得不耐住性子：「好！你的就你的！你放她下來讓她睡覺！」

瘋大哥一直重複：「你會揍我！」或者：「她是我的！」

他們就這樣一前一後繞著村子跑，後來由袁媽媽反方向迎面攔住瘋大哥，才結束了這場追逐。她張開雙臂篤定而沉靜迎接瘋大哥：「袁寶來，跟媽媽回家。」

瘋大哥邊痛哭流淚邊說：「壞人爸爸！」懷裡緊緊抱住小白妹。腳步被磁鐵吸了過去般走向袁媽媽，袁媽媽雙手圈住瘋大哥、小白妹，三人抱成一團。

袁伯伯一看這場面，毅然掉頭離開了現場。臉上硬是沒有一絲表情，整個人進入迅速冷卻狀態。

袁伯伯沒有往家走，月亮照耀著他孤獨的身子，在地面拖成一具長條影子，死命向前拉長，變了形，而且不知有多麼痛苦。

段叔叔聽見外面喧鬧聲反常地探出身子，看著看著，索性站到門口看戲一般看下去。我們小孩早教大人抓回家去。

袁伯伯經過他面前時，段叔叔不知怎麼，突然衝口說出一句話：「這種人讓她在村上唱戲就罷了，還跟她混！」

袁伯伯當然知道他指的誰，卻是沒什麼心情跟段叔叔糾纏。他連看段叔叔都懶得看，一聲不吭打段叔叔面前經過，平常袁伯伯不反駁個落花流水才怪。

這下段叔叔可出了平日一口怨氣，他發了瘋似大聲向袁伯伯背影吼去：「你實在太不像話了。」袁伯伯不理睬他同樣教他生氣。

袁伯伯仍不理會段叔叔。但是段叔叔這一吼將正和瘋大哥抱成一團的新袁媽媽震醒了，她抱著小白妹追著袁伯伯身影問：「忍中，你去那裡？」

袁伯伯倒是回頭看了新袁媽媽一眼，不看還好，他看她那一眼包含了絕望與煩惱，彷彿在說：妳看妳的孩子加上我的孩子，加上我們的孩子多麼難弄。

新袁媽媽似乎是明白了。她站在原地不再叫喚袁伯伯。她使了好大心力才讓自己叫出袁伯伯的名字，還追問他上那兒去，他卻露出這樣不讓她爭辯的眼光。

凝視袁伯伯煩惱的臉色，她不再出聲，袁伯伯便頭也不回地走遠了。

席阿姨出來叫段叔叔進屋去，段叔叔恐怕被傳染的有些心性失調了，他朝席阿姨冷夷道：「妳管我？」

席阿姨當下十分驚訝，以為自己聽錯了；隨即她確定她並沒聽錯，段叔叔站在原地昂高了臉看她，那表情和瘋大哥的表情十分像，一副——看你怎麼樣的味道。

席阿姨忍不住噗哧笑了：「你有毛病是吧？」

段叔叔狠狠白她一眼：「妳才有毛病？」

席阿姨這下更笑得厲害，段叔叔的表現太不正常了。幾乎形同耍寶。

但是段叔叔可不是兇著玩的，他上前一把箍住席阿姨的手腕硬往院裡拖。

席阿姨停止了笑，嚇得聲音都變了：「你做什麼？」

段叔叔扯大嗓門喊道：「不做什麼！妳是我老婆該做什麼會不知道?!」

席阿姨失聲叫：「段錦成！你放手！」

段叔叔冷笑兩聲，用一種非常誇張的方式，他說：「要我放手？妳別作夢！」

這是段叔叔和席阿姨第一次在鄰居面前起爭執，那種誇張的表演方式特別像演戲，舞台上也不見得比這場精彩。

段叔叔強拖席阿姨進屋子後沒多久便熄了燈，我們不死心仍圍在院子外面偷聽他們在吵什麼。屋內很安靜，彷彿是一頭吃掉他們的怪獸，把人吃以後就飽了，就睡著了。

不久，我們發現我們四週一片漆黑，我們陷在黑暗的中心眼，在全黑之前屋內傳出一陣奇異的搖晃，配合了奇異的聲音，好像一頭怪獸打飽嗝。這個飽嗝引來了各種狗的狂吠及人的尖叫，狗的瘋狂吠聲點醒了我們——原來是地震，房屋裡因為有東西，搖晃得比較明顯，所以我們以為搖晃是從那裡傳出來的。緊接而來的狀況是停電，所以才有整排整排的光亮在一瞬間熄滅，才有整個的黑暗。段叔叔家不過是第一個熄掉燈的。他家一直沒有動靜，也許因爲他們家原本便已黑燈，所以並不奇怪怎麼停電了，但是巷子裡如此吵，他們屋裡如此安靜會聽不見？

就在全然的黑暗當中，那天晚上大大小小的地震沒停過，半個鐘頭一次小地震，一個小時來個大的，大家先還十分驚慌，後半夜，被搖習慣了，也實在睏了，便在不斷的搖晃中全村睡熟了。

前半夜此起彼落的尖叫聲彷彿大家隔著屋頂在高聲交談，後半夜則比平常還沉寂八分，祇有不時的「地震」是活的。而且每家院子堆得小山似的，鍋、碗、衣物啦，箱籠啦，全是些大件頭，大家都打算如果屋子塌了可以跑得快些，保住些身家，小的物品留在屋內到時候搶救還來得及。這些放在外面的東西看上去沒什麼價值，外形更不怎麼好看。

前半夜，每家院子裡躺著到處是身體，都在等待眞把屋子震垮那刻似的分外清醒地躺著，並且在震動與震動之間隔著院子的玉蘭花香聊天，大家慢慢發現地震並不妨礙聊天，於是聊著聊著聲音愈放愈大；後半夜，原本躺在露天院子裡的人一個一個偷偷溜了進屋裡，因爲等了半天也沒見到什麼東西眞垮了，這才靜聲下來。

接近天亮時分，嬰兒啼哭由一家傳一家信號似地連接成一大串，祇聽得大人無論怎麼哄都沒用，哭聲之後突然又起了一陣地震，地震同時，哭聲停頓下來。然後嬰兒一哭就來一陣地震又停了哭聲。也不知道是先有地震嬰兒才哭，還是因爲嬰兒哭地震才來。但是小白妹似乎不管搖得多兇，她始終閉緊眼皮睡得很沉。地震震了半天，我媽也許睡不著，她突然揚聲問我：「依你們私下觀察，全如意到底平常是什麼樣子？」地震夜我媽抱著我們一塊睡她的大床，她拒絕露天睡在院裡，她不想回到以前逃難的日子。

阿跳搶先回答：「阿彭說她熱情如火又冷若冰霜。」

我媽在黑裡伸手要打阿跳，阿跳說：「妳別打我，我讚美人家妳還打我？」

我媽哭笑不得：「什麼讚美？油嘴滑舌的！」

阿跳說：「那也不是我說的。」

我媽指名問我：「奉磊，阿彭為什麼這麼形容全如意？」

我才有機會回答：「因爲她平常誰也不理，一看到袁伯伯眼睛都亮了。」

「你們又看到了？什麼眼睛都亮了？」

「眞的嘛。馬上就熱情如火了嘛！」其實也不是什麼「熱情如火」，這個句子是阿彭從小電影院貼的廣告紙上看來的，他將這個句子用在所有可能的事物上。

全如意見到袁伯伯光笑，用眼梢睞住袁伯伯，一張臉由黃而紅而深紅，硬是越烘越熱似的。

我媽追著問：「那他們有沒有常碰面？」

「不曉得，他們又不會告訴我們小孩。妳想知道去問袁伯伯就行了嘛。」

「我懶得理他！」我媽頓時洩了氣似的。大約是對袁伯伯這種表現覺得失望吧？他和袁媽媽結婚，還是我媽充的大媒呢。

我媽忍不住低聲咒了句：「這個死袁忍中！」

我媽擔心得沒錯，袁伯伯硬是連發生了地震都不回家。

那天晚上把我們都安頓好了以後，我媽就四處去看看有沒有事，她由村頭走到村尾，家家戶戶在那兒邊聊天邊害怕，除了嬰兒的哭聲，並沒有任何損失。

阿瘦和中中及小佟先生擠在小佟先生的院子裡，後來太保老師也趕來了，就跟他們擠一道。阿瘦到現在仍不太愛理太保老師，跟太保老師相處一直十分情緒化，說起話總是衝得很，太保老師一點都不在乎。他說：「她是小孩嘛！」阿瘦一聽更光火，立刻厲聲叫他閉嘴。

小佟先生則愈來愈不愛說話，他不管地震不地震，懶洋洋地蜷在一旁，如果不是因爲阿瘦和中中會害怕，他恐怕仍窩在自家床上。他現在好像對什麼都沒興趣。

段叔叔和席阿姨的爭吵他似乎也聽說了，他同樣表現得懶洋洋，這些日子以來他一向就這樣，對自己的事漠不關心，對別人的事也不關心。

席阿姨和他的交往若有若無，日子久了大家發覺——席阿姨那分若即若離的態度主宰了一切——她接近小佟先生，他們的事就像眞的；她離小佟先生遠些，他們的事就像鬧著玩的。

席阿姨優柔寡斷的個性一再讓她陷入一層困境，而這層困境是大家都看得出來的，因爲感覺上她使他們的關係太不平衡了；無論她跟段叔叔的婚姻或者她對待小佟先生的方式。

然而說來奇怪，她在這層折磨中越久越神采靜美，越散發出一份神秘氣息，教人一見到他便興奮得想去探索什麼。

竹籬笆院子使得地震一點轍也沒，我們的院子及我們的家髮末未損。地震過去之後，根據震情報告，這次地震的震央是么么拐高地，說得好似么么拐高地是塊龍地，地震便是龍翻身。么么拐高地前陣子才颱風連連。

第二天一直到日上三竿我們村子才在地震後的沉寂中慢慢甦醒過來，大家睡醒後都站到巷子口交換心得，大家不得不承認並沒有什麼可震的，經過逃難，大家擁有的細緻東西根本不多，因此毋寧說光有一份情緒上的害怕，大家交換的是害怕的程度。

席阿姨沒有出來，她在地震夜一陣震撼後，被段叔叔綁在床上，我們老不見她露面覺得可疑，往屋內探頭居然看到這麼一幅景象。我們飛快去找小佟先生來救她，因爲沒有人見到段叔叔出門，怕他暗躲在屋裡發了神經等人進屋去好砍人，也因爲別家爸爸都不太願意出面去鬆綁席阿姨，都說和段叔叔同事不好插手，將來見了面尷尬。

小佟先生不像那般衝動了，他不慌不忙走到段家院外，鎮靜地打開了門進去，屋子裡半個人沒有，段叔叔顯然上班去了，光席阿姨靜靜躺在床上等死似的一動不動。

席阿姨看到小佟先生，滿臉尷尬，小佟先生一言不發，待上前鬆綁，正待動手，席阿姨驚叫出聲：「你不要管。」

小佟先生用眼神詢問——爲什麼？

席阿姨急忙解釋：「段錦成說他在屋內動了手腳，誰一碰綁我的繩子就會送掉一條命！」

小佟先生搖頭嘆氣：「妳聽他的！」

他若無其事鬆了綁繩，結果什麼事也沒發生。小佟先生眞不怕死？

席阿姨在這麼尷尬的情況下居然沒哭，她祇臉色黯淡低聲謝了小佟先生，小佟先生說：「沒什麼好謝的！這沒什麼危險。」他並非想找死，他根本不把這件事放在眼裡。

小佟先生問席阿姨：「段錦成呢？」

「上班去了！」

小佟先生又是搖頭，用一種無奈的聲調說：「眞有他的！」他現在不罵人了，知道罵也沒用、打也沒用以後就不罵了。

他平和地望著席阿姨：「怎麼會弄成這樣的？」

席阿姨也一副事不關己的口吻：「他瘋了！」

小佟先生皺眉：「他以前衹是心態不平衡而已啊？」

席阿姨：「可是他現在瘋了！」

小佟先生：「目前爲止似乎還不嚴重；再受刺激下去就眞的要瘋了。」

席阿姨：「你的意思是——」

小佟先生果斷道：「爲了保護妳自己，目前最好少讓他受刺激。」

席阿姨又問了一遍：「你的意思是——」

小佟先生明確的說：「妳暫時別離開他，要不他這下鐵定眞瘋掉！」

席阿姨再也沒想到會是這個結論，小佟先生改變心意了?席阿姨睜大雙眼接不下話，無法置信，又不願意表示自己的意思，更不願意表現自己的痛苦，她唯有苦笑道：「謝謝你。」那一聲「謝謝」，給我一種感覺，好像他們的關係又回到了剛剛認識時。一切都剛起步，還在摸索。彼此客客氣氣的有所保留。

小佟先生似乎也覺得了，他沒有多解釋他爲什麼這麼說，他自己覺得心態表達得已夠淸楚了。

他平靜的表示：「我沒有別的意思，這是做人的基本態度。」

席阿姨：「我懂。」

然後小佟先生在坦然自若步出段家前對席阿姨說：「我暫時不會再來找妳。」其實他原本便很少上門找席阿姨，他祇是有所交代而已，免得席阿姨胡思亂猜。

他們這邊正鬧「疑似分手」，袁媽媽那邊袁伯伯一晚上不見人，趙慶表明不會去找人，瘋大街想管也管不了，袁媽媽要照顧小白妹更是走不開。小白妹地震過後病了，莫名的渾身滾燙，一張小臉燒得猴子屁股似的。溫度越高小白妹反而越乖巧，看到人便冽嘴笑，一反常態。她一點不知道自己病了，正在發燒，滴溜溜一雙大眼睛，看到人便伸手要抱。受寵若驚抱了她的人才知道她溫度有多高，周身小火爐似的。

袁媽媽用溼毛巾幫小白妹做冷敷，毛巾一碰到小白妹皮膚她就鬧，覺得冰似的，扭著、躲著，總之不拿發燒當一回事，她一點不感覺身體不舒服，但是毛醫官說再燒下去要成白癡。是另一個袁寶。

大家在那一刻完全忘了袁伯伯的存在，整片心意放在小白妹身上，三個人裝小丑逗她，另一個人就拿冷毛巾以迅雷不及掩耳的手法擦她臉、身子；一個人扮馬給她騎。背座上是條溼毛巾冰她屁股。

這樣折騰了半天，小白味高燒並沒有退卻，也沒竄高就是。她就像給一種無形的氣氛籠罩住，這氣氛不會傷人，但是會影響人的情緒。小白妹的情緒便是受影響這樣高亢起來的。

怪的是小白妹不吃也不睡，她眼神始終很清醒，沒有露出一點嬰兒的疲態，好像她感應到什麼事將發生，她要在人生的一開始便記憶下來。就這樣折騰了三天三夜，袁媽媽一分鐘也沒休息過，她都快累垮了。而小白妹仍不吃不睡，祇喝一點白糖水。

袁伯伯出門三天三夜沒在任何地方露過臉。袁媽媽抱小白妹抱累了就讓趙慶接手，趙慶哼歌催眠小白妹，希望她睡一下也好。小白妹光笑，就不睡。

趙慶這才不情不願地說：「媽，小白妹是不是要找袁伯伯？」不爲小白妹他才不開這個口承認這樁事實。

袁媽媽略沉思：「也許噢！以前她每天總要見了她爸爸才睡覺。」

「妳去找他嘛！再燒下去小白妹要成白癡了。」

袁媽媽尷尬地：「好啊！」

趙慶大概是看袁媽媽表情不自然，他攬過任務：「妳如果不方便去找，我去找好了。」

袁媽媽一驚醒這才恢復了平日獨立而溫和的模樣說：「沒關係，我去。」

趙慶仍不太放心：「妳上哪裡找？」

袁媽媽苦笑：「他一個活人總不會消失，總會有人看到他。」

袁媽媽講的沒錯，袁伯伯的確沒消失，但是並沒有人看到他，他和全如意兩個人窩在秀蘭旅社整天整夜的不出旅社大門一步，也不知道他們吃什麼、喝什麼，他們逃犯似的躲開人群。戲班子已經有人去通知班主了，班主的債務還沒解決，他現在根本不太管團務了，再說，也不知道通知班主有沒有用，看得出來班主挺怕全如意的。

秀蘭旅社的老闆娘敘述，袁伯伯和全如意先是躲在房裡大多時間沒有一點動靜，祇偶爾傳出他們的笑聲和猜拳聲，後來旅館空氣瀰漫越來越濃的酒味，才明白原來他們在房間喝酒；醉了睡，醒了喝，就這樣喝了三天三夜。他們的安靜和動就是如此形成的，產生這樣的節奏彷彿因為他們既痛苦又快樂；而且快樂得很單純，痛苦也單純——他們快樂就是笑，痛苦就是沉默。他們死待在一個房間裡，表示他們不干別人的事，別人也不干他們的事。

袁媽媽要去找袁伯伯的風聲一放出去，即刻轟動了么么拐高地，么么拐高地不作興找先生，向來信守家就在那兒，走了自然會回來。當年老袁媽怎麼死的？就因為憋著不去找、不吭氣，死了還不叫旁人知道為什麼！么么拐高地祇聽過找老婆的，即便這樣，阿瘦她媽走了，也沒怎麼去找。

阿瘦很快聽見袁媽媽要去找袁伯伯，而且還是上全如意那兒去找，說什麼她也要跟著去。

袁媽媽已經不剩什麼力氣了，她也清楚阿瘦為什麼要跟了去，無論他們之間有什麼糾葛，她現在管不了了，她對阿瘦說：「不管到時候怎麼樣，我是沒心力顧到妳，我也不能替妳做任何見證，妳和全如意的事最好別扯到我身上，我自顧不暇，妳懂嗎？」

阿瘦說：「我懂，我是想他們公然在一塊的機會並不多，而且又喝了酒，也許全如意的意志力會比較薄弱，我想找她問些事情。」她低著頭，可憐兮兮的：「我儘量不扯到袁媽媽。」

袁媽媽和阿瘦便相偕去了，袁媽媽似乎從頭便很怕問阿瘦究竟要問什麼事。

袁媽媽花了少許時間穿上她月牙白旗袍，洗乾淨臉，梳攏好頭髮，臉上抹了層粉，塗了薄薄的口紅，當年那個蹲在球場邊洗菜的俊秀女人又回來了，因為好久不化粧，所以覺得更漂亮。她在打扮的時候小白妹猛然上前伸手搶她的口紅，趙慶沒抱緊，小白妹一跟頭臉朝桌角栽去，桌角因為鬆了，打了釘子進去固定，小白妹就是朝那釘子栽去，趙慶一時手忙腳亂抱起小白妹檢查，小白妹臉上一點外傷也沒，光流鼻血，小白妹也不哭，熱呼呼的臉上全是鼻血，趙慶慌得七手八腳，袁媽媽急忙拿溼毛巾將小白妹臉擦乾淨好觀察傷處。

小白妹也不知道痛，衝著袁媽媽一笑，大家才發覺小白妹右臉頰一笑便陷下一個渦，不笑的時候臉頰平平的，什麼也看不出來。有經驗的人說這是內筋給戳斷了，外頭看不出來，沒外傷就沒關係。說這是後天自然美容。袁媽媽聽了焦急地問小白妹：「痛不痛？」

小白妹沒說話，緊緊抱住趙慶的頸子，衝袁媽媽又是一笑，沒有一點痛的意思，而且後來鼻血也不流了。她這一笑，果然又是一個很奇特的渦，不是圓的，是長的，而且很深，似乎是皮下組織的那根筋戳斷了，所以渦特別深。

袁媽媽又問了句：「痛不痛？」

小白妹根本不懂痛是什麼，光拿眼睛瞄桌角，每瞄一下又迅速移開眼光然後再瞄，似乎有些怕那桌子。趙慶見狀用勁兒打了幾下桌角，每打一下她就笑得咯咯響。

袁媽媽看小白妹雖說沒事了，可是這兩天發生的事實在多而且怪，也不懂是爲什麼。她對阿瘦說：「大概是命吧？」她似乎突然明白阿瘦爲什麼非一再追究全如意是不是她娘，阿瘦不甘心；她嘆口氣，對著阿瘦說：「命運眞是奇奇怪怪的組合。」她相信阿瘦懂她的話。她又加了句：「眞是一種糾纏，由不得我們。」

阿瘦便跟在袁媽媽後面找到秀蘭旅社去了。

她們到的時候秀蘭旅社靜得像座廢城，這兩年市區裡建了好幾間觀光飯店，秀蘭旅社的房間多年來便一直保持原樣，相形之下，愈顯得敗落，幸而秀蘭老闆娘努力維持乾淨，否則又舊又髒，眞不知道誰會來住。就看見秀蘭老闆娘每天這兒擦擦，那兒抹抹的，坐在櫃枱前還不忘手裡拿根雞毛撣子到處撣。

大概是全如意和袁伯伯的事太不尋常了，老闆娘坐在櫃枱前完全忘了撣灰的舉動，就怕漏聽屋裡一點點動靜。

袁媽媽走進旅社時，老闆娘正全副精神放在全如意房間方向，阿瘦站在櫃枱前張口叫她，簡直嚇她一大跳，然後尖著聲音餘悸尙存：「幹什麼?!」等看到了袁媽媽，她才想到——這是來找袁忍中的。

老闆娘本能反應是跳起便往內衝，想去通風報信，但是衝出一步後煞住車覺得不對：她管不了這件事，而且全如意和袁忍中這樣下去遲早會出事，就算不出事，劇團班主回來也一定翻臉，不給房錢就慘了。

於是老闆娘不等袁媽媽啓齒，一口搶下來：「我帶妳們去！」

他們敲門的時候，袁伯伯和全如意醉得睡昏了，敲了很久才應聲，是全如意來開的門，她見到門外一群人卻無半點尷尬神情，也不驚訝!不害怕!她一手扶著門框，睡眼迷濛地問道：「有什麼事？」她都看到袁媽媽了，還在問有什麼事。

袁媽媽不與她計較，淡漠說道：「我找袁忍中！」

全如意一笑：「他在喝酒，大概沒空。」

袁媽媽請開全如意扶在門上的手，仍一派心平氣和，但是聽得出來她的堅持：「我有事要找他。」袁媽媽直接進入房間，其實是直接走到了床邊，房間太小了，就擺了一張床一張茶几、兩把椅子。這間房間已經是秀蘭旅行社最好的一間房間了。

袁伯伯躺在床上，直直地躺著，伸直了身子，顯得身體特別長，彷彿變了形。也特別安靜。

袁媽媽心一跳，上去輕聲喚袁伯伯：「忍中！忍中！」彷彿忌諱袁伯伯是已經死了而全如意仍藏他在身邊，她大聲呼喚若叫不醒就印證了，小聲叫，也許他祇是暫時睡死了，遊魂還喚得回來。

那裡知道袁伯伯一叫就叫醒了，他仍躺在床上，迅速睜開了眼睛，一眼看到了袁媽媽，他又快速閉上了眼睛。

袁伯伯說夢話似的閉著眼睛說；「妳還找我做什麼？」彷彿他的行為已經夠說得清楚了。

袁媽媽雖輕聲，卻不肯下氣，她清清楚楚地表示：「小白妹病了，她要找你，她已經三天沒睡了。」

袁伯伯仍閉著眼睛：「那關我什麼事？妳是怎麼帶孩子的？」

袁媽媽：「小孩都有她的習慣，一時很難改得過來，我怕她再不好好睡一覺，精神跟身邊都會發生問題。」

袁伯伯問：「還有呢？」

袁媽媽不自主苦笑了笑；「沒了！我希望你回家。」

袁伯伯：「妳兒子沒問題？我兒子沒問題？怎麼我在的時候都是問題！加起來問題更大！妳找我做什麼？我解決不了，我不要管了！我想到就煩！要管妳一個人去管！」

「那小白妹呢？她總是我們的孩子！」

袁伯伯如孩子似的仍閉緊雙眼：「算她倒楣！我煩死了！我不管了！我管不了這麼多！」

袁媽媽好耐性地要找癥結：「你不喜歡看見他們？」

「對！」

「就算這樣，你也應該好好解決，在這裡談，算是一回事嗎？」

袁伯伯嘆了口氣：「那你要我怎麼辦？她又不是我找上去的。而且我們結婚時妳已經是成人了，我又沒騙妳，我就是這樣德性，妳不也給過我悶虧吃？妳在彈子房工作，誰都可以吃妳豆腐。我們是一報還一報！」

袁媽媽苦笑道：「算這些老帳沒什麼意思，你這樣一味的逃避不是辦法，我看你先跟我回家，丟人別丟在外面。」

袁伯伯像個小孩耍賴：「不要！我在這裡很快樂，一點煩惱也沒。」

「你非跟我回去不可，否則我就報憲兵隊。」袁媽媽說的內容很嚴肅，然而語氣卻一點兒不慍不火。

全如意自始至終在一旁觀看臉上布著神秘的微笑，無論袁媽媽和袁伯伯說的什麼內容，她都像局外人般浮著一層微笑——既像覺得好玩又彷彿代表一種勝利。聽袁媽媽說到要報憲兵隊時，她索性走到床前，低下微笑的臉龐無聲地俯視著袁伯伯，仍浮著笑，那張臉彷彿在說：「你走得了嗎？」

沒有錯，袁伯伯就像黏在那兒一樣，無法動彈。還是袁媽媽有經驗，一見袁伯伯這情況知道他是宿醉未醒，便上前主動攙扶他起床。袁伯伯宿醉太深了，整個人沉重得攙不動，越攙不動他心情越壞，扭得愈兇；袁媽媽吃奶的力氣都使出來了，大冷天裡居然額角泛出汗珠，不知道有多辛苦似的，袁伯伯睜開眼望住她，那表情依稀想到什麼刺激了神經露出痛苦的神色，突然他哭聲大作，邊哭邊說：「妳看妳，什麼時候也弄得渾身是汗！」在球場邊沉沉靜靜洗菜、看書的仇新眉不見了，袁伯伯恐怕是想到了這個。

袁媽媽這會兒沒說話，似乎她並不在乎現在自己變成什麼樣子，她祇一心一意要攙袁伯伯起床回去，那樣專心，彷彿她絕不輕易放棄她的第二樁婚姻。她從第一天踏進袁家就如此努力。

袁媽媽即使如此費力，也沒有要全如意幫忙的意思，她自始就沒看到全如意，而全如意則一言不發，微笑的表情像眼前一切跟她無關似的，那表情其實近乎冷漠。

當袁媽媽終於將袁伯伯攙下床，在幫他套鞋子當口，阿瘦由門口走近到袁伯伯面前，口角冷冷問道：「中中是誰的孩子？」

袁伯伯眼角猛地一跳，驚異而快速瞅了全如意一眼；全如意仍是那微笑，然而身體卻觸到什麼知覺的按鈕一般不自主顫動了幾下。全如意大約也感覺到了身體本能的不安，當下收起微笑，賭氣般坐回椅內。懶得搭理他們卻又不戰亦不走。

袁伯伯這邊是氣勢愈發頹然，因此急速察覺到該離開。但是阿瘦這邊是打定了主意今天一定要弄個水落石出，於是又疾聲追問道：「中中是誰的孩子？」

袁伯伯火了：「妳問我，我問誰？」他好像一下清醒了過來，連聲音都恢復正常的大聲。

袁媽媽也顯得十分訝異，原來阿瘦堅持要跟來，便是要求證這件事，她一心保護袁伯伯和她的婚姻，如今後悔讓阿瘦跟了來，她對阿瘦說：「妳現在問也問不出個所以然來，妳也看到了，他們根本醉了。」

阿瘦說：「但是他們心裡比誰都明白。」

阿瘦倔強的轉到全如意面前去追問，她背向袁媽媽，從懷裡拿出一張相片，對著全如意展示：「這個人妳認不認得？」

全如意好奇地湊近相片，非常專注地看起相片來，她邊看邊迷惘地喃喃低語道：「眞漂亮，眞是漂亮！」

袁伯伯伸頭亦要湊近去看，阿瘦警覺地將照片收回懷裡：「我爸說不能給別人看。」

阿瘦問全如意：「相片上的人妳知不知道是誰？」

「是誰？」全如意反問，口氣竟帶三分狡猾。

阿瘦兇巴巴且不耐煩：「問妳啊？」

這下又惹到全如意了，她忽地無限委屈臉頰滑下淚，嗚嗚咽咽抽嗒道：「不要這樣好不好。」眞是可憐已極。

阿瘦搖頭不同意不同情：「妳一定知道，用力想想啊！」

「我想不起來嘛！」全如意可憐巴巴地望向袁伯伯。

袁伯伯冷聲向阿瘦說道：「妳這小孩怎麼這樣兇？眼裡還有人沒有？」

阿瘦毫不畏怯回嘴道：「那要像個人才行啊！」

袁伯伯上去就要甩阿瘦耳光，阿瘦仍倔強地站在原地動也不動，袁媽媽一見忙擋住了，她要袁伯伯別跟小孩鬥嘴，至少他還是個長輩，然後她對阿瘦說：「阿瘦，妳總得把事情整個過程告訴我們，我們才好商量啊！妳拿的什麼照片我們也不知道，怎麼幫妳問呢？」

阿瘦固執得很，她說：「我爸說不能告訴別人，他說傳出去不好聽。」

袁媽媽嘆口氣：「那我們沒法管了，妳自己去問吧！」話還沒說完，全如意噗通一聲昏倒地上，沒想到她那麼小的個子，倒摔出那麼大聲。

袁伯伯啞然失笑道：「這人骨頭真重。」他打算彎身抱全如意到床上去，他忘了他自己連路都走不穩，這下袁媽媽不能不管了，就在他們七手八腳又拉又扯時候，班主進來了，也許是趕路的關係，他到了門邊還在喘氣，臉色發青，手指著袁伯伯半天說不出一個字，等袁伯伯他們把全如意抬上床躺好了，班主才逼出一句話：「你們幹什麼?!」

袁伯伯恐怕是真醒了，恢復近七成他盛氣凌人的德性：「你裝龜孫，你就少講話！」他率先走出去，丟下一句話：「你最好仔細照顧她！」說到「她」字時，袁媽媽哀怨的瞅一眼袁伯伯。

阿瘦一看到袁伯伯要走了，全如意那兒班主又來了，三頭對面是不可能了，祇好追著袁伯伯一路問：「你告訴我中中是誰的孩子！」

袁媽媽一路阻止她：「阿瘦——。」

袁伯伯人高馬大，沒幾步就將阿瘦甩得老遠。

阿瘦眼見已經到了同方新村門口，不能再追問了，否則別人會知道的。她站在村門口，目送袁伯伯和袁媽媽走進村子，她駝著背站在那兒，沒有掉下半滴眼淚。直到袁媽媽他們身影完全不見，阿瘦才孤獨地往家走去。

班主雖然被叫了回來，那天晚上全如意仍沒上台，他們兩個留在旅社裡，班主大概是怕全如意追問有關她的來路，所以袁伯伯他們一走，他立刻大打哈欠，大伸懶腰，全如意精神倒比剛才好得多，清亮著一雙眼睛也不知道在想什麼，班主任看了更怕，一疊聲自言自語：「好睏！好睏！累死了，我要大睡一場！」

全如意不知爲什麼，根本沒有想問班主的意思，不也提要去演出的話，她完全不問的態度，又好像根本了然於心，所以不必問了。尤其她眼梢的笑意，明明她剛剛才在哭，讓人更覺得高深莫測。

這下輪到班主緊張了，他忘了全如意一向情緒便不穩，連在台上都不穩。而且，他向來管不住她，祇負責哄她的。

突然，班主大聲都：「那男人是誰？」他要把她這份「不穩」嚇退似的。

全如意笑瞇瞇，就好像沒發生過任何事般嬌聲道：「什麼男人？」

班主仍讓自己聲音很大：「就剛才那個啊！」

「我怎麼不記得了？」很無辜的表情。

班主被全如意逗笑了：「人家老婆孩子都找來了，妳看妳好像不干妳的事一樣！」

「那才不是他小孩呢！」一副很肯定的語氣。

班主又緊張了：「那是誰的小孩。」他記起了，阿瘦來認過娘的。

「我那兒知道！」全如意恢復了事不關己的神情。

班主大概明白再問也問不出事情眞相，他也不想知道，當下決定不予追究，他似乎對戲班撐得下去撐不下去毫不關心，人家都說他爸看他看得很緊，所以他老是拿不到地契，不知怎麼，他後來也不急了，戲班裡的人說他又看上別的女人了，而且他那輛豪華三輪車好久沒放回秀蘭旅社載全如意，但是全如意不拿這事經心，而且班主不又趕了回來，班主仍在乎全如意的，彷彿全如意越不經心，他越覺得她可貴似的。

全如意被班主這麼三下兩下一盤問，好精神頓時渙散了，她無精打采地問班主：「你回來有事？」

班主更覺得滑稽：「妳說呢？」

「我好無聊，戲也不想唱了。」全如意岔開了話。

「為什麼？」

「都沒什麼人聽嘛！」

「別的地方更少人；而且，妳不唱戲能幹什麼？」

全如意嫣然一笑：「嫁人啊！人家都有家，都有丈夫。」

班主壓不住自己的好奇，顯得就像探人隱私般聲調：「嫁給誰？」

「你管！不告訴你！」全如意又是打迷糊仗。

班主生氣了：「那妳告訴別人吧！」他拉開門便走了出去，全如意也不叫他，以前，她相對也逗他高興的。

全如意一直等他走到櫃台，望得見外頭墨黑的夜和聽見呼呼的野風及狗吠，才在他背後說，那飄忽的音調不知道是說給誰聽：「前幾天這裡地震，好強烈的地震，人家說地震是接二連三來的，地震來之前，狗最先感應到，狗叫得越兇，地震越大。」

班主當然是折回房間了，全如意一向懂得他最膽小了，甚至認爲他如果結婚是因爲不敢一個人睡；尤其他喜歡女性化的女人，是因爲安全感。

全如意倚在門柱，側過眼睛瞟他，等他走近了，她一言不發兩手圈住他身子，用非常熱切又低沉的嗓子說道：「我好久沒看到你，你說要怎麼辦？」

「妳先說妳要嫁給誰？」

「我忘了嘛！我幹嘛要嫁人，我喜歡唱戲！到處唱，你不懂，我每回到新的地方，整個人都是熱的！」

班主加把勁兒抱起全如意：「現在呢？熱不熱？」

全如意一聽到「熱」這個字便咯咯直笑個不停。老闆娘一提起這事就說：「簡直像演戲。」而且「班主是用鞋後跟一踢關的門」。

全如意他們這邊又逗又笑的就他們倆的天地，袁伯伯回到家可沒這份清靜。大家都知道袁媽媽找他去了，加上那天晚上沒有全如意的戲，所以我們那兩排房子全沒去看戲，大亮著燈火等袁伯伯回來，大家都確定袁伯伯一定回來；袁媽媽這個臉都丟了，他當然得回來。

袁伯伯一走進巷子，發現了這麼回事，便也老實不客氣高聲呼道：「我回來啦！有沒有人放鞭炮啊！」

段叔叔首先發難：「你誰啊你！」他由門縫倒出一盆水：「你洗洗塵吧！」段叔叔現在神經時緊時鬆的。

袁伯伯倒瞭解段叔叔這毛病，便說：「你老婆比你好多了！」

段叔叔尚未再回罵已被席阿姨往屋裡拖，他仍趁空檔拋出了一句：「你兩個老婆都比你好得多！」

「那我比你幸福得多！」袁伯伯呵呵大樂，毫不在乎。

我媽見他們說得實在不像話，便打岔想岔開他們對彼此的注意力：「袁忍中，地震沒震垮同方新村，你回來還找得到家不錯嘛！」

袁伯伯對我媽倒有幾分顧忌，他若無其事地：「我不是回來了嗎？」

「沒拿八人大轎抬你還曉得回來？」我媽也知道態度不能太硬，逼得太緊，袁伯伯會翻的，便切入正題：「你酒醒了吧？」

袁伯伯一路走倒眞的一路酒醒過來，祇是浸泡了好多天的酒味一時還驅不掉，他反正不在乎。他知道我媽的意思，不是罵他酒味重，是怕他發酒瘋，便賣乖道：「我回家不會鬧的。」又嘿嘿兩聲：「不好意思嘛！」

他說完一抬頭，發現原本大亮的兩排燈光，段叔叔被拖進屋後，倏地剩不下幾盞，這會兒又熄了幾盞，他不禁搖頭失笑：「沒戲看了嘛！」

但是他跨進家門看到小白妹的「酒窩」後，老大不高興地高聲痛罵好一頓，也不知道他罵誰，反正他們家除了他的聲音，一點其他的聲音沒有。小白妹的燒瞬時退了下去，有人說小白妹朝桌角那一觔斗，流了血等於放了熱。最後小白妹終於要睡了，睡前鬧覺的哭聲才使得袁伯伯安靜下來。恐怕是怕吵到小白妹，袁伯伯眞的一夜沒再罵囂。人家都不說了，他還有什麼好說呢？

我媽說：「仇新眉這回去找他以後有罪受了，夫妻就這樣，誰先低頭誰就被吃定！袁忍中有什麼好怕的?!該他怕仇新眉才對啊!弄個傻兒子給人家帶還兇!應該仇新眉罵他一頓,好發一頓脾氣才對!她對小冼說;「妳將來長大嫁人一點氣都不要受,受了氣就回來!」

我爸說:「在家陪妳最好囉!怎麼這樣的說話呢!」

「噢!我們疼她那麼大,養來給別人罵啊!」

弄到最後,反而我爸跟我媽在一排屋子這頭辯了開來。我爸是不開口則已,一開口非要見眞章。他們爲了小冼的婚姻越辯得晚,窗外天色越見黑藍,整片天像一顆發光的藍寶石,乾冷而晴。我發現這個冬天么么拐高地反常地少雨,不像以前,雨水好像么么拐高地的盲腸,這個冬天的少雨,使得任何事都少了徵兆似的。

我爸媽他們越說聲音越渙散,沒了力氣,大約意識到爲這麼遙遠的事情爭辯未免無聊,尤其阿跳在一旁比他們還起勁,又笑又叫,還帶文武場幫腔,忙得簡直像株牆頭草。等我媽他們停住爭辯,阿跳尙煞不住車,自己在那兒興奮得很。

我媽一見阿跳忙成這樣,再爭不下去了,不禁失笑道;「乾脆送你到剛果去跟那些野人一起跳去!」

狗蛋則早就趴在一旁睡沉了,鼻子發出均勻平靜的呼吸,他對周圍發生過的、沒發生過的一切沒有意見;阿跳不甘單獨被取笑,立刻機警地指向溫厚縮成小狗般的狗蛋:「把他送去和尙廟讓他每天打坐。」

我媽最討厭人家說狗蛋是和尙命,頓時臉一垮:「睡覺!睡覺!不許講話。」隨手用力一按把燈熄了。

阿跳看沒戲唱了，祇好乖乖躺在黑暗中，躺了片刻，終於忍不住揚聲問我媽：「當和尚有什麼不好?!」

我媽在牆那頭說：「睡覺。睡覺！不許講話。」

阿跳換了花招：「人家要尿尿。」

我媽累了一天，頭一沾枕不多久睡著了，阿跳半天沒聽到准他下床的指令，其實他自己也累了，沒一會兒也就睡著了，但是並沒忘記要尿尿的事，也沒忘記臨睡前報備要尿尿的話，所以那天晚上他地尿尿了。他早上被尿溼弄醒後還覺得好可惜，沒有拿來澆菜，尿水還沒全乾呢！恐怕是天亮前才尿的，早點醒就好了。我媽不那麼想，她最恨冬天洗床單，所以她揍了阿跳一頓。

第二天全如意跟著班主回鄉下去了。她這次非要跟去，說想換換環境。班主急著回鄉下，也就答應了。

袁伯伯這邊則如一個逃家的小孩被抓了回來，家人都避免說重話，免得又激跑了，大家索性不再提這事。越嚴重越不能提。趙慶成天蹙著眉頭，彷彿看什麼事都不順眼。

倒是袁媽媽一直記得阿瘦和全如意及袁伯伯那些扯不清的結。她找去了阿瘦家。

袁媽媽頂著太陽順著門牌走到八十九號李家，這段路她走來似特別遠，她從不串門子，不熟悉門路，中中蹲在門口玩泥巴小人，中中以水和泥捏了好多小人躺誰地上，邊捏口中邊唸唸有詞。對袁媽媽出現在他們家門前一點不覺得突然。

「中中，阿瘦在不在？」袁媽媽問。

還不等中中回答，阿瘦已經聞聲衝了出來，她以爲她知道袁媽媽找來的意思，反應過度嚷道：「大人欺負小孩！」

袁媽媽倒不興一絲火氣，仍微微笑道：「阿瘦，妳昨天拿的照片給我看看好不好？」

阿瘦更大聲了：「不要！我爸說誰也不准看。」

袁媽媽：「那妳應該叫妳父親回來一趟，妳一個小孩子哪做得了主？」

「不要，我爸回來祇會生氣！我寧願他不知道！」阿瘦簡直一路用吼的。

「生氣是誰都會生氣的，可是這麼重要的事妳爸應該出面，我猜妳根本沒告訴他。」

「嗯！」阿瘦簡短反應，就像她不屑多談這事：「我相信我的判斷力，不管別人相信不相信。」她終於小聲下來。

「妳相信什麼？」袁媽媽若無其事問了句。

「相信全如意就是我媽，我有照片爲證。」阿瘦以爲不給別人看照片就其他都可以說。

袁媽媽淡然一笑：「阿瘦，全如意是不是妳母親我並不關心，我是想請妳父親回來把全如意的身分給確定，否則我們家也要完了，這些妳也看到的。」

阿瘦急切回道：「那是袁伯伯自己一直喜歡這樣，也不完全是全如意的關係。」阿瘦有意無意間把話引導爲——他們現在談的是全如意究竟是不是她媽。

袁媽媽：「妳說得對，可是我一定要維持這個家的完整，我沒有辦法才這麼做，否則妳還是一個小孩，按說我不該找妳的，也不該跟妳說那麼多。」袁媽媽說話的語氣一直非常溫和而且不慌不忙。

阿瘦突然被催眠似的，著迷地望著袁媽媽：「我去拿照片給妳看。」

袁媽媽倒沒露出過分的喜悅，她仍不慌不忙地：「好啊！」跟著阿瘦進了屋。袁媽媽從來沒到過阿瘦家，一進屋子便打了個哆嗦，她沒料到屋裡那麼冷，而且東西那麼少。好像阿瘦他們當初把自己當家具搬了進來，沒有一點人氣。

袁媽媽不禁打從心底好奇問道：「你們屋裡一向這麼冷？」她皺了皺眉頭：「冷得人都沒精神了。」

阿瘦恐怕並不覺得，她用力嗅了嗅，吸進一鼻子冷空氣，才不得不承認：「是有點冷。」

那張照片不知道是誰放大的，像張獎狀一般大。這張照片對當事人一定有相當重大的意義，否則不會將它放大了。因爲面積大，便覺得無限泛黃，然而保存得很好，一塊摺角都沒有。

袁媽媽將照片對著光仔細端詳，照片上是十幾個人的合影，有男有女，大家都很年輕，或許因爲不常拍照，每個人的臉面是緊張的，神情說不上嚴肅，就是正經的望著同一個方向，提防有什麼意外似的偵察著某個定點。

十幾人當中明顯的有李媽媽及李伯伯。李媽媽容長的臉蛋、即使在以前年輕的時候在黑白相片中也看得出膚色湝黃，因此比旁人感光，襯得她的五官突出且亮。卻祇有她皺著眉頭彷彿在嘲笑這個世界。

李伯伯的臉和現在差不多，他似乎一直這麼老、這麼舊，比現在稍乾淨些就是，他的老氣完全因爲憨厚。他站在李媽媽旁邊，那份憨氣因而帶了些單純的喜孜——因爲可以站在她旁邊。很奇怪，那時候的拍照技術把這些都照進去了。相片中人穿的衣服非灰即藍，少得不能再少的顏色，愈襯出這些人的複雜。尤其一排十幾個人把背景擋死了，看不出那是什麼地方，祇有天上大塊的空，還有雲朵仍在滾動般，滾出一份不穩定的色調。沒有顏色、沒有背景，光剩下一群年輕的男女，臉上是緊張的，因爲沒有以前。那彷彿是一個詭異的世界。使人覺得年輕生命本身的恐怖——還得活那麼長，那麼黯淡，而偏又不知道以後。

袁媽媽知道阿瘦爲什麼拿照片逼全如意看了，阿瘦帶在身上的那張一定是這張的全樣。袁媽媽在放大的照片中一眼認出了李媽媽和李伯伯。

「她們是有些地方滿像的。」袁媽媽說的是全如意和李媽媽之間。

「原來還沒這麼像，這兩年她變年輕了反而更像了。」阿瘦說。

「那麼妳確定她們是同一個人了？」

阿瘦臉色一黯，聲音低啞：「我不確定。」她望著仍在和泥做小人的中中：「我想到用刺激的方法震醒她，不知道有沒有用。」

「那中中又是怎麼回事？」

阿瘦忽地不耐起來：「這就不關你們的事。」她自言自語道：「全如意跟班主走了，不知道什麼時候回來。」

袁媽媽恢復了她的溫靜，她一派沉著對阿瘦說：「妳還是請妳爸爸回來比較好，否則這一輩子沒完沒了會很討厭。」她不再追問中中的事，她就這樣突然停止了她的問題，彷彿她已經了然於心，全都明白了，這下倒教阿瘦不安了：「袁伯伯呢？他在不在家？」

袁媽媽微笑道：「去上班了，有事嗎？」

阿瘦：「沒有。」好似她原本就隨便問問罷了，卻又有些欲言又止。

袁媽媽要阿瘦收好照片，讓她別再給別人看，她說：「妳爸既然這樣吩咐了，一定有他的道理，我不會對別人說的。」

袁媽媽再三要求阿瘦請李伯伯回來一趟，才結束了這次談話。中中在門外早將泥小人排在陰涼處打算風乾，他做什麼事都乾乾淨淨的，並且擺出要跟袁媽媽回家看小白妹的姿態。

袁媽媽稍猶豫了下對中中說：「小白妹還沒完全好，過兩天再去找她玩好不好？」她不要中中被袁爸爸看到，中中去他們家袁伯伯老不高興，彷彿他帶了什麼記憶去。

中中不吭聲自行往袁家走去，阿瘦怎麼叫都叫不回去。袁媽媽緩緩跟在後頭，倒像中中在帶路。

袁媽媽在後頭問：「中中你今年幾歲？」

中中說：「不知道。」聲調含糊而快。

袁媽媽問：「中中是那裡人？」中中搖頭，索性不開口。

袁媽媽意識到了中中似乎除了人的本能，這年歲該有的常識都沒有，爲了怕嚇到中中，袁媽媽柔聲問道並且上前牽住中中的手：「姊姊沒告訴你？」

中中手被牽住時，明顯地倏然一驚，比同年齡小孩更敏感。他生硬地將手抽回，冷冷地說：「姊姊也不知道。」

袁媽媽自言自語：「怎麼可能。」她深深注視中中：「這樣長大多危險。」

中中突然說：「媽媽以前好愛哭。」一臉確定的表情，表示他記得清楚：「常常哭噢！」

「有人罵她？」袁媽媽小心問道，深怕刺到什麼不好的記憶似的。她臉上的表情恐怕想知道的是——「有人打她？」

中中仍一本正經：「沒有，是她自己愛哭。」中中突然笑了：「她哭起來好像貓叫。吵得我都睡不著。」

袁媽媽管不住自己面對著是個小孩，急急問道：「還有呢？你爸爸不管？」

中中不耐煩了：「爸爸也哭，還跪在地上給媽媽叩頭。」

袁媽媽呆了：「爲什麼？」

中中說：「因爲媽媽不聽話老往外跑，連生小孩都不待在家裡。他們說我是在田裡生的。」

「噢？你怎麼知道？」

「瘋大哥告訴我的，他看見的。」中中問：「妳看到沒有？」

袁媽媽迷糊了，中中越扯故事越豐富，而且她跟著中中的話走居然走不回原來的話題。袁媽媽無可奈何搖頭自語：「如果全如意眞是他們的媽，在這點上他們倒眞是像。」

袁媽媽站住回到原話題；「中中你現在先不去我家好不好？」

中中堅決搖頭否定，不言不語的仍自行往袁家走去。我媽媽正好站在門口聽見了，好奇地望著袁媽媽——那有跟小孩這樣說話的？

袁媽媽尷尬笑了笑，無法解釋也不想解釋，光跟我媽點頭打了下招呼；「奉太太！」便越過我媽繼續跟在中中後頭。完全當年李媽媽在黑夜跟在袁伯伯後頭情況。中中繼續走她繼續跟；被前面背影黏住一般，中了那背影的蠱。

中中去袁家找小白妹，阿瘦一個人在家裡越想越不對，便跑去學校想找太保老師商量找李伯伯回來的事，她倒沒想到中中上袁家會有什麼困擾。太保老師不在學校，說他被家裡叫回去相親去了。

家裡太冷清，阿瘦不想回去，便坐在學校大門口的石階上等，心想他晚上總得回學校吧？那裡知道太保老師老家並不近，一直等到天全黑了還不見人，阿瘦祇覺得等了好久了，越坐越冷，便回家了。

她回到家，當然她家裡也是暗的，隔壁小佟先生屋裡雖然亮著，卻冷冷清清的，她突然不想回家，她繞到小佟先生門口：「小佟先生。」

小佟先生在屋裡什麼也不做，靠在床上發呆，也不理阿瘦。裹著他的軍用大衣，腳伸得長長的，變了形似的。

阿瘦推門進去，發現小佟先生屋裡亂七八糟的，平常他最愛乾淨了，什麼都收拾得整整齊齊。

阿瘦問他；「小佟先生，你怎麼了？」

小佟先生無精打彩的；「沒什麼？就是人不太對勁。」

「你病啦？」

小佟先生苦笑道；「好像是，心絞痛。」

阿瘦：「那你去看毛醫官沒？」

小佟先生：「沒有，這是老毛病，心律不整。」他將大衣裹得更緊；「隨時會死。」開玩笑似的。

阿瘦明白了：「怪不得你日子過得跟別人不一樣！你總是比別人過得自在點，你想反正隨時會死對不對。」

小佟先生近乎自問自答：「這病許久沒犯了，我一直以爲好了。」

「是不是你這會兒心裡不舒服？」

小佟先生嘆口氣：「恐怕是。」

阿瘦同時想起自己在冷風裡等了好半天的事，便也不太痛快嘟囔道：「我就沒有看過幾個心情舒服的。」

「受了氣啦？」

「也不是！我剛才去找田次恆，想問他要不要找爸爸回來認全如意，他一直都知道這件事，也最熱心，要找他又不在，害我等了半天。」

「妳好歹叫人家一聲田老師啊！」

阿瘦說：「爲什麼？他又沒規定。」

小佟先生岔開話，他知道阿瘦在這事上莫名得固執，他問道：「等到沒有？」

阿瘦一撇嘴：「沒有。說回去相親了。莫名其妙。」

小佟先生啞然失笑：「你們現在小孩眞是早熟，人家相親也是應該的啊！他也不小了。」

「那你呢？躺在這裡心都快不跳了也不敢去找席阿姨。」

「是啊，我沒膽子。」小佟先生聲音怪怪的。好像忍什麼劇痛正憋著。還將頭撇過一邊不教阿瘦看到他臉上的表情。

他深深呼一口氣：「我眞想吃豬肝湯，以前我在家時我媽常煮豬肝湯給我喝。」說得像遺言一般。

阿瘦才不管他要吃什麼豬肝湯，她已經發現不太對勁，不再囉嗦拔腿便跑，往八號去找席阿姨來。那天正巧段叔叔出差去了。

等阿瘦帶回席阿姨，小佟先生已經昏死過去了。席阿姨乍然見到這發生，倒十分鎭靜，她叫阿瘦立刻找我爸去調救護車，自己留在現場然後儘量保持小佟先生原姿勢。

救護車穿過巷道一路「喔㗎」而來，所發出的聲音比救火車還傳得遠還急促，停在九十號門口，下來幾個救護兵七手八腳將小佟先生運上車後問：「誰跟去醫院？」

席阿姨毫不遲疑：「我！」事實上她不去還眞沒人去。大家都在忙，阿瘦又小，如果需要動手術，阿瘦連簽字的資格都不夠。倘若大家都不去，就祇有報請陸供部派看護兵了。其實席阿姨去並不合適，大家祇好不鼓勵也不阻攔讓她先上了車以後再說。

車子走遠以後，大家這才七嘴八舌談論起來。仲媽媽假聲假氣調侃道：「這是種什麼病啊？」大冷天裡她也興奮成一身是汗。她發現新大陸地：「難不成是相思病？這下好了！」

「好什麼？」戲班子人也跟著來湊熱鬧故意問道。挺愛跟袁伯伯打鬧的阿秀也混在裡頭，手上夾了根香菸，她不去吸香菸，任由它在那兒冒煙。

「這不是有人陪了去嗎？」仲媽媽臉又漲紅了。

「叫得跟母雞一樣難聽！」阿秀瞟仲媽媽一眼。

「妳說什麼？」

阿秀若無其事，嘴角似笑非笑：「說妳不懂做人啦！怎樣？」

實在是因爲仲媽媽嘴壞，鄰居們不罵她也不願意幫她，加上阿秀是外人，兩人一下僵住了，仲媽媽大聲要阿彭去找棍子來，顯示她有兒子，仲伯伯在暗地後頭扯她衣服，還不敢扯得太大力：「回去吧！這算什麼？」

仲媽媽那會不知道如果眞打起來她一則打不過台上全能小生阿秀，二則是她不對，阿彭又老沒拿棍子來，便順勢由著仲伯伯牽了她衣角回家，仲伯伯沒料到仲媽媽這樣容易說服，還細細瑣瑣去扯仲媽媽，弄得仲媽媽後退時差點絆倒他。大夥兒趁機一鬨而散。

阿秀他們見沒什麼熱鬧好瞧的了，便抓住阿瘦問：「袁忍中在不在家。」

阿瘦板著臉說：「不知道。」她想到什麼反問：「全如意在不在？」

阿秀並不與她的寡淡計較：「她不在，跟班主回鄉下去了。」說完便自行往袁家走去。

阿瘦大聲叫住阿秀：「妳找袁伯伯做什麼？」

阿秀四兩撥千斤：「不做什麼！要他給我介紹個男人結婚。」邊笑邊走遠了。

阿瘦：「這是怎麼回事？大家都想相親。」她突然想起太保老師還沒回來呢？也不知道相的是什麼親。

我爸在進屋後對我媽說：「么么拐高地風氣越來越壞，沒幾個正常人。我看如果有機會我們得離開這裡。」

我媽白我爸一眼：「你有神經病！東挑西剔考慮，當心變成段錦成第二。男人家哪來這麼潔癖的！」

我爸沒再吭氣，但是相信我媽也看得出他不是說說玩的。我們家平常看起來是我媽做主，真有事我爸不點頭我媽一點不敢動。

席阿姨那天晚上留在醫院沒回來，她家裡的燈光白了一夜，天亮後燈泡的光被自然光吃掉了，燈的光溶在白晝的光裡卻像天光裡灑了銀粉，透出異樣的亮。後來不知道被誰將燈熄了，留下單純的天日，安靜了下來。小佟先生屋裡的燈是阿瘦扭熄的，她說小佟先生不知道多少沒開伙了，屋裡連開水都沒了。祇有碗罩裡擱著幾個饅頭。她說小佟先生病了好多天，一直在那兒強自忍痛。

阿秀那晚究竟有沒有去找袁伯伯我不知道，袁媽媽也沒提，她彷彿任何事最好全搗著。阿秀也不是那種死纏的人，所以阿秀的事並不是最重要的，她不是纏住袁伯伯的人，她說了好幾次要離開戲班子嫁人，一次也沒成，我媽說她那年紀祇適合給人做小老婆，她那份職業最好挑個在台灣沒親沒故的老兵嫁。

不管有沒有去找，袁伯伯那天並沒出去，早早便上了床，他說他在外頭流浪那麼幾天，實在也累了。袁家早早便熄了燈。袁伯伯是不管左鄰右舍任何閒事的，袁媽媽管得更少，瘋大哥沒能力管，趙慶根本漠不關心，所以小佟先生送醫院時，外頭鬧烘烘，袁家一點動靜沒有。

有人說阿秀在外頭繞了會兒，確定裡頭不會有人出來了，她不像以前李巧會在門外叫人，像一隻貓叫，她如今年紀大了，丟不起這臉皮。所以她在外頭靜觀站了會便走了。袁伯伯曾說要給她介紹男朋友，她對這話向來微笑置之，其實也就是默認了。她一直默默在等，希望這事成真，可是袁伯伯忙他自己都來不及，阿秀也就無從責怪袁伯伯。加上他們平常玩笑慣了，她開不了這個口祇好走開。全如意一不上戲，戲班子運作便少了什麼似的，顯得冷冷落落的。阿秀這節骨眼想到找袁伯伯一定是感觸不少，否則事件亂成一團，根本不合適談任何事，尤其她又認得袁媽媽。

阿秀倒彎去找了阿瘦，阿瘦正在給中中洗屁股，看見阿秀先很意外，緊接滿腦門氣，她舉凡遇見和袁伯伯有點關係的人臉色一定不好，她說這股怨氣是天生的。阿秀大概也聽說了，並不在意。

阿秀灑然笑道：「小姊姊眞能幹。」

阿瘦垮著張臉：「妳不去唱戲，來我家做什麼？」

阿秀：「不做什麼，看看妳啊！吃晚飯沒有？」

阿瘦一門板擋回去：「吃什麼飯！」

中中一旁幫腔：「吃了麵條！」

阿秀樂了：「吃了幾根？」

中中：「三碗！又不是吃香蕉，什麼幾根！笨蛋！」

阿瘦仍不放心，盯著阿秀問：「妳從不上我們家的，妳到底來做什麼？」

阿秀若無其事，顧左右而言他：「你們家怎麼一個大人都沒有？你爸呢？」李媽媽的事是大家都知道的。

阿瘦：「要妳管！我們家沒有大人！你們家有小孩啊？妳應該多管管妳自己。」

阿秀：「妳應該叫妳爸回來！沒有小孩沒關係，沒有大人，誰替妳做主啊？」阿秀倒是笑笑地說著。

阿瘦沉默了片刻，才滿臉疑惑地問：「妳也認爲應該叫我爸回來？」她橫眉瞪住阿秀：「誰叫妳來的？」

阿秀冷哼一聲：「我二十歲以後就決定不聽任何人使喚！我在戲班子待了十四年，什麼人什麼事沒看過？我祇提醒妳，叫妳爸回來不會錯！否則事情永遠沒個了結！」

阿秀說完並不馬上走，她在屋子裡東瞧瞧西看看半天才離開，走前對阿瘦說：「你們屋裡怎麼有股味道，重重的、香香的！聞了頭昏！全如意身上也有這股味道！」

太保老師一直到阿瘦自己也洗完澡、吃過了晚飯才到，他帶了些他家裡的土產——筍子和鳳梨。

阿瘦這一天眞是夠累了，因此見到太保老師，直接的反應是渾身打心底不舒服起。太保老師才到她便叫他走，她說她想睡了，不想說話。

太保老師並不知道阿瘦去學校找過他，當然也不知道袁媽媽和阿秀的來訪，他以爲阿瘦鬧小孩情緒，便沒想到解釋他的行踪，心裡也氣惱自己拚命往回趕，不知道爲的什麼？於是眞的一轉身就走。阿瘦倒眞倔，硬是不開口叫住他。他走了幾步，恐怕想通了阿瘦終究仍是個小孩，自己這樣反應實在也不是件事，反而笑了。他轉過身問阿瘦：「妳眞的要睡覺了？」

阿瘦瞪他：「睡你個頭。」

「咦！妳答應我不說髒話的！」

「不說是小狗！」阿瘦越想越氣，索性口氣更壞：「死了都不要你管！你相你的親就好了！」

太保老師這下不敢笑了，怕眞讓阿瘦誤會了他回去相親很愉快！那還眞是件尷尬的事。他正住臉色：「誰說我回去相親？」

「你相不相親是你的事！」阿瘦使刁。

太保老師避開這話題，另外套她話：「今天誰來過？」

阿瘦雖然口氣硬梆梆，仍然說了：「袁媽媽還有阿秀！」忍不住索性全說了：「小佟先生住院了，席阿姨去照顧他的！」

太保老師一聽眼睛都笑彎了：「段太太想通了？」他一點不覺得嚴重。

阿瘦也跟著笑了：「她自告奮勇吔！」一個箭步就跨上車子。」她連說帶表演。

「妳這兩個成語用得倒不錯。」

阿瘦一嘆氣：「你眞煩嗳！」她突然一個大轉彎眞心問道：「你回去相親到底怎麼樣？」

太保老師臉皮倏地由脖子紅到額頭、髮根裡：「嗯……不怎麼樣！」他再度岔開話題：「袁媽媽和阿秀來做什麼？」

「你怎麼也叫袁媽媽？」

「跟妳叫啊！」

阿瘦疑惑的看著他：「你有神經病！」她正經的說：「他們都來說叫我讓我爸回來，你說呢？」

太保老師：「我也早說叫爸爸回來一趟。」

「噯！你別跟著我叫好不好！」輪到阿瘦臉紅了。

太保老師笑笑：「這不重要。妳應該快點請爸爸回來一趟。」

「他們都說爸爸要不回來，這事會沒個完了！」

「其實有沒有了結並不重要，重要的是大家不能這樣打混仗，將來會出事的；要不是怕出事，妳會希望目前這種情況結束嗎？」

阿瘦搖頭：「不希望。可是會出什麼事？」保持目前狀況至少她還能看到全如意，不管是不是她媽媽。

「中中的身世，還有全如意跟袁先生的關係。趙慶心理會平衡嗎？他的個性那麼極端！」

阿瘦突然火了：「這個袁忍中眞不是什麼好東西！將來一定不得好死！我們一家都受他欺負。」

太保老師清醒多了：「妳最好別這樣，妳要保護中中，別讓他受到傷害。」

「中中每次要去他們家我都沒管，我就是怕傷到中中！」

這件事越說越不清楚，一時不可能有結果，最後太保老師和阿瘦商量後決定請李伯伯回來。

他們兩人立刻過到我家請我爸爸明天幫忙打電話去外島給李伯伯。

我媽將太保老師拉到一邊：「這事對老李已經是份大傷害了，中中的事不好再傷害他了。」

太保老師吃驚：「妳也知道？」

「你放心，這事就我知道。事關嚴重，我不會說出去的。就怕別人自己看了出來。」

「其實全如意走開別再回來就好了。」

我媽嘆氣：「這樣當然傷害會減低，可是孩子想媽媽啊！」

太保老師深深望向阿瘦那裡，阿瘦正跟阿跳蹲在地上玩彈珠。我們屋裡泥地掘了幾個洞，被阿跳越摳越大，五個最大的洞正好是彈珠盤，我們村上就阿瘦跟阿跳是霸王，兩個人一碰到就要比。

太保老師望著阿瘦，喃喃低語：「是啊！」

阿瘦蹲在地上專心瞄準她要叩進的洞。

不知怎麼身影變得異常的弱小。光剩下一彎背脊拱起。

阿瘦這回輸了局，她老瞄不準。論場地阿跳比她熟多了，阿瘦當然不服氣，兩人約好出太陽的時候到外頭再戰。

太保老師很自然的去牽阿瘦手，告訴她該走了，太晚了。

阿瘦甩開他的手，黦黃吊眼梢迅速溜了我一眼，氣鼓鼓地硬著身子向門外走，嘴裡嘀咕唸道：「討厭！」

我媽衝向阿瘦喊去：「阿瘦小姐，你小姐氣小一點好不好?!」又對太保老師說：「你別太讓了，讓慣了沒法收拾。」

阿瘦這下腳步更快了。太保老師不知所以傻傻的快步跟在後頭。

太保老師是那樣專心一意在追求一個目標，那目標可能是錢，也可能是官位，對他，就是前面的人影，就是阿瘦。我突然覺得這情景那裡見過?方姊姊跟小余叔叔?李媽媽躲在黑暗牆邊的身影?我不禁大聲叫出：「阿瘦!快點跑！」我媽愕然地看我一眼：「奉磊!你做什麼？」

阿瘦他們很快經過席阿姨家消失在巷子轉角，席阿姨家當然是黑的，平常他們家有人在都不太點燈，何況沒人。

阿瘦由我們家離開後，在李伯伯還沒回來前，曾經力勸阿瘦叫李伯伯回來的阿秀倒突然不見了。她和劇團的鼓手雙雙私奔了，害得那晚及好幾晚戲班子連戲都上不成。最後還是差派代表找到班主家裡，也請回了全如意才又有戲唱。

阿秀一言半語沒留便走了，彷彿她對這個戲團沒有絲毫留戀。他們說這是她最後的機會了，她早表示過她想成家的意願，但是沒有人相信，也沒人搭理，連袁伯伯要幫她介紹單身在台的老士官都沒見到半個人影。

這個鼓手年紀不小了，又沒什麼特長，然而全心全意要跟她結婚，阿秀大約總是想過的，依阿秀個性，就算「賭」，她也願意試試。阿秀不要再過流浪的生活。

班主被請回來的時候，這次是由他那輛豪華的馬達三輪車載他來的，老遠就聽得三輪車稀裡哐啷響，看久了像一座燒給死人的紙紮車子，正在做法事呢！全如意由上頭跨下車那一幕簡直就是了。她黯黃臉上全是笑，彷彿從一趟愉快的旅行歸來，而且放出光。班主恰恰相反，蹙緊了眉頭，不知有多煩惱似的。原本劇團的人就全不起勁，一個個轉轉的，愛演不演的樣子，班主這壞心情碰到這轉嗒嗒滿肚子悶火吼道：「解散算了！」他來回踱步於戲台上：「電影院現在蓋得到處都是，電視節目更方便！你們死到臨頭還不知道。」他吼不下去了，因爲嗓子瘂了，最後仍瘖瘂的掙扎吼兩聲：「我解散你們。」

當然最後劇團的人輸了陣，他們才不要解散，劇團散了他們能做什麼，阿秀以前說她們這輩子就祇會唱戲，而且養成了最壞的生活習慣——人家的晚上是他們的白天；白天是他們的半夜。完全沒有人與人之間生活上的關連。

劇團人馬原以爲班主輭弱好欺負，現在班主並不是不好欺負了，而是他想放棄他們了，他不要他們了。這下他們怕了。立刻一個個自動到後台化粧。

全如意早在班主鬼吼鬼叫時坐在化粧室裡專心一意塗她的臉，完全沒聽到任何動靜不干她任何事一般。

全如意的化粧方式總是和別人不太一樣，她畫得十分細，好似畫畫，而且她上大量的定粧粉，使得她的臉皮又粉又滑，細緻的線條凸顯了她的五官，讓她在舞台上比其他演員突出五分。她化粧的時候，誰也吵不到她，專心的程度好像在練功，誰要輕輕推她一把就會讓她走火入魔，廢掉全功。

演員少一個還不打緊，其他人可以串場，但是少了鼓手就失了精神，整齣戲唱下來軟巴巴的，還得演員自己抓鑼鼓點，整個失了節拍，就看演員在那兒亂搖亂擺，看得人眼花撩亂。怪的是越亂大家越興奮。吆三喝四招惹得台前擠滿了人頭，人堆裡不時爆出掌聲、喝采聲。大家有好長一段時間沒看到全如意的人，非常有看熱鬧的心情；班主好長一段時間沒親睹這種盛況，全如意和這個村子間交換著的神祕氣味，突然之間，他在這份熱鬧裡萎縮了，又變得微不足道，大家看都不要看他。他注定被全如意把光給吃掉，祇剩一個乾乾的、衰弱的肉體。

小佟先生還在醫院，反對劇團聲音最大的人不在，大家頓時覺得身心全輕鬆不少，更帶勁兒入戲。至於席阿姨去醫院看護小佟先生的事，趁段叔叔上班溜去醫院的行爲，全村沒一個人主動提起，這事就瞞住段叔叔一個人，像沒發生一樣，大家實在是怕再出事，段叔叔現在情緒極不穩定，變得有侵略性，殺人、綁人都有可能。

席阿姨現在神情更加恍惚，她白天趁段叔叔上班溜去醫院，弄得夜裡疲憊神態盡出，每天早早便被段叔叔趕著上床去強迫休息，哪兒都不准去。總之席阿姨比別人稍小的臉龐在這陣子簡直更小，薄薄的單眼皮眼線都變直了，因爲繃臉的關係。

但是段叔叔因爲素有潔癖，就靠鼻子過日子，他由外頭進到屋子撲鼻一股異味教他暈眩，他縮皺了鼻頭到處聞，最後確定是消毒水氣息，大約是這乾淨的氣息令他喜悅，他居然忽略了追究這氣息的來源。

這氣息當然是席阿姨由醫院帶回來的，席阿姨也忽略了氣味是無物不附著這特性，她在醫院多待一分鐘，那氣味就加重一分。她後來警覺到了，由醫院回到家立即將衣物清洗乾淨晾到院子，衣服洗乾淨了，再洗自己。又因爲她提防段叔叔隨時會回家，她在醫院總不留久，打擺子似的一會兒去一會兒走，當然她回到家待待不見段叔叔回來又會趕去醫院，但是她永遠做段叔叔回來的準備，因此回到家一定先洗掉所有氣味。就這樣來來回回下，她掛了一院子的衣服，成片的灰與藍。絕的是，那氣味打溼了並未消失，反而段叔叔又另會對一院子衣服生出疑心。

這一起疑，段叔叔倒停止了嘮叨，整個人因爲懷疑而露出小心翼翼的神色，比什麼時候都安靜，而且看什麼人都像在潛心研究，配合了什麼孤注一擲的計畫。他一副賭命的神情，全村更沒有人願意挨近他了。

終於這一天段叔叔突擊回家沒見到席阿姨，院子裡祇有席阿姨前頭回來洗的衣服掛在竹竿上；還是濕的；暈在地面的水印子倒早乾了。他不加思索急轉身離開了院子，彷彿早就知道是這般狀況等著他。

大家都打賭段叔叔不敢找去醫院，他一向離醫院八丈遠，他說醫院裡全是細菌。有人曾打賭就算席阿姨上醫院生孩子，他也不會走進醫院。但是這回大家猜錯了。他直接便上了醫院。

段叔叔走進病房時是戴著口罩的，口罩是他自己設計特製的，面積比一般口罩大、厚，實實地包住他的臉祇剩下一對眼睛，一路下來全是向他行注目禮的人。

段叔叔因爲不上醫院，連床位都不會找，碰到病房就進去張望，幸好是個小軍醫院，否則能把人找瘋掉。

段叔叔找到小佟先生時，小佟先生剛動完大手術推回來痲醉未退，手腕尚插著打點滴的針管，就因爲要動手術，席阿姨才耽擱了。醫生再三交代病人現在不能起床，不能喝水，至少要等十二小時以後。要是這時候起床的話，將來終生要帶著頭痛的後遺症。

小佟先生雖然痲醉效力未退盡，卻睡得極不穩，口中不時喃喃出聲，席阿姨湊近了耳朵伏在他臉頰邊傾聽他說什麼當時，段叔叔找到了病床，站在她背後叫她：「席宜芳！」

席阿姨聽到叫她，當然知道是誰來了，她倒未驚惶失措，掉過身子臉上仍維持一份自然平靜的神色先開口對段叔叔說：「你最好別在這兒鬧，否則我保管離開你！」

病房裡病人平日見席阿姨進進出出，都以爲她是小佟先生的太太，現在一看來了個行爲怪怪的男人，又見席阿姨跟他之間氣氛不尋常，當下明白了兩三分，立時全將眼光、耳朵投了過來，想瞭解三人之間的發展，尤其還有一個躺在床上半無知覺呢！他們臉面表情標明了他們的心理：

這麼娟秀的女人居然背著先生亂來，眞看不出來。

段叔叔根本不跟她正面說話，出其不意衝上去一把就扯掉了點滴管子，席阿姨擋不住，祇落得由後頭抱住他的下勢，幸好是抱住了一個身體有些依靠，否則她眼見扯落的點滴管子滿地噴濕了一定當場昏倒。她拚命死死抱住段叔叔自己也動彈不得，光空出嗓子用力嘶叫：「來人啊！來人啊！」

段叔叔當著大家眼前，重力一甩，將她摔倒在地面，並且用尖厲的嗓音笑道：「妳當大小姐的時代過去啦！來人?!來什麼人？」

大家才知道段叔叔也許當年是有幾分氣概的，否則席阿姨不會覺得「氣概」是一種力量，將她和段叔叔推在一起。

小佟先生此時悠悠忽忽睜開眼睛，整個人尙未徹底醒過來，他看到了段叔叔身影，再不清醒也知道發生了什麼事，他掙扎著起了床，還沒站穩，段叔叔上去便補他一腳。這些連續動作全發生在短短幾十秒內，所以病房的人還來不及反應已見現場一片混亂，大勢三下五除二後，居然有旁觀者鼓掌喝道：「好！」

護士、醫官相繼趕到現場，護士一見小佟先生不僅起了床又被踢翻還拔了點滴管子，鐵定小佟先生這一輩子要跟頭痛糾葛不清了，然而還是先把命救了再說。他們斜眼注意到段叔叔那副打扮，當下斷定他是瘋子，一轟而上幾個醫護兵二話不說強制架走段叔叔。

「他勾引我老婆，我非殺了他！」段叔叔邊高聲嚷邊滿病房亂竄，幾個醫護兵拿了塑膠棒子追著他打，理都不理他。對醫院而言，鬧病房的人可以送他進牢裡的；況且小佟先生如今翻在地板，似乎氣都快沒了。席阿姨這會兒眞不知道要怎麼辦了，是先趕走段叔叔還是先去扶小佟先生？萬一先扶小佟先生刺激得段叔叔又打上來怎麼得了？

只見席阿姨也不知道那來的神力，突地朝段叔叔大吼一聲且神色嚴厲：「段錦成！你給我站住！你夠了沒有！」

段叔叔霎時呆住，而現場即刻陷入整片安靜，其他病人也不起鬨了。小佟先生則原先便靜死在地上。

席阿姨面對衆人聲若洪鐘；「你不要以爲誰都可以跟你過！我早跟你說保持現狀就是最好的情況了。你非要破壞現狀，是不是非要結束我們的關係？」

段叔叔說不出口是「要」還是「不要」，他呆滯的臉龐彷彿膨脹得更大，醬紫色臉龐溢出源源的淚水，身子不停打哆嗦，口中嗚咽道：「我不要！我沒有！」繼而號啕出聲不能停止。

席阿姨單眼皮眼眶內亦注滿了淚水，但是她不讓它掉下來，反而她上前站在段叔叔面前，擋住了他的哀傷的去向，由窗外漫進來的冬天陽光拖長了席阿姨的影子，罩在段叔叔的影子上。她默默望著段叔叔，彷彿在安慰他。他們就面對面站在光裡動也不動如兩尊塑像，在她周邊的病人見沒什麼刺激了，便自顧睡的睡，玩撲克牌的玩撲克牌，比任何時間的情況都正常。

醫護兵們趁此空檔，趕緊將小佟先生又抬回床上送進手術房。小佟先生從開始昏迷到結束，根本不知道發生了什麼事，就算他曾經站起過身，睜眼看過段叔叔，大約以爲在夢中吧?!

小佟先生既然進了手術室，等於把命交到醫官的手中，這時候誰也幫不上忙。席阿姨進進出出醫院這許多回，眼看小佟先生由一個樂觀、自信的人經過病、手術，成爲目前消弱、無知覺的人；她越看到段叔叔，越覺得他可憐，她臉上此時反而均佈一股柔軟的表情，彷彿見到一件讓她同情的事。她以前光是可憐段叔叔，現在才是同情。而且她現在不在乎站在那兒讓別人議論。

軍醫院開飯特別早，開起飯來尤其驚天動地，四處溢滿湯湯飯飯的味道，打飯班長一杓菜一杓湯的敲得盛飯菜的鐵桶哐哐響，裡頭有一種節奏，異常的熱鬧，不像在醫院內，像出征中——又活過了一天，要好好吃飽這一頓。

這時候，送飯菜車推到了病房中間偏前方，空閒的病人雖沒輪到打菜，仍湊上頭去問：「今天吃什麼？」一時之間，病房中央走道全是移動的人。大家全穿著一式的淺藍病人服。太多人穿過，洗得近乎灰色了。

段叔叔停止了嗚咽，似乎是醫院的飯菜伙食刺激了他的嗅覺，也似乎是游來散去的病人身體是活的會走路的消毒水，提醒他想到一些不潔的事。他停止了抽搐，原地便乾嘔起來。

段叔叔雖然並沒眞吐出什麼，光聲勢已經夠嚇人了，祇見中央走道一片嘖嘖聲，都在嫌棄他。即便如此，並無法遏阻段叔叔的乾嘔，而他努力乾嘔下去，遲早眞會嘔出什麼來。

席阿姨問段叔叔：「要不要回去？」

段叔叔顧不及說話，眼睛望著席阿姨，邊點了點頭邊嘔。席阿姨把住段叔叔的手臂，一步步向病房外頭走去，離開了這塊充滿消毒水味兒的地方。

小佟先生持續好幾天陷在昏迷狀態中，對於那幾天及當天所發生的事，他完全不知道。

但是每當主治醫官決定要放棄他，他的身體又有了好轉的熱的反應。主治醫官越覺得無望，他的反應越明顯，體溫逐漸上升到正常溫度。主治醫官一直也沒小佟先生其他親人好商量；反而救治他的過程中更能專心，不必聽親人們的哭哭啼啼，主治醫官說他從來沒與病人如此親近。主治醫官相信小佟先生要活下去。主治醫官知道席阿姨的身分後，也就不太願意跟她商量了。他直接救治小佟先生。他每天跟小佟先生說大量的話，不管有沒有回答，他不斷徵詢小佟先生各項意見，他問小佟先生頭痛不痛？要不要聽音樂？想不想擦個背？氧氣夠不夠？他不斷引誘小佟先生說話，問到最後，他終於狠下心問小佟先生想不想家？想不想父母？小佟先生居然眼角淌下眼淚，主治醫官說年輕人大半不會想念父母、老家，祇有在生病的時候，才會特別記得父母的好。淌了一會兒淚，小佟先生身體整個冷了下去又沒反應了，主治醫官這才又問他：「要不要找席宜芳來？」

小佟先生霎時熱淚溼遍臉頰，甚至眼角輕微跳動。主治醫官問小佟先生：「你被她整得還不夠？」

小佟先生在昏迷狀態中搖頭。

就這樣，主治醫官每天和小佟先生反覆複習這些習題，他們合作無間，祇有這位馮醫官知道掌握問話節奏以及哪幾句會引起反應。一是醫官一是病人，一清醒一昏迷似乎他們彼此都不嫌煩。

至於席阿姨這邊送段叔叔回家後，段叔叔不吵也不綁席阿姨了，他一反常態回家便上床躺下閉目，不再睡他的搖椅。往後幾天他不吃不喝，連澡也不洗了，起先大家都以為他可能因此變正常了，後來發現他比有潔癖時更固執；他以前還可以交談幾句，現在你說什麼也都沒反應，而且自言自語不斷發出咒罵聲，卻沒有半句你聽得懂。最鮮是他非得席阿姨在他面前，一見不到席阿姨人影他就用刀片劃自己手指頭玩，劃得一道道血珠四冒他卻絲毫沒感覺，這招式是他另一項突破，段叔叔以前見血便暈。

席阿姨發生這些事倒沒多大變化，態度一直很平穩，面臨任何事一律平直著大單眼皮不笑不驚訝，彷彿心死一般。但是她的生活倒很正常，買菜、洗衣服、打掃屋子，她開始自己做飯，也吃得下。段叔叔雖然不吃不喝，她照做他的份，他不吃，夜裡她便拿去倒入巷口的餿水桶，根本也不勸他。空下手的時候，她重新拾起丟了一半的毛衣，很專心的打些難度高的花樣，打錯了重新拆了打，打打拆拆，雖專心，卻沒多大進度。毛線倒全拆成黑呼呼的。

段叔叔的刀傷一直合不了口，新的劃上了，舊的又綻開了，流出的血凝固在傷口四周，綳得一根根指頭僵硬，像打了石膏一樣，紅色的石膏。屋子裡整個氣味因而變了，一般血腥氣息在屋子裡打轉。段叔叔將門窗完全封死了，席阿姨在受不了的時候才將門窗大打開透氣，不一會兒段叔叔不吭不響又將門窗關緊，席阿姨也不攔阻，就像段叔叔不制止她開窗戶一樣。他們誰也不氣誰，就是沒有理由完全同意對方，沒有辦法合為一體。

小佟先生的病危通知發了好幾回到段家，席阿姨斷定他一定活不過月底，她表示不願意去延長小佟先生的痛苦，她自己受夠了，早去早了。多看幾眼，對小佟先生未必有好處，對她自己可以肯定並無意義。她說她可以幫小佟先生辦後事。

因為席阿姨處理這事的冷淡，也因為這事件已經慢慢平靜下來，大家才有時間想到：段叔叔怎麼知道那天那時間回家突檢？怎麼會直接找到醫院去？莫非有人打小報告？那麼是誰?!難道席阿姨心底明白？

這天，阿瘦在小佟先生屋裡找到了一瓶雪花膏，是散裝盛在一個空的藥瓶子裡，那種香味比一般雪花膏清醇，阿瘦送去給席阿姨，阿瘦認定是小佟先生留給席阿姨的。她在門外高聲喚席阿姨，把大家都喚出來了。我媽一鼻子嗅出瓶子裡裝的是「旁氏」，是美國貨。

鄰居媽媽們圍著那瓶「旁氏」，你一言我一語的，有人說：「這『旁氏』好用得很咧！擦了可以不用上粉，比粉餅還好用。」

「上回有人送給我整罐裝的，我挖一點出來盛在蝴蝶牌雪花膏盆子裡，立刻就把蝴蝶牌比了下去！我用完再裝進去，擦了一年還沒用光！」

「是啊！放在五斗櫃裡薰衣服最管用！」馬上有人附和。

席阿姨收了「旁氏」雪花膏也不說話，光淺淺笑著。拿著瓶子在手裡把玩，如果不是因爲香味，那就眞是一個藥瓶子了。她站了會兒，心不在焉地站不住便要回屋裡去。

我媽逮住機會低聲問席阿姨：「到底怎麼回事？」

席阿姨若無其事：「沒什麼，原先就教人看不慣，這樣瞞著先生在外頭鬼混。被打小報告也很正常。」

我媽見席阿姨根本了然於心，便不敢再問下去，怕眞問出告密者是誰，自己嚇一跳。我媽原來也只是好心提醒她。

席阿姨還眞一副不在意的表情，她立定小佟先生一定會死的念頭後，彷彿一切無法挽救。任何事她全不放在心上，不會有任何改變了。

席阿姨有意無意地回頭望去隔著幾間房子的袁家，袁媽媽正站在門口，袁媽媽手裡抱著小白妹，小白妹也正往席阿姨這頭望著，睜著一雙黑白分明的大眼睛，專精地注視她們這群媽媽們。袁媽媽向來不湊熱鬧，加上她是這巷子最後入列的太太，彷彿關係又推遠了層，然而小白妹那眼神似乎聽得也聽得到她們說什麼而看著她們。

席阿姨深深睇一眼袁媽媽，眼下神經輕輕抽了下。袁媽媽朝她象徵性牽了牽嘴角，席阿姨亦回以沉沉一笑。

席阿姨再回過身時，突然一直定定盯著巷子那頭看，我媽回頭順著她的眼光望去，原來是郵差踩著腳踏車來送信，郵差一路騎來經過一戶戶院子全沒停，還眞像個專差。這郵差是個新手，原來送我們么么拐高地信件的老楊受訓去了。

近來我們村上老收錯信，這個新郵差老弄不清楚十三號之一往往並不在十三號旁邊，也弄不懂光寫上「同方新村佟傑」的信為什麼會寄得出手——就這麼相信郵政局？老楊似乎從來不會想這些，他來同方新村送信串門子似的，頂好一路串到底，每人都有信。他從來不問人家有多少孩子？念幾年級？男的女的？可是他從來沒有送錯過信，有時候小孩子故意寫錯地址的成績單他照樣依時準準的送到你家裡。他在么么拐高地送信待的時間特別長，沒信的話，他聊也要聊兩句彷彿送了封信給你。

這個新郵差老遠看到幾個媽媽們轉齊了臉一致向他望去，忽地就跨下腳踏車，恨不得彎到另條巷子去似的一路靠巷邊走，恐怕他運氣不是很好，說不一定正是醫院送什麼通知給席阿姨。席阿姨好像也這麼想，一時止住了原要往家中走去的腳，等著那新郵差送過來。

果然新郵差走到我媽面前，還把單車腳架支好了才問道：「請……請問，方……方……方大人是……那家？」原來是個結巴子，連人名都省了，怪不得很少開口。幾個媽媽們不好笑出口，猛憋住氣受不了，只好散了。

方伯伯不在家，方媽媽下不了床，我媽說：「我……我代……收好了。」一緊張也變成半個結巴。

我媽接過信，新郵差連簽章都忘了急急便走掉了，我媽看了眼信封，眉毛一皺：「這幾筆字好眼熟，怎麼寫信不寫門牌？」我媽看了眼席阿姨：「除非是村上很熟的人，否則怎麼會不寫門牌。」

席阿姨知道不是通知她來的，頓時氣一鬆，淡淡地看了眼信封：「很熟就不寫信了。自己不就來了。」

我媽仍在疑惑：「這筆跡真那裡看過。」

席阿姨說：「不會是余蓬寫給景心的信了幾年現在才送到吧？」

我媽頓了下，才有些不自在地說：「不像余蓬的字，倒像是景心的字。」

席阿姨並不覺得有什麼可疑，恐怕她這時候的心境就算那信是方姊姊的她也不覺得有什麼奇怪。

席阿姨說：「噢！如果到那邊還能捎個信回來就好了。」

我媽把信放到方伯伯家院子信箱裡，信箱稱不上，根本是幾塊木板拼湊釘成的，連漆都沒上，日子久了像木門自己長出來的一個良性腫瘤，跟木門一個顏色材料。

到了晚上，那封信不見了，也沒見方伯伯時不時耐著性子輕聲安慰的語調彷彿像大提琴演奏，傳得巷子裡到處振盪。那晚，方家屋裡的燈一直亮到半夜。那封信似乎被光給吞噬了，也變成了透明。

那封信之後，郵差老楊受完訓升了官不再回么么拐送信，老楊爭取了好多次都沒用，他現在階級高了。但是老楊並不死心，密切注意送么么拐高地這條路線的郵差，要誰生病、事假，他跑得比誰都快。他踩著腳踏車一路按鈴而來，高聲在進入巷子口便喊道：「阿瘦小姐！外島來信囉！」如果是掛號信，沒有圖章蓋個手指印也行。但是這機會畢竟不多，送么么拐信件的郵差也三天兩頭的換，都說騎腳踏車上么么拐高地太累，他們忘了滑坡下去時有多輕鬆，偏偏有個郵差下坡時煞車沒了當場跌斷兩顆門牙。

就在這三天兩頭換郵差同時，方伯伯信箱裡固定保持每五天便塞進一封信的情況。新郵差現在學乖了，方家的信交接下去似的，每一個新郵差都毫不困難地找到方家的信箱。

我媽對我爸說：「老方哪有這麼個喜歡寫信的朋友？」

我爸不以為意：「人家說不定幾十年老朋友了。」

我媽挑剌：「這位老朋友以前是個文盲？現在才學會了寫字？」我媽這才想起方家有這種時不時一封的信不止一天了，以前老楊送信到誰家都大鑼大鼓的叫，就每回站在方家院外時一聲不吭，所以不像送信像致哀。

無論怎麼說，爾後新郵差、老郵差只要送信到方家一定得對上我們家大門，我媽正好見到也會走出去到對門趁信件沒放進信箱時接過信掂一掂、看一看，有時候她說：「這人心情不好，這次寫少了。」有時候她說：「這人字越寫越潦草，恐怕是沒先前那興頭了。」

我媽像一個園丁觀察花圃裡剛種的花，她留意了好一陣子，花朵毫無變化，她也沒什麼勁兒了。但是她不知怎麼倒一直記得第一回看見這種信的情景，她常提起那個結巴新郵差，覺得那郵差新鮮得不像個郵差，郵差都有某種樣子的，風吹雨淋日曬，哪兒來這麼新；她倒覺得像個磨豆腐的，滴滴嗒嗒點滷水，結成了白白嫩嫩的豆腐。結巴郵差那回以後就沒再出現，專門送這麼一次信似的。

而那天，席阿姨將「旁氏」帶回家收入衣櫃內，爾後不止晚上，白天也由屋內暗處傳出幽幽的香，他們屋內原本便陰暗，這股香味散不出去，益發白天如同黑夜。一概被香味統治。

段叔叔並不知道這香味的來頭，但是他對氣味向來不會很快適應，當幽香循環一圈將飄到他鼻孔前，他先是鼻翼不斷抽動，緊接著是要打不打的噴嚏。活活幽香的循環就是他的呼吸器官的循環。他很可以要求席阿姨將他排斥的發出香味的物品拿去扔掉，從前任何理由在他都是理由，但是這回他連話都不講了，又不吃不喝的，因爲被一陣看不見的香味打敗他覺得不值得。我媽說根本段叔叔向來不懂任何價值，他就知道慜著，以爲慜著就是占上風。而席阿姨對香味的反應是淡漠的，對段叔叔的反應同樣沒看到，彷彿她攜進家門的僅是一瓶旁氏罐子，並不包括那股異香。那股香味時不時引得鄰近家狗、野狗聯氣發出嗚吠，追著異香飄忽的起伏吠聲忽高忽低，忽大忽小，像人的氣息。

香味就快淡下去的一個清晨，小佟先生的病危通知由醫院再度發出。

醫院派了一個充員兵來送通知，那充員兵大大咧咧一大清早站在方家院外朝裡喊：「送病危通知囉！誰來收一下吧！」

我媽怎麼想到會有人在她的密切注意下漏網之魚地出現方家門口，她聽到喊話輕手輕腳出去走到那充員兵背後問道：「有什麼事？」

充員兵你眞嚇他他還不至於這樣易受驚嚇，他遲緩地轉過身子，怕見到鬼，從沒聽過如此輕柔的好腔好調，這周圍十里誰講話都吃了生米似的，男的悶聲悶氣，女的撞聲撞氣，小孩就是嘶喊，當然狗蛋例外，他是和尚嘛！

我媽八成認定那新郵差又換了個樣子來，她疑聲疑調：「你來送信？」

充員兵也穿一身郵差般的綠衣服，他一開口也像那新郵差結結巴巴地：「是……是啊！來……來送……病……病危通知單。」

「病危通知單」幾個字講的份外完整，我媽這下急火竄升，原形畢露恢復了她的大聲：「誰的病危通知單？是那個不知名的寫信人？還是方太太？」

當然充員兵給這麼一衝，神智也就恢復了，他的口腔血液循環正常了起來：「醫院來的，馮醫官叫我送來的，是不是方太太我不知道！」

我媽這才定過神，看清楚了充員兵身上穿的不是郵差的青綠制服，是阿兵哥的草綠服，她自言自語地：「我說呢！人躺在家裡還有從外頭發病危通知單的道理！」她順手接過通知單，那充員兵這才達成任務地放了心，確定眼前站著的是人不是個鬼，鬼哪會伸手接東西，他便一陣煙似的輕快地走了。

我媽低頭一看通知單，原來是小佟先生病危，上頭馮醫官大粗墨水筆簽了名，火速送交席宜芳，我媽不敢耽誤立刻就去拍門像個郵差似的叫：「有信噢！宜芳！」

席阿姨一聽似乎就懂了，我媽交出了通知單後還站在原地半天沒動，就好像在那兒等對方簽收呢！席阿姨看了眼通知單握在手心捏得死緊的，像捏碎了一個希望仍包住它，一臉迷惘不知道該恨誰。

席阿姨很快回過神，淡淡笑了笑，溺水的聲音悶隔了老大遠：「醫院這樣三番兩次沒頭沒腦發病危通知給我，是那馮醫官有心要教訓我。」

我媽費勁兒尋找聲音來處，救溺者似控制不住自己出多少力氣顯得茫然，她大氣說：「也許是有意幫妳呢！讓妳好把握這最後的時間。」

席阿姨漸漸由水底冒了上來，臉龐整個看清楚了，透出一股剛毅的神色，被水洗過了似發著青白，反而念頭單純。

我媽提人一把，也不敢再多意見，她向來同情心大過一切。這回，眼看同情心如同方新村的雨水，淋得人渾身溼透，而她打著的傘在漏水，滴滴嗒嗒的漏。

席阿姨滿臉是淚，眼眶像壓水機，地底的流動的水源經由她的身體找到出口，她整個人一下子清澈成一潭水，涼動的水分子使得她變成一個獨立而深不可測的人，映照在潭水裡的影子，輪廓分外分明。以前的她恐怕就是這樣。那種分明是忍受水磨後擠出的形狀，也是一種盡力的反抗，她要活下去。水分子經過蒸發成爲水氣霧在她的面前，有分神秘感。她的轉變的過程簡直就是戲中人物情致的昇華。我媽站在她面前，被反照的亦如她般透亮，使我媽想看她又怕看到自己。

席阿姨掉頭進屋對段叔叔說她去買菜，假到連淚都沒擦，劇本是這樣嘛！

雖說是清晨，醫院裡病人還都起床了在那兒活動，躺在床上起不了身的也沒閒著在那兒活動喉嚨，少了探病的人，加上來來往往的勤務兵，如果沒有不時飄來的消毒藥水味兒，這裡簡直就是營區了。

席阿姨直接走到加護病房外等著，醫院通知她來，卻完全沒有人來理她。整座院區裡只有加護病房外長廊上置有長條板機，孤零零的設備，擺明專門給人等壞消息用的，有事沒事，板櫈設在那兒，你非得等在病房外頭。

席阿姨並沒在板櫈上坐下，她站在那兒懲罰自己一般，直挺挺的背影，看老天爺要她站多久。背影釘牢地面，像磨石子地的花色。就算是正面，仍沒鼻子沒嘴唇，一個鬼死在醫院加護病房外，鬼的時間沒有長或短；沒有聲音的地方時間又分明過得特別慢。風在長廊上咻咻吹過，像在搧她耳光，光影一吋吋速度比風慢，由外向內靠近她，暗的影子、亮晃晃的光一起撲上來，本身就含著一種冷暖。席阿姨滿臉是淚，卻不是難過，而是一陣感動，她自言自語地對著長廊的盡頭大聲道白：「一個人活著就該完全為自己的愛！佟傑！不管你是死是活，我以後要愛就狠狠地愛！要走就走！你聽到嗎？」

急風繼續穿越長廊吹襲過匍伏在磨石子地的暗影，沒有任何人的回答；光的前進忽地頓了下，彷彿被東西擋住，席阿姨扭頭側見到袁媽媽和趙慶由廊外另頭走來，席阿姨側著臉，低伏在地上的影子有了鼻子、額頭、緊閉的嘴唇，活了過來一般。席阿姨的道白恐怕他們都聽見了，她一點不在乎也一點不驚異，彷彿早算到他們會來。

袁媽媽的神情在不該碰到的地方碰到了也很平常，她從不在表情上顯出對誰愧歉對誰厭惡，她始終維持著她的驕傲與冷漠。趙慶在一旁亦是平常那表情。席阿姨無謂地深睇他們一眼，沒有說話。

袁媽媽開門見山問道：「小佟先生有點起色沒有？」

席阿姨顯得很正常：「不知道！沒有人出來說一聲，大概是在急救。」

袁媽媽沉吟片刻：「嗯──趙慶告訴段先生的事妳大概都清楚了？」

席阿姨冷然道：「不必向我道歉！我跟佟傑沒名分，不算個什麼？」

袁媽媽亦不動氣，繼續說完：「我希望能盡點心意，小佟先生需要人照顧──」

席阿姨無表情卻聲調急促搶白道：「他就要死了！誰照顧都沒用了！」她大喘一口氣；逼視趙慶：「趙慶！你是幾個小孩裡最懂事的，爲什麼心這麼狠?!爲什麼要去告訴段叔叔？」

趙慶正要開口，袁媽媽暗地扯他一把，卻並沒有要責怪他的意思，她實在處處保護他。趙慶挺起腰桿，不顧袁媽媽反對仍說道：「我看不慣你們這樣明目張膽地欺負段叔叔！」

席阿姨：「大人的事你全瞭解嗎？」

趙慶倔倔地：「我媽就不像這樣亂來！」

席阿姨近似歇斯底里笑道：「你眞看不慣？佟傑要是死了！你就認爲公平了？不過你眞心看不慣也對，但是，袁忍中亂成那樣！你管得了嗎？」

趙慶顯然是袁媽媽好話說盡才委屈地到醫院走這麼一趟，他認爲對的事，向來不僅不能商量更絕無後悔的情況發生，席阿姨的話卻也不能教他更動搖，他因此一副倔強而不是憤怒的神情簡短一個字一個字語氣分明：「我管不了！我頂多殺了他！」

席阿姨則事關己身，根本就還不如趙慶沉著，除了小佟先生誰死誰活她根本不要聽，尤其不要聽趙慶這種八百年以後可能才會發生的事，如果不是他們找了來，她去找他們的路永遠走不到，她們三頭六面對上時，她至多看他們一眼。那種遠，在她來說不是距離。事情不會更無聊了，大人的事，去告密的居然是個小孩，她現在不把趙慶當小孩了，於是她整個人冷卻下來，用一種大人的態度表示不想再聽趙慶說什麼。如果趙慶眞去殺掉袁忍中，那是他們家的事，如果趙慶愛母親到一種不正常的情況，她太瞭解，她盯住趙慶足足有三十秒吧？用這三十秒說明了她一輩子相信的一件事：「我們這一生碰到的全會是不正常的發生。」

趙慶似乎很快明白了席阿姨的意思，便也原地安靜了下來。席阿姨不要聽任何解釋，他不要道歉，那麼事情簡單多了。

奇怪的是袁媽媽彷彿也沒聽進趙慶說要殺袁伯伯的話。她來醫院光為了盡人事，其他無關緊要她全不關心。她一直是光專心在解決眼前事的人，遇事她向來不精神恍惚，她的專心說明了她平素表現出的端凝氣質只因她凡事不張揚。反而，她的事，她的家庭，她總是打算得清清楚楚。看得出來她努力維護她的家付出了多大心力。這是席阿姨不願意找趙慶討公道的另一個理由。她的家在她來說是第二度生命。

就這樣，他們三個一時無聲全僵在病房門口。席阿姨越等越看趙慶、袁媽媽不順心。便連原有的漠然也不願維持了，於是不耐地：「袁太太，你們先回去好不好？就算佟傑醒了，現在也不會有精神聽什麼話。」她看都不看趙慶一眼：「何況你們的心意已經到了。」

袁媽媽稍稍思索便說：「那我們先走了。」她略停頓又表白：「小佟先生那兒最好別讓他知道趙慶的事。」

席阿姨疲累已極，根本無心多說話，她簡短回道：「好。」背過身子，用力捺了下太陽穴。走廊上一直很靜，彷彿那走廊很長，雖然長，三個人六具身體、影子加上近乎停滯的空氣仍覺得擠。席阿姨淡米色上衣在薄暗的光線中簡直就要隱入光裡。她背上馱著早晨耀眼的陽光，那光似乎很重。她看見自己的影子牆上、地面各映了一具，一大一小。小的那具因衰老而縮小，大的那具彷彿因爲快樂，仍會繼續長大。不知道什麼時候，在她身後，袁媽媽帶著趙慶走了，整個長廊突然光留下她一個人和她一個人的影子，她沒多看一眼這些光影。

原來小佟先生並不在加護病房，他一直在手術室。馮醫官賭他一命爲他動心臟手術，因爲不開刀也是死。手術整整動了二十個小時。醫院上上下下全體動員，因此那天醫院裡特別安靜。馮醫官事後說：這眞是大家賭命。病人沒先病死，醫官都快累死了。

席阿姨的影子在近黃昏時被光吃掉了，身體亦在夜晚來臨後沒入更黑暗中，過堂風在沒有光的地方彷彿一種哭泣，她覺得累極了，對著黑漆處說：「佟傑，我不知道自己還能撐多久？」她默默流下淚水，過堂風陪她傷心，比她還傷心地使勁兒吹過長廊，一遍又一遍。深夜小佟先生躺在氧氣罩裡被送回觀護病房。小佟先生平躺在推床上整個人罩得密不透風，手臂、鼻孔扎滿了針管，又是點滴又是鹽水，整張臉窪了下去，變成了另外一個人。彷彿他在席阿姨沒來看他的這些日子停止了吸收養分。

若非席阿姨一眼看見馮醫官，席阿姨不會猜到在推床上的是小佟先生。那推床四周圍滿了護士、醫生，在深夜的醫院長廊上一路走來顯得特別突兀，不協調。彷彿他們是一列死亡隊伍。但是席阿姨頃刻之間明白了那並不是死亡的隊伍，否則小佟先生會直接送到太平間。

馮醫院乍見到她僅僅楞了下即恢復了正常，他大約是太疲乏了，憤責的氣味收斂不少，整個人顯得耗弱無力。消沉到他似乎忘了發病危通知單叫席阿姨來這件事。

他在席阿姨身前定定站住，想說話又不知道該視她為什麼身分說話。他才頓悟：沒想到席阿姨會等如此久一步不走開。他溫和的站在她面前，以往對她不滿的心理消失了，這一刻他們完全不像醫生與病人家屬之間有微妙的間隙。

馮醫官望著席阿姨，不像醫生，像個他那年齡的男人，語氣溫暖地主動向席阿姨說明小佟先生的狀況，小佟先生那張窪陷的臉並不是最壞的狀況。他說：「手術過程很順利，現在就看他恢復的程度，目前最怕的是併發症。」

席阿姨在黝黑的長廊上等了一天一夜，聽了這話頓時自己也不明白地熱淚滿面，她一直以為會等到一個死訊，現在聽到的稍微好一點，卻已經好太多了。她問馮醫官：「需不需要人守護他？」也像問一個和她年齡相當的大男孩，現在他們有一個共同關心的對象，他們的注意力連在了一起，明顯到彼此有些緊張。

馮醫官問道：「妳走得開嗎？」

席阿姨苦笑如自語：「我以為他熬不過今晚，才多守一刻是一刻，總得有人送他——」

馮醫官身體震了一下，不知如何是好似地，身體上的疾病他專心而且有辦法，這種感情事顯然與他的經驗相去甚遠，他聽了覺得慌亂，他快速接道：「我知道，沒關係，我們會看護他。」他低頭想了會兒：「我們最好別太樂觀。」整個人又生硬起來。

「你不怪我了？」席阿姨那種如水般清淨質又浮了上來。

馮醫官倏地臉暴成醬紅色：「妳快回去吧！」一絲絲細微的血管如地易水在皮下流竄。

席阿姨連小佟先生臉都沒見到便走了，二十個小時光看到一台推床上躺著一個人，整張臉凹下去，甚至是沒有了知覺。她好像認為見得到見不到小佟先生並不代表什麼，她來，才是重要的，至於說到話沒有，看清楚一面沒有，都不能改變什麼她的決定和命運，尤其她原先打算來給小佟先生送終，那才是最眞實的決定，最後的結局，她的結局已經有了答案。現在知道小佟先生動過了手術，醫官也諒解了她，沒有比這狀況更令人踏實又如夢幻的了。事情自己有了變化。

席阿姨在一夜之間懂得了面對現實，至於以後，她說：「我現在活一天就賺到一天，我早就死過一次了。」

她由長廊很快沒入黑暗離開了醫院，她身上的藥水味比以前什麼時候都重，尤其她在重病區待了一天一夜，那兒的藥水味應該比醫院其他地方都濃郁吧？她原來站著的地方雖暗至少還有忽隱忽現光，她越走越暗，在暗的地方，人單單剩了嗅覺。連她都清楚聞到自己身上的藥水味彷彿摻了其他成分。要擺脫似乎不太容易，像一種死亡。在這味道裡，她突然清醒且意識到——如果剛才小佟先生死了，她就再見不到他，光剩下她對他的懷念，那有什麼用。他在，他們的感情才在。

她站在路邊蒙住臉面朝黑暗，怎麼都忍不住地痛哭起來，一直哭到覺得輕鬆了為止。然後用力擦了把臉，似乎直正覺得這世界上再沒有任何事地步出了醫院大門。

路上沒有車，也沒有人，她一路走回家的。

走進巷子，老遠就看見他們家裡亮著燈，段叔叔有一段時間不開燈了。她快步走進大門，果然段叔叔已經下了床鋪，正跪在地上刷地板，她站在門口沒動，終於段叔叔一吋吋刷至她腳尖前，她緩緩抬起一隻腳，再放下正壓在段叔叔手背上，她平聲說道：「別擦了好不好？我要走了。」沒有感情，人在也等於是死的，她在無人無車的路上想通了。而且，她的表情說明自己確定並不負欠段叔叔，這不是誰對誰錯，也許她離開他，他和別的女人一起過反而會正常，她輕鬆地踩過那隻手背走進客廳。

段叔叔被踩釘住原地似地，房間燈泡耳朵被扭開發出一聲咔嗒，現在他們屋內整個被染亮了，乍然的亮光，居然惹得周遭見到光的狗吠叫起來。席阿姨收拾箱籠的聲波不知怎麼傳到巷子中間擴聲傳撞出去，據說，那口老牛皮箱子還是段叔叔老遠從老家拖出來的，眞正的牛皮。這些年，段叔叔一直帶著這口箱子。可以聽得見屋內收拾的動作緩而無心，多少年的歲月不知從何處著手似的。

段叔叔在狗吠中，低頭凝視自己的手，手的前方是一片連到牆的地面，像面鏡子，對照無光的屋頂，更像地才是天空。他伸直了腳，反腳踢倒了水桶，恐怕裡頭的席阿姨聽見水桶倒地的聲音，倏地停止了手上的動作在房間內思索水桶倒了，水漫漶出來是什麼情況。段叔叔在她看不見的地方膝頭淹在水裡，無聲地任由淚水腮邊滾下。我們在這樣深的夜裡被隱約的不明顯的聲音給搔醒了，狗蛋說：「太累了，原來可以避免得了的。」段叔叔的痛苦席阿姨看見了，小佟先生的痛苦席阿姨看不見，席阿姨選擇看不見的，她自己要的。

冰冷的水，段叔叔的苦難似乎比誰都深。他身上那一道道剮過的刀傷鞭笞著他，那種冷和痛匯上了一向教人越來越清醒。段叔叔打了個寒顫，以前席阿姨從不說要離開他的話。

席阿姨再出來的時候果然提著那口老牛皮箱子，兩隻手垂直提在腳前，走一步撞一下。段叔叔由地面直起身子，板板地堵在席阿姨前面。

席阿姨平聲說道：「他快死了，我這輩子總得有幾天活得像個人，活得有些血氣，就算他死了，我哭也哭得痛快。」她低頭盯住箱子提手：「箱子我帶走了。」

席阿姨就站在通亮的光裡讓自己的話擴聲傳出去。他們家突然變得沒有秘密。

段叔叔說：「那原來就是妳家裡的。」

席阿姨：「我從來沒這個意思，為什麼要分你的、我的。我們是夫妻不是？」

段叔叔：「我知道。是我不配。」

席阿姨：「說這些幹嘛？我想你另外找個人就會沒事了。還不太晚。錦成，你老實說，你心裡有過別人沒有？」

段叔叔遲疑了下，聲音繞過屋樑，穿過矮灌木、十里香，帶著不知是他自己發出的還是人工造成的抖音：「怎麼會？從來沒有。」

席阿姨充滿同情道：「沒有？那有多可惜。」

段叔叔音浪又抖了轉在我們這排房子的大樑中間穿繞：「如果他眞死了，妳回不回來？」

席阿姨的聲音像哭又像笑：「回不來了，你要我，我也會嫌我自己。而且，還回來過原來的日子做什麼？眞的，你千萬別找我。」語氣突然帶了三分哄人用的稚氣：「知不知道？」

段叔叔知不知道他沒說，倒嚴肅了起來：「我送妳去他那兒。讓我眞正為妳做一件事。」

席阿姨反而又保護起段叔叔，她口氣堅決地：「不要了。你對醫院那地方敏感。」

段叔叔比她還堅持：「沒關係！我挺得住。」

段叔叔提著席阿姨那口大牛皮箱子，濕淋著兩條褲管露出沒穿襪子的兩截青白的腳背慢慢走往巷底，段叔叔正經八百地在送席阿姨，我們躲都來不及，我媽的意思她平常就說過了：「說肉麻還眞好笑！」不過老天爺這頭夠幫忙了，既沒颱風，也沒下雨，夠他們順順當當走到醫院！逆著光的另一條巷底傳來一陣吃哩哐啷腳踏車聲，帶著細碎的鈴響，那人背著光，那腳踏車響的程度一聽是老楊的車，那騎過來的節奏也絕對是他。

老楊和段叔叔他們兩頭都頂著光，逆向亮的來處，老楊老遠便叫道：「小段，這麼晚了去哪塊？」老楊是南京人，他不會說這兒、那兒，去什麼地方都是一塊一塊的。

席阿姨細聲招呼：「老楊，你又逮到機會來送信了？這麼晚，送誰家的信啊？」

老楊說：「就是這塊晚才搶到這麼個機會，否則還輪不到我呢？送老方家的信。」

席阿姨：「噢！你上輩子一定是個天使，長了一對翅膀。」

老楊也不怕吵到人，放聲笑道：「也許是隻死個唧！臭蟑螂哦！」他一路按鈴穿過巷子不像送信，倒像要人知道他沒死還能送信呢！

段叔叔經過一排排窗口往同方新村外走去，整個人拖著重重的影子，提的箱子沒換過手，哪一種重量對他都像絕對的存在。他每回一桶一桶提水洗地，袁伯伯便說：「老段又在那兒對抗地心引力了！天下最沒辦法抗拒的就是地心引力噢！」他就這樣一路送席阿姨，臉都沒抬一下地走進醫院。那醫院對席阿姨來說難不成也是地心引力。

觀護病房外頭一片被月光暈開的藥水味兒，消毒水重重裹住病房，使那裡像個潔淨清爽的嬰兒。段叔叔憑著他的嗅覺，走到病房前便站定不再前進，沒有任何對藥水味兒的不適反應；現在，他對小佟先生的體味敏感了，他聞到小佟先生在裡頭，他對著那體味大聲說：「佟傑，我把席宜芳帶來了，我把她交給你，以後就看你的了。她爹將她交給我，我沒有做好。她不太會做家事，不過那不是她的長處。你但凡多擔待！」小佟先生的體味就是痲醉藥味兒，段叔叔的話若送了進去，給痲醉藥一泡保證不腐敗，永遠留在小佟先生腦子裡。

段叔叔轉過臉對席阿姨說：「那我走了。」不等席阿姨開口留他或謝他已走遠了去。

席阿姨夢似地望著他離去的背影，恐怕這種經驗於她從來沒有過，她從來沒眼睜睜看他走開的機會。消毒藥水及痲醉藥的味道浸泡著她的夢，她暫時醒不過來，但是她雖然在夢中，仍睜著眼睛清楚地看到他們的以後，她意識到他們的事怎麼如此容易解決？他不像要懲罰她的樣子，但是他是的。

席阿姨立刻就覺得累了垮坐到長條板櫈上，幾乎是還來不及細想、來不及哭吧？她手心蒙住眼睛，馮醫官由觀護病房內出來，見到她，看了眼地上的牛皮箱子，席阿姨放下雙手迷惘地望著馮醫官，她說：「你爲什麼老是發病危通知給我？你現在看到了結果了，是不是？」

馮醫官篤定地提起地上的牛皮箱子：「跟我來。」

馮醫官將宿舍讓出來給席阿姨住，他自己到處打游擊，反正醫院裡空病床多得多，他一直那樣的鬥志昂揚，他說：「我就不信沒辦法救佟傑！」

段叔叔由醫院回家的路上一路走，天光一路由他腳前亮去。時間比他動作快。

他在村口碰見李伯伯，李伯伯剛下船，並沒有一般人認爲會有的那種可憐相，比較沉默罷了。

段叔叔知道李伯伯是被叫回來處理全如意事的，他自己也剛丟了老婆，平常不跟人交談的段叔叔突然說起了話。

「剛下船？」段叔叔平常問道：「外島怎麼樣？」

李伯伯更不習慣與人交談，聲音僵僵的；「習慣就好。」

「坐多久的船？」

「一天一夜。」

段叔叔輕笑：「那眞能坐死人。」

在這麼一大清早段叔叔便精氣精神地在路上行走，還強烈地想和人說話，李伯伯態度不禁有三分試探：「你一向起這麼早？」

段叔叔若無其事地：「我剛送我老婆去佟傑那裡。」

李伯伯當然接不下去了，這些風風雨雨他在外島多少聽到一些。每個月都有總部的人下外島。說的都是這些人或事。在外島待久的人大半特別喜歡聽別人講小道消息，也特別容易聽到。

李伯伯急急在下一條巷子拐了彎，他說：「我往這兒走。」

段叔叔毫不在意笑了笑：「回頭見。」然後站在原地看著李伯伯走遠。

沒有人的同方新村的巷子一向像個棋盤，現在，可能陪他下盤棋的人走了，段叔叔並沒放棄，他繼續在同方新村的巷子裡彎進去拐出來找出路似，他彎進去的巷子有些院內種滿了玉蘭花，一蓬一蓬的油綠葉子深處透出異香，卻看不見花朵；有的巷內種著桂花或九重葛、朱槿，有的栽上十里香、千日紅，當他倒著再次進入同一條巷子，那些植物的秩序整個反過來又是一條新的沒走過的巷道，他一趟一趟貼著巷腳走，像剛到一個新地方他多麼專心認識環境，他邊走嘴裡還邊唸唸有詞：「這麼深的巷子，這麼多巷口！在這兒打轉不迷路才怪。」他睜大眼睛盯住一棵棵桂花，玉蘭花，就不看門牌是幾號，是我們就用不著看，我們記得每家門的樣子，門牌號碼向來是給主人看的，譬如段叔叔。

當段叔叔第三度停在二十三號方家院外，斜對門便是他自己家，他橫眼冷睇一眼他們家院子裡那棵玉蘭花樹，我們村子有的人家院子簡直一個樣，方家院裡也有玉蘭花樹，祇是方家的玉蘭花整棵樹開遍了，段家的玉蘭花樹就光是一棵樹，一朵花也不開。阿彭他媽媽說：「有潔僻的人不會生孩子，連種的樹都不會開花結果。」方家的院內在清晨的陽光灑晒下特別清香，還有方家院子裡方伯伯正蹲在那兒活動，這是段叔叔一大早碰到的第二個認識的人，於是他站在那兒，他終於認出他家的對門是什麼個樣子，其實方伯伯根本背抵著，他反倒認得容易些似的，就像反著由別人家看自己家倒看得確定點。

方伯伯正隨著陽光的移動慢吞吞在曬什麼，一件一件鋪排得前後對正左右看齊，他整個人的影子被陽光照射投在曬的東西上頭，形成一塊墨黑的版圖。

段叔叔突然音調高亢揚聲問道：「老方！你在曬什麼？曬書是不是？」

方伯伯半瞇眼繼續彎著身子讓陽光鋪在脊背上，背著時間也彷彿陽光在曬他。方伯伯說：「曬信。」

段叔叔小孩似的打破沙鍋問到底：「誰的信？」

方伯伯淡漠地回道：「方景心的！」陽光更強了，彷彿意圖要曬乾他。

段叔叔尖聲笑了起來：「這倒好，從那兒寫信倒收得到，怎麼我們還活著，寫給老家的信卻寄不出去呢！」

方伯伯沒有吭氣，好像他不搭腔段叔叔就會自然消失，但是他們中間那段空白被陽光曬成透明，等了片刻方伯伯轉過背發現段叔叔還站在院外頭，直直站著在等他回答剛才的話，陽光正面打在段叔叔臉上，亮花花地像一張冰做的面具溶化了，但是溶不完全，甚至有些表情還掛在沒有溶掉的臉皮上。

方伯伯的表情就是一向的沒有表情，那種表情好像他沒有看到眼前的人，也好像不論眼前的人是誰都一樣，他甚至可以用背面跟人說話。

方伯伯聲音平平地說：「我不知道這些信從哪裡寄來的。」一聲波穿越透明的陽光直線發出，平面到沒有秘密也沒有內容。

段叔叔笑了：「是嗎？」

陽光水泥地上一封封信像一具具身體仰面躺著，一封封信件完整地全都沒有拆封，連皺摺都沒有，一收到就放了起來。

段叔叔問：「這些信你都知道寫些什麼？」

那些信在白亮的陽光底下，一封封讓光給放大了，要說的內容在裡頭燃燒著。方伯伯彎腰拿起一封信深深地看了眼說：「我知道寫什麼。寫什麼都不重要！」

段叔叔說：「我這輩子要有人給我寫一封信都好。」他又說：「你這樣曬信好像在保存它等著以後有人來取回。」

方伯伯在太陽下曬著，整個人並沒有被曬熱，他語氣冷而短：「是這樣！」然後進了屋。鋪了微黃信封的地面吸收了光，方家院內仍是我們這兩排最幽森的地方，段叔叔家是最空洞的地方。

方伯伯對那些信身體對待老人似的抱他們出來留他們繼續曬冬陽。我們那條巷子醒了之後，第一個發現這現象的阿跳一天之中三番兩次想進去偷那些信，每回剛伸出手，方媽媽的嘶叫聲立時乍起，由不得他不嚇得縮回去。

一整天下來，那些信彷彿重得沒有一封教風給吹翻過面，老老實實趴在那在兒，贖罪一般。這個冬天的少雨更讓那一封封信曬得更徹底。我媽光注意送信的郵差，簡直沒看見這些躺在地上沒手沒腳曬暈了的信。正午陽光最毒的時候，一絲風也沒有，那些沒拆口的信件便像活活教光線給釘在泥地上，好像是天暗下來以後那些信很快被收了起來，怕沾了夜露還它一口氣似的。

段叔叔則轉夠後回到自家院外站定了朝裡望，屋裡頭剛才出門沒關燈，現在在白天裡亮裡，好像那兒特別暗才需要點燈。其實席阿姨接到病危通知一出門他就醒了，被刀劃開的傷口似乎因爲在黑屋子裡特別痛得厲害，就像看不清劃得多深，所以更痛，他在床上哀叫了半天，等了許久席阿姨仍未回來，他叫得大家都聽見了，卻一致覺得那哀叫有些假得好笑，不是什麼難過的事。我突然在這假造裡明白趙慶於他媽媽結婚那天當第一天聽到方媽媽呼喚方姊姊，爲什麼覺得好笑。那種不正常的人造聲調，實在有點異常的效果，不是讓你覺得恐懼就是荒誕，最後忍不住失聲發笑。

那黑的屋子等到段叔叔開了燈，看清楚自己的傷口，又大聲短叫一聲，似乎差點暈昏過去，他最怕見血有名的。可是那痛好像有種提醒作用，而且不曾離開他，席阿姨去了一天一夜，他痛了一天一夜，那痛使他安安靜靜熬了一天一夜，確定小佟先生病情更嚴重，他突然想到「死」，他盤算如果小佟先生死了，他也死了，席宜芳就一無所有了，那對她一定是個大的懲罰。他再度舉起小刀打算割得更深些，可是屋子太亮了，他眼睜睜看著，根本下不了手。他關了燈，在黑暗中又痛得厲害，而且會不會劃得太深，讓整隻手掌脫離手臂？他又開了燈，他又大叫一聲，那叫聲說：我知道自己沒有自殺的力量。他讓燈光銀白亮著，這樣又開燈又關燈的猶豫不決的個性及最後的亮光，說明了他十分羨慕小佟先生。他一直羨慕小佟先生的，小佟先生什麼都敢，連死都比他容易，是先天性心臟病——先天的。然後他決定花體力洗地來忘掉眼前。接著席阿姨回家說要走了，佟傑要死了。在自己的屋外看著自己漆黑的屋子，他一點一點連結上了二天前發生的事。

如果佟傑以「死」換取了席宜芳，那麼他也試過了，他死不了，終於知道一輩子贏不了這場競爭，奪不回來席宜芳了。他又大聲叫了一聲。這一聲好像是試試他還有沒有聲帶。

他急速背過身子的樣子，像他決定丟棄這個地方。

但是以後日子他在申請調職的時候一再對我爸說他還沒放棄尋死的念頭。我爸要他趕快再結婚，我爸故作輕鬆地說：「天涯何處無芳草。」說他現在有了婚姻的經驗，更知道怎麼對待女人了。

段叔叔問：「是這樣嗎？」他有點懷疑了。他明顯的喜歡儘量拉長談話時間，他現在跟誰都交談了。大家現在有點受不了他的多話。段叔叔突然對什麼事都有了興趣，就是潔癖還在。大家相信他潔癖消失時就是他談戀愛那天。

段叔叔打算放棄這地方的記憶以後不等自己後悔似的，動作飛快地塡妥離婚報告表呈報上去，遞離婚報表同個卷宗打了份申請調職報告。他在報告中說得一清二楚，把自己私事也寫在報告中，其中一條正經寫著他願望嘗試和女人接觸甚至他渴望結婚，然而這一切不能在同方新村進行，他要爲席阿姨留面子。段叔叔打從醫院送席阿姨給小佟先生回家碰到李伯伯以講話開始他的新生活便停不下來了，他擺明了他是那樣開始的嘛！他沒辦法。他變得什麼話都說，什麼事都很主動。

段叔叔的離婚報告很快批了下來，同卷宗上的調職報告卻完全沒下文，當然不久之後他的直屬長官仍然找他去談，他一句話擋得死死：「我老婆不要我了，我當然到別處去免得觸景傷情。」這樣反反覆覆幾次怎麼都談不完一件事，他的主題太集中了，直屬長官當場覺得尷尬，沒料及一個男人三番兩次把家務事抖得這麼明白又直接。段叔叔這邊呢仍然一次一次說，好不容易有個人聽他說，一個話題說夠了才過得去似的。最後，兩個人僵局大半個月，長官終於明白他碰到的是一個剛剛離婚的人，他自己都不知道該怎麼辦。長官這才當場立斷：「我盡量滿足你的需要。」又小心翼翼地：「你也別抱太高的希望。」算是明白了段叔叔的情況，但又深怕刺激到他那一根神經做出什麼「轟轟烈烈」的事，讓大家無法收拾，因此在語氣上不僅不像個軍人，也完全不像兩個男人的對話。

冬天慢慢過去了，春天明顯來臨那一天，細細碎碎的正在開的桂花前一天夜裡突然花朵全部萎縮了起來，太陽沒露臉前花氣也跟著收了線，狗蛋說花朵一向比我們知道氣數，現在沒她們的事了。這天一大清早，方伯伯靜悄悄地由家裡出來往重新長成的蔗園地走去，手裡抱著一大包東西，早晨太陽出來以後，玉蘭花的香味兒在同方新村瀰漫開來，我們一大早起床聞到了不同的花香。太陽光照射在抽長了的一根根甘蔗上，仰高了頭的甘蔗像在等著鑽木取火。方伯伯抱著那包東西走進蔗園後不多久，一排一排甘蔗中間空地冒出了濃白的煙，我們一看就知道並不是甘蔗燒著了，甘蔗燒出的煙是一球黑，我們知道，有人不知道。段叔叔現在沒事了，整天晃還起得特別早，他一見到冒出濃白的煙硬逼村幹事老李敲鐘，那鐘聲每響一聲連著前聲傳得更遠，阿跳在每一撞鐘聲中間跳著腳罵：「笨蛋，笨蛋！那明明是燒紙燒出來的煙。」

白煙更濃了，我媽問：「現在又燒的什麼？」

阿跳說：「衣服啊！衣物中的纖維已經提煉過了，雜質濾掉了，紙也是嘛！甘蔗的纖維原始得很，當然煙也濁一點。」

我媽說：「你怎麼知道？」

阿跳說：「用屁股想都知道！」他火急地要衝出大門去告訴老李別管這事。

我媽一把抓他回來：「你給我回來！不管燒的什麼火，燒大了還是會燒到甘蔗園，你小孩子管個什麼？」

阿跳說：「方伯伯在燒那些信妳知不知道？」

我媽更火了：「什麼妳啊妳的，小孩講話有個稱呼沒有？燒什麼信？你這猴急？」

狗蛋這邊突然開口：「方姊姊的信。」

阿跳說：「妳看吧！狗蛋和尙講的話妳總相信吧！」

遠處一陣一陣的嗚嗚救火車聲音像一種事實逼到眼前，由不得人不相信。

我媽臉一沉：「不准你們再講了，眞的也不准講。」

方伯伯當然也聽到了救火車開來的聲音，在當年方姊姊焦燒的地點一堆方姊姊的衣服燒了一半，沒有開口的信封神秘地躺在火堆邊，方伯伯沒等救火車開到便剷了幾剷土將火滅了，燒了一半的衣服埋在土堆裡壟高了像丘野墳，也像磚窰，正在那兒散熱呢！方伯伯抱著信經過荒原由同方新村後頭回家。消防車開著嗚嗚響著突然發現前頭甘蔗園不冒濃煙了，當下在路邊停車掉轉頭擺脫噩夢似地逃跑，他們知道，即使到甘蔗園也進不去現場，大火自己熄了最好。

阿彭媽媽興奮地在村子裡到處鑽：「怎麼方家老小都喜歡玩甘蔗園？」

方伯伯由蔗園回到家關緊了大門，他家的院子裡玉蘭花開出上千朵花苞，像極方伯伯蹙眉頭的臉。阿跳一家家院子去評分，他這兩年竄得特別快，躲在人家院子短樹牆、籬笆外頭已經高出一個頭，藏都藏不住。他看到誰家的樹種優良總會偷偷幫長不好的樹做分枝，弄得我們村上的樹每一棵跟每一棵都有那麼點關係。因爲他分枝成績不壞，現在人家看到他也假裝沒看到。

方伯伯家的花苞眞的每朵都開出了花，但是這不稀奇，稀奇的是段叔叔家伸出院子從不開花的玉蘭樹在春天剛到不多久開出了第一朵花。那朵花雪白純潔，開了好多天還沒完全張開，遠遠看像在含著微笑。不用說這又是阿跳的傑作。

阿跳每天去觀察那朵花，那朵花怎麼也不張開花瓣，最後阿跳終於忍不住去敲段叔叔的窗子：「段叔叔，你出來看看你的花好不好？」

段叔叔短短時間內整個人胖了一圈，顯得更白。他問阿跳：「看什麼花？」

阿跳指著那朵牆頭托著的玉蘭花：「玉蘭花啊！你不看她，她就不長，心理不正常嘛！」

段叔叔看了很久那朵玉蘭花，忽然笑了：「怪不得宜芳以前愛種東西，我們是農村出來的，當然得種東西才算回事嘛！」他搬了一張櫈子坐在花朵前面守著，甚至不時發出自言自語：「我原來是個種田的，怎麼會當上軍人？而且還一當那麼久！」花苞慢慢舒張開了，段叔叔笑了：「植物簡單多了，花多少力氣就有多少收穫，我待在這裡做什麼？回老家至少還有塊地給我耕吧！」他端了櫈子進屋去，那朵玉蘭花已經慢慢張開了花瓣，收也收不住了，終於開成一朵正常的花。

第二天一大早段叔叔到辦公室又補呈上一份報告——自願報退。當然部裡的長官又得重新找他去談，跟他說他的報退公文先不批，希望他再考慮考慮，他們小心地分析給他聽現在外頭很不好混，誰誰誰下去以後情況頂糟。他們現在跟他說話全小心翼翼，怕他提起調職的事怎麼久沒下文；他的同事或下階部屬倒興頭得很，都說他的舉止一再反常，恐怕他越是退得徹底，鬧出來的事越大，不關他們緊要，於是他們簡直等著看戲。

段叔叔萬萬沒想到他有一天會變成大家注意的目標，他走到哪兒，人的眼光閃到哪兒，一旦跟他對上又裝得若無其事，而且不跟他說任何有關席阿姨的消息。他似乎體會到了讓人注意的樂趣，於是退伍報告呈上去以後也不去催，但也不鬆懈公事，每天規規矩矩、正正常常去上班。大家越是時不時瞄他兩眼，他越是慢條斯理，偶爾還回看人家兩眼像在享受這份注意。段叔叔的表現再正常人沒有了。

段叔叔愈正常便愈襯托出袁伯伯的毛躁。

李伯伯從外島趕回村上以後，整個村內的氣氛頓時發酵一般，情緒徹底不一樣了，其實李伯伯什麼行動都還沒有，他不過初步聽了阿瘦的敘述。

李伯伯四處轉了轉然後才鄭重地問阿瘦：「妳還要這個媽媽嗎？」

阿瘦偷偷瞄一眼李伯伯，扭了扭身子不太自然地說：「人家說我們總該把事情弄清楚。」她很少跟李伯伯這樣正式討論李媽媽的事，整個人扭動得厲害。

李伯伯長長嘆了口氣：「李念陵，把事情弄清楚了又怎麼樣？妳要記得我們不是科學家，是活生生的人。」

李伯伯叫「李念陵」三個字分外生澀，不像在叫女兒。

阿瘦恐怕是聽出來了，驀地眼眶紅成一片。阿瘦從來不在李伯伯面前掉淚的，那紅血上臉不知憋足了多少委屈偪在眉眼間。

李伯伯點上菸，這次回來他最明顯的改變就是菸抽得比以前兇得多也急。一支接一支不讓自己有空檔做別的事，噴出來的煙將他團團圍住。他更大的改變是他不時便在村子前前後後繞，他走到哪兒一團煙跟著他到哪兒。他就是不靠近野戲台子。

李伯伯終於把么么拐高地前後繞遍了後，才要阿瘦把全如意進村後的情況仔細說一遍。

阿瘦結結巴巴希望把她知道的事全部倒出來，東說一段，西說一段，急得全無重點，但是李伯伯續上他一根又一根的菸，坐在煙霧中，彷彿聽一個他熟悉而明白的故事。他臉龐上始終罩著一團淡淡的感傷，使他的身心遠離了現場，回到從前，他順著阿瘦的敘述回過神確定了一些事，這些事，教他先阿瘦的敘述看到了全如意。雖然他從來不繞到戲台子邊。

李伯伯制止阿瘦再說下去，他自言自語地：「路數倒眞像。」又用堅定的語氣問：「我這次回來不是幫自己找回老婆，是爲妳和中中找母親，妳自己說要不要我去找？」

阿瘦杏黃眼梢往上一挑，表情似憤怒而非哀傷，她小聲地說：「爸，我不是硬要找媽媽回來，我想知道媽媽的情況，我祇是想全部都知道就行了。」又眨眨眼皮：「她不會跟我們回家的。」

李伯伯長嘆口氣：「妳心底已經有數了對不對？」

阿瘦脫口而出：「爸，我不會跟你無理取鬧的，媽媽以前那樣實在很不好。」她爸爸跟媽媽說什麼都對不上邊，好像他們兩人是不同國家的人。

李伯伯甚至連驚訝都不太會表達了——阿瘦比李媽媽腦筋清楚，這點倒比較像他，雖然她不是他的女兒，阿瘦比較像個活人。李伯伯苦笑道：「但是田寶珣一直是最熱情的一個，也祇有這麼一個。」他眼睛的亮度愈來愈黯一種痛苦遮住了光：「不會是別人了！她就這路數，我太瞭解了。」

李伯伯問阿瘦：「咱們是速戰速決好呢？還是再觀察一段時日？我還沒靠近過那戲台子。」

阿瘦說：「速戰速決好。其實也不是什麼速戰速決，他們都來好久了。」

李伯伯問：「要不要帶中中去？」

阿瘦音浪突地昇高：「不要！」又很快降下：「他已經忘得差不多了，沒必要又記起媽媽的樣子。」

李伯伯說：「「全依妳！」」

阿瘦站在煙霧外，望著一片模糊的四周突然說：「爸，你該戒菸了，菸抽太多對身體不好。太保老師說菸裡頭有尼古丁吔。」

阿瘦憋了好久的話三兩句就解決了，說是算了一樁心事，他們中午可好吃一餐，阿瘦拿出她存的私房錢買了一大堆菜，好似她就等這麼一天來到，她早把慶功宴的錢都準備好了。他們家冒出來的油煙氣味，阿瘦手藝不錯是不錯，「就有點不像件吉利事兒。」我媽說：「吃最後一餐似地。」阿瘦現在炒菜不用端張椅子站鍋前了，要用大火的菜她也有力氣快炒快起鍋了，越是這樣，她用油越厲害，一副陳年老廚子味道，喜歡在油大、爆炒這件事上耍兩招，當然平常她才捨不得天天這樣弄給太保老師吃，除非太保老師出錢加菜，不過她自己倒吃得越來越省。她比我們更早突然就什麼零食都不吃。她老罵我們：「吃飽就好了！多吃多拉屎！」她忘了她以前那吃不飽的樣子。

越來越香的玉蘭花味同方新村的人都知道黃昏到了，香味香得散不開，像香水本身不像花朵傳出去，阿跳東分枝西分枝的結果么么拐高地的玉蘭花一夜之間全同時開了，每一株樹品種優良到枝上的花朵比樹葉多，至於越接近黃昏就越濃香這點，我媽還不知道這是阿跳的傑作，她嘀嘀咕咕非常不滿：「這些花以為她們是什麼，以為自己是夜來香啊？」

香味在巷子裡飄來穿去，彷彿在帶路，天色逐漸灰沉下來，還沒有到看不見的地步，這時分比眞正的黑夜看東西還吃力，什麼都是灰濛濛一片，不如黑就是黑，白就是白那樣分明。阿瘦、太保老師和李伯伯似乎渾不自覺地由香氣帶著往戲台找去。有人不斷到各家去傳消息，什麼全如意今天比往時都早跨出秀蘭旅社，什麼全如意的髮袋半路教風給吹掉地上，什麼全如意邊吊嗓子的化粧，胡琴的弦綳斷了彈得老遠，大家在香味和不斷的消息裡整個忘記了么么拐高地籠罩在香味中。

就當我們那兩排香水味全集中到方家院子那棵千祥雲集般的玉蘭花樹上空，方家門口出現了一對灰濛濛徘徊的人影，那愈來愈濃可疑的香味彷彿被他們帶來。那兩個人也像一股味道無聲無息，所以我媽眼角都沒瞟一下。

這一對人影是阿彭先發現的。阿彭最怕熱，天氣才剛開始熱，他一定是我們全村最早搬櫈子出來乘涼的，先還人模人樣僅在他們家門口屋內透出來的那束光裡晃，然後越來越遠，最後必定混到戲台前，那兒到處是人，他倒不嫌熱騰了。

這會兒阿彭聽說阿瘦要去認全如意，早候在院外準備天一全黑就摸往戲台去，他左晃右晃天老不眞的黑盡，他望到方家門口，看見了那兩個人，他一小步一小步往外移過去，眼睛死命盯上去還大聲問那兩條人影：「你們幹嘛？找人是不是？」天色的關係，那兩個人臉龐一團模糊。阿彭放大了聲音，好教仲媽媽知道他在門口。

那兩條人影幾乎是立刻就快步晃到他面前，其中一個叫道：「阿彭，是我啦！」

阿彭聽到有人認出他嗓音興奮得什麼似的：「誰啊？你是誰？」

那人笑瞇瞇的聲音：「眞差勁！是我，方姊姊啦！好久不見，阿彭你更白了。」

阿彭猛力吸進一口香得化不開的玉蘭花氣，方姊姊最愛玉蘭花和桂花香味了，那香味朝他腦門一轟，他開始什麼也聽不見，光瞪大了眼珠子忍不住死命朝前巴望看個清楚，越看越是灰濛濛一片，不過雖泛化一層灰色的邊，輪廓還在，果真是方姊姊那外形，他再朝旁邊望去，天突然就黑了，他忽地就看了個一清二楚，旁邊同樣在微笑的不是別人，正是小余叔叔。

阿彭自言自語唸台詞一般說道：「方姊姊妳好！好久不見，小余叔叔你好！好久不見！」

方姊姊笑笑地說：「阿彭，你怎麼搞的？好像見到鬼似的？」

阿彭當場被盯死一般，剩下一張嘴活著在那兒狂叫：「救命啊！救命啊！」

聽到有人喊救命，一馬當先衝出去的當然是我們家阿跳，他一眼看見方姊姊和小余叔叔當然沒阿彭那種反應，彷彿他不太記得方姊姊、小余叔叔所以不知道怕，他瞟了一眼他們還是先問阿彭：「你吃錯藥了？」

方姊姊愉快地搶在阿彭前頭說話：「阿跳，你居然長這麼大了啊？」

阿跳這下更覺得有點意思，神氣兮兮挑著下巴問：「妳是誰？你怎麼認得我？」

阿跳上前一步湊近臉看清楚了對方五官，這才恍然大悟：「噢——原來是方姊姊和小余叔叔。」

阿彭仍在那兒尖叫打哆嗦。

阿跳煩得踩阿彭一腳：「你鬼吼鬼叫個什麼勁兒？方姊姊你都不認得了。」

方姊姊在她喜歡的香味裡又笑了：「不怪他。」

阿彭沒笑，口齒不清地說：「他們是死人哪！」不放心地仍盯死兩人。

阿跳滿不在乎：「什麼你都怕！死人就不是人啊！」他上去牽方姊姊的手：「方姊姊又不會

害你！」他笑了：「方姊姊妳的手怎麼那麼熱？」

方姊姊也笑了：「誰說我是死人？」她摸阿彭：「你的臉有我的手熱嗎？」阿彭哪裡顧得了熱不熱，又開始狂叫。

這時，兩排房子的人聽到狂叫簡直傾巢而出，驚嚇的程度跟衝刺的速度簡直如火燒蔗田那回；這回以爲出了命案，眞的是李伯伯把全如意殺了。

方姊姊不像全如意回來那那樣換了個人，她面貌一如以往，祇不過長高了點，而且她懷抱還多了個娃娃，娃娃這會兒睡著了。阿彭那種尖叫法都沒能吵醒娃娃。

阿跳蹦高了要看娃娃臉，他跳過來跳過去叫道：「方姊姊，娃娃給我抱一下！」

阿彭的腳跟周邊不知什麼時候濕成一灘，阿跳蹦著跳著忽地斜眼瞄到，立刻移轉注意力，大聲笑道：「大家快看阿彭，尿都嚇出來了。」他有意做給阿彭看，挨緊方姊姊：「方姊姊妳是鬼我也不怕妳。」

這時小余叔叔才開口說話：「我呢，我是不是鬼。」音調仍是沉沉的。

阿跳用力點頭，陷在興奮中；「你是啊！你被燒死在蔗田裡了嘛！你也是隻鬼。」阿跳的嗓音因爲興奮是尖銳的，唱青衣戲一樣。

方姊姊疑惑地望了眼小余叔叔：「余蓬，你看是怎麼回事？」她以前叫他小余，現在連名帶姓叫了。

這會兒聽到人家有名有姓的，遠遠嚇僵了的媽媽們這才湊近上來，天色原本黑了因爲大家全扭亮了燈，暈橙的光流出來使得四地又染成一片青朦朧。天色不自然得彷彿大地睡去前地掙扎，在那兒不甘心；像我媽叫我們睡覺我們掙扎著不想去睡。

方姊姊、小余叔叔、衝出來的鄰居，全部被不知名的懷疑的青朦朧的天色罩住而顯得不親，誰也不信任誰，全是一個個體。

仲媽媽一聽對上了話，又仗恃身體胖，一身是汗的一把先拽住阿彭，才質問方姊姊；「你們從哪兒來？」

「從台北。我和余蓬跑到台北成了家，把孩子生下來也找了工作，揣測風頭大約該過去就回來看看，我們怕爸爸擔心，先不斷寄信回來過啊？奇怪就是沒回音。」

「甘蔗園裡的屍體不是你們？」

「不是啊！我們怎麼會跑到蔗園裡去尋死？」方姊姊覺得不可思議地發出笑聲，邊說邊笑。

我媽可不覺得好笑，她禁不住深深嘆了口氣；「景心，妳害死了妳媽了。」語氣森空，好像在怕什麼。

方姊姊倏地收住笑，覺得了事態嚴重：「我媽怎麼了？」

我媽說故事似地大家都噤聲大氣不吭：「一把烈火燒焦了蔗園，燒出兩條人命，兩屍三命，女的肚子裡還懷著身孕，你和小余不見了，誰都會以爲是你們，妳媽受不了，想都沒來得及想清楚就——瘋了。」

「瘋了？」方姊姊語調頻率陡高，喊出的話在花香裡撞得音調高而發軟。

方媽媽在屋裡大約白天好睡了一覺，天一黑她便醒了，人雖然醒了，但是聽不到也看不到，外面跟她毫無關係，光惦記她的世界裡的嘶喊。外頭喧成這樣她沒半點接受。

「啊——」方媽媽睡醒了開始她每天固定的嘶叫。這會兒，又比平常嘶鳴得更高亢。我們是聽慣了，初次聽的人一定覺得被電到了，誰家關了一頭怪獸。方姊姊乍地聽到，頓時心底明白了似，整張臉刷地青煞成一張白紙，她一疊聲急道：「怎麼辦？余蓬，我們怎麼辦？怎麼會這麼巧？」聲調軟的，人也是軟的。她心慌地：「那把火幹嘛會那麼巧？」

小余叔叔換手接過娃娃，他沉著得多，亦不禁皺緊眉山安慰道：「先別急，也許妳媽看到妳就好了。」

方姊姊這邊已泣不成聲：「我不敢進去！」

這時原本掩緊的院門從裡頭拉了開，方伯伯身子整個擋住門隙，擋住了裡頭的光，外頭的人一點望不見屋裡情況。方伯伯整頭頭髮幾年工夫就成了花白。

方姊姊怯怯上前：「爸！媽怎麼樣？」昨天才見面似的。寒暄都免了。

方伯伯沒吭聲，光冷冷地盯住方姊姊，不知道有多痛恨及生漠。他在屋裡應該已經聽得一清二楚。

方姊姊又叫：「爸——」

方伯伯生硬不帶一絲情感：「別叫我！我女兒早死了！死了就不能復生，妳要得起狠是不是？妳夠狠就該滾得越遠越好？別叫裡頭那個瘋了的人又受刺激丟了命。」

「我不知道事情會變成這樣！」方姊姊六神無主地望了眼小余叔叔：「余蓬，你來說明，你幫我求求爸！」

小余叔叔站在原地也不知該怎麼開始說，這情形下任何人都像是局外人，都是多餘的，偏偏巷子裡擠滿了人，誰也沒打算走開去。

方姊姊又急切地連聲說道：「爸！讓我進去！我去跟媽媽解釋就沒事了。」

方伯伯冷著臉：「妳要當過我女兒就應當知道我的脾氣，妳走吧！我這輩子是不會原諒妳的。」

方姊姊這才深深絕望地放聲痛哭起來，小余叔叔一手抱著娃娃，一手環住她；屋裡頭方媽媽和聲似地揚起了無意識又尖厲的呼喚：「景心！景心啊！」

方姊姊苦苦哀求方伯伯：「爸！媽在叫我。」一頭一臉水涔涔，軟弱得要化掉。

「她自己都不知道在叫誰。就算是，也是叫死掉的方景心。別讓我再看見妳。妳走吧！讓裡頭的人再多活幾年！她現在的心臟經不起任何刺激！興奮過度會要掉她的命，而且，她也習慣眼前這種情況了。」方伯伯的語氣不再像先頭那般堅硬了，因爲太平淡了，隔著一層竹籬，讓人覺得了他的累。這幾年他不僅頭髮花白，人也老去許多，一天比一天老。

方姊姊在院子外不再說話，方伯伯最疼她的，這樣做，是傷透了心，她現在才知道她的任性所造成的無可彌補的錯誤，她仍活著，人人都以爲她早死了，那麼，她恐怕就是早已死了。這麼巧，如果不是蔗田裡那對屍體，大家會猜測她跟余蓬跑了，三頭六面去找她，會熱熱鬧鬧地有個結局，雖然八成是場鬧劇，像第一次方姊姊逃家懷了孕回來那樣；現在，是悲劇了。

仲媽媽一旁衝動道：「天下哪找這種事啊?!眞狠心吔！做父母的不要子女！」

方姊姊喃喃哀求：「爸?!讓我進去。」耳朵又淸楚地聽到仲媽媽的話，她轉過頭，正色說道：「是我不要他們，他們才不要我的。」她突地又拔高高階詛咒道：「你們圍在這裡做什麼？

蒼蠅叮死豬肉一樣，這麼多年了，情況難道一點都沒改變？這到底是什麼心態？！」

我媽聽不過去，臉色一凜說：「景心！大家是關心妳，不要什麼事儘往別人身上推。」

方姊姊究竟知道我媽脾氣，語氣這才稍和緩了些，仍是全沒主張：「奉媽媽，我怎麼辦？」

仲媽媽被頂了幾句，這下話聽到耳裡，正好洩恨，她一把拽住阿彭戲都不往下看了回頭便走，嘴裡罵道：「活該！有本事怎麼不生了孫子再回來！」那麼愛湊熱鬧的人現在都湊不去了，顯然是傷到了。方姊姊又附帶傷了一個人。

我媽嘆氣：「姑娘！妳這樣將來還有得罪受呢！」這話還眞耳熟，以前她曾經這樣講過方姊姊的。

方姊姊多年前的記憶忽地被喚醒了，幾年來這一路下來的任性，此刻這才悔悟地收斂地她的霸氣：「我一定改。」

我們凝望方家深閉的大門，裡頭濃艷的玉蘭花甚至一併關鎖住，我媽搖頭：「妳比我們都瞭解妳爸爸，他決定的事不會改變，他從來不輕易說狠話對不對？我看妳暫且避一段時間，等事情過去，他有機會弄把弄把將妳媽情緒扯平穩了，妳再回來，那時不又是好好的一家人，妳隨時跟我們保持聯絡就是了。現在別去硬擰它。」

小余叔叔以他從前便沉穩的語氣說：「奉大嫂說得對，景心，妳最好別硬扭。」

我媽這才有閒餘心情問小余叔叔：「你們這些年過得好不好？」

小余叔叔微笑道：「談不上好不好，我找了份教書的工作，景心在我們學校辦公，關係倒親密就是。」小余叔叔難得講這麼長的句子。也把他們離開同方新村後的生活描繪得很周全。大家都想再知道一些什麼，卻無從問起，么么拐高地的人對外地的事知道得太少了，大家對他們所知更少，突然間大家靜肅了下來，凝凍的空氣等待他們兩人解開，小余叔叔和方姊姊卻毫無敘舊的本事及念頭。這時候，彷彿連花香得都是多餘，沒有貼切的字句可以形容他們走以後發生的事件。這回大家的震撼比上次大火更甚。

方姊姊用力嗅聞他們家院子裡濃得彷彿腐敗了般的玉蘭花香味，她說：「余蓬，我以前就在這香味中等你。等得太苦了才背叛了爸媽。」

老楊騎著單車踢里哐啷的賣力騎過來，他站在單車踏腳板上直起身子看過來，一眼看到方姊姊老遠便親熱地喊道：「景心。妳怎麼在這裡？我正要送妳的信給你爸呢！」

方姊姊苦苦一笑接過信朝屋裡喊：「爸！您開門啊！是您的信呢！」

我媽乘機抓緊老楊：「老楊，你早知道是景心寫的信？」

老楊：「知道啊！你們不知道啊？」不等我媽回答，老楊又騎了全身會響的腳踏車溜遠了。

方姊姊叫不開門死命握住她自己寫的信，那封信簡直像一張畫符，將方姊姊封定在原地。

小余叔叔低聲如催眠：「我們走吧！聽話。」他要帶方姊姊再一次在大家面前離開。

我媽大聲喊住他們：「把地址留下啊！」

方姊姊又被催眠般到處找紙筆，在自己家周邊誰會隨身攜帶紙筆呢？你看看我，我瞟瞟你，小事變成了大事。就在大家睇來望去，狗蛋朝方姊姊雙手遞上了紙筆。紙筆都是教會發的，鉛筆芯削得光潔整齊，準備隨時拿出來用，狗蛋每枝鉛筆都削得「一絲不苟」。

方姊姊驚訝道：「狗蛋，你怎麼一點都沒變？」

狗蛋卻笑瞇瞇答非所問：「我早知道你沒死。」

方姊姊異常驚訝：「為什麼？」

狗蛋微笑仰望方姊姊般：「妳臉上有光，有光的人不會死。」

我想起那天晚上陪方姊姊去看小余叔叔後越過荒野回村子，方姊姊在荒地月光下換回自己的睡衣時臉上映著月光的事，原來那不是月光，是方姊姊自己臉上的光。

方姊姊悽惻一笑：「你為什麼不告訴我爸？」

狗蛋說：「他不信這些。」

小余叔叔把地址寫妥，正遞交我媽，方姊姊攔截過去一言不發由方家院門底縫塞進去，輕淡地說：「爸爸如果原諒我，就會通知我，如果不找我，留下地址也沒用。」

方姊姊攏了攏臉上的恍惚，倔倔地一笑，對我媽也是對大家說：「我走了。」

方姊姊快速轉身離開的樣子，彷彿這麼多年來她仍在跟誰賭氣。

我媽追上兩步不放棄地：「余蓬，有空還是帶景心回來轉轉，多轉轉總會碰上他們心軟的時候。」

小余叔叔長著望方姊姊的背影無奈地說：「我們住北部，回來一趟不容易。」

我媽想說什麼硬嚥了下去，不看她的臉色我也知道她的意思，她想說：「我們由大陸找來這兒都不敢嫌遠呢！」

方姊姊頭不回顧地走出了巷子，小余叔叔倒略略有絲遲疑，我現在才明白，小余叔叔並不是懦弱的人，他祇是顧慮得多點，是方姊姊的敢愛敢恨顯得他懦弱，方姊姊這種強烈的個性眞容易出問題，她隨時隨地不忘記她的尊嚴，小余叔叔這方面看得淡得多，所以他不像方姊姊那樣一會兒哭一會兒笑一會端著。怪的是他又像是催眠方姊姊的人。

「她走出村口就會後悔。」我媽望著他們的背影宣佈什麼眞理似的。方姊姊他們當著大家面前活生生一步步消失比他們當初失踪那情況還像場夢。

四周的觀衆並沒立刻散開，彷彿眞的在等方姊姊回轉來，但是顯然方姊姊已經決心等方伯伯去找她時再回頭。

大家急於去看戲台那兒的熱鬧，所以換成平日早就你來我往討論開來的情況並沒有發生，反而草草同意了我媽的話，也不全然同意，有人臉上帶著一大堆自己的看法先趕戲台那一場。匆匆忙忙走掉好幾個人，留下的正要開口，忽然花香末梢吊著一股怪味道。

「是烟的味道！」阿跳鼻子向來最靈光而且準確。

並非遠方飄來的烟，那麼不是甘蔗田失火了，烟味由近處直接傳過來，和方伯伯家的玉蘭花當頭衝上。

阿跳猛嗅兩下肯定地說道：「是段叔叔家！」

大家先是你瞅我，我瞄你，被突如其來的狀況悶住了，烟味一衝，整個記憶倒又醒了。大家來不及似地衝進段叔叔家，屋內升了一爐炭火，炭火上兩把靠背椅中間拉了條床單在烤，段叔叔仍然不將衣物曬到外頭，嫌不雅觀、不乾淨。溼床單有點重量，大概靠背椅又支得不勻便往下落陷罩在炭火上，溼床單悶住炭火燃出了烟，段叔叔原來先瞌睡著了，後來在夢中被烟薰得不省人事。烟一陣一陣湧出，塞得整幢屋子裝不下了這才往巷子冒。大家衝進去後被濃烟一嗆此起彼落咳個不休，然後才在濃烟中將段叔叔抬到巷道中間，這時屋內已經不光是烟，還有火苗，當場仲媽媽恨聲咒罵道：「想害死我們這排房子永遠不得翻身啊！」她邊罵邊撲火得最賣力。

段叔叔被抬到外面巷子後，將就把他放在地上，我們幾個小孩奉命用扇子搧他，好讓他呼吸多一點新鮮空氣，不一會兒段叔叔悠悠地甦醒過來，開口第一句話是：「我怎麼在這裡？」他好像一向對他自己身在何處感到疑惑。怎麼會到台灣？怎麼會到么么拐高地？怎麼不是種田的？

仲媽媽這會兒又是反應最熱切，巨大的身子欺將而上，反手就給段叔叔左一耳光、右一耳光，口中更加恨恨有聲：「你自己要死為什麼拖上我們？」

奇怪，這次出了事怎麼沒下雨？好久沒下雨了。

段叔叔不明白：「我沒有要死啊！」

仲媽媽不信：「你是沒有要死，你是要自殺！要害死我們！」

段叔叔終於明白了，嘆口氣委屈地說道：「我以前眞自殺說我做戲！這次我沒這個意思，倒批算得眞有這麼回事！」

仲媽媽氣忿難消：「你要死也死遠點！」

我爸也搖頭：「老段！你也太想不開了，死了又怎麼樣呢？」

段叔叔光苦笑卻沒再說話。他望了望他的屋子，光看外貌薰黑成那樣，屋內可想而知。他不由搖了搖頭。大家七手八腳又吼又罵又灌水下，屋內的火及濃烟已經完全消散。

這樣一鬧，原先想留著討論一下方家事的人徹底敗了興致，迅速一哄而散，留在現場的全是小孩，但是小孩也說不出什麼話，光站在段叔叔面前研究他。

段叔叔臉上木木的，似乎用針也扎不痛他，他簡直不相信自己又自殺了一次似的。

因爲長期沒說話，段叔叔一開口嗓子暗啞沙沙地苦笑道：「奉磊，我要死早死了，不會現在還又尋死。我死了誰替我收屍？我們規矩沒人收便投不了胎，一輩子要在半空中飄盪，我死也要死在老家啊！」

狗蛋溫和眞誠地安慰他：「段叔叔，我相信你不會再自殺，自殺是有罪的。」

段叔叔並不驚訝這句像眞理的話，他眞是燻柴了空洞無心地唸道：「我知道。」然後靜默地發呆枯坐，並不急於進屋檢查損失。他呆滯的表情彷彿那燻黑的屋子並不是他的家，他與屋子沒有絲毫關係。那裡頭沒有一點點快樂的記憶等著他去痛惜。他 在這一場誤指中迷糊了——原本以前才要尋死啊！怎麼變成這次了呢？

後來阿跳一直跟著段叔叔，阿跳向來認爲災變充滿了一股刺激性，因此捨不得走開，他說後來段叔叔以爲人全走光了，才放心起身回家，他在屋內緩步打轉，帶著呆滯的神情面具，屋內燻得一塊黑、一灘濕影的牆壁、大樑，彷彿那是一座廢墟，而他是古人，一個不合時宜的古人。他茫茫地拖著步子走到臥室，他又恢復坐椅子內睡覺，床鋪拿來堆衣物、報紙，光那張床最亂，他也最要使它亂，彷彿他在虐待那張床，那張床以前是席阿姨睡的。他望了望床上堆的東西，全教救火時給潑溼了，顯得更汙穢。

段叔叔搖頭不止……「全都弄髒了！沒救了！」邊說邊打開一口箱子，取出不知什麼文件，連門都沒鎖就出了屋子。進屋時一副茫然、呆滯，走時的快速全令一旁觀看的阿跳深深覺得刺激，以至於忘了上前追問段叔叔去哪兒。

後來，有人說段叔叔抱著他的文件先到陸訓部單身宿舍住了大半個月光景，終日不和任何人說半句話。每天一上班便坐到人事處辦公室門口，坐得承辦退伍的人如坐針氈，人家等於親自跑公文，遞辭呈幫他辦了退伍。段叔叔拿到退伍令、退伍金斷然失去行踪。他原來便沒有朋友，這下簡直無人追詢他的去處。同方新村整個的鬆了口氣，不知怎麼大家最後多少覺得有些虧欠他。

那天阿跳跟在段叔叔後頭穿過幾條巷子，段叔叔走的全是直路，一個彎都不曉得拐，因此他簡直直接由村頭往村尾的暗處陰影裡埋去。每個村子的邊緣地帶總較中心地區暗得多。而且，村裡的人都到哪兒去了？路上一個人影沒有，光聽到遠處球場戲台前層層包住悶沉的，打雷似的人語與樂器、唱腔聲，似乎遲早會爆炸開來；巷子兩旁的住家更因戲台的炫亮而被比了下去陷在一片昏暗中。這個世界莫名地就剩下阿跳和段叔叔。阿跳望著段叔叔的背影，他這樣一步步跟著，彷彿是段叔叔的影子。他自己的影子還在呢！於是他乾脆甩掉段叔叔，由著段叔叔自己去了；少了他，段叔叔還有另一個眞正的影子跟著。

阿跳這邊沒事了當然就十萬火急趕到球場。戲台前早擠滿了人，站的站、爬高的爬高，球場四周也全是人，要多少有多少那份多法，你要找誰在這裡頭都找得到。阿跳後來說，既然一個球場就裝得下全村子人，我們還要么么拐高地做什麼？

大戲尚未上演，劇團一見人山人海，暖身似的先派兩個丑角在台上耍寶拉人，兩個丑角因爲知道不是看他們來的，所以耍得懶洋洋，人越多，他們耍得越不帶勁兒。班主不時由大幕探頭出來，不明白發生了什麼事？他終於看出這些人不是看戲給錢來的，全一副看熱鬧的味道。班主一眼瞄到我媽沉，他遠遠地用眼梢問：「怎麼了？什麼事？」

我媽回瞪了他兩眼，意思是：「你自己不會看？」

台下這時突然有人大聲起鬨，「叫全如意出?!！」話聲落地，四周立刻響起一片笑聲吃吃。

班主這下有點明白了，原本就煞白的臉皮刷地更沒了血色，敵暗我明給人看熱鬧總不是件讓人安心的事，所以他那張臉迅速在大幕後消失。台下的觀衆這會兒更來勁兒了，一聲疊一聲衝高：「全如意上哪兒去了？叫全如意上戲啦！」

偏偏全如意以前便不聽別人的，現在這般叫法都叫她不出來，似乎更卯上了洋勁鬧彆扭。

但是她一定扭不過形勢的，這回大家不是要看她的戲，是要證明一件事，當么么拐高地的人自認爲是證人的時候，理直氣壯形成的氣焰，是悍然不可擋的。

阿瘦和李伯伯一見這情況當下便呆住了，他們豈敢貿然地找到後台去了，圍觀的群衆會捅出什麼亂子誰也沒把握，但是他們也退不了身，因爲大家根本衝著他們而來，但局面一變反倒像他們跟著大家在起鬨，大家帶領他們的情緒。他們是被動的。

李伯伯低聲對阿瘦說：「這樣搞下去一定會出人命。」

阿瘦緊張得眉頭都忘了皺，黯黃的臉色此時不知怎麼黑了，越緊張似乎就越黯焦，她發急道：「怎麼辦？我們走吧！」

但是來不及了，那些心不在焉的丑角懶洋洋地忽然快步由台上退下，因爲劇情太散漫了，因此隨時退下去都是自然而然的結束。他們退到台口那一瞬息精神忽地就飽滿起來，變了個人。

全如意沒像以往上戲那樣選在一個重要時刻蓬地上台亮相站定，她一開戲已經直在場子中央，還是以前那扮相，烈豔地不得了，光爲了戲裡的人生而活。

台下這會兒全閉緊了嘴，安靜得像全體一起忽然睡著了，然而還不肯閉上眼睛，且張大了嘴，和全如意比較起來，顯得傻子一般。人家台下全神看她，她丁點心事兒沒有，好像台下沒人。

「爸，是不是她？」阿瘦綳緊了神經嚅嚅問道，滿臉怕是又怕不是的神思。

李伯伯皺緊眉頭，專心凝神地直視台上自言自語有三分忍不住的讚賞：「倒是可塑性挺大，是有那麼八分架勢。」

「是媽媽?!」阿瘦壓抑的聲音充滿了絕望，那麼她並不希望是這答應囉?但是似乎她又忍不住有些興奮。

「妳希望是她嗎？」李伯伯反問。

阿瘦無意識搖頭。

「妳不希望是她嗎？」李伯伯追問。

阿瘦連續搖搖頭，全無主張。

「那我們走吧！否則鐵定會出大亂子！事情淡化些我們私下再尋去。」李伯伯小聲說。

戲台上，全如意的身段很少，正色站在場子中央定神拉高了嗓音唱戲，簡直以旁若無人的姿態直接告訴上天她的心意。誰都跟她的人生沒有關係。李伯伯說得很對，祇要他們一上台去，台下的觀衆鐵會跟著鬨上台去，那眞要踩死幾個人。

「可是我們走了還是會出亂子啊！」阿瘦說的也沒錯。他們如果現在離開無法向大家交代。

果然，立刻有人發覺他們有撤離的意思，此起彼落的聲浪打破了現狀，紛紛朝上台喊話：「全如意！妳女兒和老公要見妳啊！」

全如意文風不動，跟上天還沒溝通完呢，她等文武場過門的空檔往下瞟過去，這才發現台底下空前爆滿，而這爆滿跟她唱戲好壞似乎沒有多大關係。她瞄了台下幾眼，恢復旁若無人冷肅地自顧自地繼續唱她的。她平日的熱情及充滿想像的表情，全教這東冷肅給悶住了。板著一張臉，八成當那喊話在調戲她。

全如意台上越唱得聲氣如絲帛裂開，台下的激動就像被她的嗓音一波波壓抑下來，一束一束的壓抑滾過來翻過去，一旦有人趁空隙發了情似地狂叫嘶聲，鐵定有人混和跟上，不時的嘘叫像風聲在場內旋轉，要變天了似。全如意那頭則當這些人視她爲萬人迷在追逐她的聲音，她臉上一味保持輕忽的表情。

台下實在因爲擠，每一道發出囂叫的身體黏在固定地盤做僵持狀，台上全如意則對車似的動都不動一下。全如意拉高了嗓子細細攀升盤迴，直達天聽的路途突然碰到了什麼障礙扭了一下，四周所有的燈光跟著倏地一齊熄滅了，這時台上台下霎間陷入完全的漆黑。漆黑中全如意輕裂的唱腔沒有停止，跟空氣黏在一塊了甩不掉。

李伯伯黑暗中一把抓緊阿瘦、太保老師往場外快步移開，三個人全低著頭在找自己腳似的。一雙雙腳邊閃著晶亮青綠的光，忽而睁圓了，忽而黯然，太保老師無聲地問阿瘦那是什麼？阿瘦回道：「是野貓。」

台上，全如意忽起忽斷的唱腔完全失去了板眼，她自創一格唱法，大家在黑漆中依附著她的節奏思潮忽高忽低，忽有忽無，尤其因爲看不見她的表情，分外覺得空虛不著邊，像是一根擺盪在半空中的風箏線沒人雲層，風箏的姿態非常之高，希望找到出處，卻仍在半空中。她和那風箏一樣是那樣專注地在尋找歸宿。

阿瘦邊往外走邊回過頭向那聲音望去 ，邊走邊流淚，她出其不意高聲朝全如意喊去：「全如意！妳唱得眞好！」大家順著阿瘦的聲音找到阿瘦將她和全如意位置連成後，順著那氣，喝道：「好！」

全如意上了粧的臉襯在墨黑中像一面面具飄浮在半空中，虬亮的眼珠如玻璃球在黑暗中折射各種光。居然像貓。

像燈光突然滅去那般，全場燈光突然又大亮起來，在初地放亮一瞬時，台下所有人同時看到李伯伯他們已經走到了場邊，大家情緒轟地再被撩起，太高漲了，變得反倒不在意李伯伯動向，儘著全力發洩自己的興奮，而李伯伯在這股高浪陣頭中顯然徹底地失了起落情緒。

李伯伯這頭邊走，那頭則齊聲喊道：「老李，別走嘛！」

我媽垮著黑臉掉頭也向場外走：「眞無恥！」她說眞不知道同方新村什麼時候變得這麼下流。

李伯伯當然頭也不回，現在，除非台上全如意開口，否則誰也叫不了他回頭吧！他們埋頭一路摸黑回到家，阿瘦仍在流淚，太保老師一路無言地後面跟著，一晚上光像個影子，李伯伯走哪兒他跟哪兒，因爲安靜，並不惹人厭。他們回到家立刻反鎖上門，李伯伯取出一瓶外島帶回來的陳年高粱酒，阿瘦抹乾了淚快手快腳炒了碗葱花蛋，抓了一盤花生，這回油沒那麼大，但是葱花和蛋的味道仍由他們屋子往外飄，凝在他們屋頂上方後就不再散開。

李伯伯先第一杯就一口乾盡，他向來喝酒不如此放肆，這種喝法根本除非一個人想要喝醉。太保老師二話不說沒少喝一口。像一家人似地喝在一起。

李伯伯看在眼裡，自然心已經回了不止幾鍋，表面繼續安心靜默喝酒。他這趟回來，到底主持了一件事，和太保老師見了面且默默認了太保老師。阿瘦坐在那兒發呆，他們喝酒，她不喝，所以專心垂低雙眼在那兒呆想，帶著一臉的不甘心；太保老師倒像體會到李伯伯的意思，幾次舉杯鄭重敬李伯伯。太保老師在這一刻表現得像個十足的男人，而阿瘦仍還是個孩子。太保老師卻絲毫不在意這種差距，他彷彿從來不是個急性子，他有的是時間；就好像因爲他有奇特的耐性才會喜歡上阿瘦，祇不過等待阿瘦必須慢慢來，方姊姊不就因爲急快快跟著小余叔叔走了回不來了。他們一直喝到球場上的唱音完全沒了爲止。

因爲全如意、李伯伯、阿瘦的事，再加上段叔叔湊上那麼一把火熱鬧，方姊姊死而復生的事便不那麼突出教人談論了，尤其鄰居長輩們看著她長大的，居然爲了愛情拋棄父母，簡直無法原諒。因爲看不起這種行爲，所以索性不去談論它，態度變得極閃爍，一旦話題觸及方家總九拐十八彎嘆口氣搖搖頭迅速避開；另外就是對段叔叔的事壓根不去提，這些年，大家被他個人的怪癖弄得心情壞透了，走了就算了。

而對李伯伯一家及全如意，大家態度完全不同了，尤其這中間可能還牽涉到袁伯伯。那天晚上，同方新村延遲了全村睡覺時間，由戲台邊回家後，家家戶戶開家庭會議似的，挑燈好談了一頓，開燈是因爲方便模仿全如意表情姿態。第二天天大亮好一會兒了，四處還一片靜悄悄。直熬到小白妹哭聲由院子裡突然響起，這村子方有了動靜醒轉過來。

袁媽媽聽到哭聲由屋裡跑出到院子，在亮了卻十分凝靜的天色下，看到了全如意。她們見過面，全如意竟完全不記得似的，全如意這天整個人內外皆分外安靜，可能因爲懷著心事的神情沖淡了她的邪氣，她給人的不安的感覺並不如先前那般強烈。這天，正是趙慶生父的忌日，袁伯伯以前在球場上看到袁媽媽燒紙祭拜的就是趙慶生父，袁媽媽嫁給袁伯伯有兩個條件，袁伯伯找我媽媽時祇說了一個，一個是趙慶不改姓，另一個就是逢趙慶生父忌日、節日要燒紙供給他，袁伯伯再不願意那時也祇好答應了，他當時看到她覺得新鮮到生出憐惜之意，哪想到袁媽媽一過門就舊了，舊得比誰都快，因爲她身邊帶了趙慶。袁伯伯一輩子就喜歡個新鮮，一個女人舊了就家常了，好像連味道都沒了。沒味道的東西放在哪兒都不容易引起注意。所以每回袁媽媽祭拜趙伯伯，袁伯伯便老大不高興，在供桌前走過來晃過去，袁媽媽拿個馬口大鐵桶燒紙錢，他走過來踢一腳，走過去踢一腳，反正就是存心教死人不得安靜。

袁媽媽在這個時候見到全如意按說備戰都來不及，卻因爲忙著祭拜事項，暫時沒心情跟全如意週旋，每回祭拜過程她弄袁伯伯一個已經夠累的了。因此她豎起全身刺冷淡地問：「有事？」

全如意倒也乾脆，直接表示：「找袁忍中！」

袁媽媽說：「他不在。」想都沒想，是個本能的拒絕。

全如意皺眉堅持道：「他應該在！我要找他！」

袁媽媽不再吭氣，看得出來她已經極度不耐煩，她自覺對這些戲子太瞭解，她們找男人永遠理直氣壯，毫不知進退。袁媽媽不再理睬，以爲全如意也許會自行離去。

全如意並不走，反而又進一步說：「我眞的要找他！我有要緊事。」

太陽一照面，袁伯伯不合作地全身筋骨活絡開來地由屋內走了出來，像一張完整的中國地圖。伸肢拉臂地神氣得不得了。昨晚他出奇地哪兒都沒去，也沒喝酒，他們家意外地在一天清晨時分空氣中沒有濃得被渲染開來的酒精氣味。所以這天早上他臉色光亮，氣息爽淨地彷彿人都長高了一、二吋，他穿著一件淺藍色家常服，襯得他的臉色如湛靜的海水。從沒見過袁伯伯如此乾淨潔亮，像一個全新的人——一盆剛放好水的洗澡盆，透明的水滿到隨時要流出盆外，流到透明清潔的空氣中。

他就像太陽一樣出現在袁媽媽、全如意兩個女人對話之後，頓時照亮了她們所在處，他自己也更加精神抖擻起來。他的活力彷彿他忍不住發生點事擾擾今天這祭拜的儀式。他出場的架式是誇張的——誇大了他的喜孜和怨怒，善與惡。就像戲台上的角色扮演。所以他一見到全如意，便似笑非笑地、心事難測地向她凝望而去，慢條斯理地說：「好久不見了。」他的一種表演方式。

全如意可沒他那份好心情，她老老實實地說：「哪有多久？」不過說完了想起什麼記憶似的眼角逐漸漫起暈紅與盛滿了光，她沉著嗓子唱著劇本的最後似地：「我上回來你不在家。」

袁伯伯拉眉反問：「妳不是找我，上我們家做什麼？」

全如意挑了下眼梢光笑且先不回答，想了想又低沉地說道：「有根什麼線牽著我來的。你信不信，上回是你們對門那株玉蘭花香味叫我來的。」說著說著又換上一副焦躁神情：「那株玉蘭花種在那兒多久了？」她深埋的焦躁情緒並沒有因爲袁伯伯而撫平，時不時要湧上來一下。她講沒兩句話便漸漸皺起眉頭，在想什麼眞正要問的事。袁伯伯這頭也是個有固定事件注意力才會集中的人，今天他索性漫無頭緒地任由自己談話無邊無際，他不要重點，戲台上正巧碰到全如意這麼個不合作，又不是不合作的對手，他在這樣沒有岸的狀況裡漸漸也覺得有些吃力了。院子裡，袁媽媽已經開始擺上祭桌及搬出了馬口大鐵桶，他回頭望了眼，暗自蹙了蹙眉，似乎覺得燒紙錢用那鐵桶未免太大了。袁媽媽搬鐵桶時吃力的樣子，也讓人覺得實在是大得失去了比例。她不需要這麼突出她對前夫的懷念嘛。那鐵桶之大反倒讓人有點同情袁伯伯了。

突然全如意話鋒整個一轉：「你先前認不認識我？」她不給袁伯伯有思考的機會又追加一句：「你直接說沒關係。」

袁伯伯驀然精神大振，他並不知道昨晚李伯伯他們去找全如意的事，他興致勃勃地看著全如意焦急的模樣，一道一道邪笑沖上眉眼，她發慌激得他異常興奮，他一挑眉有心整人：「認識啊！」

全如意臉皮轟地漲成紫紅：「眞的?你說的是眞的？」充血緩緩褪掉整張臉又是魚肚白，她才又開口：「多久以前？」

袁伯伯認眞回想狀，然後誇張地表示記不起來：「好多年前吧！」

全如意簡直不剩下半點想像力，袁伯伯那表情我們都看得出是在演戲，而且還故意演得不像，所以盡著使力，分明要人知道是假的。

全如意呆滯了會兒，再度鼓足勇氣：「我以前是什麼樣子？」她的要求更加具體了：「像誰?是做什麼的？」

中中孤零零站在角落，在全如意背後專注地看著全如意，全如意正好看不見他。袁伯伯出其不意地向中中招手：「中中，你過來！」

全如意像聽到一個熟悉的名字迅速地回身找人，中中不走開卻也不靠近，繃著臉盯緊全如意的臉。當然全如意也不是第一次看到中中，卻沒這次這麼專心，她看著看著滿臉是害怕的神色，因爲不知道會記起什麼而害怕，她憋著氣，聲調平直也不知在問誰：「他是誰？」

沒有任何回答。中中冷不防尖起嗓門怒叫道：「臭媽媽！壞媽媽！」邊叫邊跑遠，一會兒就消失在巷口，但是聲音還留在巷子裡。

全如意渾身打顫，急切地反身追問袁伯伯：「他說的是誰？這小孩怎麼好面熟，他是你的小孩？」

這下輪到袁伯伯笑不出來了，他一把沉住臉：「扯什麼妳？」隨即像爲了要懲罰她洩露了祕密，陰森冷酷地說：「那是誰妳記不得了？中中老子是個兵，姓李，記起來沒有？」

「中中是我的小孩？我的丈夫是個當兵的？」全如意被刺激下倒有了聯想力，因爲尙有一股懷疑之氣塞在心口，因此沒昏倒。

「我沒這意思，妳別往自己頭上扯。」袁伯伯收回線索，身分立刻又超然起來。

全如意這廂卻已經將話硬灌進了腦子——中中、中中當兵的老子和姓李。她喃喃說道：「那黃皮膚、吊梢眼女孩也姓李。」

全如意定定站著，好像一根時間的標示牌，接收到某些提示在標示牌上便會顯示出來，她沉著等了會兒毫無動靜，渾身一震，才好似明白了自己是個沒有「從前」的人，她也不記得任何人的歷史，她看看周圍，看到一些門牌上的數字，那麼這些人都有從前了？她恐怕一直以爲每個人都跟她一樣，現在，她瞅緊每張臉還有每個人有的家，連中中都有一張長得像誰的臉可查，她明白了祇有她沒有可查的過去。

「還有呢？」她緩聲空洞地問道，毫無力氣。

「沒有了。再有就是下輩子了。」袁伯伯一旦不正經地東扯西混，他臉上的光便一吋吋黯下去，變成一個完全沒有品德的人，臉上一點光澤沒有。

「不行，你非告訴我。」全如意血氣一轉變得倔硬，臉龐前方奇怪的布滿一股陽剛氣，她原有的那分女人味兒蛻皮似的褪去，這時候她成為一個最正常不過的人。

袁伯伯則毫無退縮意味，他早就鼓足氣在那兒沒事，正好惹惹人發疹子：「我們約定誰也不多知道誰什麼，知道多了的後果妳擔得起嗎？妳今天犯了規，以後怎麼弄？」聲調充滿理性。袁媽媽光天化日大衆面前祭拜前夫不顧他的感受，他就大衆面前教她掛不住臉。

全如意彆扭勁兒這會兒全上來了：「誰管以後?!你別來這一套，你現在不說，以前也沒了。」

袁伯伯一聽，頓時週身木楞楞地，一件物品放在那兒涼掉似的。原來全如意也不在乎他，這下他冷梆梆全沒了勁兒，他挑得火勢再旺也不關他的事，亦澆熄不了他自己心火。他收回挑釁的笑，似乎想就這樣算了，他一向離開女人從沒發生過程序問題，他索然無味地轉過身要回屋裡，屋簷下，趙慶冷冷地站在屋簷下，好像早等在那兒看他們熱鬧，沉沉地瞅向他們這邊，像在看他們，又不像，總之就是他那一貫的神情，超然而冷漠，跟誰都沒關係。院中正當中的馬口大鐵桶裡頭裝滿了燃燒的紙錢，來不及燒似搶的**嗞嗞**作響，高熱的火焰在陽光底下變得透明，好像並沒在燃燒的事實，嗞嗞作聲的聲音卻證明火舌在的。

袁媽媽在院子及屋子之間不斷地來回走動，忙著準備祭拜用的東西，她轉移了精神在祭拜這件事上，放棄了放心情在他們身上，先頭她還有心要支走全如意。現在她放棄了。火的熱度使得流動的空氣在它四周熔化了。因爲溫度不同的緣故，織成一匹空氣布。

袁伯伯看看趙慶冷肅的神情，再望到供桌前忙碌的身影，爲一個死人在張羅，活著就是活該？他瞇眼隔層熾熱的「空氣布」看院子裡的一切，像他們中間隔了層火網，他好像再也不願意演戲了，上前兩步，長嘯一聲踢翻了供桌。

在這之後發生的事，沒有人說得清楚怎麼一個順序，它們幾乎一起同時發生。最先是趙慶憤怒地像頭瘋馬衝上前阻止袁伯伯再踢 燒紙錢的鐵桶，袁伯伯乾脆拳腳一起轉到他身上，袁媽媽發狂地撲上去護住趙慶，瘋大哥又上前保護袁媽媽。大家都瘋了，場面完全失去控制，祇看到漫天手舞足蹈跳乩似地用力過度。袁媽媽在混亂中不知怎麼腳一滑然後被哪一隻用力的手一推一頭一腦栽進火桶中，爆發在現場的尖叫、嘶喊、驚亂比甘蔗園失火更令人心懼膽裂，畫面太近了，火星似乎隨時可以跳到你身上，尖叫跟著你，你逃也逃不掉。

瘋大哥是不是因爲受不了這種爆發性的混亂而驚錯失手，沒有人知道。他這些年老一個人躲在無人的地方，不知道養成了什麼潛意識，別人碰不得的禁忌。他在袁媽媽的尖叫中快手抄了火鉗朝袁伯伯劈擋去，尖叫越慘厲他刺得就越猛，終於火鉗戳進袁伯伯胸膛。袁媽媽並沒有因袁伯伯的倒地而停止厲叫，她將一輩子的聲音放了出來，袁伯伯倒地前看了她一眼，冷笑了笑，彷彿在說：「這是不是妳要看的結果？」

所有發生全在失序中，所以好似沒有好的開始，也沒有意料中的結束，像場無頭緒的夢境，等到雞鳴天亮夢醒了以後，知道眼前發生過眞實的事件，一切都已經成了定局。袁媽媽被活活燒死了，袁伯伯被瘋大哥刺死了，瘋大哥徹底瘋了，全如意整個地傻了。在當時最混亂那刻，全如意始終茫然站在混亂的邊緣，不走開，也不參與。

憲兵火速開到現場，封鎖、清理現場時，將她勸到一旁，她充滿期待地問憲兵：「你知不知道我是誰？」

全如意這下不僅從前的事不記得，連「全如意時期」她也不記得了，她完全陷在一個無身分、無思想的狀態中，可以是任何人，任何人可以領養。我們都以爲現在她可以跟阿瘦回家了，再重新開始以前那種生活，頂多比以前壞一點，大家累一點而已。但是她雖然呈中空狀態，卻是阿瘦祇要稍稍捱近她，她就因爲某種氣息而勃然大怒尖聲痛罵阿瘦。更教人意外的是，戲班班主趕來了，全如意雖也沒認出他，但是並不排斥他，班主仍要她，表示願意結束劇團帶她回鄉下老家過日子。他說全如意以前腦波流動無狀，他拿她半點轍沒有，現在她的思路靜止下來，他可以整個擁有她、知道她。他厭惡透了流動，他覺得這樣反而幸福，全如意會拿他當最親的人，因爲她不認得任何人。

阿瘦當然不同意，這樣她就眞的失去了母親，她固執地爭著領全如意回家，但是，全如意對她充滿了敵意，全如意根本不要看到她。李伯伯的船期到了，他走前對阿瘦說：「別扭了，順其自然吧！」

全如意在一個平常夜晚靜悄悄地離開了么么拐高地，她並不記得所發生的慘事，慘事不過是她不記得的所有事情中的一項。她最大的改變是徹底喪失了勾引男人的本事。她像個小動物，不會愛人，對人的愛意也沒什麼明確主動的反應。阿瘦對他們的離去竟毫無辦法，她現在知道母親去哪裡了，反而絕望了。

戲班如一種氣氛消散得很快，就像他們才是觀衆。能帶走的東西他們都帶走了，剩下的大半是道具，不但多而且笨重，愈發顯得陳舊，一個劇團少掉演員，祇像一所陳列館。有月光的晚上，如果能夠，那些道具簡直要開口說話。即使很多年後，彷彿是爲了要讓同方新村的人記取這次教訓，沒有人提議拆掉戲台，戲台原狀就這樣一直保持了下來，直到老朽倒塌。其實那之前，台柱、舞台木板早已腐蝕蛀空，風吹過，彷彿有人在台上行走，我們知道不可能有人的，他們不會再回來了。同方新村後來出生的人，還以爲那戲台最早原來就在那兒的，彷彿同方新村生出來的。我們那一代小孩知道這件往事的很少對人提起。在往事無法替代的情況下，我們成了上一代的人。其實兩代間並沒相差幾年，但是，光爲了這份不願意提起的往事，我們願意當「上一代」。一次不願提起的事件結束了我們這批孩子們的童年，彷彿一個著墨過濃的句號。

戲班散夥後不到一年光景，我爸調職他地，爾後南南北北，我們再沒在一個地方住過三年以上。同方新村便更像我們的故鄉。

離開以後的頭幾年先還在寒暑假或吃喜酒時我們一家都回到么么拐高地，阿瘦越長越活脫是另一個李媽媽，因爲年輕，倒沒李媽媽那頹廢勁兒，相反地，她把她的活力全用來管李伯伯、太保老師和中中，管得十分興頭，也是巷頭巷尾來回跑，而且老讓人覺得她還有多餘的精力。她的臉色不知是不是太陽曬的關係，染得蜜黃，她說么么拐高地突然就不常下雨了。不知從什麼時候開始，我們和同方新村失去了聯繫，第一年沒聯繫還不覺得，後來就再也聯繫不上了。我們知道他在那兒也聯繫不上了。我們離開前，村上自治會商量要將趙慶和小白妹送到軍中辦的孤兒院，瘋大哥則送到療養院，趙慶當著這份決定並沒有反對，我們離開同方新村前，他們先進了孤兒院，但是很快地趙慶帶了小白妹又離開了孤兒院不知去向，他留了封信，說他自己養得活小白妹，他不要和那麼多孤兒在一起生活。他自信的性格像是與生俱來，獨自承受任何情緒像個孤獨的城堡。他還定期寄錢給瘋大哥，也去看瘋大哥，不久之後，瘋大哥病死在精神病院裡，以前老袁媽媽在世的時候曾說過他們袁、周兩家沒活過四十歲。老袁媽媽還說：「要活過四十歲除非不結婚。」那麼小白妹呢？

么么拐高地不管還常不常下雨，雨天的時候，潮溼的空氣裡全是同方新村的味道。也就是在那些沒聯繫的日子裡，無論碰到任何一個熟人，第一句話一定是：「怎麼長這麼大了？」那有不長的道理？首先阿跳由農業系而隨農耕隊到南非教人種農作物，我媽埋怨不止老半天，說他會得瘧疾死在非洲，阿跳倒高高興興去了，他說他喜歡農作物長出來，他不會有空生病的，他一直活得比誰都帶勁而健康，有他的地方就有歡鬧。狗蛋就不一樣了，有狗蛋在的地方就充滿了寧靜的氣氛，他高中畢業後，考進哲學系主修神學，直接由那裡進了修院，他幼年時代玄祕的特質及至成人轉為一股安定的力量，他似乎總知道很多我們不知道的事，使他更為篤定，他從不使力和任何事抗衡，因此我媽簡直無從反對起他去當神父，他做神父就像別的男人結婚生子那麼自然，他從小走的便是這麼一條路，他走下去而已。他回家看我們時，照樣說關於信仰及神的笑話，他並不拿信仰當神聖不可侵犯或高高在上的事物，他的信仰就是一種秩序，在那個範圍裡，他相信生命會有另一個定義，是平凡而自我誠實的，他認爲那是人類的最初。當然，我媽不會一開始便死心認命，她再度施展當年精力，設想很多辦法要讓狗蛋知道凡間的好處，她逼著小洗介紹女同學給狗蛋，小洗一個個帶回家來讓她挑，那些同學不知道小洗的壞，被招來喚去團團轉，小洗因爲向著我媽一向口風緊得很，終於挑選了個各方面都滿意的女孩之後，我媽要狗蛋回家一趟，狗蛋那陣子忙，她就迫不及待帶了女孩找去修院大張旗鼓要給狗蛋相親，鬧得整個修院都知道了，我媽以爲攪局成功了，那曉得狗蛋一點不動氣，還勸我媽學習相信什麼，我媽眞的天生任何事不相信。狗蛋輕輕幾句話，崩潰了我媽進攻的意志，也就放棄了「援救」狗蛋計畫。

那事之後，我們家足足有一年沒有半個女孩進出，小洗的同學沒有不知道這件壯舉的，小洗還反怪他們大驚小怪，笑雨由出生就「懂事、貼心、乖」！我媽任何想法、行爲她都贊同，一天比一天更倒向我媽。我媽在阿跳、狗蛋那兒失去的在小洗這兒整個補了回來，因此她才沒有發瘋，她說如果她成爲神經病患者，狗蛋可因而提早當上神父，因爲他的罪就更重，非多花兩輩子的時間、精神來贖罪，沒有比下輩子還當神父更懲罰一個人了。「連罵人都沒資格！」她調侃，因此她不肯發瘋。誰說起她的兒子，她祇承認他們一個去遊學、一個去取經，最後總要回到她跟前。

在一個漫長雨天的深夜，狗蛋由修院疲憊的回到家，我問他爲什麼這麼晚才回來？他當再久神父我還是拿他當個小弟弟看，他沒說有事，但是我一看他表情就明白，我們就著陽台上的雨聲談了一夜。

他說：「我剛送走阿瘦。」

我笑笑：「她還好吧？」對狗蛋或阿瘦我長大以後就知道好奇也沒用。

狗蛋向我要了根菸，細細抽了口慢聲說道：「我不好。」他默默流下眼淚：「我寫信要她來的，她問都沒問什麼事眞的就來找我，她不太記得我了，但是她說記不記得都沒關係，她一見到我就向我要身上戴的十字架做紀念，我們在外頭住了三天三夜。」他手上那根燃燒的菸像根香。

所以阿跳不會去找阿瘦，狗蛋會爲過去的事情感動，阿跳祇對未來有興趣。

「這不是很好嗎？」我大笑著說。

狗蛋這才快樂起來：「我眞的想試探她，她好像就代表一種神秘，神秘就是一種平靜對不對？我想看看自己可不可以抗拒邪奇的勾引，或者找到眞正的平靜，我甚至帶她去了修院，她在修院裡到處走動，你知道我有什麼感覺嗎？我覺得阿瘦和上帝誰也勝不了誰，上帝和凡人的最原始的本能是同等地位的。」

我問：「阿瘦願意你這麼去做比較？」

狗蛋說阿瘦願意，她們這種人有股本能的熱情，她們不需多知道什麼。

我一次又一次大聲失笑對狗蛋說他可以去當教皇，他有實際作戰的經驗。

狗蛋也笑了，他的疲憊在天亮第一台彌撒前整個地消失，他篤定地說：「你知道嗎？如果我結婚，我要娶的就是阿瘦或者方姊姊她們那種人。」

我終於知道他說的「她們」是誰。

天亮前狗蛋在雨中返回修院，我沒問他和阿瘦在一起的三天裡做了什麼，我祇想知道阿瘦的臉在黑暗中是不是和李媽媽藏身在角落時一般艷黃。我也沒對狗蛋說阿瘦曾經一封又一封信寄給我，每一封信她就說她眞後悔寄上封給我，但是她忍不住，我一封信也沒回，我知道她無所謂。倒是我媽正大光明「偷」看了我的信後忍不住說了一句：「老石頭堆子，你當心點兒。」

●

傾盆雨勢遠近一般大小地下著，我用力吸進一股濕冷空氣，讓記憶經由呼氣進入血液，雨水擴大了同方新村的地盤，有雨的地方就有同方新村的記憶，我望了望雨水中同方新村的燈火，一定我們那條巷子最暗，那裡頭有許多故事。我對天青罈子裡的媽媽說：「老媽，我們回家去。」

車身尙未滑進我們那兩排巷口，原來傳得老遠的狗吠倏地完全沒去，牠們認得我們的味道。順著黑的巷子，我將車子緩緩駛進我們那兩排巷口，左右兩列門燈就像以往一般情況，忽然嗅到某種相同的頻率，一盞盞燈火被點穴似地逐家燃亮。像一個久遠以來約定的暗號迅速在場子裡打起來。

老八號率先走出來一個人影，是阿瘦。她黯黃的臉在雨水中洗得更黃，我右眼猛地跳了幾跳，我媽說左眼跳財，右跳災。我熄掉大燈下了車一步步向那張臉走去。阿瘦迎著光挑動眼梢問：「老石頭堆子是不是你？」她一點不怕光，琥珀色眼珠吸滿了暈光。雨水落在地面嘩啦嘩啦響，彷彿一陣掌聲，在某個季節瓦解了一些故事。阿瘦臉龐上不知道是雨水還是淚水，她永遠不記得要撐傘，同方新村出去的人從來不知道要躲雨。

雨水恣意地流連在同方新村的屋脊上，么么拐高地向來是老天爺最好的滑梯。

我媽的天青罈子被雨水的光打得歡呼透亮，我緊緊抱住罈子快步面對巷子最深處走去。同方新村，我來了。

當代名家

離開同方

2002年5月二版　　定價：新臺幣250元

著　　者　蘇偉貞
發 行 人　劉國瑞

出版者　聯經出版事業公司
臺北市忠孝東路四段555號
台北發行所地址：台北縣汐止市大同路一段367號
電　話：(02)26418661
台北忠孝門市地址：台北市忠孝東路四段561號1-2樓
電　話：(02)27683708
台北新生門市地址：台北市新生南路三段94號
電　話：(02)23620308
台中門市地址：台中市健行路321號B1
台中分公司電話：(04)22312023
高雄辦事處地址：高雄市成功一路363號B1
電　話：(07)2412802
郵政劃撥帳戶第0100559-3號
郵撥電話：26418662
印刷者　世和印製企業有限公司

校　　對　陳麗華
封面設計　羅秀吉

行政院新聞局出版事業登記證局版臺業字第0130號

本書如有缺頁，破損，倒裝請寄回發行所更換。　ISBN 957-08-2398-4(平裝)
聯經網址 http://www.udngroup.com.tw/linkingp
信箱 e-mail:linkingp@ms9.hinet.net

國家圖書館出版品預行編目資料

離開同方 / 蘇偉貞著．--二版．
--臺北市：聯經，2002 年（民 91）
336 面；14.8×21 公分．（當代名家）

ISBN 957-08-2398-4(平裝)

857.7 91004711

當代名家系列

●本書目定價若有調整，以再版新書版權頁上之定價爲準●

白水湖春夢	蕭麗紅著	300
千江有水千江月(長篇小說)	蕭麗紅著	280
不歸路(中篇小說)	廖輝英著	220
殺夫(中篇小說)	李　昂著	200
桂花巷(長篇小說)	蕭麗紅著	280
法網邊緣	黃喬生譯	380
狂戀大提琴	利莎等譯	350
海灘	楊威譯	350
台北車站	蔡素芬著	180
回首碧雪情	潘寧東著	250
臥虎藏龍：重出江湖版	薛興國改寫	180
多情累美人	袁瓊瓊、潘寧東著	250
夕陽山外山：李叔同傳奇	潘弘輝著	250
八月雪：三幕八場現代戲曲	高行健著	150
靈山	高行健著	平320 精450
一個人的聖經	高行健著	平280 精400
周末四重奏	高行健著	150
沒有主義	高行健著	250
變色的太陽	楊子著	200
紅顏已老	蘇偉貞著	170
世間女子	蘇偉貞著	180
陌路	蘇偉貞著	220
臨水照花人	魏可風著	250
窄門之外	張墀言著	250
綠苑春濃	林怡俐譯	280
尋找露意絲	西零著	180
天一言	程抱一著	280

聯經經典

●本書目定價若有調整，以再版新書版權頁上之定價爲準●

伊利亞圍城記	曹鴻昭譯	250
堂吉訶德(上、下)	楊絳譯	精500
		平400
憂鬱的熱帶	王志明譯	平380
追思錄一蘇格拉底的言行	鄺健行譯	精180
伊尼亞斯逃亡記	曹鴻昭譯	精380
		平280
追憶似水年華(7冊)	李恆基等譯	精2,800
大衛・考勃菲爾(上、下不分售)	思果譯	精700
聖誕歌聲	鄭永孝譯	150
奧德修斯返國記	曹鴻昭譯	200
追憶似水年華筆記本	聯經編輯部	180
柏拉圖理想國	侯健譯	280
通靈者之夢	李明輝譯	精230
		平150
道德底形上學之基礎	李明輝譯	精230
		平150
難解之緣	楊瑛美編譯	250
燈塔行	宋德明譯	250
哈姆雷特	孫大雨譯	380
奧賽羅	孫大雨譯	280
李爾王	孫大雨譯	380
馬克白	孫大雨譯	260
新伊索寓言	黃美惠譯	280
浪漫與沉思：俄國詩歌欣賞	歐茵西譯注	250
海鷗＆萬尼亞舅舅	陳兆麟譯注	200
哈姆雷	彭鏡禧譯注	280
浮士德博士	張靜二譯注	300
馬里伏劇作精選	馬里伏著	280
修女	狄德侯原著	320
康德歷史哲學論文集	康德原著	320